COURS & EXAMEN

prépabrevet

3e
SPÉCIAL BREVET

Maths

- **Jean-Pierre Bureau**
  Professeur certifié de mathématiques
- **Marie-Caroline Bureau**
  Professeur certifiée de mathématiques
- **Emmanuelle Michaud**
  Professeur agrégée de mathématiques
  Collège Simone Veil à Wassigny

Hatier

Le site de tes révisions

L'achat de ce Prépabrevet te permet de bénéficier d'un **ACCÈS GRATUIT*** aux ressources d'annabac.com en 3e (fiches, quiz, sujets de brevet corrigés…) et à ses parcours de révision personnalisés.

Pour profiter de cette offre, rendez-vous sur **www.annabac.com** dans la rubrique « J'ai acheté un ouvrage Hatier ou Foucher ».

* Selon les conditions précisées sur le site.

Maquette de principe : Frédéric Jély
Mise en pages : STDI
Schémas : STDI
Illustrations : Juliette Baily, Mathieu de Muizon
Iconographie : Hatier Illustration
Édition : Julie Drappier

ISBN 978-2-401-07829-1

AVANT-PROPOS

TU ES EN 3e et tu sais que la réussite en maths demande un travail tout au long de l'année ? Alors ce Prépabrevet est pour toi !

Cet ouvrage va te permettre en effet de mémoriser les connaissances essentielles sur chacun des thèmes du programme et d'acquérir progressivement des méthodes clés pour gagner en efficacité !

Cet objectif est rendu possible grâce à un ensemble de ressources très complet : des fiches de cours et de méthode – synthétiques et visuelles –, des cartes mentales récapitulatives, des quiz et des exercices progressifs, enfin des sujets guidés, pour te préparer à l'épreuve finale du brevet.

Toutes ces ressources, assorties de conseils, te permettent d'aborder en confiance tous tes contrôles durant l'année et de te préparer efficacement à l'épreuve du brevet.

Nous te recommandons de les utiliser régulièrement, en fonction de tes besoins. Ainsi tu pourras aborder l'épreuve écrite de mathématiques en toute sérénité, et acquérir les compétences nécessaires à la poursuite de tes études.

Les auteurs

Jean-Pierre Bureau

Marie-Caroline Bureau

Emmanuelle Michaud

SOMMAIRE

Algorithmique et programmation

1 Algorithmes et programmes

COURS & MÉTHODES

Nombres et calculs

2 Divisibilité et nombre premiers

COURS & MÉTHODES

3 Calcul sur les écritures fractionnaires et les puissances

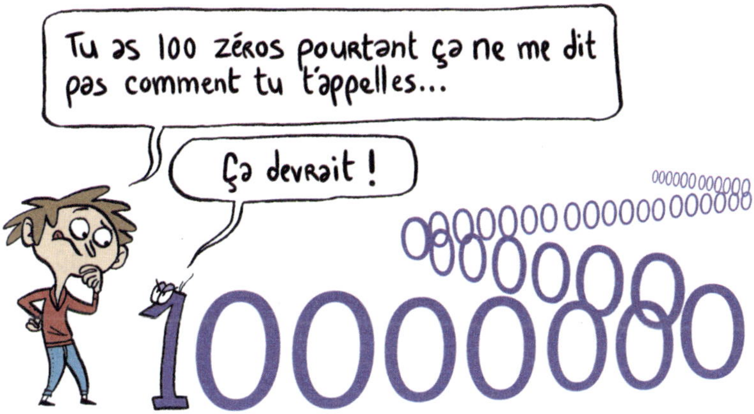

COURS & MÉTHODES

4 Calcul littéral, équations

COURS & MÉTHODES

SOMMAIRE

Organisation et gestion de données, fonctions

5 Notion de fonction, fonctions linéaires

6 Fonctions affines

7 Statistiques

Géométrie, grandeurs et mesures

SOMMAIRE

11 Géométrie dans l'espace

12 Grandeurs composées, unités de mesure

L'épreuve du brevet

13 Préparer l'épreuve du brevet

1 Algorithmes et programmes

Qui a inventé la première machine à calculer ?

Réponse : Pascal. Cette machine s'appelle la Pascaline et se trouve au musée des Arts et Métiers à Paris.

Prêt à réviser ce thème du programme ?

1 Écrire et utiliser un algorithme simple

EN BREF ▸ *Les algorithmes sont utilisés pour de nombreuses applications, des ordinateurs à l'intelligence artificielle.*

I Qu'est-ce qu'un algorithme ?

Un algorithme, c'est une suite d'instructions à appliquer sur des **variables** qui, une fois exécutée correctement, conduit à la résolution d'un problème.

Exemple : Dans un calcul comportant plusieurs opérations, on suit l'algorithme suivant :

- calcul des expressions entre parenthèses ;
- calcul des multiplications et des divisions ;
- calcul des soustractions et additions de gauche à droite.

MOT CLÉ
Une **variable** est une valeur qui peut être modifiée au cours d'un programme. Elle doit avoir un nom, ainsi qu'un type (nombre entier, mot…).

II Écrire et utiliser un algorithme

D'une façon générale, on peut considérer trois étapes dans un algorithme.

- La **première étape** concerne le choix des variables et l'entrée des données.
- La **deuxième étape** regroupe le traitement des données : on détermine toutes les instructions à écrire pour résoudre le problème.
- La **troisième étape** est la sortie des résultats.

Exemple : Voici un algorithme associé au calcul du périmètre et de l'aire d'un disque, écrit en langage naturel.

Entrée	Saisir R
Traitement des données	Affecter à P la valeur $2 \times 3{,}14 \times R$
	Affecter à A la valeur $3{,}14 \times R^2$
Sortie	Afficher P et A

La variable R enregistre la valeur du rayon du disque. La variable P prend la valeur du périmètre du disque. La variable A prend la valeur de l'aire du disque.

À NOTER
L'**affectation** consiste à attribuer une valeur à une variable.

Méthode

Compléter un programme de calcul

Dans le logiciel Scratch, les « opérateurs » de couleur verte permettent d'effectuer des calculs sur les variables.

Compléter ce programme donnant la longueur de l'hypoténuse d'un triangle rectangle connaissant la longueur des deux autres côtés.

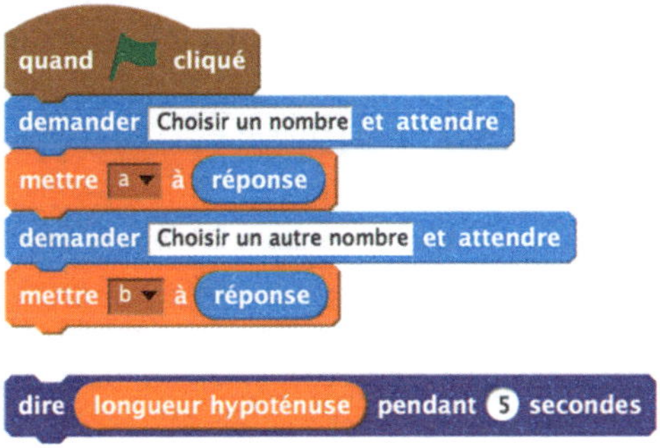

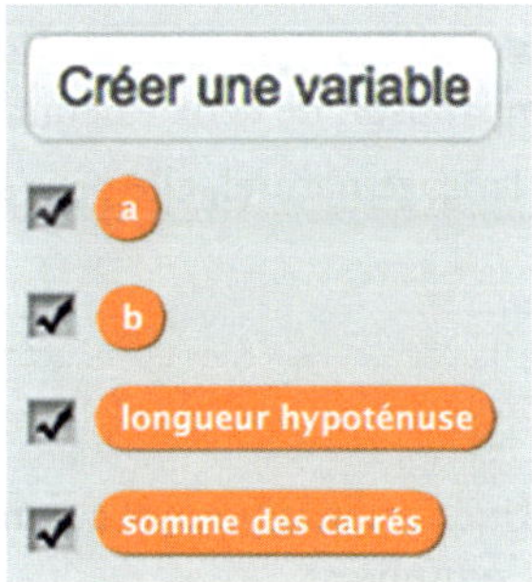

CONSEILS
Observe le nom des variables et cherche dans quel calcul elles interviennent. Fais tourner le programme à l'aide de valeurs simples pour vérifier sa cohérence.

SOLUTION

On observe les variables : elles correspondent aux longueurs des côtés de l'angle droit.

On doit calculer d'abord la somme des carrés de ces longueurs, puis la longueur de l'hypoténuse à l'aide de la fonction racine.

On complète alors le programme à l'aide de ces deux lignes.

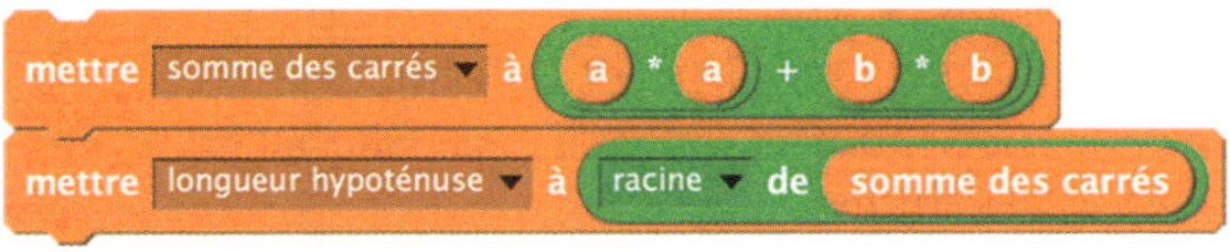

2 Écrire et utiliser une instruction conditionnelle

EN BREF ▸ *La résolution de certains problèmes nécessite la mise en place d'un test pour savoir si l'on doit effectuer une tâche.*

I Utilisation d'une instruction conditionnelle

■ Une **instruction conditionnelle** permet d'effectuer un **test** sur une condition : si la condition est remplie, alors une instruction est effectuée. Ce test peut être la comparaison de deux valeurs, et la condition, l'un des symboles $<$, $=$ et $>$.

En langage naturel, elle peut se présenter sous la forme suivante :

```
SI Condition
   ALORS
Instruction
```

■ Une variante permet de préciser l'instruction à effectuer **si la condition n'est pas remplie** :

```
SI Condition
   ALORS Instruction 1
SINON Instruction 2
```

À NOTER
La consigne alternative (sinon) n'est pas obligatoire.

Si le test est positif, on effectue l'instruction 1.

Sinon, c'est-à-dire si le test est négatif, on effectue l'instruction 2.

II Exemple dans un algorithme

Exemple : Voici un algorithme en langage naturel comportant une instruction conditionnelle.

Entrée	Saisir A
Traitement des données	SI $A < 0$
	ALORS B prend la valeur $3A$
	SINON B prend la valeur $A + 5$
Sortie	Afficher B

Si on saisit -3 en entrée, A ayant la valeur -3 est inférieur à 0 donc le test $A < 0$ est validé. B prend alors la valeur $3A$ et -9 s'affiche.

Si on saisit 10 en entrée, 10 étant positif, la condition n'est pas remplie. B prend la valeur $A + 5$ et 15 s'affiche.

Méthode

Compléter un algorithme

Un magasin de photos propose l'impression de photos au tarif de :
- 0,15 € l'unité pour une commande de moins de 100 photos ;
- 0,10 € l'unité pour une commande d'au moins 100 photos, auquel s'ajoute un forfait de 2 €.

On veut élaborer un algorithme donnant le montant dépensé pour un nombre N de photos à imprimer.

- Si le nombre de photos N est strictement inférieur à 100, alors le montant P est $N \times 0{,}15$.
- Si le nombre de photos N est supérieur ou égal à 100, alors le montant P est $2 + N \times 0{,}10$.

Compléter l'algorithme en utilisant une instruction conditionnelle.

Entrée	Saisir N
Traitement des données	SI ....
	ALORS ....
	SINON ....
Sortie	Afficher P

CONSEILS

Pour le « Si… alors… », compare une quantité à 100 et conclus.
Pour le « Sinon… », il te reste un choix.

SOLUTION

Entrée	Saisir N
Traitement des données	SI $N < 100$
	ALORS P prend la valeur $N \times 0{,}15$
	SINON P prend la valeur $2 + N \times 0{,}10$
Sortie	Afficher P

Remarque : on peut aussi écrire l'algorithme suivant :

Entrée	Saisir N
Traitement des données	SI $N \geqslant 100$
	ALORS P prend la valeur $2 + N \times 0{,}10$
	SINON P prend la valeur $N \times 0{,}15$
Sortie	Afficher P

3 Écrire et utiliser une boucle dans un algorithme complexe

EN BREF ▸ *Dans un algorithme, utiliser une boucle permet de recommencer plusieurs fois un bloc d'instructions. Il y a plusieurs sortes de boucles.*

I Boucles « Pour ... »

■ La boucle « Pour... » permet de **répéter** les mêmes instructions **un nombre prédéfini de fois**.

Elle se présente sous la forme suivante :

```
POUR variable allant de valeur début à valeur fin
   Faire Instructions
```

■ La *variable* utilisée est un **compteur** : elle compte le nombre de répétitions de la boucle.

Exemple : Dans l'algorithme ci-dessous, l'entier i sert de compteur.

Entrée	Saisir x
Traitement des données	POUR i allant de 1 à 5
	x prend la valeur $x + 2$
	Afficher x
	FIN DU POUR

On répète 5 fois de suite les instructions « x prend la valeur $x + 2$ » et « Afficher x ». Si on saisit 10, les nombres 12, 14, 16, 18, 20 s'afficheront, car l'instruction « Afficher x » est à l'intérieur de la boucle.

II Boucles « Tant que ... »

La boucle « Tant que... » permet de **répéter** les mêmes instructions **tant qu'une condition est vérifiée**. Elle se présente sous la forme suivante :

```
TANT QUE Condition est vraie
   Faire Instructions
```

Exemple :

Entrée	Saisir x
	n prend la valeur 1
Traitement des données	TANT que $n \leqslant 5$
	x prend la valeur $x + 3$
	n prend la valeur $n + 1$
	Afficher x

Si on saisit 10, les nombres 13, 16, 19, 22 et 25 s'afficheront.

Méthode

Comprendre les instructions d'un programme de tracé

Dans le logiciel Schatch, la partie « ajouter block » de couleur violette permet d'insérer un sous-programme dans le programme principal.

On considère le programme ci-dessous.

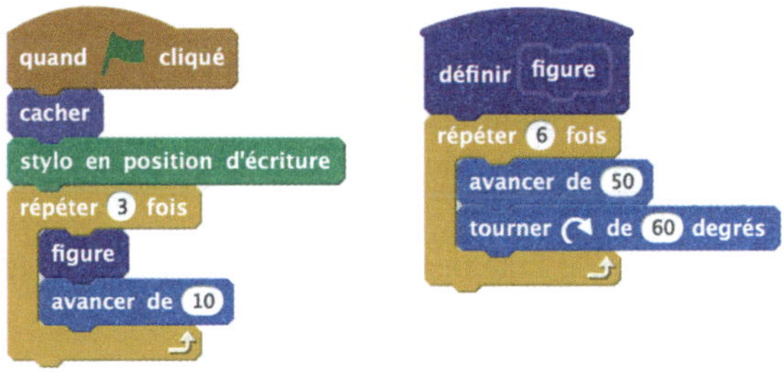

1 Quelle est la figure tracée ?

2 Combien de fois a-t-elle été tracée ?

CONSEILS

1 Pour trouver la figure tracée, tu peux t'aider d'un crayon et suivre les instructions dans l'ordre donné.

SOLUTION

1 Le bloc « figure » comporte une boucle répétée 6 fois.

À chacune des répétitions de la boucle, le lutin avance de 50 pas, puis il tourne de 60° dans le sens des aiguilles d'une montre.

La figure obtenue est un hexagone.

2 Le programme répète 3 fois le bloc « figure » après un déplacement de 10.

On obtient la figure ci-dessous qui est une suite de trois hexagones.

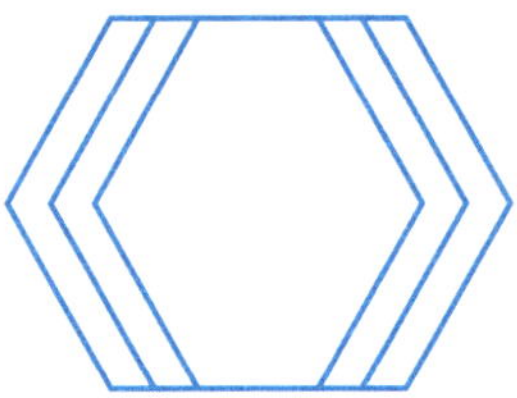

4 Résoudre un problème à l'aide d'un algorithme

EN BREF ▸ *Un algorithme est une méthode pour résoudre un problème. Quand les calculs sont très nombreux et répétitifs, on a intérêt à faire appel à un ordinateur.*

I Un exemple de problème à résoudre

Exemple : Marie choisit un nombre entre 1 et 5, elle le multiplie par 3, puis lui ajoute 8. Paul choisit un nombre entre 6 et 10, il le multiplie par 2, puis lui retranche 10. Marie dit à Paul : « Mon résultat sera toujours plus grand que le tien ». Marie a-t-elle raison ?

Pour résoudre le problème, il faut tester tous les cas possibles, ici il y en a 25. Pour chaque couple de nombres choisis on compare les résultats.

II Utiliser un algorithme

1 Entrées et variables

On introduit deux compteurs, I et J, qui correspondent aux deux nombres choisis par Marie et Paul. Les variables A et B contiennent les résultats des calculs de Marie et Paul.

```
I et J sont des entiers
A et B sont des nombres
N prend la valeur 0
```

La variable N compte le nombre de cas où le résultat de Marie est supérieur à celui de Paul.

2 Traitement des données

On a deux boucles imbriquées. Le nombre I doit prendre toutes les valeurs entre 1 et 5. Pour chaque valeur de I, le nombre J doit prendre toutes les valeurs entre 6 et 10. On compare les deux variables à l'aide du test $A > B$. Une instruction conditionnelle permet de compter, avec N, le nombre de fois où le test est vérifié.

```
POUR I allant de 1 à 5
    A prend la valeur 3 × I + 8
    POUR J allant de 6 à 10
        B prend la valeur 2 × J − 10
        Si A > B alors N prend la valeur N + 1
    FIN DU POUR
FIN DU POUR
```

3 Sortie

À la fin on affiche la valeur de N. Dans ce cas on trouve que N prend la valeur 25, donc que Marie a raison.

```
Afficher N
```

Méthode

Calculer des intérêts à l'aide d'un algorithme

Camille souhaite placer 1 000 € dans une banque pendant 5 ans.

La banque Dupont lui propose un taux d'intérêt annuel de 6 % avec des frais de tenue de compte de 25 € par an. La banque Dubois lui propose un taux d'intérêt annuel de 4 % sans frais supplémentaire.

Camille voudrait savoir si un placement à la banque Dubois est toujours le plus intéressant, chaque année, pendant la période de 5 ans.

Camille écrit l'algorithme suivant où N compte le nombre d'années où le placement à la banque Dubois est le plus intéressant.

Complète l'algorithme à l'aide d'une boucle et d'une instruction conditionnelle.

Entrée	Traitement des données	Sortie
A a pour valeur 1 000 B a pour valeur 1 000 N prend la valeur 0.	.... A prend la valeur $A \times 1{,}06 - 25$ B prend la valeur $B \times 1{,}04$ .... N prend la valeur $N + 1$ FIN DU POUR	Afficher N

CONSEILS

La somme d'argent est placée pendant 5 ans. On doit introduire une variable, par exemple I, qui doit varier de 1 à 5. On doit ensuite tester si $B > A$.

SOLUTION

Entrée	Traitement des données	Sortie
A a pour valeur 1000 B a pour valeur 1000 N prend la valeur 0	POUR I allant de 1 à 5 A prend la valeur $A \times 1{,}06 - 25$ B prend la valeur $B \times 1{,}04$ SI $B > A$ alors N prend la valeur $N + 1$ FIN DU POUR	Afficher N

La boucle « Pour I allant de 1 à 5 » correspond à la période de 5 ans du placement. Comme Camille peut retirer son argent chaque année sur cette période, on doit comparer les deux offres A et B durant les cinq années. On augmente le compteur N de 1 à chaque fois que le test $B > A$ est vrai.

ALGORITHMES ET PROGRAMMES

Instructions conditionnelles

Elles permettent d'effectuer un **test sur une condition** :
- si la condition est remplie, alors une instruction 1 est effectuée ;
- sinon, c'est-à-dire si le test est négatif, une instruction 2 est effectuée.

```
SI Condition
  ALORS Instruction 1
SINON Instruction 2
```

Exemple : Si A est strictement positif alors B pend la valeur $A + 1$ sinon B prend la valeur $A - 1$.

```
SI A > 0
  ALORS B = A + 1
SINON B = A – 1
Afficher B
```

Boucles « Pour... »

Elles permettent de répéter les mêmes instructions un **nombre prédéfini de fois.**

Pour *variable* **allant de** *valeur début* **à** *valeur fin*
Faire *Instruction*

Exemple : On répète 5 fois de suite l'instruction « *A* prend la valeur *A* + 2 ».

POUR *i* allant de 1 à 5
A prend la valeur *A* + 2
FIN DU POUR

Boucles de répétition

Boucles « Tant que... »

Elles permettent de répéter les mêmes instructions **tant qu'une condition est vérifiée.**

TANT QUE *Condition* est vraie
Faire *Instruction*

Exemple : Tant que *A* reste strictement positif, *A* est diminué de 1 à chaque tour de boucle.

TANT QUE *A* > 0
A prend la valeur *A* – 1
FIN DU TANT QUE

SE TESTER QUIZ

Vérifie que tu as compris les points clés

1 Utiliser le logiciel Scratch

→ FICHE 1

Dans le logiciel Scratch, une variable est introduite par le bloc :

☐ **a.** « données » ☐ **b.** « contrôle » ☐ **c.** « opérateurs »

.../1

2 Faire un calcul littéral avec le logiciel Scratch

→ FICHE 2

Ce script correspond à un programme de calcul.
Quelle est l'écriture littérale de ce calcul ?

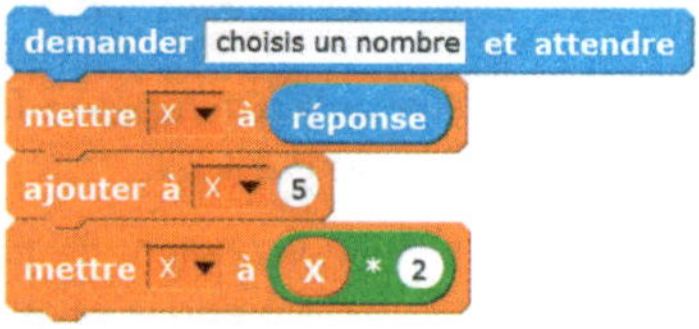

☐ **a.** $2x+5$

☐ **b.** $x+5\times 2$

☐ **c.** $(x+5)\times 2$

.../1

3 Utiliser une instruction conditionnelle

→ FICHE 2

Quand on exécute ce script, que fait le lutin ?

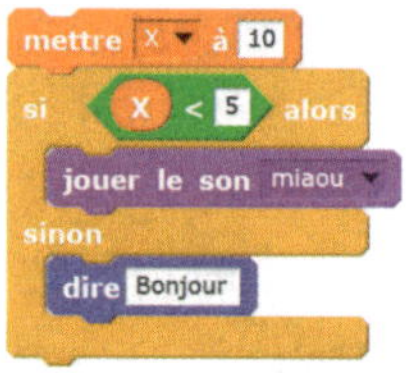

☐ **a.** Rien.

☐ **b.** Il miaule.

☐ **c.** Il dit « Bonjour »

.../1

4 Utiliser une boucle

→ FICHE 3

1) Quand on exécute ce script, que dessine le lutin ?

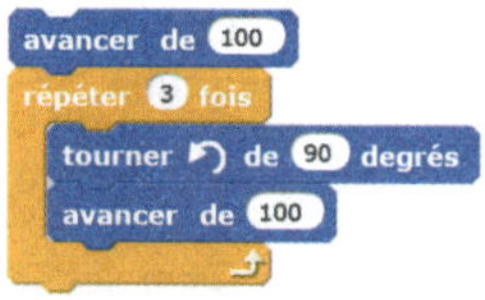

☐ **a.** un triangle

☐ **b.** un carré

☐ **c.** un rectangle

2) Quand on exécute ce script, quel nombre dit le lutin ?

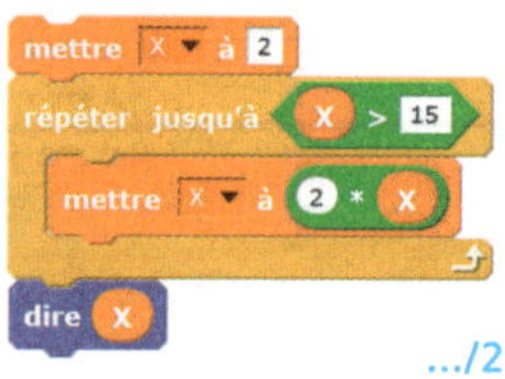

☐ **a.** 15

☐ **b.** 16

☐ **c.** 18

.../2

5 Lire un script

→ FICHE 3

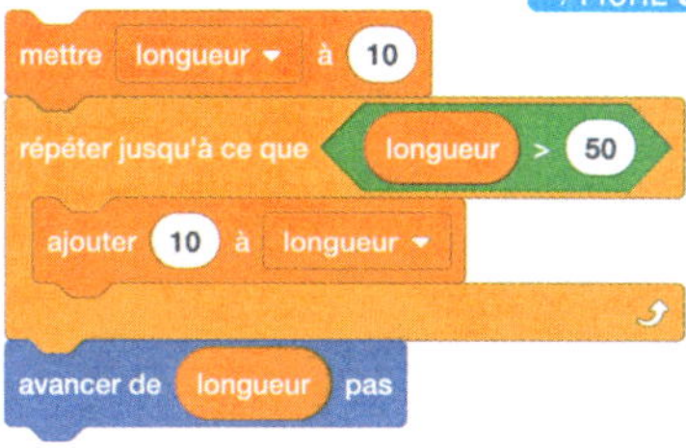

1 À la fin de ce script, le lutin avance de :

☐ **a.** 10 ☐ **b.** 50 ☐ **c.** 60

2 Si on modifie le script précédent en changeant longueur > 50 par longueur = 10, à la fin du script le lutin avance de :

☐ **a.** 5 ☐ **b.** 10 ☐ **c.** 20

…/2

6 Utiliser un programme complexe

→ FICHE 4

1 Quand on exécute ce programme, le lutin dessine :

☐ **a.** un carré

☐ **b.** un triangle

☐ **c.** rien

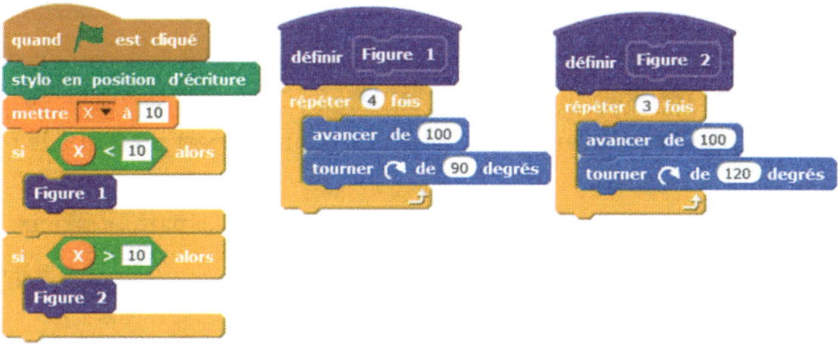

2 Si on met x à 9 dans le programme précédent, le lutin dessine :

☐ **a.** un carré

☐ **b.** un triangle

☐ **c.** rien

…/2

ON FAIT LE BILAN !

score total …/9

- Des erreurs ? Entraîne-toi ! → **LES EXOS** P. 22
- Zéro faute ? Bravo ! → **OBJECTIF BREVET** P. 26

LES EXOS

Entraîne-toi !

7 Comparer des programmes de calcul

→ FICHE 1

On propose les deux programmes de calcul suivants :

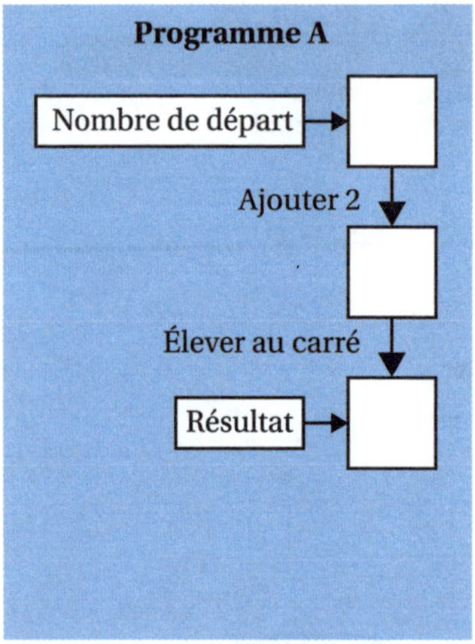

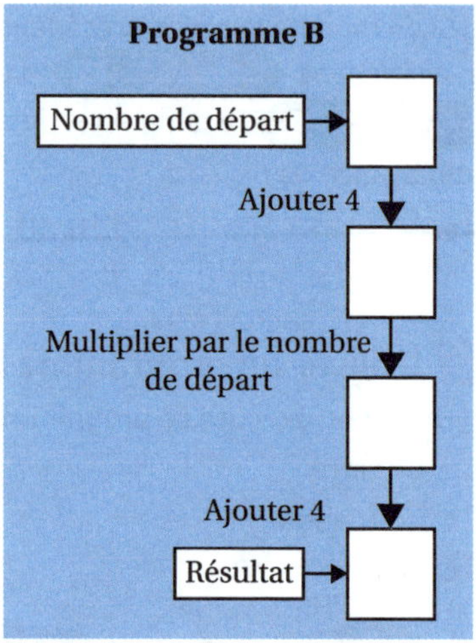

1) Montrer que si on choisit 3 comme nombre de départ, les deux programmes donnent 25 comme résultat.

2) Avec le programme A, quel nombre faut-il choisir au départ pour que le résultat obtenu soit 0 ?

3) Ysah prétend que, pour n'importe quel nombre de départ, ces deux programmes donnent le même résultat.
A-t-elle raison ? Justifier votre réponse.

8 Utiliser un algorithme simple

→ FICHE 1

Voici un programme de calcul :

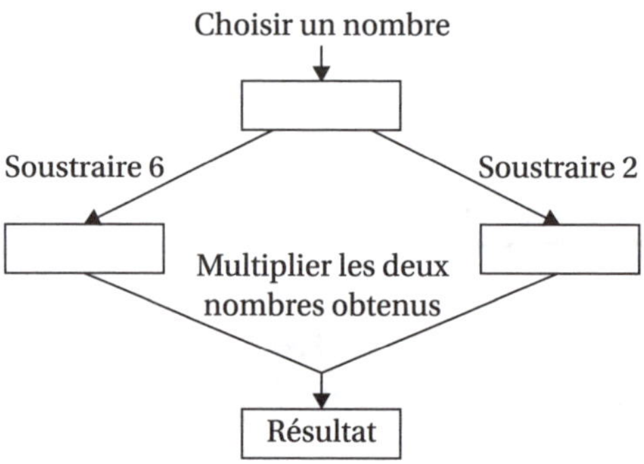

1 Montrer que si on choisit 8 comme nombre de départ, le programme donne 12 comme résultat.

2 Pour chacune des affirmations suivantes, indiquer si elle est vraie ou fausse. On rappelle que les réponses doivent être justifiées.

Proposition 1 : Le programme peut donner un résultat négatif.

Proposition 2 : Si on choisit $\frac{1}{2}$ comme nombre de départ, le programme donne $\frac{33}{4}$ comme résultat.

Proposition 3 : Le programme donne 0 comme résultat pour exactement deux nombres.

Proposition 4 : La fonction qui, au nombre choisi au départ, associe le résultat du programme est une fonction linéaire.

9 Reconstituer la logique algorithmique d'un programme

→ FICHE 2

Une antiquaire vend des statues extrêmement rares. Selon l'exemplaire acheté, elle propose des remises à ses clients les plus fidèles. Elle effectue une remise sur le prix hors taxes (HT), noté P, selon la règle suivante :

– si $P \leqslant 1\,000$, alors il n'y a pas de remise ;

– si $P > 1\,000$, alors la remise est de 5 %.

La TVA est de 20 %.

L'antiquaire a ébauché l'algorithme ci-dessous, qui selon elle, permet de donner le prix T toutes taxes comprises (TTC) que devra payer un client fidèle, en fonction du prix P de la statue qu'il souhaite acheter.

Variables	*P*, *T*
Entrées	Saisir *P*
Traitement	Si ....
	Alors ....
	Sinon ....
Sortie	Afficher *T*

1 Calculer le prix d'une statue dans les deux cas. Ne pas oublier que la TVA est une taxe à ajouter.

2 Compléter cet algorithme à l'aide des instructions suivantes :

- T prend la valeur $P \times \frac{95}{100} + \frac{20}{100} \times P \times \frac{95}{100}$
- $P \leqslant 1\,000$
- T prend la valeur $P + \frac{20}{100} \times P$

10 Utiliser un algorithme complexe

→ FICHE 3

1) Expliquer pourquoi l'algorithme suivant pourrait s'appeler « Compte à rebours ».

Variable	a un entier naturel
Entrée	a prend la valeur 10
Traitement des données et sortie	TANT QUE $a > 0$
	a prend la valeur $a - 1$
	Afficher a
	FIN TANT QUE

2) Que penser de cet algorithme ?

Variable	k un entier naturel
Traitement des données et sortie	POUR k allant de 0 à 10
	afficher $10 - k$
	FIN POUR

11 Dessiner avec Scratch

→ FICHE 3

Quelle figure géométrique dessine ce script écrit avec le logiciel Scratch ?

12 Construire un programme à l'aide du logiciel Scratch

→ FICHE 4

Le but de cet exercice est de programmer un jeu : « Le jeu du chat qui court après la souris ».

Commencer par supprimer le lutin déjà présent. Sélectionner le chat « Cat2 », puis la souris « Mouse1 » dans « Nouveau lutin » (catégorie Animaux).

Sélectionner l'arrière-plan « désert » dans « Nouvel arrière-plan ».

Le but du jeu est que la trajectoire du chat coupe la trajectoire de la souris imposée par le programme.

Le chat, au début du jeu, est positionné à l'aide des instructions :

```
aller à x: 200 y: 140
s'orienter à 0
```

La souris est positionnée à l'aide des instructions :

```
aller à x: -200 y: -140
s'orienter à 0
```

On obtient cette scène :

1 Écrire un script pour le déplacement du chat en utilisant le bloc événement `quand espace est cliqué`, en remplaçant la touche « espace », et tel que :

- si la flèche droite est cliquée, il tourne de 15° vers la droite ;
- si la flèche gauche est cliquée, il tourne de 15° vers la gauche ;
- si la flèche haute est cliquée, il avance de 10 et il rebondit si le bord est atteint.

2 Écrire un script pour le déplacement de la souris.

Pour écrire ce script, utiliser :

- le bloc événements `quand [drapeau vert] cliqué` ;
- les blocs contrôles `répéter indéfiniment` et `si < > alors` ;
- les blocs mouvements `avancer de 100` et `tourner ↻ de 50 degrés` `rebondir si le bord est atteint`.
- La souris répète son déplacement indéfiniment tant que la condition « la trajectoire du chat coupe la trajectoire de la souris » n'est pas vérifiée, c'est-à-dire tant que la condition `Cat2 touché?` est fausse.
- Si la condition est vérifiée, on cache la souris avec `cacher` puis on stoppe le script avec `stop ce script`.
- Dans son déplacement, la souris avance de 100, tourne de 50° et rebondit si le bord est atteint.

OBJECTIF BREVET

Lance-toi dans des sujets !

13 Algorithme collaboratif

10 min

→ FICHE 1

Voici ci-dessous un programme de calcul sur lequel travaillent quatre élèves.

- Prendre un nombre
- Lui ajouter 8
- Multiplier le résultat par 3
- Enlever 24
- Enlever le nombre de départ

Voici ce qu'ils affirment :

Sophie : « Quand je prends 4 comme nombre de départ, j'obtiens, 8. »

Martin : « En appliquant le programme à 0, je trouve 0. »

Gabriel : « Moi, j'ai pris -3 au départ et j'ai obtenu -9. »

Faïza : « Pour n'importe quel nombre choisi, le résultat final est égal au double du nombre de départ. »

Pour chacun de ces quatre élèves, expliquer s'il a raison ou tort.

DÉMARRONS ENSEMBLE

- Applique d'abord au nombre 4 chacune des instructions du programme de calcul. Recommence avec les autres nombres.
- Faïza parle de n'importe quel nombre. Appelle a ce nombre et applique-lui le programme de calcul.

14 Tester un algorithme avec un tableur

10 min

→ FICHE 1

Voici un programme de calcul.

- Choisir un nombre
- Ajouter 1
- Calculer le carré de cette somme
- Soustraire 9 au résultat

1) Vérifier qu'en choisissant 7 comme nombre de départ, le résultat obtenu avec ce programme est 55.

2) Lorsque le nombre choisi est -6, quel résultat obtient-on ?

3 Jim utilise un tableur pour essayer le programme de calcul avec plusieurs nombres. Il a fait apparaître les résultats obtenus à chaque étape. Il obtient la feuille de calcul ci-dessous :

	A	B	C	D
1	Nombre de départ	Résultat de la 1re étape	Résultat de la 2e étape	Résultat final
2	–0,4	0,6	0,36	–8,64
3	–0,2	0,8	0,64	–8,36
4	0	1	1	–8
5	0,2	1,2	1,44	–7,56
6	0,4	1,4	1,96	–7,04
7	0,6	1,6	2,56	–6,44
8	0,8	1,8	3,24	–5,76
9	1	2	4	–5
10	1,2	2,2	4,84	–4,16
11	1,4	2,4	5,76	–3,24
12	1,6	2,6	6,76	–2,24
13	1,8	2,8	7,84	–1,16
14	2	3	9	0
15	2,2	3,2	10,24	1,24
16	2,4	3,4	11,56	2,56

La colonne B est obtenue à partir d'une formule écrite en B2, puis recopiée vers le bas. Quelle formule Jim a-t-il saisie dans la cellule B2 ?

4 Le programme donne 0 pour deux nombres. Déterminer ces deux nombres.

DÉMARRONS ENSEMBLE

1 Effectue les opérations dans l'ordre des instructions.

2 N'oublie pas qu'un carré est toujours positif.

3 Tu ajoutes 1 au nombre de départ placé dans la colonne A.

4 Pars de 0 et effectue le programme en commençant par la fin.

15 Dessiner avec une boucle

10 min

→ FICHE 3

Voici un script écrit à l'aide du logiciel Scratch. Ce script utilise des instructions du bloc « stylo ». Quelle figure dessine ce programme ?

DÉMARRONS ENSEMBLE

Observe qu'on répète 10 fois un bloc d'instructions. Ces instructions concernent un déplacement de *n* (où *n* est une variable à laquelle on ajoute 10 à chaque répétition) et une rotation de 120°.

16 Reconstituer la logique algorithmique d'un programme

15 min

→ FICHES 2, 3 et 4

Voici un script écrit à l'aide du logiciel Scratch. Ce script utilise une boucle et deux instructions conditionnelles. Expliquer ce que fait ce programme.

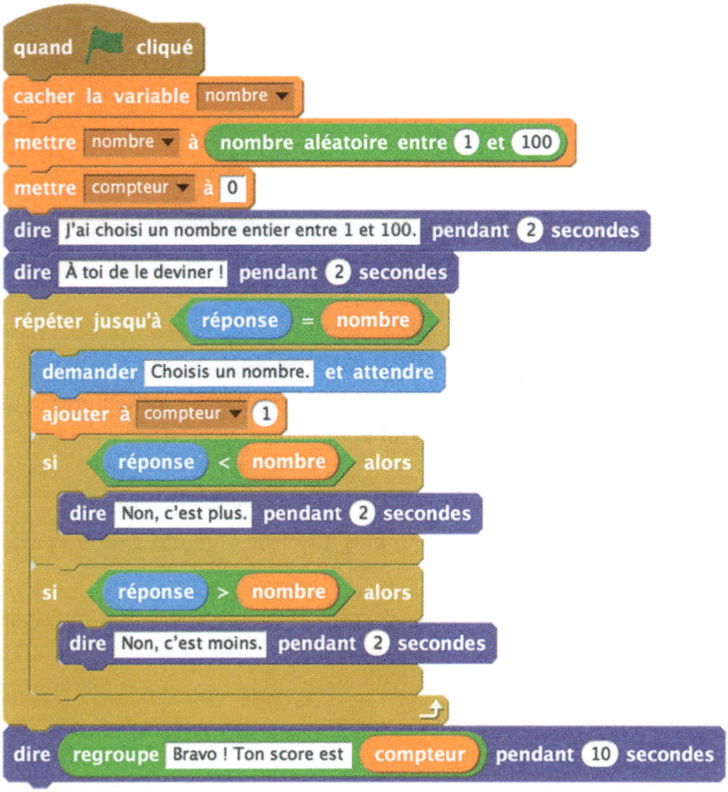

DÉMARRONS ENSEMBLE

- L'instruction en vert « Nombre aléatoire entre 1 et 100 » dit à l'ordinateur de choisir un nombre au hasard entre 1 et 100. Que contient alors la variable « *nombre* » ?
- « *Réponse* » est une variable qui prend comme valeur le nombre choisi par l'utilisateur.

On teste si le nombre choisi par l'utilisateur est plus grand ou plus petit que celui choisi par le programme.

- Quelle est l'utilité de la variable « *compteur* » ?

CORRIGÉS

SE TESTER QUIZ

1 Utiliser le logiciel Scratch

Réponse a. Dans le bloc « données », il y a l'option « créer une variable ».
Un contrôle est un ordre. La réponse **b** est fausse.
Un opérateur est une opération. La réponse **c** est fausse.

2 Faire un calcul littéral avec le logiciel Scratch

Réponse c. On cherche une écriture littérale. On appelle x le nombre choisi. On ajoute 5 à x. On obtient donc $(x + 5)$, les parenthèses étant indispensables. On multiplie ensuite par 2. On obtient alors $(x + 5) \times 2$.

3 Utiliser une instruction conditionnelle

Réponse c. La variable x vaut 10. La variable est donc supérieure à 5. C'est le « sinon » qui s'exécute donc le lutin dit « Bonjour ».

4 Utiliser une boucle

1) **Réponse b.** Le lutin avance de 100, puis il tourne d'un angle droit et avance de 100, ceci trois fois de suite. Il dessine donc un carré.

2) **Réponse b.** Au départ, la variable x vaut 2. Dans la boucle, on multiplie cette variable par 2. On obtient successivement 4, 8, 16. Le nombre 16 est plus grand que 15, donc on sort de la boucle. Le lutin dit 16.

5 Lire un script

1) **Réponse c.** Au départ, la variable longueur est à 10. Dans la boucle, on ajoute à la variable le nombre 10. On obtient successivement : 20 ; 30 ; 40 ; 50 ; 60. Le nombre 60 est strictement plus grand que 50, donc on sort de la boucle. Le lutin avance de 60.

2) **Réponse b.** La variable *longueur* est toujours à 10. Dans la boucle, on s'arrête si la longueur est égale à 10. On sort tout de suite de la boucle sans rien exécuter. Le lutin avance de 10.

6 Utiliser un programme complexe

1) **Réponse c.** La variable x vaut 10 au départ. Elle n'est donc pas strictement inférieure à 10, ni strictement supérieure à 10. Aucun des « si alors » ne s'exécute.

2) **Réponse a.** La variable x vaut 9 au départ. Elle est donc inférieure à 10, donc on dessine la figure 1. Celle-ci correspond au tracé d'un carré.

LES EXOS

7 Comparer des programmes de calcul

1) **Programme A :** $3 \to 3+2=5 \to 5^2=25$.
Programme B : $3 \to 3+4=7 \to 7\times 3=21 \to 21+4=25$.
Si on choisit 3 comme nombre de départ, les deux programmes donnent 25 comme résultat.

2) On effectue les opérations inverses pour trouver le nombre de départ.
$0 \to \sqrt{0}=0 \to 0-2=-2$. Avec le programme A, il faut choisir -2 au départ pour que le résultat obtenu soit 0.

3) Appliquons chaque programme à un nombre a.
Programme A : $a \to a+2 \to (a+2)^2$.
Programme B : $a \to a+4 \to (a+4)\times a \to (a+4)\times a+4$.
On a $(a+2)^2=(a+2)(a+2)=a^2+2a+2a+4=a^2+4a+4=(a+4)\times a+4$.
Ysah a raison : pour n'importe quel nombre de départ, ces deux programmes donnent le même résultat.

8 Utiliser un algorithme simple

1) On a $8-6=2$ et $8-2=6$.
On multiplie ces deux résultats. On obtient $2\times 6=12$.

2) **Proposition 1 : vraie.** Si on choisit 4, on a $4-6=-2$ et $4-2=2$. Le produit de ces deux nombres est -4. Le programme peut donner un résultat négatif.
Proposition 2 : vraie. On a $\frac{1}{2}-6=-\frac{11}{2}$ et $\frac{1}{2}-2=-\frac{3}{2}$. Le produit de ces deux nombres est $\frac{33}{4}$.
Proposition 3 : vraie. Appliquons ce programme à un nombre a.
On obtient le résultat final $(a-6)(a-2)$.
Or pour qu'un produit de deux nombres soit égal à 0, il faut qu'au moins un des nombres soit égal à 0. Donc l'équation $(a-6)(a-2)=0$ n'est vérifiée que si $a-6=0$ ou $a-2=0$, soit $a=6$ ou $a=2$.
Le programme donne 0 comme résultat pour exactement deux nombres.
Proposition 4 : fausse. La fonction : $a \to (a-6)(a-2)$ n'est pas une fonction linéaire.

À NOTER
Les fonctions linéaires sont décrites → FICHE 19.

9 Reconstituer la logique algorithmique d'un programme

1) Si le prix HT de la statue est inférieur ou égal à 1 000 €, il augmente juste des 20 % de TVA, soit :

$T = P + \frac{20}{100} \times P.$

Si le prix HT de la statue est supérieur à 1 000 €, il a une réduction de 5 %. On doit donc multiplier P par $1 - \frac{5}{100}$ soit 0,95. Puis on calcule la TVA sur ce prix. On obtient :

$T = P \times \frac{95}{100} + \frac{20}{100} \times P \times \frac{95}{100}.$

2) On obtient le programme suivant :

Variables	P, T
Entrées	Saisir P
Traitement	SI $P \leqslant 1000$
	ALORS T prend la valeur $T + \frac{20}{100} \times P$
	SINON T prend la valeur $P \times \frac{95}{100} + \frac{20}{100} \times P \times \frac{95}{100}$
Sortie	Afficher T

10 Utiliser un algorithme complexe

1) La variable a prend la valeur 10 et on lui soustrait 1 tant que la différence obtenue est strictement positive. On obtient successivement les résultats suivants :
$9 \rightarrow 8 \rightarrow 7 \rightarrow 6 \rightarrow 5 \rightarrow 4 \rightarrow 3 \rightarrow 2 \rightarrow 1 \rightarrow 0.$
On a donc un « compte à rebours » à partir du nombre 9.

2) k prend d'abord la valeur 0, le programme affiche 10 – 0 soit 10.
k prend ensuite la valeur 1, le programme affiche 10 – 1 soit 9.
On obtient successivement les résultats suivants :
$10 \rightarrow 9 \rightarrow 8 \rightarrow 7 \rightarrow 6 \rightarrow 5 \rightarrow 4 \rightarrow 3 \rightarrow 2 \rightarrow 1 \rightarrow 0.$
On a donc à nouveau un « compte à rebours » à partir du nombre 10.

11 Dessiner avec Scratch

À chacune des 4 répétitions de la boucle, le lutin se déplace de 50 pas, puis tourne de 90° dans le sens des aiguilles d'une montre. On obtient un carré :

12 Construire un programme à l'aide du logiciel Scratch

1) Script pour le déplacement du chat :

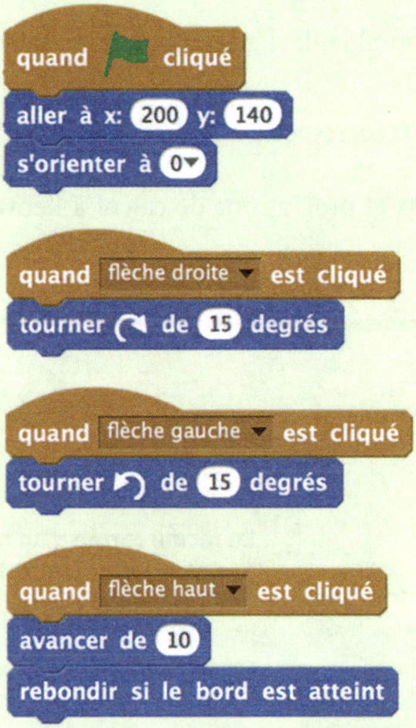

2) Script pour le déplacement de la souris :

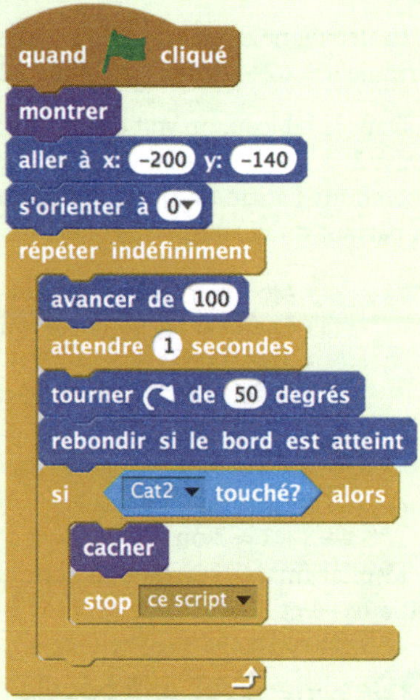

OBJECTIF BREVET

13 Algorithme collaboratif

> **MOT CLÉ**
> Le **double** d'un nombre est le produit de ce nombre par 2.

En choisissant 4, on obtient $(4 + 8) \times 3 - 24 - 4 = 8$.
8 est le double de 4.
En choisissant 0, on obtient $(0 + 8) \times 3 - 24 - 0 = 0$.
0 est le double de 0.
En choisissant -3, on obtient $(-3 + 8) \times 3 - 24 - (-3) = -6$. -6 est le double de -3.
Si on appelle a le nombre de départ, le programme de calcul devient alors :
$(a + 8) \times 3 - 24 - a = 3a + 24 - 24 - a = 2a$. $2a$ est bien le double de a.
Sophie, Martin et Faïza ont donc raison tandis que Gabriel se trompe.

14 Tester un algorithme avec un tableur

1) En appliquant le programme de calcul, on obtient :
$7 \to 7 + 1 = 8 \to 8^2 = 64 \to 64 - 9 = 55$.
En choisissant 7 comme nombre de départ, le résultat obtenu avec ce programme est 55.

2 En appliquant le programme de calcul au nombre – 6, on obtient :
$-6 \rightarrow -6 + 1 = -5 \rightarrow (-5)^2 = 25 \rightarrow 25 - 9 = 16$.
En choisissant –6 comme nombre de départ, le résultat obtenu avec ce programme est 16.

3 La deuxième étape consiste à ajouter 1 au nombre de départ. Jim a donc saisi la formule « = A2+1 » dans la cellule B2.

4 Dans le tableau, on voit que le résultat final 0 correspond à un nombre de départ égal à 2.
Cherchons l'autre nombre. Pour cela, prenons le programme de calcul à l'envers en partant du résultat :

- Ajouter 9 au nombre final
- Chercher les nombres ayant pour carré le résultat précédent
- Soustraire 1
- Afficher les nombres de départ possibles

On a $0 \rightarrow 0 + 9 = 9$
$\rightarrow \sqrt{9} = 3$ ou $-\sqrt{9} = -3$
$\rightarrow 3 - 1 = 2$ ou $-3 - 1 = -4$

Le résultat final 0, correspond donc aux deux nombres initiaux –4 et 2.

À NOTER
La **racine carrée** d'un nombre positif a, notée $\sqrt{a}$, est le nombre positif dont le carré est égal à a → FICHE 35.

15 Dessiner avec une boucle

À chacune des 10 répétitions de la boucle, le lutin avance de 10 pas de plus que la fois précédente. De plus, après avoir avancé, il tourne de 120°.
On obtient la figure ci-contre, une « spirale triangulaire ».

16 Reconstituer la logique algorithme d'un programme

- Le programme choisit un nombre aléatoire entre 1 et 100 que l'on doit deviner. Cette variable est nommée « *nombre* » dans le programme.
- On entre un nombre entre 1 et 100, cette variable est nommée « *réponse* » dans le programme.
- On compare alors les deux variables à l'aide des tests $<$ ou $>$.

Si ce nombre est plus petit que le nombre choisi par le programme, le lutin répond « Non, c'est plus ».
Le compteur prend alors la valeur « compteur plus 1 ».
La boucle s'arrête quand les deux variables sont égales.
À la fin, le programme affiche « Bravo ! Ton score est : *la valeur du compteur* », c'est-à-dire le nombre d'essais.

À NOTER
Ici, le score est meilleur quand il est plus bas.

2 Divisibilité et nombres premiers

Réponse : 6 est parfait car ses diviseurs sont 1, 2, 3, 6 et on a 1 + 2 + 3 = 6.

5 Rechercher des diviseurs

EN BREF ▸ *Pour trouver les diviseurs d'un nombre entier, on peut s'aider des critères de divisibilité.*

I Multiples et diviseurs

On désigne par a et b deux entiers strictement positifs.
On dit que b est un diviseur de a s'il existe un entier positif n tel que $a = b \times n$.
a est alors un multiple de b.

> **MOT CLÉ**
> Les **nombres entiers** sont des nombres qui s'écrivent sans virgule.

Exemples : $30 = 5 \times 6$, donc 5 est un diviseur de 30 et 30 est un multiple de 5.
$21 = 3 \times 7$ donc 3 est un diviseur de 21 et 21 est un multiple de 3.

II Les critères de divisibilité

- Un entier est divisible par 2 si le chiffre des unités est 0, 2, 4, 6 ou 8. Cet entier est alors pair.
- Un entier est divisible par 3 si la somme de ses chiffres est divisible par 3.
- Un entier est divisible par 5 si le chiffre des unités est 0 ou 5.
- Un entier est divisible par 9 si la somme de ses chiffres est divisible par 9.
- Un entier est divisible par 10 si le chiffre des unités est 0.

Exemples : 120 est divisible par 2, 3, 5 et 10.
75 est divisible par 3 et 5.

III Trouver les diviseurs d'un nombre entier

Pour trouver les diviseurs d'un nombre, il faut écrire de toutes les façons possibles ce nombre sous la forme d'un produit de deux entiers, en s'aidant des critères de divisibilité. On cherche si l'entier est divisible par 1, 2, 3, 4, ainsi de suite.

> **À NOTER**
> Tout nombre entier strictement supérieur à 1 admet au moins deux diviseurs : 1 et lui-même.

Exemple : On veut trouver les diviseurs de 40.
40 s'écrit 40×1, donc 40 est divisible par 1 et 40.
40 est un nombre pair et $40 = 2 \times 20$, donc 2 et 20 sont des diviseurs de 40.
La somme des chiffres de 40 est 4, donc 40 n'est pas divisible par 3.
40 s'écrit 4×10 ou 5×8.
Il n'y a plus d'entiers entre 5 et 8 qui divisent 40.
Donc les diviseurs de 40 sont : 1, 2, 4, 5, 8, 10, 20 et 40.

Méthodes

1 Utiliser les critères de divisibilité

1) 3 210 est-il divisible par 2, 3 ou 5 ?

2) Quel nombre compris entre 31 et 59 est divisible à la fois par 3 et 5 ?

CONSEILS
Observe le chiffre des unités de 3 210. Est-il pair ? Est-ce un 0 ou un 5 ?
Calcule la somme des chiffres de 3 210. Est-elle divisible par 3 ?

SOLUTION

1) 0 est le chiffre des unités de 3 210, donc 3 210 est divisible par 2 et par 5. La somme des chiffres de 3 210 est 3 + 2 + 1 + 0 = 6. 6 est divisible par 3, donc 3 210 est divisible par 3.

2) Un nombre divisible par 3 et 5 est un multiple de 15. Le seul multiple de 15 compris entre 31 et 59 est 45.

2 Trouver les diviseurs d'un entier

Écrire la liste des diviseurs de 63.

CONSEILS
Souviens-toi que 63 est divisible par 1 et par lui-même.
Explique pourquoi 63 n'est pas divisible par 2.
Utilise ensuite les critères de divisibilité ou les tables de multiplication pour écrire 63 sous la forme d'un produit de deux facteurs.

SOLUTION

- 63 est divisible par 1 et 63.
- 63 n'est pas un nombre pair, donc il n'est pas divisible par 2.
- La somme des chiffres 6 et 3 est égale à 9. 9 est divisible par 3, donc 63 est divisible par 3. On a $63 = 3 \times 21$.

63 n'est pas divisible pas 4, 5 et 6. Par contre, $63 = 7 \times 9$. 63 est donc divisible par 7 et 9.

Les diviseurs de 63 sont donc 1, 3, 7, 9, 21 et 63.

6 Décomposer un nombre en produit de facteurs premiers

EN BREF ▸ *Tout entier peut s'écrire sous la forme d'un produit de facteurs premiers.*

I Qu'est-ce qu'un nombre premier ?

- Un nombre premier est un entier positif qui admet exactement deux diviseurs.

Exemples : 2 n'est divisible que par 1 et 2. Donc 2 est un nombre premier.

4 est divisible par 1, 2 et 4. Donc 4 n'est pas un nombre premier.

À NOTER
L'entier 1 n'est divisible que par 1. Donc 1 n'est **pas un nombre premier**.

- Voici la liste des nombres premiers inférieurs à 50 dans l'ordre croissant :

2	3	5	7	11	13	17	19
23	29	31	37	41	43	47	

II Décomposer un nombre en produit de facteurs premiers

Tout entier peut s'écrire sous la forme d'un **produit** où tous les **facteurs** sont des nombres premiers. On appelle cette écriture la décomposition en produit de facteurs premiers de cet entier.

MOTS CLÉS
Le **produit** est le résultat d'une multiplication. Les nombres qui la composent sont les **facteurs**.

Exemple : Pour trouver la décomposition en produit de facteurs premiers de 60, on cherche s'il est divisible par chacun des nombres premiers en les prenant dans l'ordre croissant.

- 60 est un nombre pair, donc il est divisible par 2.
On a $60 = 2 \times 30$.
- 30 est un nombre pair, donc il est divisible par 2.
On a $30 = 2 \times 15$ et $60 = 2 \times (2 \times 15) = 2 \times 2 \times 15$.
- 15 n'est pas divisible par 2, il est divisible par 3.
On a $15 = 3 \times 5$ et $60 = 2 \times 2 \times (3 \times 5)$.
- 5 est un nombre premier.
- La décomposition en produit de facteurs premiers de 60 est : $2 \times 2 \times 3 \times 5$.

Méthodes

1 Reconnaître un nombre premier

Pour chaque nombre, indiquer s'il est premier ou non.

1) 12 2) 27 3) 29

CONSEILS
Cherche dans la liste les nombres pairs et explique pourquoi ils ne sont pas premiers. Pour les nombres impairs, cherche s'ils sont divisibles par 3, 5 ou 7.

SOLUTION

1) 12 est divisible par 2, donc 12 n'est pas premier.

2) La somme des chiffres de 27 est égale à 9. Donc 27 est divisible par 3. Il n'est pas premier.

3) Le chiffre des unités de 29 est 9, donc 29 n'est pas divisible par 2 et 5. La somme de ses chiffres est 11, donc 29 n'est pas divisible par 3. Il n'est pas divisible par 7. 29 n'est divisible que par 1 et par 29. Donc 29 est premier.

2 Donner la décomposition en facteurs premiers d'un entier

Donner la décomposition en produit de facteurs premiers des nombres suivants :

1) 8 2) 15 3) 18

CONSEILS
Pour trouver la décomposition en produit de facteurs premiers d'un nombre, par exemple 8, cherche s'il est divisible par un nombre premier, en les testant dans l'ordre croissant. 8 est un nombre pair, il est donc divisible par 2. Observe alors que $8 = 2 \times 4$. Puis recommence avec le quotient. Écris 4 sous la forme d'un produit de deux nombres premiers.

SOLUTION

1) 8 est divisible par 2 et $8 = 2 \times 4$. 4 est divisible par 2.
On a $8 = 2 \times 2 \times 2$. C'est la décomposition de 8 en produit de facteurs premiers.

2) 15 est divisible par 3. On a $15 = 3 \times 5$. 3 et 5 sont des nombres premiers, 3×5 est la décomposition de 15 en produit de facteurs premiers.

3) 18 est divisible par 2 et $18 = 2 \times 9$. 9 est divisible par 3.
On a $9 = 3 \times 3$ et $18 = 2 \times 3 \times 3$.
Donc $2 \times 3 \times 3$ est la décomposition de 18 en produit de facteurs premiers.

7 Simplifier une fraction pour la rendre irréductible

EN BREF ▸ *Il peut être compliqué d'effectuer un calcul avec des fractions si ces fractions n'ont pas été simplifiées. La méthode de décompositions en produit de facteurs premiers permet d'obtenir rapidement une fraction irréductible.*

I Qu'est-ce qu'une fraction irréductible ?

- Une fraction est irréductible lorsqu'elle ne peut plus être simplifiée.
- Si les décompositions en produit de facteurs premiers du numérateur et du dénominateur d'une fraction n'ont plus de facteurs identiques, alors la fraction est irréductible.

Exemple : La décomposition en produit de facteurs premiers de 6 est 2×3 et celle de 35 est 5×7. Ces deux décompositions n'ont pas de facteurs identiques. La fraction $\frac{6}{35}$ est irréductible.

II Simplifier une fraction à l'aide de décompositions en produit de facteurs premiers

- Si on divise le numérateur et le dénominateur d'une fraction par un même nombre, on obtient une fraction égale.
- Pour simplifier une fraction, on cherche les décompositions en produit de facteurs premiers du **numérateur** et du **dénominateur.**

MOTS CLÉS
Le **numérateur** est le nombre au-dessus de la barre de fraction. Le nombre en dessous s'appelle le **dénominateur**.

Exemple : Pour simplifier la fraction $\frac{24}{18}$, on décompose 24, puis 18.

On obtient :

$$\frac{24}{18} = \frac{2 \times 12}{2 \times 9} = \frac{2 \times 2 \times 6}{2 \times 3 \times 3} = \frac{2 \times 2 \times 2 \times 3}{2 \times 3 \times 3}$$

On divise le numérateur et le dénominateur par 2, puis par 3.
On obtient :

$$\frac{24}{18} = \frac{2 \times 2}{3} = \frac{4}{3}.$$

Méthode

Rendre une fraction irréductible

On veut rendre la fraction $\frac{30}{36}$ irréductible.

1) Décomposer 30 et 36 en produit de facteurs premiers.

2) On pose $A = \frac{30}{36}$.
Écrire A sous la forme d'une fraction irréductible.

CONSEILS

1) 30 est un nombre pair et on peut écrire $30 = 2 \times 15$.
Décompose 15 en observant qu'il est divisible par 3.
Explique pourquoi 36 est divisible par 2 et par 3.
2) Remplace 30 et 36 par leurs décompositions.
Divise alors le numérateur et le dénominateur par un même nombre.

SOLUTION

1) 30 est divisible par 2.

On a $30 = 2 \times 15$ et $15 = 3 \times 5$.

La décomposition de 30 en produit de facteurs premiers est :

$30 = 2 \times 3 \times 5$.

36 est divisible par 2.

On a $36 = 2 \times 18$ avec $18 = 2 \times 9$ et $9 = 3 \times 3$.

La décomposition de 36 en produit de facteurs premiers est :

$36 = 2 \times 2 \times 3 \times 3$.

2) On remplace 30 et 36 par leur décomposition.

On a $\frac{30}{36} = \frac{2 \times 3 \times 5}{2 \times 2 \times 3 \times 3}$.

Les deux décompositions contiennent les nombres premiers 2 et 3.

On divise le numérateur et le dénominateur par 2, puis par 3.

On a $\frac{30}{36} = \frac{5}{2 \times 3} = \frac{5}{6}$.

DIVISIBILITÉ ET NOMBRES PREMIERS

Fraction irréductible

Définition

Une fraction irréductible n'est **plus simplifiable**.

Comment rendre une fraction irréductible ?

1. Décomposer numérateur et dénominateur en **produit de facteurs premiers**.
2. Les diviser par le produit des nombres premiers **en commun** dans la décomposition.

Exemple : Pour rendre irréductible la fraction $\frac{42}{60}$

$60 = 2 \times 30$
$= 2 \times 2 \times 15$
$= 2 \times 2 \times 3 \times 5$

$42 = 2 \times 21$
$= 2 \times 3 \times 7$

Facteurs en commun : $2 \times 3 = 6$ donc :

$\frac{42}{60} = \frac{42 \div 6}{60 \div 6} = \frac{7}{10}$

Notion de divisibilité

Définition

Un entier b **divise** un entier a si le reste de la division euclidienne de a par b vaut 0.

Exemple : $936 = 52 \times 18 + 0$
Donc 52 est un **diviseur** de 936 ;
936 est un **multiple** de 52.

Critère de divisibilité

Un nombre est divisible :

- par **2** s'il est pair
- par **3** si la somme de ses chiffres est divisible par 3
- par **5** si son chiffre des unités est 0 ou 5
- par **9** si la somme de ses chiffres est divisible par 9

Décomposition en produit de facteurs premiers

Nombre premier

- Un nombre premier n'est divisible que par **1 et lui-même**.
- Liste des premiers nombres premiers : 2 ; 3 ; 5 ; 7 ; 11 ; 13…

Comment décomposer un nombre en produit de facteurs premiers ?

Essayer de diviser le nombre par les nombres premiers en allant **du plus petit au plus grand**.

Exemple :

$$84 = 2 \times 42$$
$$= 2 \times 2 \times 21$$
$$= 2 \times 2 \times 3 \times 7$$

SE TESTER QUIZ

1 Rechercher des diviseurs

→ FICHE 5

1) Le nombre 5 est :

☐ **a.** un diviseur de 35

☐ **b.** un multiple de 35

☐ **c.** un diviseur de 1

2) 123 est divisible par :

☐ **a.** 2 ☐ **b.** 3 ☐ **c.** 5

3) 525 est divisible par :

☐ **a.** 2 et 3 ☐ **b.** 2 et 5 ☐ **c.** 3 et 5

4) La liste complète des diviseurs de 27 est :

☐ **a.** 1 ; 27

☐ **b.** 1 ; 3 ; 27

☐ **c.** 1 ; 3 ; 9 ; 27

5) Le nombre 49 possède :

☐ **a.** un diviseur

☐ **b.** deux diviseurs

☐ **c.** trois diviseurs

6) Tom répartit ses 28 billes en 4 tas identiques. Chaque tas contient :

☐ **a.** 4 billes

☐ **b.** 6 billes

☐ **c.** 7 billes

…/6

2 Reconnaître un nombre premier

→ FICHE 6

Le nombre 7 est :

☐ **a.** un nombre premier

☐ **b.** un nombre uniquement divisible par 7

☐ **c.** un multiple de 14

…/1

3 Décomposer un nombre en produit de facteurs premiers

→ FICHE 6

1 La décomposition en produit de facteurs premiers de 12 est :

☐ **a.** 2×6 ☐ **b.** 3×4 ☐ **c.** $2 \times 2 \times 3$

2 Parmi ces affirmations, laquelle est exacte ?

☐ **a.** 2 n'est pas un nombre premier.

☐ **b.** Il y a quatre nombres premiers inférieur à 10.

☐ **c.** 1 est un nombre premier.

3 La décomposition en produit de facteurs premiers de 16 :

☐ **a.** ne contient que le nombre 2

☐ **b.** contient les nombres 2 et 3

☐ **c.** contient les nombres 2 et 5

…/3

4 Simplifier une fraction pour la rendre irréductible

→ FICHE 7

1 On a l'égalité $\frac{20}{15} = \frac{2 \times 2 \times 5}{3 \times 5}$. La fraction irréductible de $\frac{20}{15}$ est :

☐ **a.** $\frac{4}{3}$ ☐ **b.** $\frac{10}{15}$ ☐ **c.** $\frac{2}{5}$

2 La fraction irréductible égale à $\frac{12}{15}$ est :

☐ **a.** $\frac{6}{15}$ ☐ **b.** $\frac{4}{5}$ ☐ **c.** $\frac{2}{5}$

3 La fraction $\frac{6}{8}$ est :

☐ **a.** irréductible ☐ **b.** simplifiable par 2 ☐ **c.** simplifiable par 3

4 $\frac{6}{5}$ est une fraction irréductible égale à la fraction :

☐ **a.** $\frac{20}{15}$ ☐ **b.** $\frac{32}{20}$ ☐ **c.** $\frac{30}{25}$

…/4

ON FAIT LE BILAN !

score total …/14

- Des erreurs ? Entraîne-toi ! → **LES EXOS** P. 46
- Zéro faute ? Bravo ! → **OBJECTIF BREVET** P. 47

LES EXOS

5 Trouver les diviseurs d'un nombre entier

→ FICHE 5

Donner la liste de tous les diviseurs des nombres suivants :

1) 7 2) 14 3) 20 4) 22 5) 30

6 Déterminer si un nombre est premier

→ FICHE 6

Le nombre 5 463 est-il premier ?

7 Donner la décomposition en produit de facteurs premiers

→ FICHE 6

Donner la décomposition en produit de facteurs premiers des nombres suivants :

1) 14 2) 27 3) 55 4) 105 5) 200

8 Déterminer si une fraction est irréductible

→ FICHE 7

1) Reproduire le tableau suivant et compléter chaque case par oui ou par non.

	2	3	5	7
15 est divisible par				
21 est divisible par				
28 est divisible par				
35 est divisible par				

b. D'après le tableau, les fractions $\frac{21}{15}$ et $\frac{35}{28}$ sont-elles irréductibles ? Pourquoi ?

2) Donner la décomposition en produit de facteurs premiers des nombres 15, 21, 28 et 35.

3) Simplifier les fractions $\frac{21}{15}$ et $\frac{35}{28}$.

4) La fraction $\frac{15}{28}$ est-elle irréductible ?

9 Utiliser les critères de divisibilité

→ FICHES 5 et 7

Simplifier par 3 la fraction $\frac{1\,404}{3\,465}$.

La fraction obtenue est-elle irréductible ? Justifier.

10 Simplifier une fraction

→ FICHES 5 et 7

1) Montrer que 147 est un diviseur de 1 911 et de 2 499.

2) Écrire sous forme irréductible la fraction $\frac{2\,499}{1\,911}$ (indiquer le détail des calculs).

OBJECTIF BREVET

Lance-toi dans des sujets !

11 Des nombres amicaux

10 min

→ FICHE 5

On appelle diviseurs stricts d'un entier tous ses diviseurs autres que lui-même. Deux nombres entiers sont dits amicaux lorsque la somme des diviseurs stricts de l'un est égale à celle de l'autre. Les entiers 220 et 284 sont-ils amicaux ?

DÉMARRONS ENSEMBLE

- Cherche les diviseurs de 220. Pour cela, écris 220 sous la forme d'un produit de deux entiers : $220 = 1 \times 220$, $220 = 2 \times 110$, etc. Continue en observant que 220 est divisible par 4, puis par 5.
- Procède de même avec 284.
- Calcule les sommes des diviseurs stricts de 220 et 284. Conclus.

12 Une compétition amicale

10 min

→ FICHE 7

Marie et Amine font une course à vélo. Amine a parcouru les $\frac{60}{105}$ de la distance totale. Il reste à Marie les $\frac{12}{42}$ de la distance totale à parcourir.

1) Simplifier les fractions $\frac{60}{105}$ et $\frac{12}{42}$.

2) Expliquer pourquoi Marie est plus près de l'arrivée qu'Amine.

DÉMARRONS ENSEMBLE

1) Décompose 60 en produit de facteurs premiers : observe que $60 = 2 \times 30$ et continue en décomposant 30 qui est un nombre pair.
Procède de même avec les nombres 105, 12 et 42 en t'aidant des critères de divisibilité.

2) Commence par calculer la fraction représentant la distance parcourue par Marie.
Compare les deux fractions simplifiées représentant chaque trajet.

13 Un nombre parfait
10 min

→ FICHE 5

On appelle nombre parfait un nombre égal à la somme de ses diviseurs (lui non compris, évidemment).

1) Démontrer que 6 est un nombre parfait.

2) 28 est-il un nombre parfait ?

DÉMARRONS ENSEMBLE

1) Trouve les quatre diviseurs de 6.
2) Cherche les diviseurs de 28. Tu dois en trouver 6.

14 Un nombre abondant
10 min

→ FICHE 5

Un nombre abondant est un entier dont la somme des diviseurs (lui non compris) est supérieure au nombre lui-même.

1) Démontrer que 48 est un nombre abondant.

2) Démontrer que 16 n'est pas un nombre abondant.

DÉMARRONS ENSEMBLE

1) Écris 48 sous la forme d'un produit de deux entiers.
Tu dois trouver 5 produits différents.
2) Vérifie que tu as trouvé 5 diviseurs pour 16.

15 Un multiple de 10
15 min

→ FICHE 5

« Je prends un nombre entier. Je lui ajoute 3 et je multiplie le résultat par 7. J'ajoute le triple du nombre de départ au résultat et j'enlève 21. J'obtiens toujours un multiple de 10. »
Est-ce vrai ? Justifier.

DÉMARRONS ENSEMBLE

- Appelle x le nombre entier choisi au départ.
- Si tu lui ajoutes 3, le nombre devient $x + 3$. Multiplie le résultat précédent par 7 sans oublier les parenthèses indispensables.
- Continue à effectuer les opérations indiquées et conclus.

16 Nombres premiers jumeaux
10 min

→ FICHE 6

Deux nombres premiers jumeaux sont deux nombres premiers dont la différence est 2, comme par exemple 3 et 5.

1) Quel est le nombre premier jumeau avec 11 ? avec 17 ?

2) 119 est un nombre premier. Admet-il un nombre premier jumeau ?

DÉMARRONS ENSEMBLE

1) Ajoute 2 ou retranche 2 au nombre 11. Observe les deux résultats obtenus et conclus. Raisonne de même avec 17.

2) Cherche si les nombres obtenus sont premiers ou non.

17 Fraction et proportion
10 min

→ FICHE 7

Un producteur de pommes décide de se reconvertir dans l'agriculture biologique et souhaite connaître le taux de pesticides dans les pommes qu'il produit.

Pour cela, il prélève deux lots de pommes sur deux arbres différents :
- Dans le premier lot, 63 pommes sur 225 présentent un taux anormal de pesticides.
- Dans le second lot, 96 pommes sur 400 présentent aussi un taux anormal.

Quel lot est le moins pollué par les pesticides ?

DÉMARRONS ENSEMBLE

- Dans le premier lot, 63 pommes sur 225 présentent un taux anormal de pesticides : l'écriture de cette proportion est $\frac{63}{225}$. Décompose 63 et 225 en produits de facteurs premiers à l'aide des critères de divisibilité, puis simplifie la fraction $\frac{63}{225}$.
- Raisonne de même pour le second lot.

18 Fraction et simplification
10 min

→ FICHE 7

Dans un collège, tous les élèves de troisième passent un brevet blanc.

Le professeur de mathématiques dit que $\frac{144}{180}$ des élèves ont réussi le brevet blanc.

Le professeur de français dit que $\frac{112}{140}$ des élèves ont réussi. Sont-ils d'accord ?

DÉMARRONS ENSEMBLE

Il s'agit de simplifier chacune des deux fractions données. Pour cela, décompose en produit de facteurs premiers le numérateur et le dénominateur de ces fractions.

CORRIGÉS

SE TESTER QUIZ

1 Rechercher des diviseurs

1) Réponse a. On a : 35 ÷ 5 = 7, donc 5 est un diviseur de 35.
Un multiple différent de zéro est supérieur ou égal au nombre donné, donc 5 ne peut pas être multiple de 35. La réponse **b** est fausse.
Un diviseur est inférieur ou égal au nombre qu'il divise, donc 5 ne peut pas diviser 1. La réponse **c** est fausse.

2) Réponse b. On a : 1 + 2 + 3 = 6 et 6 est un multiple de 3, donc 123 est divisible par 3.
123 est un nombre impair, donc il n'est pas divisible par 2. La réponse **a** est fausse.
123 n'a pas pour chiffre des unités 0 ou 5, donc il n'est pas divisible par 5. La réponse **c** est fausse.

3) Réponse c. La somme des chiffres de 525 est égale à 5 + 2 + 5 = 12 et 12 est divisible par 3, donc 525 est divisible par 3.
Le chiffre des unités de 525 est 5, donc 525 est divisible par 5.
525 est impair, donc il n'est pas divisible par 2. Les réponses **a** et **b** sont fausses.

4) Réponse c. 2 + 7 = 9 et 9 est divisible par 3 et par 9, donc les nombres 3 et 9 sont des diviseurs de 27.
27 est aussi divisible par 1 et 27, donc il a pour diviseurs : 1 ; 3 ; 9 et 27.

5) Réponse c. 49 est divisible par 1 et 49. Il admet donc au moins 2 diviseurs.
49 est aussi divisible par 7, donc il admet trois diviseurs.

6) Réponse c. On a : 28 ÷ 4 = 7. Chaque tas contient 7 billes.

2 Reconnaître un nombre premier

Réponse a. 7 est divisible par 1 et 7, donc il admet exactement deux diviseurs : 7 est un nombre premier.
7 est divisible par 7 mais aussi par 1. La réponse **b** est fausse.
7 est un diviseur de 14. La réponse **c** est fausse.

3 Décomposer un nombre en produit de facteurs premiers

1) Réponse c. 2 et 3 sont des nombres premiers et 2 × 2 × 3 = 12.
6 et 4 ne sont pas des nombres premiers. Les réponses **a** et **b** sont fausses.

2) Réponse b. Les nombres premiers inférieurs à 10 sont : 2 ; 3 ; 5 et 7. Il y en a bien 4.
2 a exactement deux diviseurs (1 et 2), c'est donc un nombre premier. L'affirmation **a** est fausse.
1 n'admet qu'un seul diviseur (lui-même), ce n'est donc pas un nombre premier. L'affirmation **c** est fausse.

3) **Réponse a.** On a : $16 = 2 \times 8 = 2 \times 2 \times 4 = 2 \times 2 \times 2 \times 2$. La décomposition de 16 ne contient que des 2.
16 n'est pas divisible par 3 et par 5. Les réponses b et c sont fausses.

4 Simplifier une fraction pour la rendre irréductible

1) **Réponse a.** On peut diviser le numérateur et le dénominateur de la fraction $\frac{2 \times 2 \times 5}{3 \times 5}$ par 5. On obtient la fraction irréductible $\frac{2 \times 2}{3} = \frac{4}{3}$.

2) **Réponse b.** On divise le numérateur et le dénominateur par 3.
On a $\frac{12}{15} = \frac{2 \times 2 \times 3}{3 \times 5} = \frac{4}{5}$.

3) **Réponse b.** On peut diviser le numérateur 6 et le dénominateur 8 par 2.
La fraction est simplifiable, donc elle n'est pas irréductible. La réponse a est fausse.
8 n'est pas divisible par 3. La réponse c est fausse.

4) **Réponse c.** On a : $\frac{6}{5} = \frac{6 \times 5}{5 \times 5} = \frac{30}{25}$.

LES EXOS

5 Trouver les diviseurs d'un nombre entier

1) Les diviseurs de 7 sont 1 et 7.

2) Les diviseurs de 14 sont 1, 2, 7, 14.

3) Les diviseurs de 20 sont 1, 2, 4, 5, 10, 20.

4) Les diviseurs de 22 sont 1, 2, 11, 22.

5) Les diviseurs de 30 sont 1, 2, 3, 5, 6, 10, 15, 30.

6 Déterminer si un nombre est premier

5 463 n'est pas divisible par 2 car son chiffre des unités n'est pas pair.
On calcule la somme de ses chiffres. On a $5 + 4 + 6 + 3 = 18$ et 18 est divisible par 3. Donc 5 463 est divisible par 3. Il admet au moins trois diviseurs 1, 3 et 5 463.
Le nombre 5 463 n'est pas premier.

7 Donner la décomposition en produit de facteurs premiers

1) La décomposition en produit de facteurs premiers de 14 est 2×7.

2) La décomposition en produit de facteurs premiers de 27 est $3 \times 3 \times 3$.

3) La décomposition en produit de facteurs premiers de 55 est 5×11.

4) La décomposition en produit de facteurs premiers de 105 est $3 \times 5 \times 7$.

5) La décomposition en produit de facteurs premiers de 200 est $2 \times 2 \times 2 \times 5 \times 5$.

8 Déterminer si une fraction est irréductible

1 a. On complète chaque case par oui ou par non.

	2	3	5	7
15 est divisible par	non	oui	oui	non
21 est divisible par	non	oui	non	oui
28 est divisible par	oui	non	non	oui
35 est divisible par	non	non	oui	oui

b. D'après le tableau, 21 et 15 sont divisibles par 3, donc la fraction $\frac{21}{15}$ n'est pas irréductible.
D'après le tableau, 35 et 28 sont divisibles par 7, donc la fraction $\frac{35}{28}$ n'est pas irréductible.

2 La décomposition en produit de facteurs premiers de 15 est 3×5.
La décomposition en produit de facteurs premiers de 21 est 3×7.
La décomposition en produit de facteurs premiers de 35 est 5×7.
La décomposition en produit de facteurs premiers de 28 est $2 \times 2 \times 7$.

3 Simplifions les fractions $\frac{21}{15}$ et $\frac{35}{28}$. On a $\frac{21}{15} = \frac{3 \times 7}{3 \times 5} = \frac{7}{5}$ et $\frac{35}{28} = \frac{5 \times 7}{2 \times 2 \times 7} = \frac{5}{4}$.

4 15 et 28 n'ont pas de diviseur en commun autre que 1, donc la fraction $\frac{15}{28}$ est irréductible.

9 Utiliser les critères de divisibilité

Simplifions par 3 la fraction $\frac{1\,404}{3\,465}$.

On a $\frac{1\,404}{3\,465} = \frac{3 \times 468}{3 \times 1\,155} = \frac{468}{1\,155}$.

La somme des chiffres de 468 est égale à 18 et celle de 3 465 est 18. Ces deux nombres sont divisibles par 3, donc la fraction obtenue n'est pas irréductible.

10 Simplifier une fraction

1 On divise 1 911 et 2 499 par 147.
On a 1 911 ÷ 147 = 13 et 2 499 ÷ 147 = 17.
147 est donc un diviseur de 1 911 et de 2 499.

2 Écrivons sous forme irréductible la fraction $\frac{2\,499}{1\,911}$.
On a $\frac{2\,499}{1\,911} = \frac{147 \times 13}{147 \times 17} = \frac{13}{17}$.
13 et 17 sont premiers, donc la fraction est irréductible.

OBJECTIF BREVET

11 Des nombres amicaux

Les diviseurs de 220 sont : 1, 2, 4, 5, 10, 11, 20, 22, 44, 55, 110, 220.
La somme des diviseurs stricts de 220 est :
$1 + 2 + 4 + 5 + 10 + 11 + 20 + 22 + 44 + 55 + 110 = 284$.
Les diviseurs de 284 sont : 1, 2, 4, 71, 142, 284.
La somme des diviseurs stricts de 284 est :
$1 + 2 + 4 + 71 + 142 = 220$.
(220 ; 284) est un couple de nombres amicaux car 284 est égal à la somme des diviseurs stricts de 220, et réciproquement.

MOT CLÉ
La **somme** est le résultat d'une addition.

12 Une compétition amicale

1) Simplifions les fractions $\frac{60}{105}$ et $\frac{12}{42}$.

On a $\frac{60}{105} = \frac{2 \times 2 \times 3 \times 5}{3 \times 5 \times 7} = \frac{2 \times 2}{7} = \frac{4}{7}$ et $\frac{12}{42} = \frac{2 \times 2 \times 3}{2 \times 3 \times 7} = \frac{2}{7}$.

2) Amine a parcouru les $\frac{4}{7}$ de la distance totale. Il reste à Marie les $\frac{2}{7}$ de la distance totale à parcourir, donc elle a parcouru $\frac{5}{7}$ de la distance totale. Or $\frac{4}{7} < \frac{5}{7}$.
Marie est plus près de l'arrivée qu'Amine.

13 Un nombre parfait

1) Les diviseurs de 6 sont 1, 2, 3 et 6.
On a $1 + 2 + 3 = 6$, donc 6 est un nombre parfait.

2) Les diviseurs de 28 sont 1, 2, 4, 7, 14 et 28.
On a $1 + 2 + 4 + 7 + 14 = 28$. Donc 28 est un nombre parfait.

CONSEIL
1) N'ajoute pas le nombre dont tu as cherché les diviseurs.

14 Un nombre abondant

1) Les diviseurs de 48 sont 1, 2, 3, 4, 6, 8, 12, 16, 24, 48.
On a $1 + 2 + 3 + 4 + 6 + 8 + 12 + 16 + 24 = 76$.
Or $76 > 48$, donc 48 est un nombre abondant.

2) Les diviseurs de 16 sont 1, 2, 4, 8, 16.
On a $1 + 2 + 4 + 8 = 15$.
Or $15 < 16$, donc 16 n'est pas un nombre abondant.

15 Un multiple de 10

Appelons n le nombre choisi.
Appliquons le programme de calcul proposé.
On ajoute 3, on obtient $n + 3$.
On multiplie le résultat par 7, on obtient $(n + 3) \times 7$.
On ajoute le triple du nombre de départ au résultat, on obtient $(n + 3) \times 7 + n \times 3$.
On enlève 21, on obtient $(n + 3) \times 7 + n \times 3 - 21$.
Posons $A = (n + 3) \times 7 + n \times 3 - 21$.
On simplifie cette expression :
$A = n \times 7 + 3 \times 7 + n \times 3 - 21$
$A = n \times (3 + 7) + 21 - 21$
$A = n \times 10$.
On obtient donc toujours un multiple de 10.

> **CONSEIL**
> Les parenthèses autour de la somme $n + 3$ sont indispensables.

16 Nombres premiers jumeaux

1) On a $11 - 2 = 9$ et $11 + 2 = 13$.
Le nombre premier jumeau avec 11 est 13.
On a $17 - 2 = 15$ et $17 + 2 = 19$.
Le nombre premier jumeau avec 17 est 19.

> **À NOTER**
> **1)** 9 et 15 ne sont pas des nombres premiers car ils sont divisibles par 3.

2) On a $119 - 2 = 117$ et $119 + 2 = 121$.
117 est divisible par 3, donc il n'est pas premier. Et 121 est divisible par 11, donc il n'est pas premier.
Donc 119 n'admet pas de nombre premier jumeau.

17 Fraction et proportion

On écrit sous forme de fractions les proportions données : $\frac{63}{225}$ et $\frac{96}{400}$.
On simplifie ces deux fractions :
$\frac{63}{225} = \frac{3 \times 3 \times 7}{3 \times 3 \times 5 \times 5} = \frac{7}{5 \times 5} = \frac{7}{25}$ et $\frac{96}{400} = \frac{2 \times 2 \times 2 \times 2 \times 2 \times 3}{2 \times 2 \times 2 \times 2 \times 5 \times 5} = \frac{2 \times 3}{5 \times 5} = \frac{6}{25}$.
$\frac{6}{25} < \frac{7}{25}$ donc, en proportion, le second lot contient moins de pommes présentant un taux anormal de pesticides que le premier : c'est le moins pollué par les pesticides.

18 Fraction et simplification

On veut comparer les deux fractions, pour cela on les simplifie. On décompose en produit de facteurs premiers chacun des nombres. On obtient :
$\frac{144}{180} = \frac{2 \times 2 \times 2 \times 2 \times 3 \times 3}{2 \times 2 \times 3 \times 3 \times 5} = \frac{4}{5}$ et $\frac{112}{140} = \frac{2 \times 2 \times 2 \times 2 \times 7}{2 \times 2 \times 5 \times 7} = \frac{4}{5}$.
Les deux fractions simplifiées sont égales, les deux professeurs sont donc d'accord.

3 Calculs sur les écritures fractionnaires et les puissances

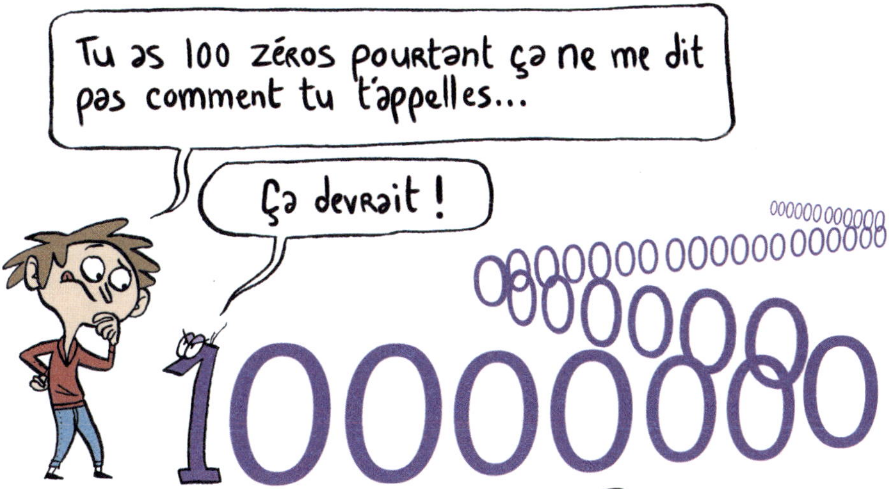

Réponse : Un gogol.

8 Représenter un nombre sur une droite graduée

EN BREF ▸ *Un thermomètre, une règle ou un verre doseur sont des instruments du quotidien qui présentent une graduation avec des nombres relatifs, décimaux ou rationnels.*

I Représenter un nombre relatif sur une droite graduée

■ Pour placer un nombre décimal positif sur une droite graduée, on repère sa **partie entière** et sa **partie décimale.**

■ Pour placer un décimal négatif, on place d'abord son opposé qui est positif. On effectue une symétrie par rapport au nombre 0.

MOTS CLÉS

La **partie entière** d'un décimal positif est le nombre situé à gauche de la virgule. Sa **partie décimale** est située à droite.

Exemple : Placer +2,6 et –2,6 sur la droite graduée ci-dessous.

On écrit +2,6 = +2 + 0,6. On compte alors 6 petites divisions à partir de +2 vers la droite. Par symétrie par rapport à 0, on place –2,6.

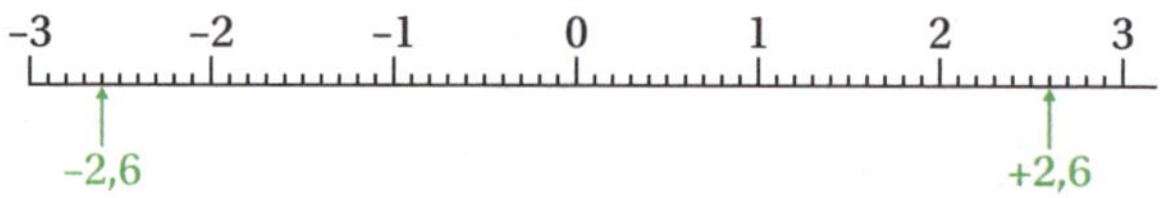

II Représenter un rationnel sur une droite graduée

Pour placer un **rationnel** sur une droite graduée, on partage chaque unité en autant de divisions que le dénominateur du rationnel.

Le numérateur indique le nombre de divisions qu'il faut compter à partir du nombre 0.

Exemple : Placer $\frac{3}{4}$ sur la droite graduée ci-dessous.

On partage chaque unité en quatre divisions et on compte 3 divisions à partir de 0.

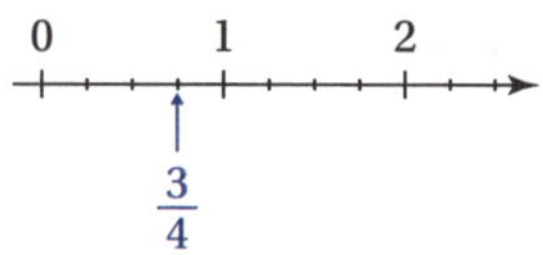

MOT CLÉ

Un **rationnel** est un nombre qui peut s'écrire sous la forme d'un quotient de deux entiers. Il a une infinité d'écritures, chacune d'entre elles est une fraction.

Méthodes

1 Placer un nombre relatif sur une droite graduée

Placer sur la droite graduée ci-dessous les relatifs suivants : +4,3 ; –4,3 et –1,2.

CONSEILS

Compte les unités à partir de 0 puis les petites divisions pour les dixièmes. Effectue une symétrie par rapport au nombre 0 pour placer les nombres négatifs.

SOLUTION

+4,3 est situé à 3 petites divisions à droite de 4.

–4,3 est l'opposé de +4,3, c'est le symétrique de +4,3 par rapport à 0.

Place d'abord +1,2. Pour cela, compte deux petites divisions à droite de +1. Effectue une symétrie par rapport à 0 pour placer –1,2.

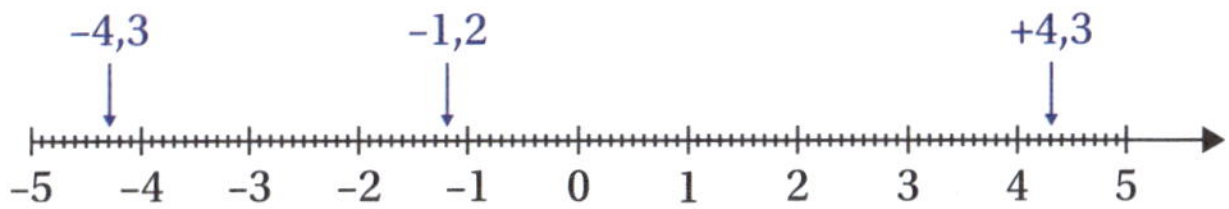

2 Placer un rationnel sur une droite graduée

Placer sur la droite graduée ci-dessous les rationnels suivants : $\frac{1}{6}$, $\frac{5}{6}$ et $-\frac{5}{6}$.

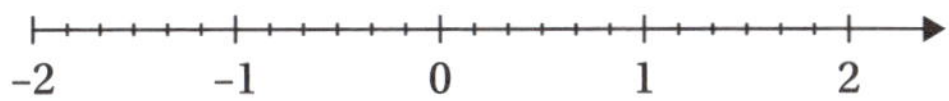

CONSEILS

L'unité est partagée en six petites divisions égales. Le numérateur du rationnel indique le nombre de petites divisions à compter en partant de 0.

SOLUTION

Le numérateur de $\frac{1}{6}$ est 1, donc $\frac{1}{6}$ se trouve a une petite division à droite de 0. On fait de même pour $\frac{5}{6}$. Enfin $-\frac{5}{6}$ est le symétrique de $\frac{5}{6}$ par rapport à 0.

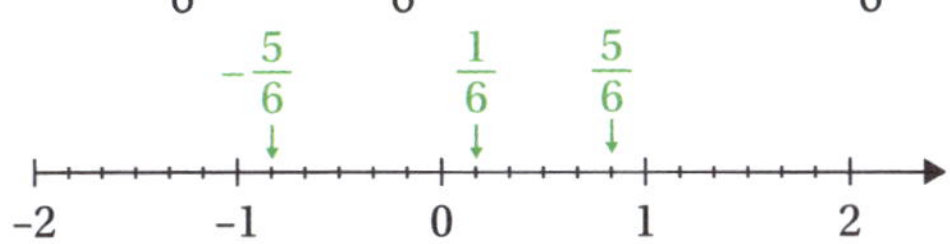

9 Comparer des décimaux, des fractions

EN BREF ▸ *Comparer deux quantités, c'est chercher quelle est la plus grande ou la plus petite des deux.*

I Comparer deux décimaux

1 Comparer deux décimaux positifs

- Pour comparer deux décimaux positifs, on regarde d'abord leurs parties entières.

Si les deux parties entières sont différentes, le plus grand est celui qui a la plus grande partie entière.

- Si les deux parties entières sont égales, on compare de la même manière les deux chiffres des dixièmes. On poursuit le processus si nécessaire en comparant les chiffres des centièmes, des millièmes, etc.

Exemple :
Comparons 3,45 et 3,37.
Ces deux nombres ont la même partie entière 3. Le chiffre des dixièmes de 3,45 est 4 et celui de 3,37 est 3.
$4 > 3$, donc $3{,}45 > 3{,}37$.

2 Comparer deux décimaux négatifs

Deux décimaux négatifs sont rangés dans l'ordre contraire de leurs opposés respectifs.

Exemple :
On a $3{,}45 > 3{,}37$ donc $-3{,}45 < -3{,}37$.

II Comparer deux fractions

Pour comparer deux fractions, on les écrit d'abord avec le même dénominateur. La plus grande est alors celle qui a le plus grand numérateur.

Exemple :
Comparons $\frac{-2}{7}$ et $\frac{-1}{5}$.
Écrivons les deux fractions au même dénominateur.
$\frac{-2}{7} = \frac{-2 \times 5}{7 \times 5} = \frac{-10}{35}$ et $\frac{-1}{5} = \frac{-1 \times 7}{5 \times 7} = \frac{-7}{35}$.
Comparons les deux numérateurs. On a $-10 < -7$, donc $\frac{-10}{35} < \frac{-7}{35}$.
Finalement, $\frac{-2}{7} < \frac{-1}{5}$.

Méthodes

1 Comparer des décimaux

Classer par ordre croissant les profondeurs de ces fosses marines.

Fosse	Océan	Profondeur (km)
Fosse de Porto Rico	Atlantique	8,605
Fosse des Kouriles	Pacifique	10,542
Fosse des Mariannes	Pacifique	11,034
Fosse des Philippines	Pacifique	10,540
Fosse du Pérou-Chili	Pacifique	8,065

CONSEILS
Lorsque deux profondeurs ont la même partie entière, compare leur chiffre des dixièmes et éventuellement le chiffre des centièmes.

SOLUTION

On compare les parties entières : $8 < 10 < 11$.

Deux profondeurs ont pour partie entière 8. Il s'agit de 8,605 et 8,065.

On compare les chiffres des dixièmes. On a $0 < 6$, donc $8{,}065 < 8{,}605$. Deux profondeurs ont pour partie entière 10, pour chiffre des dixièmes 5, pour chiffre des centièmes 4. On compare les chiffres des millièmes.

On a $0 < 2$, donc $10{,}540 < 10{,}542$.

On obtient finalement : $8{,}065 < 8{,}605 < 10{,}540 < 10{,}542 < 11{,}034$.

2 Comparer deux fractions

Comparer les fractions $\frac{2}{3}$ et $\frac{3}{5}$.

CONSEILS
Réduis les fractions au même dénominateur. Compare les deux numérateurs obtenus. La plus grande fraction est celle qui a le plus grand numérateur.

SOLUTION

On réduit les fractions au même dénominateur :

$\frac{2}{3} = \frac{2\times5}{3\times5} = \frac{10}{15}$ et $\frac{3}{5} = \frac{3\times3}{5\times3} = \frac{9}{15}$.

On compare les numérateurs : $9 < 10$. Donc $\frac{9}{15} < \frac{10}{15}$, c'est-à-dire $\frac{3}{5} < \frac{2}{3}$.

10 Effectuer des calculs sur des relatifs en écriture fractionnaire

EN BREF ▸ *Tu connais les nombres en écriture fractionnaire, c'est-à-dire ceux qui s'écrivent sous la forme d'un quotient de deux nombres relatifs. Il s'agit maintenant d'apprendre à effectuer des calculs sur ces nombres.*

I Addition ou soustraction de deux fractions

Pour additionner ou soustraire des fractions, on les réduit au même dénominateur et on ajoute ou on soustrait les numérateurs.

Exemple :

On pose $A = \frac{1}{12} + \frac{(-3)}{8}$.

On a $A = \frac{2}{24} + \frac{(-9)}{24}$, soit $A = \frac{2-9}{24}$ d'où $A = \frac{-7}{24}$.

À NOTER

On a $\frac{a}{b} = \frac{-a}{-b}$ et $\frac{-a}{b} = \frac{a}{-b} = -\frac{a}{b}$, b étant non nul.

II Multiplication de deux fractions

Pour multiplier deux fractions, on multiplie d'une part les numérateurs et d'autre part, les dénominateurs.

Exemple :

$B = \frac{2}{7} \times \frac{21}{8}$ donc $B = \frac{2 \times 21}{7 \times 8}$.

On simplifie :

$B = \frac{\cancel{2} \times 3 \times \cancel{7}}{\cancel{7} \times \cancel{2} \times 2 \times 2}$, soit $B = \frac{3}{4}$.

CONSEIL

Après avoir écrit les deux produits, décompose chaque nombre en produit de facteurs premiers et simplifie avant d'effectuer les produits restants.

III Division de deux fractions

Pour diviser deux fractions, on multiplie la première par l'**inverse** de la deuxième.

Exemple :

$C = \frac{5}{6} \div \frac{-10}{9}$ donc $C = \frac{5}{6} \times \frac{9}{-10}$.

On simplifie :

$C = \frac{\cancel{5} \times (\cancel{3} \times 3)}{(2 \times \cancel{3}) \times (-2 \times \cancel{5})}$, soit $C = -\frac{3}{4}$.

MOT CLÉ

L'**inverse** de la fraction $\frac{a}{b}$ est la fraction $\frac{b}{a}$ où a et b sont non nuls.

Méthode

Calculer avec des fractions

On pose $A = \frac{11}{6} + \frac{5}{3}$ et $B = \frac{7}{4} - 2$.

1) Calculer A et B.

2) On pose $C = \frac{A}{B}$. Montrer que C est un entier.

CONSEILS

1) Dans le calcul de A, écris chaque fraction avec le même dénominateur, puis additionne.
Dans le calcul de B, observe que $2 = \frac{2}{1}$ afin d'écrire chaque fraction avec le même dénominateur, puis effectue la soustraction.

2) Souviens-toi que pour diviser une fraction par une autre fraction, on multiplie la première par l'inverse de la deuxième.

SOLUTION

1) Calculons A :

$A = \frac{11}{6} + \frac{10}{6}$

$A = \frac{21}{6}$ et $A = \frac{7}{2}$.

Calculons B :

$B = \frac{7}{4} - \frac{2}{1}$

$B = \frac{7}{4} - \frac{8}{4}$ et $B = -\frac{1}{4}$.

2) Calculons $C = \frac{A}{B}$:

$C = \frac{\frac{7}{2}}{-\frac{1}{4}}$; $C = \frac{7}{2} \times \left(-\frac{4}{1}\right)$;

$C = \frac{7 \times (-2) \times \cancel{2}}{\cancel{2} \times 1}$;

$C = \frac{7 \times (-2)}{1}$; $C = \frac{-14}{1}$; $C = -14$.

C est donc un entier.

11 Conduire un calcul en respectant les règles de priorité

EN BREF ▸ *Quand une expression comporte plusieurs opérations, les calculs doivent être effectués dans un ordre précis. On parle de règles de priorité des opérations.*

I Expression sans parenthèse

Pour calculer une expression sans parenthèses, on effectue d'abord les puissances, puis les multiplications et les divisions. On termine le calcul avec les additions et les soustractions.

Exemple :

Calculer $B = \frac{1}{2} + \frac{5}{2} \times \frac{3}{4}$.

On effectue la multiplication : $B = \frac{1}{2} + \frac{15}{8}$.

On effectue l'addition : $B = \frac{4}{8} + \frac{15}{8}$, soit $B = \frac{19}{8}$.

II Expression comportant des parenthèses

■ Pour calculer une expression comportant des parenthèses, on effectue d'abord les opérations entre parenthèses.

Exemple :

Calculer $A = \frac{1}{2} \times \left(2 + \frac{1}{2}\right) + \frac{9}{4}$.

On effectue l'expression entre parenthèses :

$A = \frac{1}{2} \times \left(\frac{4}{2} + \frac{1}{2}\right) + \frac{9}{4}$, soit $A = \frac{1}{2} \times \frac{5}{2} + \frac{9}{4}$.

On effectue la multiplication : $A = \frac{5}{4} + \frac{9}{4}$.

On effectue l'addition et on simplifie la fraction : $A = \frac{14}{4}$, soit $A = \frac{7}{2}$.

■ Si l'expression comporte plusieurs séries de parenthèses ou de crochets emboîtés, on commence par calculer les parenthèses les plus intérieures.

Exemple :

Calculer $C = 2 \times [2 - 4\ (5 - 1)]$.

On calcule l'expression entre parenthèses :

$C = 2 \times [2 - 4 \times 4]$.

On calcule l'expression entre crochets :

$C = 2 \times [2 - 16]$

$C = 2 \times [-14]$.

On effectue la multiplication : $C = -28$.

Méthode

Calculer une expression en respectant les priorités

Calculer les expressions suivantes.

1) $A = (3 + 2 \times 5) \times 10 - 3$.

2) $B = (5 - (3 - 2)) \times 8$.

3) $C = 2 - 2 \times (1 - 3 \times 6)$.

CONSEILS

1) Observe l'expression écrite entre parenthèses. C'est la somme de 3 et du produit 2×5.
Souviens-toi que la multiplication est prioritaire. Calcule d'abord 2×5.

2) Observe les parenthèses les plus intérieures. Elles contiennent l'expression $(3 - 2)$. Calcule d'abord cette différence. Effectue ensuite une autre différence et conclus en multipliant.

3) Calcule d'abord le produit de 3 par 6.

SOLUTION

1) On calcule en premier l'expression entre parenthèses, pour cela on calcule d'abord le produit 2×5 :
$A = (3 + 10) \times 10 - 3$.
On calcule l'expression entre parenthèses :
$A = 13 \times 10 - 3$.
On calcule le produit :
$A = 130 - 3$.
On calcule la différence :
$A = 127$.

2) On calcule en premier l'expression entre parenthèses intérieures :
$B = (5 - 1) \times 8$.
On calcule l'expression entre parenthèses :
$B = 4 \times 8$
On calcule le produit :
$B = 32$.

3) On calcule l'expression entre parenthèses en commençant par calculer le produit 3×6 :
$C = 2 - 2 \times (1 - 18)$
$C = 2 - 2 \times (-17)$.
On calcule le produit, puis la somme :
$C = 2 + 34$
$C = 36$.

12 Conduire un calcul avec des puissances

EN BREF ▸ *Le produit d'un nombre x plusieurs fois par lui-même est appelé puissance de x. L'écriture x^n facilite les calculs sur des nombres très grands ou très petits.*

I Puissance d'un nombre *x*

1 Puissance d'exposant positif d'un nombre x

- x est un nombre relatif et n est un entier positif supérieur ou égal à 2.

La puissance d'exposant n de x est le nombre x^n égal au produit de n facteurs tous égaux à x.

- Convention : $x^0 = 1$ et $x^1 = x$.
- Cas particulier : x^2 désigne le carré de x et x^3 désigne le cube de x.

Exemples : $8^2 = 8 \times 8 = 64$ $\quad (-2)^3 = (-2)\times(-2)\times(-2) = (-8)$.

2 Puissance d'exposant négatif d'un nombre x

x est un nombre relatif et n est un entier positif supérieur ou égal à 2.
La puissance d'exposant $-n$ de x est le nombre x^{-n}. On a : $x^{-n} = \dfrac{1}{x^n}$.

Exemple : $7^{-3} = \dfrac{1}{7^3} = \dfrac{1}{7 \times 7 \times 7} = \dfrac{1}{343}$.

À NOTER

- Ne confonds pas le double de x et son carré. Le double de 8 est 16 et son carré est 64.
- x désigne un nombre relatif non nul, x^{-n} est l'inverse de x^n. On a : $x^{-n} \times x^n = 1$.

II Puissance de 10

- n est un entier positif non nul.

On a : $10^n = \underbrace{10 \times ... \times 10}_{n \text{ facteurs}} = 1\underbrace{00...0}_{n \text{ zéros}}$ et $10^{-n} = \dfrac{1}{10^n}$.

- Voici les différents noms attribués à des puissances de 10 particulières.

Puissance de 10	Préfixe	Symbole
10^{12}	téra	T
10^9	giga	G
10^6	méga	M
10^3	kilo	k
10^2	hecto	h
10^1	déca	da

Puissance de 10	Préfixe	Symbole
10^{-1}	déci	d
10^{-2}	centi	c
10^{-3}	milli	m
10^{-6}	micro	µ
10^{-9}	nano	n

Méthodes

1 Utiliser le vocabulaire des puissances

Compléter les phrases suivantes à l'aide d'un des mots : facteur, carré, produit, exposant.

a. 10^2 est le ... de 10.

b. Dans le nombre 10^4, 4 est l'...

c. Dans l'expression $8 \times 8 \times 8$, 8 est un ...

d. 64 est le ... de 8 par 8.

CONSEILS

- Chaque mot a été utilisé une seule fois.
- Un carré est une puissance d'exposant 2.
L'exposant est un entier qui indique le nombre de fois qu'un nombre est multiplié par lui-même.
- Un facteur est l'un des nombres figurant dans un produit.
Le produit est le résultat d'une multiplication.

SOLUTION

a. 10^2 est le carré de 10.

b. Dans le nombre 10^4, 4 est l'exposant.

c. Dans l'expression $8 \times 8 \times 8$, 8 est un facteur.

d. 64 est le produit de 8 par 8.

2 Utiliser les puissances

Écrire les nombres suivants sous forme décimale :

a. 2^{-2} b. 10^{-3} c. $(-0,5)^2$

CONSEILS

a. et b. L'exposant est négatif et tu sais que $x^{-n} = \frac{1}{x^n}$.

c. Le carré d'un nombre est égal au produit de ce nombre par lui-même.

SOLUTION

a. $2^{-2} = \frac{1}{2^2} = \frac{1}{4} = 0,25$

b. $10^{-3} = \frac{1}{1\,000} = 0,001$

c. $(-0,5)^2 = (-0,5) \times (-0,5) = 0,25$

13 Donner l'écriture scientifique d'un nombre

EN BREF ▸ *La recherche scientifique est souvent confrontée à des nombres très grands ou très petits. L'écriture scientifique permet de simplifier les calculs. Elle est utilisée notamment en physique.*

I Écriture scientifique d'un nombre

■ L'écriture scientifique d'un nombre non nul est l'écriture de ce nombre sous la forme :

$$a \times 10^n$$

Si le nombre est positif, alors a est un nombre positif tel que $1 \leqslant a < 10$ et n est un entier relatif.

Si le nombre est négatif, alors a est un nombre négatif tel que $-10 < a \leqslant -1$ et n est un entier relatif.

■ L'écriture scientifique d'un nombre est unique.

Exemples : L'écriture scientifique de 2 000 est 2×10^3.
L'écriture scientifique de –0,056 est $-5{,}6 \times 10^{-2}$.

II Effectuer un calcul et donner l'écriture scientifique du résultat

Pour écrire une expression sous forme scientifique, on donne l'écriture décimale de chaque puissance de 10 après les avoir regroupées. Puis on effectue les calculs.

Exemple : On donne $A = 6 \times 10^2 \times 5 \times 10^{-4}$.
On cherche l'écriture scientifique de A. On a :
$A = 6 \times 100 \times 5 \times 0{,}0001$
$A = 30 \times (100 \times 0{,}0001)$
$A = 30 \times 0{,}01$
$A = 3 \times 10 \times 0{,}01$
$A = 3 \times 0{,}1$
$A = 3 \times 10^{-1}$. L'écriture scientifique de A est 3×10^{-1}.

III Comparer des nombres en écriture scientifique

Pour comparer deux nombres en écriture scientifique, on compare d'abord les puissances de 10. Celui qui a la plus grande puissance de 10 est le plus grand nombre. Si les puissances de 10 sont les mêmes, on compare les facteurs placés devant les puissances de 10.

Exemples : $4{,}5 \times 10^2 > 9{,}5 \times 10^{-1}$ $\qquad$ $2{,}1 \times 10^{-3} < 3{,}5 \times 10^{-3}$.

Méthode

Déterminer l'écriture scientifique d'un nombre décimal

1 Une année-lumière est la distance parcourue par la lumière en une année. Elle vaut $9\,461 \times 10^9$ km.

a. Donner l'écriture en mètres de ce nombre, puis à l'aide du préfixe téra.

b. Donner l'écriture scientifique de ce nombre en mètres.

2 La taille d'une cellule végétale est de 150 micromètres ou 150 microns. Donner l'écriture scientifique de ce nombre en mètres.

3 Le corps humain contient environ 5 litres de sang.
Il y a 5 millions de globules rouge dans 1 mm^3 de sang.
Donner l'écriture scientifique du nombre de globules rouges dans le corps humain.

CONSEILS

1 **a.** Convertis $9\,461 \times 10^9$ kilomètres en mètres. Observe qu'un téra vaut 10^{12}.
b. Commence par écrire 9 461 sous la forme $9{,}461 \times 10^n$ où n est un entier positif.

2 Souviens-toi que 1 micromètre vaut 10^{-6} m.

3 Souviens-toi que 1 L = 1 000 000 mm^3.

SOLUTION

1 **a.** On convertit :
$9\,461 \times 10^9$ km = $9\,461 \times 10^{3} \times 10^9$ m.
Donc $9\,461 \times 10^9$ km = $9\,461 \times 10^{12}$ m = 9 461 téramètres.
b. On a :
$9\,461 \times 10^{12} = 9{,}461 \times 1\,000 \times 1\,000\,000\,000\,000 = 9{,}461 \times 10^{15}$.
L'écriture scientifique du nombre $9\,461 \times 10^{12}$ m est $9{,}461 \times 10^{15}$ m.

2 On a 150 microns = $150 \times 0{,}000001$ m.
De plus $150 = 1{,}5 \times 100$.
L'écriture scientifique de 150 microns est $1{,}5 \times 10^{-4}$ m.

3 Convertissons 5 L en mm^3.
On obtient : 5 L = 5 000 000 mm^3.
Dans 1 mm^3 de sang, il y a 5 000 000 de globules rouges.
Dans le corps humain, on trouve :
$5\,000\,000 \times 5\,000\,000 = 25 \times 10^{12} = 2{,}5 \times 10^{13}$ globules rouges.

ÉCRITURES FRACTIONNAIRES ET PUISSANCES

Comparer des nombres

Comparer des nombres décimaux

- Cas des nombres **positifs** : le nombre le plus petit est celui qui est le **plus proche** de 0.
- Cas des nombres **négatifs** : le nombre le plus petit est celui qui est le **plus loin** de 0.

Exemple : $-2 > -3$

Comparer des fractions

1. On les réduit au **même dénominateur**.
2. On compare les numérateurs.

Exemple : $\frac{2}{5} = \frac{2 \times 3}{5 \times 3} = \frac{6}{15}$ donc $\frac{1}{15} < \frac{2}{5}$

Comparer avec des puissances

1. On écrit les nombres à comparer sous forme scientifique, puis on compare les **exposants**.
2. Si les exposants sont égaux, on compare les **coefficients**.

Exemples : $3 \times 10^2 < 5,8 \times 10^3$
$8,5 \times 10^2 > 8 \times 10^2$

Calculer avec des fractions

Pour ajouter ou soustraire deux fractions

1. Réduire les fractions au **même dénominateur**.
2. Ajouter / soustraire les numérateurs.

Exemple : $\frac{1}{4}+\frac{2}{3}=\frac{1\times 3}{4\times 3}+\frac{2\times 4}{3\times 4}=\frac{3}{12}+\frac{8}{12}=\frac{11}{12}$

Multiplier deux fractions

Multiplier les **numérateurs** entre eux et les **dénominateurs** entre eux.

Exemple : $\frac{3}{7}\times\frac{2}{5}=\frac{3\times 2}{7\times 5}=\frac{6}{35}$

Diviser par une fraction

Multiplier par son **inverse**.

Exemple : $\frac{2}{5}\div\frac{3}{4}=\frac{2}{5}\times\frac{4}{3}=\frac{8}{15}$

Calculer avec des puissances

Notation et règles de calcul

On note $x^n = \underbrace{x \times x \times \ldots \times x}_{n \text{ facteurs}}$.

$a^n \times a^m = a^{m+n}$ $(a^m)^n = a^{m\times n}$
$a^m \div a^n = a^{m-n}$ $a^n \times b^n = (ab)^n$

Exemples :
$6^2 \times 6^{-7} = 6^{2-7} = 6^{-5}$
$(-2)^8 \div (-2)^{11} = (-2)^{8-11} = (-2)^{-3}$
$(7^4)^5 = 7^{4\times 5} = 7^{20}$
$7^2 \times 3^2 = (7\times 3)^2 = 21^2$

Écriture scientifique d'un nombre

Elle est de la forme $a \times 10^n$ où a est un nombre relatif dont la partie entière est comprise entre –9 et 9.

Exemples : $256 = 2{,}56 \times 10^2$
$\mathbf{0{,}05} \times 10^{-3} = \mathbf{5 \times 10^{-2}} \times 10^{-3} = 5 \times 10^{-5}$

SE TESTER QUIZ

Vérifie que tu as compris les points clés

1 Comparer des décimaux, des fractions

→ FICHE 9

1) On considère les nombres suivants : –3,75 ; –3,7 ; –3,78.

Le plus petit de ces nombres est :

☐ **a.** –3,75

☐ **b.** –3,7

☐ **c.** –3,78

2) On considère les fractions suivantes : $\frac{1}{4}$; $\frac{1}{2}$; $\frac{1}{8}$.

Le plus grand de ces nombres est :

☐ **a.** $\frac{1}{4}$ ☐ **b.** $\frac{1}{2}$ ☐ **c.** $\frac{1}{8}$

3) On considère la droite graduée ci-dessous.

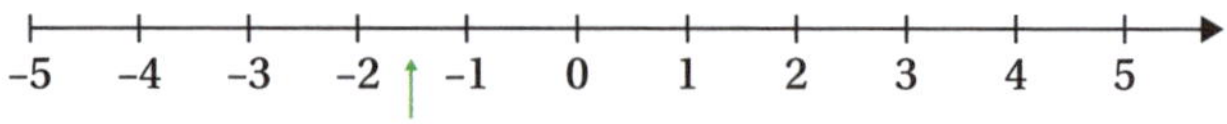

La flèche verte repère le nombre relatif :

☐ **a.** –2,5

☐ **b.** –1,5

☐ **c.** 1,5

…/3

2 Effectuer des opérations sur des relatifs en écriture fractionnaire

→ FICHE 10

1) On pose $B = \frac{6}{35} \times \frac{5}{2}$. Le nombre B est égal à :

☐ **a.** $\frac{11}{37}$ ☐ **b.** $\frac{11}{70}$ ☐ **c.** $\frac{3}{7}$

2) On pose $C = \frac{2}{3} \div \frac{3}{7}$. Le nombre C est égal à :

☐ **a.** $\frac{6}{21}$ ☐ **b.** $\frac{14}{9}$ ☐ **c.** $\frac{1}{14}$

3) L'inverse de $\frac{-3}{5}$ est :

☐ **a.** $\frac{3}{5}$ ☐ **b.** $\frac{5}{3}$ ☐ **c.** $-\frac{5}{3}$

…/3

3 Conduire un calcul en respectant les règles de priorité

→ FICHE 11

1) On pose $E = -3 \times (-4) - 2 \times (-5)$. Le nombre E est égal à :

☐ **a.** 22 ☐ **b.** 12 ☐ **c.** 2

2) On pose $F = \frac{2}{5} - \frac{1}{5} \div \frac{3}{10}$. Le nombre F est égal à :

☐ **a.** $-\frac{4}{15}$ ☐ **b.** $\frac{3}{50}$ ☐ **c.** $\frac{17}{50}$

3) On pose $G = 2^2 - 2^{-2} \times 8$. Le nombre G est égal à :

☐ **a.** 2 ☐ **b.** 8 ☐ **c.** 4

…/3

4 Conduire un calcul avec des puissances

→ FICHE 12

1) On pose $J = 10^2 \times 10^{-3}$. Le nombre J est égal à :

☐ **a.** 10^{-1} ☐ **b.** 10^{-2} ☐ **c.** 10^5

2) Le nombre 4^{-1} est égal à :

☐ **a.** -4 ☐ **b.** 0,4 ☐ **c.** 0,25

3) On pose $K = 10^2 \times (10^{-3})^{-1}$. Le nombre K est égal à :

☐ **a.** 10^{-1} ☐ **b.** 10^{-2} ☐ **c.** 10^5

…/3

5 Donner l'écriture scientifique d'un nombre

→ FICHE 13

1) L'écriture scientifique de 0,0123 est :

☐ **a.** $0{,}123 \times 10^{-1}$ ☐ **b.** $1{,}23 \times 10^{-2}$ ☐ **c.** $1{,}23 \times 10^{-3}$

2) L'écriture scientifique de 29 372 est :

☐ **a.** $29{,}732 \times 10^3$ ☐ **b.** $2{,}9732 \times 10^4$ ☐ **c.** $2{,}9732 \times 10^{-4}$

3) On considère les nombres 9×10^2 ; 9×10^{-1} ; 9×10^{-2}.
Le plus petit de ces nombres est :

☐ **a.** 9×10^2 ☐ **b.** 9×10^{-1} ☐ **c.** 9×10^{-2}

…/3

ON FAIT LE BILAN !

score total …/15

- Des erreurs ? Entraîne-toi ! → **LES EXOS** P. 72
- Zéro faute ? Bravo ! → **OBJECTIF BREVET** P. 74

LES EXOS

Entraîne-toi !

6 Représenter des nombres sur une droite graduée pour les comparer

→ FICHES 8 et 9

1) Sur la droite graduée ci-dessous, placer les nombres :
-2 ; $\frac{5}{2}$; $-0{,}1$; $1{,}2$; $-1{,}8$; $-\frac{7}{2}$.

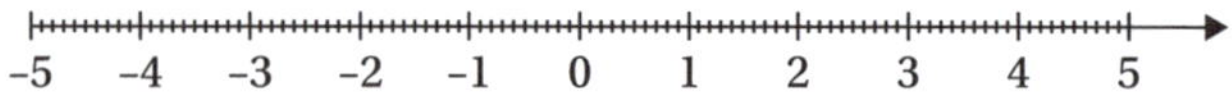

2) Classer par ordre croissant les nombres précédents.

7 Effectuer des calculs sur des fractions

→ FICHE 10

On pose $A = \frac{7}{5} - \frac{9}{5} \times \frac{2}{21}$, $B = \frac{5}{7} - \frac{2}{7} \div \frac{4}{13}$ et $C = \left(\frac{1}{4} - \frac{1}{5}\right) \times \left(7 + \frac{37}{9}\right)$.

Écrire A, B et C sous forme d'une fraction irréductible.

8 Effectuer des calculs sur des fractions

→ FICHE 10

On laisse tomber une balle d'une hauteur de 1 mètre.
À chaque rebond, elle rebondit des $\frac{3}{4}$ de la hauteur d'où elle est tombée.
Quelle hauteur atteint la balle au cinquième rebond ? Arrondir au cm près.

9 Effectuer des calculs sur des fractions

→ FICHE 10

Pour choisir un écran de télévision, d'ordinateur ou une tablette tactile, on peut s'intéresser :

- à son format qui est le rapport longueur de l'écran sur largeur de l'écran ;
- à sa diagonale qui se mesure en pouces. Un pouce est égal à 2,54 cm.

1) Un écran de télévision a une longueur de 80 cm et une largeur de 45 cm.
S'agit-il d'un écran de format $\frac{4}{3}$ ou $\frac{16}{9}$?

2) Un écran est vendu avec la mention « 15 pouces ». On prend les mesures suivantes : la longueur est 30,5 cm et la largeur est 22,9 cm.
La mention « 15 pouces » est-elle bien adaptée à cet écran ?

CONSEIL
2) Utilise le théorème de Pythagore → FICHE 35.

10 Appliquer les règles de priorité

→ FICHE 11

Donner l'écriture décimale des nombres suivants :

a. $A = 5^2 + 2^{-1} \times 9$

b. $B = \frac{3^2}{4 + 2^2}$

c. $C = 5 \times 10^3 + 2 \times 10^{-2}$

11 Appliquer un programme de calcul

→ FICHE 11

On donne le programme de calcul suivant :
- choisir un nombre ;
- multiplier ce nombre par 4 ;
- ajouter 6 ;
- écrire le résultat.

1) Calculer la valeur exacte du résultat obtenu lorsque :

a. le nombre choisi est 1,2 ;

b. le nombre choisi est x.

2) Quel nombre doit-on choisir pour que le résultat obtenu soit égal à 15 ?

12 Conduire un calcul avec des puissances

→ FICHE 12

1) Quelle est l'écriture décimale du nombre $\frac{10^5+1}{10^5}$?

2) Antoine utilise sa calculatrice pour calculer le nombre $\frac{10^{15}+1}{10^{15}}$.
Le résultat affiché est 1.
Antoine pense que ce résultat n'est pas exact. A-t-il raison ?

13 Conduire un calcul avec des puissances d'exposant négatif

→ FICHE 12

Une mouche pèse environ 5×10^{-7} kg. Combien faut-il de mouches pour obtenir la masse d'un hippopotame de $1{,}8 \times 10^3$ kg ?

14 Calculer avec des puissances d'exposant négatif

→ FICHES 12 ET 13

On considère les nombres suivants :

$a = 5^{-1}$ $b = 10^{-1} \times 2^{-2}$ $c = \left(2^{-1}\right)^2 \times 2^3$

1) Donner l'écriture décimale de chacun des nombres.

2) Donner l'écriture scientifique de chacun des nombres.

15 Comparer deux nombres en écriture scientifique

→ FICHE 13

Comparer les nombres A et B dans chacun des cas suivants :

1) $A = 5{,}2 \times 10^4$ $B = 1{,}05 \times 10^7$

2) $A = 1{,}2 \times 10^{-2}$ $B = 5{,}3 \times 10^{-3}$

3) $A = 6{,}2 \times 10^3$ $B = 5{,}7 \times 10^3$

OBJECTIF BREVET

Lance-toi dans des sujets !

16 Vente d'une propriété et fraction

15 min

→ FICHE 10

1 Effectuer le calcul ci-dessous et donner le résultat sous forme d'une fraction irréductible : $A = 1 - \left(\frac{1}{4} + \frac{3}{4} \times \frac{4}{5}\right)$.

2 Un propriétaire terrien a vendu le quart de sa propriété au mois de janvier et les quatre cinquièmes du reste au mois de décembre.

a. Quelle fraction de la propriété a été vendue au mois de décembre ?

b. Quelle fraction de la propriété reste invendue après ces deux ventes ?

DÉMARRONS ENSEMBLE

1 Effectue d'abord la multiplication des deux fractions dans les parenthèses.

2 **a.** Un quart a été vendu au mois de janvier. Cherche la fraction de la propriété restante. Calcule alors les quatre cinquièmes de cette fraction.
b. Utilise le résultat trouvé à la question précédente.

17 Calcul et codage

30 min

→ FICHE 12

1 Effectuer les quatre calculs suivants, chaque résultat sera donné sous la forme d'un entier.

a. $\dfrac{3{,}9 \times (10^{-2})^2}{3 \times 10^{-5}}$

b. Trouver le plus grand diviseur commun de 35 et 12.

c. $\left(2 + \frac{2}{3}\right) \div \left(\frac{4}{5} - \frac{2}{3}\right)$

d. $(-12 + 9) - (-5 - 2 \times 3)$

2 On construit un codage de la façon suivante :

Nombres entier	1	2	...	...	...	26
Code	A	B	...	...	...	Z

a. Quel est le code de 13 ?

b. Quel est le mot formé en codant les quatre résultats de la première question ? Si les calculs sont exacts, on doit trouver un mot de circonstance.

DÉMARRONS ENSEMBLE

1 Chaque calcul donne un entier positif.

2 Complète le tableau : les pointillés signifient que l'on écrit toutes les lettres de A à Z, et tous les nombres de 1 à 26.

18 Le cœur humain

10 min

→ FICHE 12

Le cœur humain effectue environ 5 000 battements par heure.

1) Écrire 5 000 en notation scientifique.

2) Calculer le nombre de battements effectués par un cœur humain pendant une vie de 80 ans. On rappelle qu'une année correspond à 365 jours. Donner l'écriture scientifique du résultat.

DÉMARRONS ENSEMBLE

1) Observe que $5\,000 = 5 \times 1\,000$.
2) Calcule d'abord le nombre d'heures dans une année. Souviens-toi qu'un jour comporte 24 heures.

19 Masse d'un atome de carbone

10 min

→ FICHE 12

La masse d'un atome de carbone est égale à $1{,}99 \times 10^{-26}$ kg.
Les chimistes considèrent des paquets contenant $6{,}022 \times 10^{23}$ atomes.

1) Calculer la masse en grammes d'un tel paquet d'atomes de carbone.

2) Donner une valeur arrondie de cette masse au gramme près.

DÉMARRONS ENSEMBLE

1) Convertis d'abord la masse d'un atome de carbone en grammes. Pour cela, souviens-toi que 1 g = 0,001 kg.
2) Tu cherches l'arrondi à l'unité du résultat trouvé à la question précédente.

20 Écriture décimale et scientifique d'un nombre

10 min

→ FICHE 13

On donne l'expression numérique : $A = 2 \times 10^2 + 10^1 + 10^{-1} + 2 \times 10^{-2}$.

1) Donner l'écriture décimale de A.

2) Donner l'écriture scientifique de A.

3) Écrire A sous la forme du produit d'un nombre entier par une puissance de 10.

4) Écrire A sous la forme de la somme d'un entier et d'une fraction irréductible inférieure à 1.

DÉMARRONS ENSEMBLE

1) Écris A sous la forme d'un nombre à virgule.
2) Utilise l'écriture de A trouvée à la question précédente.
3) Un entier est un nombre qui peut s'écrire sans virgule.
4) Décompose le nombre trouvé à la première question sous la forme d'une somme de sa partie entière et de sa partie décimale. Simplifie la fraction représentant la partie décimale.

CORRIGÉS

SE TESTER QUIZ

1 Comparer des décimaux, des fractions

1) Réponse c. Les trois nombres ont la même partie entière -3. Dans les nombres négatifs, le plus petit est celui qui a la plus grande partie décimale. Le plus petit est donc –3,78.

2) Réponse b. On a : $\frac{1}{4} = \frac{2}{8}$, $\frac{1}{2} = \frac{4}{8}$. Les trois fractions ont le même dénominateur, la plus grande est celle qui a le plus grand numérateur. La plus grande est donc $\frac{1}{2}$.

3) Réponse b. La flèche verte repère un nombre qui a une partie entière comprise entre –2 et –1. Les réponses **a** et **c** sont fausses.

2 Effectuer des opérations sur des relatifs en écriture fractionnaire

1) Réponse c. On a : $B = \frac{6}{35} \times \frac{5}{2} = \frac{6 \times 5}{35 \times 2} = \frac{2 \times 3 \times 5}{5 \times 7 \times 2} = \frac{3}{7}$. On a divisé le numérateur et le dénominateur par 2 et par 5.

2) Réponse b. Pour diviser deux fractions, on multiplie la première fraction $\frac{2}{3}$ par l'inverse de la deuxième fraction $\frac{3}{7}$. On a : $C = \frac{2}{3} \div \frac{3}{7} = \frac{2}{3} \times \frac{7}{3} = \frac{14}{9}$.

3) Réponse c. Un nombre et son inverse sont de même signe. L'inverse de $\frac{-3}{5}$ est $\frac{5}{-3}$ qui s'écrit aussi $-\frac{5}{3}$.

3 Conduire un calcul en respectant les règles de priorité

1) Réponse a. On calcule en priorité les deux multiplications. Le produit des deux nombres négatifs est un nombre positif.
On a : $E = -3 \times (-4) - 2 \times (-5) = 12 + 10 = 22$.

2) Réponse a. On calcule en priorité la division. On multiplie la fraction $\frac{1}{5}$ par l'inverse de la fraction $\frac{3}{10}$.

On a : $F = \frac{2}{5} - \frac{1}{5} \div \frac{3}{10} = \frac{2}{5} - \frac{1}{5} \times \frac{10}{3} = \frac{2}{5} - \frac{10}{15} = \frac{6}{15} - \frac{10}{15} = -\frac{4}{15}$.

3) Réponse a. On effectue en priorité les puissances, puis les produits.
On obtient : $G = 4 - \frac{1}{4} \times 8 = 4 - 2 = 2$.

4 Conduire un calcul avec des puissances

1) Réponse a. Pour multiplier deux puissances de 10, on ajoute les exposants.
On a : $J = 10^2 \times 10^{-3} = 10^{2+(-3)} = 10^{-1}$.

2) Réponse c. Le nombre 4^{-1} est l'inverse de 4, soit $\frac{1}{4}$. Or $\frac{1}{4} = 0{,}25$.

3) Réponse c. On a : $K = 10^2 \times \left(10^{-3}\right)^{-1} = 10^2 \times 10^{(-3)\times(-1)} = 10^2 \times 10^3 = 10^{2+3} = 10^5$.

5 Donner l'écriture scientifique d'un nombre

1) Réponse b. On a : $0{,}0123 = 1{,}23 \times 0{,}01 = 1{,}23 \times 10^{-2}$

2) Réponse b. On a : $29\,372 = 2{,}9752 \times 10\,000 = 2{,}9752 \times 10^4$

3) Réponse c. On compare les puissances de 10.
On a : $10^2 = 100$; $10^{-1} = 0{,}1$; $10^{-2} = 0{,}01$.
On a alors $9 \times 10^2 > 9 \times 10^{-1} > 9 \times 10^{-2}$. Le plus petit de ces nombres est 9×10^{-2}.

LES EXOS

6 Représenter des nombres sur une droite graduée pour les comparer

1) Dans la liste des nombres, il y a deux nombres positifs $+\frac{5}{2}$ et $+1{,}2$. On observe que $+\frac{5}{2}$ s'écrit $+2{,}5$. On compte deux divisions à droite du zéro pour placer 2 et 5 petites divisions à droite de 2 pour placer 2,5.
Pour placer +1,2, on compte une division, puis deux petites divisions à droite du zéro.
Pour placer les quatre nombres négatifs, on place leurs opposés +2 ; + 0,1 ; +1,8 et $\frac{7}{2} = 3{,}5$, puis on effectue une symétrie par rapport à 0.
On obtient la figure ci-dessous.

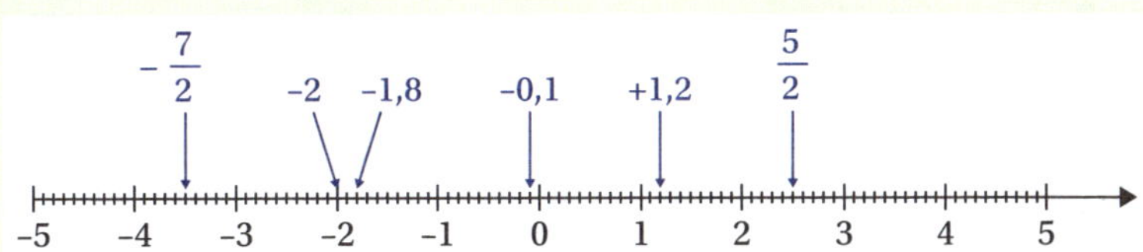

2) On **classe** par ordre croissant les nombres précédents en lisant de gauche à droite les nombres écrits sur la droite graduée. On obtient :
$-\frac{7}{2} < -2 < -1{,}8 < -0{,}1 < +1{,}2 < +\frac{5}{2}$.

> **MOT CLÉ**
> **Classer** des nombres en ordre croissant revient à les classer du plus petit au plus grand.

7 Effectuer des calculs sur des fractions

On calcule A en commençant par la multiplication, soit par le calcul de $\frac{9}{5} \times \frac{2}{21}$.

On a :

$A = \frac{7}{5} - \frac{9}{5} \times \frac{2}{21}$

$A = \frac{7}{5} - \frac{9 \times 2}{5 \times 21}$

$A = \frac{7}{5} - \frac{3 \times 2}{5 \times 7}$

$A = \frac{49}{35} - \frac{6}{35}$

$A = \frac{43}{35}.$

On calcule B en commençant par la division. On a :

$B = \frac{5}{7} - \frac{2}{7} \div \frac{4}{13}$

$B = \frac{5}{7} - \frac{2}{7} \times \frac{13}{4}$

$B = \frac{5}{7} - \frac{1 \times 13}{7 \times 2}$

$B = \frac{10}{14} - \frac{13}{14}$

$B = -\frac{3}{14}.$

On calcule C en commençant par les parenthèses. On a :

$C = \left(\frac{1}{4} - \frac{1}{5}\right) \times \left(7 + \frac{37}{9}\right)$

$C = \left(\frac{5}{20} - \frac{4}{20}\right) \times \left(\frac{63}{9} + \frac{37}{9}\right)$

$C = \frac{1}{20} \times \frac{100}{9}$

$C = \frac{5}{9}.$

CONSEIL
Vérifie que les fractions obtenues ne peuvent pas être simplifiées.

8 Effectuer des calculs sur des fractions

Au premier rebond, la balle rebondit aux $\frac{3}{4}$ de 1 mètre, soit 0,75 m.

Au deuxième rebond, la hauteur est $\frac{3}{4}$ de 0,75 m, soit $0{,}75^2$ m.

Au troisième rebond, la hauteur est $\frac{3}{4}$ de $0{,}75^2$ m, soit $0{,}75^3$ m.
Ainsi de suite.
Au cinquième rebond, la hauteur est $0{,}75^5$ m. L'arrondi au cm de la hauteur est 0,24 m ou 24 cm.

À NOTER
$\frac{3}{4}$ est égal à 0,75.

9 Effectuer des calculs sur des fractions

1 Le format de l'écran de télévision est $\frac{80}{45}$.

On simplifie cette fraction. On obtient $\frac{80}{45} = \frac{2 \times 2 \times 2 \times 2 \times 5}{3 \times 3 \times 5} = \frac{16}{9}$.

Il s'agit d'un écran de format $\frac{16}{9}$.

2 On calcule d'abord la longueur de la diagonale d de l'écran en cm. Pour cela, on utilise le théorème de Pythagore, on a $30{,}5^2 + 22{,}9^2 = d^2$.
On obtient $d^2 = 1\ 454{,}66$.
La diagonale de l'écran mesure environ 38,14 cm.
Pour convertir cette longueur en pouces, on divise 38,14 par 2,54. Une valeur approchée de ce quotient est 15 pouces.
La mention « 15 pouces » est bien adaptée à cet écran.

10 Appliquer les règles de priorité

a. On calcule l'expression A, en commençant par les puissances. On obtient :
$A = 25 + \frac{1}{2} \times 9$.
La priorité est ensuite à la multiplication :
$A = 25 + 4{,}5$
$A = 29{,}5$.
b. On calcule l'expression B, en commençant par les carrés. On obtient :
$B = \frac{9}{4 + 4}$.
La priorité est au calcul du dénominateur :
$B = \frac{9}{8}$
$B = 1{,}125$.
c. On calcule l'expression C, en commençant par les puissances. On obtient :
$C = 5 \times 1\ 000 + 2 \times 0{,}01 = 5\ 000 + 0{,}02 = 5\ 000{,}02$.

11 Appliquer un programme de calcul

1 **a.** On a $1{,}2 \times 4 = 4{,}8$ et $4{,}8 + 6 = 10{,}8$.
b. Avec le nombre x, on obtient $4 \times x + 6 = 4x + 6$.

2 On commence par soustraire 6 à 15. On obtient :
$15 - 6 = 9$.
On divise ce résultat par 4. On obtient $9 \div 4 = 2{,}25$.
On doit choisir le nombre 2,25.

> **À NOTER**
> **2** L'opération réciproque de l'addition est la soustraction. Celle de la multiplication est la division.

12 Conduire un calcul avec des puissances

1) On cherche l'écriture décimale du nombre $\dfrac{10^5+1}{10^5}$.

On a $\dfrac{10^5+1}{10^5} = \dfrac{100\ 000+1}{100\ 000} = \dfrac{100\ 001}{100\ 000} = 1{,}000\ 01$.

> **CONSEIL**
> 1) Vérifie, quand c'est possible, le résultat obtenu à l'aide d'une calculatrice.

2) On remarque que $10^5 + 1$ n'est pas égal à 10^{15}. Le résultat affiché par la calculatrice n'est pas exact. En effet, pour des nombres très grand, la calculatrice arrondit les résultats ce qui explique l'affichage du résultat 1.

13 Conduire un calcul avec des puissances d'exposant négatif

On divise la masse de l'hippopotame par celle de la mouche. On a :

$$\frac{1{,}8\times10^3}{5\times10^{-7}} = \frac{1{,}8}{5}\times10^{3-(-7)} = 0{,}36\times10^{10} = 3{,}6\times10^9.$$

Il faut donc 3,6 milliards de mouches pour obtenir la masse d'un hippopotame.

14 Calculer avec des puissances d'exposant négatif

1) On transforme les puissances d'exposant négatif en utilisant la propriété $x^{-n} = \dfrac{1}{x^n}$.

On obtient :

$a = 5^{-1} = \dfrac{1}{5^1} = 0{,}2$

$b = 10^{-1}\times2^{-2} = 0{,}1\times\dfrac{1}{2^2} = 0{,}1\times\dfrac{1}{4} = 0{,}1\times0{,}25 = 0{,}025$

$c = \left(2^{-1}\right)^2\times2^3 = 2^{-2}\times2^3 = 2^{-2+3} = 2^1 = 2$

2) L'écriture scientifique de chacun des nombres a, b et c est :

$a = 2\times0{,}1 = 2\times10^{-1}$

$b = 2{,}5\times0{,}01 = 2{,}5\times10^{-2}$

$c = 2\times1 = 2\times10^0$

15 Comparer deux nombres en écriture scientifique

1) On compare les puissances de 10.

On a : $10^4 < 10^7$, donc $5{,}2\times10^4 < 1{,}05\times10^7$ donc $A < B$.

2) On compare les puissances de 10.

On a : $10^{-2} > 10^{-3}$, donc $1{,}2\times10^{-2} > 5{,}3\times10^{-3}$ donc $A > B$.

3) Les puissances de 10 sont égales. On compare les nombres placés devant.

On a : $6 > 5{,}7$, donc $6{,}2\times10^3 > 5{,}7\times10^3$ donc $A > B$.

OBJECTIF BREVET

16 Vente d'une propriété et fraction

1 On calcule A :

$$A = 1 - \left(\frac{1}{4} + \frac{3}{\cancel{4}} \times \frac{\cancel{4}}{5}\right)$$

$$A = 1 - \left(\frac{1}{4} + \frac{3}{5}\right)$$

$$A = 1 - \left(\frac{5}{20} + \frac{12}{20}\right)$$

$$A = \frac{20}{20} - \frac{17}{20}$$

$$A = \frac{3}{20}.$$

2 **a.** Le propriétaire a vendu un quart de sa propriété, donc il lui reste les trois quarts. Il vend les quatre cinquièmes du reste au mois de décembre, c'est-à-dire les quatre cinquièmes des trois quarts de sa propriété, soit : $\frac{4}{5} \times \frac{3}{4} = \frac{3}{5}$.
Le propriétaire vend donc les trois cinquièmes de sa propriété en décembre.

b. Le propriétaire a vendu le quart, puis les trois cinquièmes de sa propriété, donc il lui reste : $1 - \left(\frac{1}{4} + \frac{3}{5}\right)$.

On retrouve le calcul effectué à la question précédente. La fraction de la propriété restée invendue après ces deux ventes est donc $\frac{3}{20}$.

17 Calcul et codage

1 **a.** $\frac{3{,}9 \times (10^{-2})^2}{3 \times 10^{-5}} = \frac{3{,}9 \times 10^{-2} \times 10^{-2}}{3 \times 0{,}000\,01} = \frac{3{,}9 \times 0{,}01 \times 0{,}01}{3 \times 0{,}000\,01}$
$= 1{,}3 \div 0{,}1 = 1{,}3 \times 10 = 13$

b. Les diviseurs de 12 sont 1, 2, 3, 4, 6, 12. Les diviseurs de 35 sont 1, 5, 7, 35. Leur plus grand diviseur commun est 1.

c. $\left(2 + \frac{2}{3}\right) \div \left(\frac{4}{5} - \frac{2}{3}\right) = \left(\frac{6}{3} + \frac{2}{3}\right) \div \left(\frac{12}{15} - \frac{10}{15}\right) = \frac{8}{3} \div \frac{2}{15} = \frac{8}{3} \times \frac{15}{2} = 20.$

d. $(-12 + 9) - (-5 - 2 \times 3) = -3 - (-5 - 6) = -3 - (-11)$
$= -3 + 11 = 8.$

2 **a.** La treizième lettre de l'alphabet est M. Le code de 13 est M.
b. Le code de 13 est M, celui de 1 est A, celui de 20 est T et celui de 8 est H. On obtient le mot MATH.

À NOTER
1 c. Pour diviser deux fractions, on multiplie la première par l'inverse de la seconde.

18 Le cœur humain

1) On a $5\,000 = 5 \times 1\,000 = 5 \times 10^3$.
La notation scientifique de 5 000 est 5×10^3.

2) On cherche d'abord le nombre d'heures dans une année :
$24 \times 365 = 8\,760$. Il y a 8 760 heures dans une année.
Puis le nombre de battements en une année :
$5 \times 10^3 \times 8\,760 = 43\,800 \times 10^3 = 4{,}38 \times 10\,000 \times 10^3 = 4{,}38 \times 10^7$.
On cherche le nombre de battements en 80 ans :
$4{,}38 \times 10^7 \times 80 = 350{,}4 \times 10^7 = 3{,}504 \times 100 \times 10^7 = 3{,}504 \times 10^9$.
Le nombre de battements effectués par un cœur humain pendant une vie de 80 ans est de 3,5 milliards. L'écriture scientifique de ce nombre est $3{,}5 \times 10^9$.

CONSEIL
2) Souviens-toi que 10^9 est égal à 1 000 000 000, soit un milliard.

19 Masse d'un atome de carbone

1) Calculons la masse m en grammes d'un tel paquet d'atomes de carbone. On a :
$m = 1{,}99 \times 10^{-26} \times 6{,}022 \times 10^{23}$
$m = 11{,}98378 \times 10^{-3}$ kg.
La masse en grammes d'un tel paquet d'atomes de carbone est 11,98378 g.

CONSEIL
1) Souviens-toi que $1 \text{ kg} = 1\,000 \text{ g}$
$= 10^3$ g.

2) Une valeur arrondie de cette masse au gramme près est 12 g.

20 Écriture décimale et scientifique d'un nombre

1. On a $A = 2 \times 10^2 + 10^1 + 10^{-1} + 2 \times 10^{-2}$
$A = 2 \times 100 + 10 + 0{,}1 + 2 \times 0{,}01$
$A = 200 + 10 + 0{,}1 + 0{,}02$
$A = 210{,}12$.
L'écriture décimale de A est 210,12.

2) On a $A = 210{,}12 = 2{,}1012 \times 100 = 2{,}1012 \times 10^2$.
L'écriture scientifique de A est $2{,}1012 \times 10^2$.

3) On a $A = 210{,}12 = 21\,012 \times 0{,}01 = 21\,012 \times 10^{-2}$.
L'écriture de A sous la forme du produit d'un nombre entier par une puissance de 10 est $21\,012 \times 10^{-2}$.

4) On a $A = 210{,}12 = 210 + 0{,}12$

$$A = 210 + \frac{12}{100}$$

$$A = 210 + \frac{2 \times 2 \times 3}{2 \times 2 \times 5 \times 5}$$

$$A = 210 + \frac{3}{25}.$$

L'écriture de A sous la forme de la somme d'un entier et d'une fraction irréductible inférieure à 1 est $210 + \frac{3}{25}$.

CONSEIL
4) Décompose en produit de facteurs premiers le numérateur et le dénominateur pour rendre irréductible une fraction.

4 Calcul littéral, équations

Réponse : Il doit lui en donner 3.

14 Connaître la distributivité

EN BREF ▸ *Pour résoudre des problèmes, on est amené à factoriser, c'est-à-dire transformer une somme en produit, ou bien à développer, c'est-à-dire transformer un produit en somme.*

I Distributivité simple

La multiplication est distributive par rapport à l'addition et la soustraction.

Soit a, b, c trois nombres quelconques. La règle de distributivité simple donne :

Factoriser

$$a \times (b + c) = a \times b + a \times c.$$

Développer

MOT CLÉ

Cette égalité traduit la **distributivité** de la multiplication sur l'addition.

Exemples :

• On veut développer $A = 2(4x + 3)$.
On obtient $A = 2 \times 4x + 2 \times 3$, soit $A = 8x + 6$.

• On veut factoriser $B = 5x - 7x$.
On obtient $B = x \times (5 - 7)$; $B = x \times (-2)$, soit $B = -2x$.

II Distributivité double

Soit a, b, c et d des nombres quelconques. La règle de distributivité double donne :

$$(a + b)(c + d) = a(c + d) + b(c + d) = ac + ad + bc + bd$$

Exemple :

On veut développer $A = (2x - 3)(3x + 5)$.

On obtient :

$A = 2x\ (3x + 5) + (-3)\ (3x + 5)$

$A = 2x \times 3x + 2x \times 5 - 3 \times 3x - 3 \times 5$

$A = 6x^2 + 10x - 9x - 15$

$A = 6x^2 + x - 15.$

Méthodes

1 Utiliser la distributivité simple pour simplifier une expression

On considère les expressions $A = 2x - 3x + 7x - 10$ et $B = 4x^2 + 5 - 2x^2 + 2$.

Factoriser ces expressions pour les simplifier.

CONSEILS
Regroupe tous les termes qui contiennent l'inconnue x et mets x en facteur.

SOLUTION

• Dans l'expression A, les termes $2x$, $-3x$ et $7x$ contiennent tous le terme x.
On a :
$A = 2 \times x - 3 \times x + 7 \times x - 10$
$A = (2 - 3 + 7) \times x - 10$
$A = 6 \times x - 10$
$A = 6x - 10$.

• Dans l'expression B, les termes $4x^2$ et $-2x^2$ contiennent le terme x^2.
On a :
$B = 4 \times x^2 + 5 - 2 \times x^2 + 2$
$B = (4 - 2)x^2 + 5 + 2$
$B = 2x^2 + 7$

2 Utiliser la distributivité double pour calculer

On veut calculer de tête 101×11.

1. Développer $(100 + 1)(10 + 1)$.
2. Expliquer comment calculer de tête 101×11.

CONSEILS
1. Utilise l'égalité $(a + b)(c + d) = ac + ad + bc + bd$ pour développer. Observe que $(100 + 1)(10 + 1) = 100(10 + 1) + 1(10 + 1)$.
2. Observe que $101 = 100 + 1$. Écris de même 11 sous la forme d'une somme de deux entiers. Utilise le résultat de la question 1. pour conclure.

SOLUTION

1. On développe $(100 + 1)(10 + 1)$.
$(100 + 1)(10 + 1) = 100 \times 10 + 100 \times 1 + 1 \times 10 + 1 \times 1$
$(100 + 1)(10 + 1) = 1\,000 + 100 + 10 + 1$
$(100 + 1)(10 + 1) = 1\,111$.

2. On veut calculer 101×11.
On a $100 + 1 = 101$ et $10 + 1 = 11$, donc $101 \times 11 = (100 + 1)(10 + 1) = 1\,111$.

15 Résoudre une équation du premier degré

EN BREF ▸ *Une équation est une égalité dans laquelle l'inconnue est désignée par une lettre. Résoudre une équation, c'est trouver toutes les valeurs de l'inconnue qui vérifient l'égalité proposée.*

I Résoudre une équation du type $x + a = b$

Soit a et b deux nombres donnés. Pour résoudre une équation du type $x + a = b$, on ajoute à chaque membre de l'équation **l'opposé de a.**

> **MOT CLÉ**
> **L'opposé de a** est $-a$.

Exemple : Résoudre $x + 4 = 6$.

On ajoute -4 aux deux membres de l'équation.

On obtient $x + 4 - 4 = 6 - 4$. Soit $x = 2$.

On vérifie : $2 + 4 = 6$.

L'équation a donc pour solution le nombre 2.

II Résoudre une équation du type $ax = b$

Soit a et b deux nombres donnés, a étant non nul. Pour résoudre une équation du type $ax = b$, on multiplie chaque membre de l'équation par l'inverse de a.

Exemple : Résoudre $\frac{5}{2}x = 7$.

On multiplie par $\frac{2}{5}$ les deux membres de l'équation.

On obtient $\frac{5}{2}x \times \frac{2}{5} = 7 \times \frac{2}{5}$. Soit $x = \frac{14}{5}$.

On vérifie : $\frac{5}{2} \times \frac{14}{5} = \frac{5 \times 14}{2 \times 5} = \frac{5 \times 2 \times 7}{2 \times 5} = 7$.

L'équation a donc pour solution $\frac{14}{5}$.

> **À NOTER**
> Pour tous nombres c et d non nuls, l'inverse de $\frac{c}{d}$ est $\frac{d}{c}$.
> On a : $\frac{c}{d} \times \frac{d}{c} = 1$.

Exemple : Résoudre $-2x + 7 = 5$.

On soustrait 7 aux deux membres de l'équation.

On obtient $-2x + 7 - 7 = 5 - 7$, soit $-2x = -2$.

On multiplie par $-\frac{1}{2}$ les deux membres de l'équation.

On obtient $-\frac{1}{2}(-2x) = -2\left(-\frac{1}{2}\right)$, soit $x = +1$.

On vérifie : $-2(+1) + 7 = -2 + 7 = 5$.

L'équation a pour solution 1.

Méthode

Résoudre une équation

1 Résoudre l'équation : $2x + 5 = 7 - 4x$.

2 Résoudre l'équation : $\frac{1}{4}x + 5 = -\frac{1}{2}x - 2$.

CONSEILS

On veut obtenir une équation de la forme $ax = b$. Pour cela, regroupe les termes contenant l'inconnue x dans le membre de gauche et les termes constants dans le membre de droite.
Réduis chacun des deux membres. Conclus en multipliant chaque membre par l'inverse de a.

SOLUTION

1 On ajoute $4x$, puis -5 aux deux membres de l'équation. On obtient :
$2x + 4x + 5 = 7 - 4x + 4x$; $6x + 5 = 7$; $6x + 5 - 5 = 7 - 5$; soit $6x = 2$.

On multiplie par $\frac{1}{6}$ les deux membres de l'équation. On obtient :

$6x \times \frac{1}{6} = 2 \times \frac{1}{6}$.

Soit $x = \frac{2}{6}$ ou encore $x = \frac{1}{3}$.

On vérifie :

$2 \times \frac{1}{3} + 5 = \frac{2}{3} + \frac{15}{3} = \frac{17}{3}$ et $7 - 4 \times \frac{1}{3} = \frac{21}{3} - \frac{4}{3} = \frac{17}{3}$.

L'équation a donc pour solution $\frac{1}{3}$.

2 On ajoute $\frac{1}{2}x$, puis -5 aux deux membres de l'équation. On obtient :

$\frac{1}{4}x + 5 + \frac{1}{2}x = -\frac{1}{2}x + \frac{1}{2}x - 2$; $\frac{3}{4}x + 5 - 5 = -2 - 5$; $\frac{3}{4}x = -7$.

On multiplie par $\frac{4}{3}$ les deux membres de l'équation. On obtient :

$\frac{3}{4}x \times \frac{4}{3} = -7 \times \frac{4}{3}$. Soit $x = -\frac{28}{3}$.

On vérifie :

$\frac{1}{4}\left(\frac{-28}{3}\right) + 5 = -\frac{7}{4} + \frac{15}{3} = \frac{8}{3}$ et $-\frac{1}{2}\left(\frac{-28}{3}\right) - 2 = \frac{14}{3} - \frac{6}{3} = \frac{8}{3}$.

L'équation a donc pour solution $\frac{-28}{3}$.

16 Résoudre des équations produit simples

EN BREF ▸ *Pour résoudre des équations du second degré, on est souvent amené à factoriser un des membres de l'équation à l'aide d'une identité remarquable. On obtient alors une équation produit.*

I Une identité remarquable pour factoriser ou développer

Soit a et b deux nombres quelconques. On a **l'identité remarquable** suivante : $a^2 - b^2 = (a + b)(a - b)$.

> **MOT CLÉ**
> Une **identité remarquable** est une égalité entre un produit et une somme.

Exemples :

- On veut factoriser $A = x^2 - 9$. x^2 est le carré du nombre x et 9 est le carré de 3.
On a : $A = x^2 - 3^2 = (x + 3)(x - 3)$.
- On veut développer $B = (x + 5)(x - 5)$. Le carré du nombre x est x^2 et le carré de 5 est 5^2.
On a : $B = x^2 - 5^2 = x^2 - 25$.
- On veut développer $C = (2x - 1)(2x + 1)$. Le carré de $2x$ est $2x \times 2x = 4x^2$ et le carré de 1 est 1.
On a : $C = 4x^2 - 1$.

II Équation produit

■ Une équation produit est une équation dont l'un des membres est un produit de facteurs et dont l'autre membre est nul.

■ Pour résoudre ce type d'équation, on applique la propriété suivante :
si un produit de facteurs est nul, alors au moins l'un de ses facteurs est nul.

Exemple :
Résoudre l'équation $(x + 2)(3x - 1) = 0$

$(x + 2)(3x - 1) = 0$ donc $x + 2 = 0$ ou $3x - 1 = 0$

$x = -2$ ou $x = \frac{1}{3}$

Vérification :
pour $x = -2$, on a $(-2 + 2)(3(-2) - 1) = 0 \times (-7) = 0$;
pour $x = \frac{1}{3}$, on a : $\left(\frac{1}{3} + 2\right)\left(3\left(\frac{1}{3}\right) - 1\right) = \left(\frac{1}{3} + 2\right) \times 0 = 0$.

Les solutions de cette équation sont -2 et $\frac{1}{3}$.

Méthodes

1 Factoriser à l'aide d'une identité remarquable

On considère l'expression suivante : $A = 25x^2 - 16$.

Factoriser A.

CONSEILS
25 est le carré de 5. Utilise l'identité remarquable $a^2 - b^2 = (a+b)(a-b)$.

SOLUTION

On a : $25x^2 = 5^2 \times x^2 = (5x)^2$ et $16 = 4^2$. On utilise l'identité remarquable et on obtient : $A = 25x^2 - 16 = (5x)^2 - 4^2 = (5x+4)(5x-4)$.

2 Résoudre une équation produit

On donne l'expression $M = (3x+5)^2 - (3x+5)(2x+7)$.

a. Factoriser M.

b. Résoudre l'équation $M = 0$.

CONSEILS
a. Souviens-toi que $(3x+5)^2 = (3x+5)(3x+5)$.
b. Utilise l'expression factorisée de M pour résoudre l'équation $M = 0$.

SOLUTION

a. On a : $M = (3x+5)(3x+5) - (3x+5)(2x+7)$.
$M = (3x+5)[(3x+5) - (2x+7)]$
$M = (3x+5)(3x+5-2x-7)$
$M = (3x+5)(x-2)$

b. On résout l'équation $M = 0$.
Pour cela, on utilise la forme factorisée trouvée à la question précédente.
$(3x+5)(x-2) = 0$ donc $3x+5 = 0$ ou $x-2 = 0$
$3x = -5$ ou $x = 2$
$x = -\dfrac{5}{3}$ ou $x = 2$

Vérification :

pour $x = -\dfrac{5}{3}$, on a : $\left(3\left(-\dfrac{5}{3}\right) + 5\right)\left(-\dfrac{5}{3} - 2\right) = (-5+5)\left(-\dfrac{5}{3} - 2\right) = 0$;

pour $x = 2$, on a : $(3 \times 2 + 5)(2-2) = 11 \times 0 = 0$.

Les solutions de l'équation $M = 0$ sont $-\dfrac{5}{3}$ ou 2.

17 Résoudre un problème à l'aide d'une équation

EN BREF ▸ *Beaucoup de situations de la vie courante trouvent leur solution à l'aide de la résolution d'équations. Au brevet aussi tu devras sûrement mettre en équation ce type de situation puis en effectuer la résolution.*

I Cinq étapes clés

Pour résoudre un problème nécessitant la résolution d'une équation, on procède en cinq étapes :

- **Choix de l'inconnue :** on désigne par une lettre l'inconnue que l'on cherche.
- **Mise en équation du problème :** on traduit les données par une équation.
- **Résolution de l'équation :** on résout l'équation pour trouver la valeur (ou les valeurs) de l'inconnue.
- **Vérification :** on remplace l'inconnue par la valeur trouvée dans l'égalité de départ.
- **Conclusion :** on interprète le résultat par rapport au problème posé.

II Exemple

On cherche s'il existe des nombres qui sont égaux à leur double augmenté de 1.

- **Choix de l'inconnue** : soit x le nombre cherché.
- **Mise en équation** :

$x = 2x + 1$

- **Résolution de l'équation** :

$x = 2x + 1$

$x - 2x = 1$

$-x = 1$

$x = -1$.

- **Vérification** :

$-1 = 2(-1) + 1$

- **Conclusion** : le nombre qui est égal à son double augmenté de 1 est -1.

À NOTER

Il ne faut pas oublier de conclure en répondant à la question posée.

Méthode

Résoudre un problème avec une équation

Aujourd'hui, Marc a 11 ans et Pierre a 26 ans.

Dans combien d'années l'âge de Pierre sera-t-il le double de celui de Marc ?

CONSEILS
Appelle x le nombre d'années écoulées.
Pose une équation liant l'âge de Pierre et l'âge de Marc dans x années.

SOLUTION

- **Choix de l'inconnue** : soit x le nombre d'années écoulées.
- **Mise en équation** : dans x années, Marc aura $11 + x$ ans et Pierre aura $26 + x$ ans. À ce moment-là, l'âge de Pierre sera le double de celui de Marc. On obtient l'équation : $26 + x = 2(11 + x)$.
- **Résolution de l'équation** :
$26 + x = 2(11 + x)$; $26 + x = 22 + 2x$; $26 - 22 = 2x - x$, soit $4 = x$.
- **Vérification** : $26 + 4 = 30$ et $2(11 + 4) = 30$. Dans 4 ans, Marc aura 15 ans et Pierre, 30 ans.
- **Conclusion** : dans 4 ans, l'âge de Pierre sera le double de celui de Marc.

CALCUL LITTÉRAL, ÉQUATIONS

Calcul littéral

Distributivité simple

$k \times (a + b) = ka + kb$
$k \times (a - b) = ka - kb$

Exemple :
$5(2x - 3) = 5 \times 2x - 5 \times 3 = 10x - 15$

Distributivité double

$(a + b)(c + d) = ac + ad + bc + bd$

Exemple :
$(x - 5)\ (2x + 4) = 2x^2 + 4x - 10x - 20 = 2x^2 - 6x - 20$

Identité $a^2 - b^2$

$a^2 - b^2 = (a + b)(a - \mathrm{b})$

Exemple :
$25 - 4x^2 = 5^2 - (2x)^2 = (5 + 2x)(5 - 2x)$

Équations

Résoudre une équation du 1er degré à une inconnue

- $x+a=b$; $x+a-a=b-a$; $x=b-a$
- $ax=b$; $\frac{ax}{a}=\frac{b}{a}$; $x=\frac{b}{a}$

Exemple :

$5x+3=-2x+8$

$5x+2x=8-3$ regroupement de chaque famille

$7x=5$ réduction dans chaque famille

$x=\frac{5}{7}$ élimination du coefficient

Résoudre une équation produit

Exemple : Résoudre $(x-2)(2x+6)=0$

C'est une équation produit.

Si un produit de facteurs est nul, alors l'un au moins de ses facteurs est nul.

Donc $x-2=0$ ou $2x+6=0$

Donc $x=2$ ou $2x=-6$ soit $x=-3$

Donc $S=\{2 ; -3\}$

Résoudre une équation carrée du type $x^2=a$

Soit $x^2=a$ avec $a \geq 0$

Alors $x=\sqrt{a}$ ou $x=-\sqrt{a}$

Exemple :

$x^2=8$

Donc $x=\sqrt{8}$ ou $x=-\sqrt{8}$

SE TESTER QUIZ

Vérifie que tu as compris les points clés

1 Connaître la distributivité simple

→ FICHE 14

1) Dans l'expression $12x$, x est :

☐ **a.** un facteur ☐ **b.** un produit ☐ **c.** une somme

2) L'expression développée de $A = 2 \times (x+4)$ est :

☐ **a.** $2x+4$ ☐ **b.** $2x+8$ ☐ **c.** $2x+6$

3) L'expression factorisée de $B = 2x + 5x$ est :

☐ **a.** $7x^2$ ☐ **b.** $5x^2+2x$ ☐ **c.** $7x$

…/3

2 Connaître la distributivité double

→ FICHE 14

1) L'expression développée de $A = (x-7)(x+4)$ est :

☐ **a.** $x-7+x+4$

☐ **b.** $x(x+4)-7(x+4)$

☐ **c.** $x(x+4)+7(x+4)$

2) L'expression $B = (x+1)^2$ est égale à :

☐ **a.** $(x+1)(x+1)$ ☐ **b.** $(x+1)(x-1)$ ☐ **c.** $(x+1) \times 2$

3) L'expression développée de $C = (x+1)(x+2)$ est :

☐ **a.** $2x+2x+x+2$ ☐ **b.** $x^2+2x+x+3$ ☐ **c.** $x^2+2x+x+2$

…/3

3 Résoudre une équation du premier degré

→ FICHE 15

1) 10 est solution de l'équation :

☐ **a.** $x+5=2$ ☐ **b.** $2x-1=19$ ☐ **c.** $2-x=0$

2) L'équation $2x-5=5$ a pour solution :

☐ **a.** $x=1$ ☐ **b.** $x=2$ ☐ **c.** $x=5$

3) L'équation $\frac{1}{2}x=0$ a pour solution :

☐ **a.** $x=0$ ☐ **b.** $x=-2$ ☐ **c.** $x=2$

4) Résoudre l'équation $2x-5=x+5$ revient à résoudre l'équation :

☐ **a.** $2x-x=5+5$ ☐ **b.** $2x+x=5-5$ ☐ **c.** $2x+x=5-5$

…/4

4 Utiliser une identité remarquable

→ FICHE 16

1 On a : $A = x^2 - 1$. La forme factorisée de A est :

☐ **a.** $(x-1)^2$ ☐ **b.** $(x-1)(x-1)$ ☐ **c.** $(x+1)(x-1)$

2 On a : $B = (2x+1)(2x-1)$. La forme développée de B est :

☐ **a.** $2x^2 - 1$ ☐ **b.** $4x^2 - 1$ ☐ **c.** $4x - 1$

.../2

5 Résoudre une équation produit

→ FICHE 16

1 L'équation $(x+5)(x-9) = 0$ a pour solution :

☐ **a.** -5 et 9 ☐ **b.** 5 et -9 ☐ **c.** 5 et 9

2 Résoudre l'équation $9x^2 - 1 = 0$ revient à résoudre l'équation :

☐ **a.** $(9x+1)(9x-1) = 0$

☐ **b.** $3x - 1 = 0$

☐ **c.** $(3x+1)(3x-1) = 0$

3 L'équation $4x^2 - 1 = 0$ a pour solution :

☐ **a.** $\frac{-1}{4}$ et $\frac{1}{4}$ ☐ **b.** $\frac{-1}{2}$ et $\frac{1}{2}$ ☐ **c.** $\frac{1}{2}$

.../3

6 Résoudre un problème à l'aide d'une équation

→ FICHE 17

1 On cherche les nombres qui sont égaux à leur cube. L'équation à résoudre est :

☐ **a.** $x = 3x$ ☐ **b.** $x = x^3$ ☐ **c.** $x = x + 3$

2 On cherche quatre entiers consécutifs dont la somme est 106. Le plus petit des ces entiers est :

☐ **a.** 25 ☐ **b.** 26 ☐ **c.** 27

3 En calculant les trois quarts d'un nombre x, on obtient 12. Le nombre x est :

☐ **a.** 16 ☐ **b.** 20 ☐ **c.** 24

.../3

ON FAIT LE BILAN !

score total **.../18**

- Des erreurs ? Entraîne-toi ! → **LES EXOS** P. 96
- Zéro faute ? Bravo ! → **OBJECTIF BREVET** P. 98

LES EXOS

7 Utiliser la distributivité pour calculer

→ FICHE 14

On veut calculer de tête 99×99.

1) Développer $(100 - 1)(100 - 1)$.

2) Expliquer comment calculer de tête 99×99.

8 Utiliser la double distributivité

→ FICHE 14

1) Développer et réduire l'expression $(2n + 5)(2n - 5)$ où n est un nombre quelconque.

2) En utilisant la question **1.**, calculer 205×195.

9 Utiliser la double distributivité

→ FICHE 14

Léa pense qu'en multipliant deux nombres impairs consécutifs (c'est-à-dire qui se suivent) et en ajoutant 1, le résultat obtenu est toujours un multiple de 4.

1) Étude d'un exemple : 5 et 7 sont deux nombres impairs consécutifs.

a. Calculer $5 \times 7 + 1$.

b. Léa a-t-elle raison pour cet exemple ?

2) Le tableau ci-dessous montre le travail qu'elle a réalisé dans une feuille de calcul.

	A	B	C	D	E
1		Nombre impair	Nombre impair suivant	Produit de ces nombres impairs consécutifs	Résultat obtenu
2	x	2x + 1	2x + 3	(2x + 1)(2x + 3)	(2x + 1)(2x + 3) + 1
3	0	1	3	3	4
4	1	3	5	15	16
5	2	5	7	35	36
6	3	7	9	63	64
7	4	9	11	99	100
8	5	11	13	143	144
9	6	13	15	195	196
10	7	15	17	255	256
11	8	17	19	323	324
12	9	19	21	399	400

a. D'après ce tableau, quel résultat obtient-on en prenant comme premier nombre impair 17 ?

b. Montrer que cet entier est un multiple de 4.

c. Parmi les quatre formules de calcul suivantes, deux formules ont pu être saisies dans la cellule D3. Lesquelles ? Aucune justification n'est attendue.

Formule 1 : = (2*A3 + 1)*(2*A3 + 3)

Formule 2 : = (2*B3 + 1)*(2*C3 + 3)

Formule 3 : = B3*C3

Formule 4 : = (2*D3 + 1)*(2*D3 + 3)

3 Étude algébrique.

a. Développer et réduire l'expression $(2x + 1)(2x + 3) + 1$.

b. Montrer que Léa avait raison : le résultat obtenu est toujours un multiple de 4.

10 Résoudre une équation

→ FICHE 15

Résoudre l'équation $x + 2(3x - 5) = 0$.

11 Résoudre une équation produit

→ FICHE 16

On considère l'expression $E = (x - 2)(2x + 3) - 3(x - 2)$.

1 Développer E.

2 Factoriser E et vérifier que $E = 2F$, où $F = x(x - 2)$.

3 Déterminer tous les nombres x tels que $(x - 2)(2x + 3) - 3(x - 2) = 0$.

12 Fréquence cardiaque maximale

→ FICHE 17

Lors d'une activité sportive, il est recommandé de surveiller son rythme cardiaque.

Les médecins calculaient, autrefois, la fréquence cardiaque maximale recommandée f, exprimée en battements par minute, en soustrayant à 220 l'âge a de la personne exprimé en années.

1 Traduire cette dernière phrase par une relation mathématique.

2 Des recherches récentes ont montré que cette relation devait être légèrement modifiée. La nouvelle relation utilisée par les médecins est :

Fréquence cardiaque maximale recommandée = $208 - (0{,}75 \times a)$.

a. Calculer la fréquence cardiaque maximale à 60 ans recommandée aujourd'hui par les médecins.

b. Déterminer l'âge pour lequel la fréquence cardiaque maximale est de 184 battements par minute.

OBJECTIF BREVET

Lance-toi dans des sujets !

13 Utiliser la double distributivité
15 min

→ FICHE 14

Tom doit calculer $3{,}5^2$. « Pas la peine de prendre la calculatrice, lui dit Julie, tu n'as qu'à effectuer le produit de 3 par 4 et rajouter 0,25. »

1) Effectuer le calcul proposé par Julie et vérifier que le résultat obtenu est bien le carré de 3,5.

2) Proposer une façon simple de calculer $7{,}5^2$ et donner le résultat.

3) Julie propose la conjecture suivante :
$(x + 0{,}5)^2 = x(x + 1) + 0{,}25$ où x est un nombre entier positif.
Prouver que la conjecture de Julie est vraie (quel que soit le nombre x).

DÉMARRONS ENSEMBLE

3) Développe en observant que $(x+0{,}5)^2 = (x+0{,}5)(x+0{,}5)$.

14 Calcul littéral et aire
30 min

→ FICHE 14

Sur la figure ci-dessous, les quadrilatères ABCD et AGFE sont des carrés.
De plus, on sait que AB = 2 et BG = x où x est un nombre strictement positif.

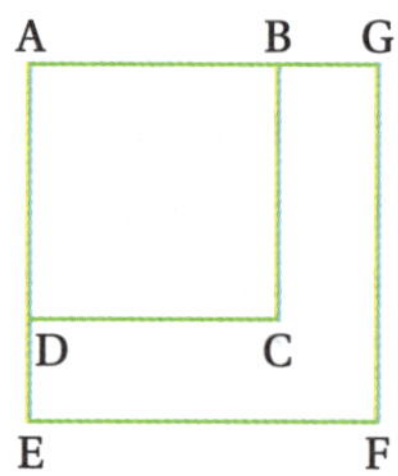

1) Exprimer la longueur AG en fonction de x.

2) Exprimer l'aire du carré AGFE en fonction de x.

3) Montrer que l'aire du polygone BGFEDC est égale à $x^2 + 4x$.

4) Montrer que l'aire du polygone BGFEDC est 8 fois plus grande que l'aire du carré AGFE lorsque $x = 4$.

DÉMARRONS ENSEMBLE

1) Observe que AG = AB + BG.

2) AG est la longueur du côté du carré. N'oublie pas les parenthèses indispensables.

3) L'aire du polygone BGFEDC est égale à la différence de deux aires.

15 Résoudre une équation produit

20 min

→ FICHE 16

La figure ci-dessous donne un schéma d'un programme de calcul.

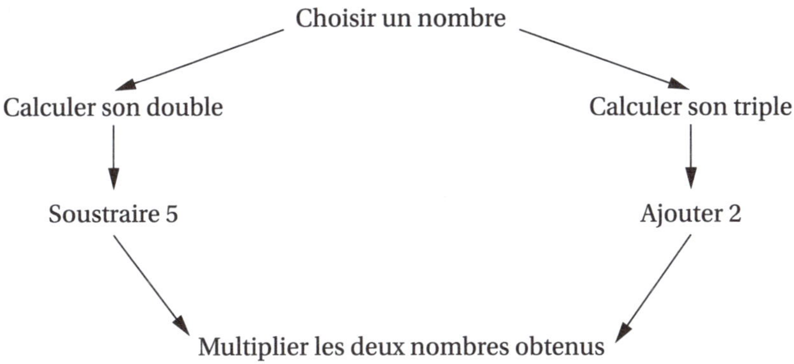

1) Si le nombre de départ est 1, montrer que le résultat obtenu est −15.

2) Si on choisit un nombre quelconque x comme nombre de départ, parmi les expressions suivantes, quelle est celle qui donne le résultat obtenu par le programme de calcul ? Justifier.

$A = (x^2 - 5) \times (3x + 2)$
$B = (2x - 5) \times (3x + 2)$
$C = 2x - 5 \times 3x + 2$

3) Lily prétend que l'expression $D = (3x + 2)^2 - (x + 7)(3x + 2)$ donne les mêmes résultats que l'expression B pour toutes les valeurs de x. L'affirmation de Lily est-elle vraie ? Justifier.

4) On appelle x le nombre de départ. Pour quelles valeurs de x obtient-on un résultat nul ?

DÉMARRONS ENSEMBLE

2) Le double d'un nombre est le produit de ce nombre par 2. Le triple d'un nombre est le produit de ce nombre par 3.

3) Dans l'expression D, on a $(3x + 2)^2 = (3x + 2)(3x + 2)$. Factorise l'expression D.

4) Résous l'équation $B = 0$.

16 Résoudre un problème à l'aide d'une équation

15 min

→ FICHES 15 et 17

Léo choisit un nombre, le multiplie par 6 puis ajoute 5.

Julie choisit le même nombre, lui ajoute 8, multiplie le résultat par le nombre de départ, puis soustrait le carré du nombre de départ.

1 Léo et Julie choisissent au départ le nombre -3.

a. Quel résultat obtient Léo ?

b. Quel résultat obtient Julie ?

2 Quel nombre positif doivent-ils choisir au départ pour obtenir le même résultat ?

DÉMARRONS ENSEMBLE

2 Appelle x le nombre positif choisi par Léo et Julie. Écris en fonction de x le nombre obtenu par Léo. Écris ensuite celui obtenu par Julie sans oublier les parenthèses indispensables. Résous alors une équation.

CORRIGÉS

SE TESTER QUIZ

1 Connaître la distributivité simple

1) Réponse a. L'expression $12x$ peut s'écrire $12 \times x$, x est donc un des nombres d'une multiplication. C'est un facteur.

2) Réponse b. Développons A. On a : $A = 2 \times (x + 4) = 2 \times x + 2 \times 4 = 2x + 8$.

3) Réponse c. Factorisons B. Le facteur commun est x.
On obtient : $B = 2x + 5x = x(2 + 5) = x \times 7 = 7x$.

2 Connaître la distributivité double

1) Réponse b. Développons A en appliquant la double distribution.
On a : $A = (x - 7)(x + 4) = x(x + 4) - 7(x + 4)$.
La réponse **a** est fausse car on ne peut pas supprimer les parenthèses.

2) Réponse a. Le carré d'un nombre est égal au produit du nombre par lui-même. Donc le carré de $x + 1$ est $(x + 1)(x + 1)$. La réponse **c** est fausse car $(x + 1) \times 2$ est le double de $x + 1$.

3) Réponse c. Développons C en appliquant la double distribution.
On a : $A = (x + 1)(x + 2) = x \times x + x \times 2 + 1 \times x + 1 \times 2 = x^2 + 2x + x + 2$.

3 Résoudre une équation du premier degré

1) Réponse b. On remplace x par 10 dans chaque équation.
Dans la première et la troisième équation, on obtient. $10 + 5 \neq 2$ et $2 - 10 \neq 0$.
Dans la deuxième équation, on a : $2(10) - 1 = 19$.

2) Réponse c. Résolvons l'équation $2x - 5 = 5$.
On a : $2x - 5 + 5 = 5 + 5$; $2x = 10$; $\frac{1}{2} \times 2x = \frac{1}{2} \times 10$; $x = 5$.

3) Réponse a. Résolvons l'équation $\frac{1}{2}x = 0$.
On a : $\frac{1}{2}x = 0$; $2 \times \frac{1}{2}x = 2 \times 0$; $x = 0$.

4) Réponse a. Résolvons l'équation $2x - 5 = x + 5$.
Pour regrouper les termes en x dans le membre de gauche, on soustrait x aux deux membres de l'équation.
On a : $2x - 5 - x = x + 5 - x$
$2x - 5 - x = 5$.
Pour regrouper les termes constants dans le membre de droite, on ajoute 5 aux deux membres de l'équation.
On a : $2x - 5 - x + 5 = 5 + 5$; $2x - x = 5 + 5$.

4 Utiliser une identité remarquable

1 Réponse c. On utilise l'identité remarquable $a^2 - b^2 = (a+b)(a-b)$ en posant $a = x$ et $b = 1$.
La forme factorisée de A est $(x+1)(x-1)$.

2 Réponse b. On utilise l'identité remarquable $(a+b)(a-b) = a^2 - b^2$ en posant $a = 2x$ et $b = 1$.
On a : $B = (2x)^2 - 1^2 = 2^2 \times x^2 - 1 = 4x^2 - 1$.

5 Résoudre une équation produit

1 Réponse a. L'équation $(x+5)(x-9) = 0$ est une équation produit.
On a donc : $(x+5)(x-9) = 0$; $x+5 = 0$ ou $x-9 = 0$; $x = -5$ ou $x = 9$.

2 Réponse c. Pour résoudre l'équation $9x^2 - 1 = 0$, il faut factoriser $9x^2 - 1$ en utilisant l'identité remarquable $a^2 - b^2 = (a+b)(a-b)$.
On a : $9x^2 - 1 = (3x)^2 - 1^2 = (3x+1)(3x-1)$.

3 Réponse b. Résolvons l'équation $4x^2 - 1 = 0$ en commençant par factoriser $4x^2 - 1$.
On a : $4x^2 - 1 = (2x)^2 - 1^2 = (2x+1)(2x-1)$.
Résolvons l'équation : $4x^2 - 1 = 0$ $(2x+1)(2x-1) = 0$; $2x+1 = 0$ ou $2x-1 = 0$; $2x = -1$ ou $2x = 1$; $x = -\frac{1}{2}$ ou $x = \frac{1}{2}$.

6 Résoudre un problème à l'aide d'une équation

1 Réponse b. Le cube de x s'écrit x^3. La réponse a est fausse car $3x$ est le triple de x.

2 Réponse a. Des entiers consécutifs sont des entiers qui se suivent. Si x désigne le premier, les trois suivants sont $x+1$, $x+2$ et $x+3$. On résout l'équation $x + x + 1 + x + 2 + x + 3 = 106$; $4x + 6 = 106$; $4x = 100$; $x = 25$.

3 Réponse a. On a : $\frac{3}{4} \times 16 = 12$; $\frac{3}{4} \times 20 = 15$ et $\frac{3}{4} \times 24 = 18$.

LES EXOS

7 Utiliser la distributivité pour calculer

1. Développons $A = (100 - 1)(100 - 1)$. On utilise la propriété de distributivité double. On a :
$A = 100 \times 100 + 100 \times (-1) - 1 \times 100 - 1 \times (-1)$
$A = 10\,000 - 100 - 100 + 1$
$A = 9\,801$.

2. On a $(100 - 1)(100 - 1) = 9\,801$. Or $100 - 1 = 99$, donc $99 \times 99 = 9\,801$.

8 Utiliser la double distributivité

1. Posons $A = (2n + 5)(2n - 5)$. Développons et réduisons l'expression A :
$A = 2n \times 2n + 2n \times (-5) + 5 \times 2n + 5 \times (-5)$
$A = 2 \times 2 \times n \times n - 10n + 10n - 25$
$A = 4n^2 - 25$.

2. Calculons 205×195.
On a $205 = 2 \times 100 + 5$ et $195 = 2 \times 100 - 5$,
donc $205 \times 195 = (2 \times 100 + 5)(2 \times 100 - 5)$.
En utilisant le résultat de la question **1.**, on écrit :
$(2 \times 100 + 5)(2 \times 100 - 5) = 4 \times 100^2 - 25$
$205 \times 195 = 40\,000 - 25$
$205 \times 195 = 39\,975$.

9 Utiliser la double distributivité

1. a. $5 \times 7 + 1 = 36$.
b. $36 = 4 \times 9$. Donc Léa a raison pour cet exemple.

2. a. À la ligne 11, le nombre impair écrit dans la colonne B est 17 et dans la suivante, c'est 19. Le résultat obtenu se lit dans la colonne E et sur la même ligne. On obtient 324.
b. On a $81 \times 4 = 324$, donc cet entier est un multiple de 4.
c. Il s'agit des formules :
« = (2*A3 +1)*(2*A3 +3) » (formule 1) ;
« = B3*C3 » (formule 3).

3. a. Pour développer l'expression, on utilise la distributivité double. On a :
$A = (2x + 1)(2x + 3) + 1$
$A = 2x \times 2x + 2x \times 3 + 1 \times 2x + 1 \times 3 + 1$
$A = 4x^2 + 6x + 2x + 3 + 1$
$A = 4x^2 + 8x + 4$.
On a donc $(2x + 1)(2x + 3) + 1 = 4x^2 + 8x + 4$.

b. Dans l'expression développée trouvée à la question précédente, on peut mettre 4 en facteur.
On obtient alors $(2x + 1)(2x + 3) + 1 = 4x^2 + 8x + 4 = 4(x^2 + 2x + 1)$.
Léa avait raison : le résultat obtenu est toujours un multiple de 4.

10 Résoudre une équation

On résout l'équation $x + 2(3x - 5) = 0$. On développe et on obtient :
$x + 6x - 10 = 0$
$7x - 10 + 10 = 0 + 10$
$x = \frac{10}{7}$.
Cette équation a pour solution $\frac{10}{7}$.

11 Résoudre une équation produit

1) On développe E en utilisant la double distributivité.
On a : $E = 2x^2 + 3x - 4x - 6 - 3x + 6$; $E = 2x^2 - 4x$.

2) Le facteur commun est $2x$. On a : $E = 2x \times x - 2x \times 2$; $E = 2x \times (x - 2)$.
On remarque alors que : $E = 2 \times x \times (x - 2)$; $E = 2 \times (x \times (x - 2))$; $E = 2 \times F$.

3) Déterminer tous les nombres x tels que $(x - 2)(2x + 3) - 3(x - 2) = 0$ revient à déterminer tous les nombres x tels que $2x \times (x - 2) = 0$. C'est une équation produit.
On a : $2x = 0$ ou $x - 2 = 0$
$\frac{1}{2} \times 2x = \frac{1}{2} \times 0$ ou $x - 2 + 2 = 0 + 2$
$x = 0$ ou $x = 2$.
Les nombres x tels que $(x - 2)(2x + 3) - 3(x - 2) = 0$ sont 0 ou 2.

CONSEIL
3) On transforme une équation du second degré en équation produit en factorisant.

12 Fréquence cardiaque maximale

1) Fréquence cardiaque maximale recommandée $f = 220 - a$.

2) a. On remplace a par 60 et on obtient $208 - (0{,}75 \times 60) = 163$. La fréquence cardiaque maximale à 60 ans recommandée aujourd'hui par les médecins est 163 battements par minute.
b. On cherche le nombre a tel que $208 - (0{,}75 \times a) = 184$.
On résout l'équation :
$208 - (0{,}75 \times a) = 184$
$208 - 208 -(0{,}75 \times a) = 184 - 208$
$-(0{,}75 \times a) = -24$
$a = -24 \div (-0{,}75) = 32$.
L'âge pour lequel la fréquence cardiaque maximale est de 184 battements par minute est 32 ans.

OBJECTIF BREVET

13 Utiliser la double distributivité

1) On a : $3 \times 4 + 0{,}25 = 12{,}25 = 3{,}5^2$.

2) On a : $7 \times 8 + 0{,}25 = 56{,}25 = 7{,}5^2$

3) On a :
$A = (x + 0{,}5)^2 = (x + 0{,}5)(x + 0{,}5)$
$A = x^2 + 0{,}5x + 0{,}5x + 0{,}25 = x^2 + x + 0{,}25$
$A = x(x + 1) + 0{,}25$
La conjecture de Julie est vraie (quel que soit le nombre x).

CONSEIL
3) Observe que : $(x + 0{,}5)^2 = (x + 0{,}5)(x + 0{,}5)$.

14 Calcul littéral et aire

1) On a : AB = 2 et BG = x et AG = AB + BG. On obtient AG = $2 + x$.

2) L'aire du carré AGFE est égale à AG × AG = AG² = $(2 + x)^2$.

3) L'aire du polygone BGFEDC est égale à *Aire*(AGFE) – *Aire*(ABCD).
Or *Aire*(ABCD) = AB² = 4. On a alors :
Aire(BGFEDC) = $(2 + x)^2 - 4 = (2 + x)(2 + x) - 4 = 4 + 2x + 2x + x^2 - 4 = x^2 + 4x$.

CONSEIL
3) Pour développer $(2 + x)^2$, souviens-toi que le carré d'un nombre est égal au produit de ce nombre par lui-même.

4) Lorsque $x = 4$, on a :
Aire(BGFEDC) = $4^2 + 4 \times 4 = 16 + 16 = 32$.
On a : 8 × *Aire*(ABCD) = $8 \times 4 = 32$.
Lorsque $x = 4$, on a bien :
Aire(BGFEDC) = 8 × *Aire*(ABCD).

15 Résoudre une équation produit

1) Le résultat obtenu à gauche est $1 \times 2 - 5 = -3$. Le résultat obtenu à droite est $1 \times 3 + 2 = 5$. Le produit de ces deux résultat est -15.

2) Le double de x est $2x$. Le résultat obtenu à gauche est $2x - 5$. Le triple de x est $3x$. Le résultat obtenu à droite est $3x + 2$. Si on multiplie ces deux résultats, les parenthèses sont indispensables. L'expression correcte est $B = (2x - 5) \times (3x + 2)$

3 Factorisons l'expression $D = (3x+2)^2 - (x+7)(3x+2)$.

On a : $D = (3x+2)(3x+2) - (x+7)(3x+2)$

$D = (3x+2)[(3x+2) - (x+7)]$

$D = (3x+2)(3x+2-x-7)$

$D = (3x+2)(2x-5) = B$

L'affirmation de Lily est vraie.

4 On appelle x le nombre de départ. Résolvons l'équation $B = 0$.

On a : $(2x-5) \times (3x+2) = 0$

$2x - 5 = 0$ ou $3x + 2 = 0$

$2x = 5$ ou $3x = -2$

$x = \frac{5}{2}$ ou $x = -\frac{2}{3}$.

16 Résoudre un problème à l'aide d'une équation

1 Léo et Julie choisissent au départ le nombre -3.

a. On a : $-3 \times 6 + 5 = -18 + 5 = -13$

b. On a : $-3 + 8 = 5$

$5 \times (-3) = -15$

$-15 - (-3)^2 = -24$

2 On choisit un nombre quelconque x comme nombre de départ.

Le calcul de Léo donne : $x \times 6 + 5$.

Celui de Julie donne : $(x+8) \times x - x^2$.

On résout l'équation $x \times 6 + 5 = (x+8) \times x - x^2$.

On a : $x \times 6 + 5 = x^2 + 8x - x^2$

$6x + 5 - 5 - 8x = 8x - 8x - 5$

$-2x = -5$

$x = \frac{5}{2}$.

Léo et Julie ont choisi le nombre $\frac{5}{2}$.

CONSEIL

2 En développant l'expression obtenue par Julie, les termes en x^2 disparaissent.

5 Notion de fonction, fonctions linéaires

Réponse : Une personne ramasse un panier en 40 min, 4 personnes en ramassent quatre en 40 min. Donc 4 personnes ramassent 2 paniers en 20 min.

18 Comprendre les notions de fonction, d'image et d'antécédent

EN BREF ▸ *Dans beaucoup de situations, on peut définir une relation entre deux nombres. Par exemple, la vitesse est liée au temps ou encore l'aire d'un carré est liée à la longueur du côté de ce carré. On va s'intéresser à ce type de relation, les fonctions.*

I Notion de fonction

■ Une **fonction** est un procédé de calcul qui permet d'associer au plus un nombre à un autre nombre.

■ Pour définir une fonction, on peut utiliser :

• une **phrase** ;

Exemple : On définit la fonction f qui à tout nombre x, associe le double de x.

• une **notation symbolique** ;

Exemple : On définit la fonction $f : x \mapsto 2x$.

• une **égalité**.

Exemple : On définit la fonction f telle que $f(x) = 2x$.

II Antécédents et image d'un nombre par une fonction

1 Comment trouver l'image d'un nombre ?

Pour trouver l'image d'un nombre par une fonction, on remplace x par ce nombre dans l'expression de $f(x)$.

Graphiquement, les images se lisent sur l'axe vertical, c'est-à-dire sur l'axe des ordonnées.

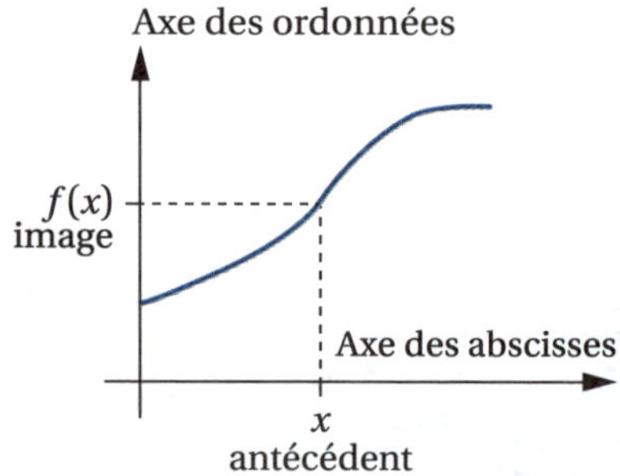

2 Comment trouver l'antécédent d'un nombre ?

Pour trouver un antécédent d'un nombre k par une fonction, on cherche la ou les valeurs de x solution de l'équation $f(x) = k$.

Graphiquement, les antécédents se lisent sur l'axe horizontal, c'est-à-dire sur l'axe des abscisses.

À NOTER
Un nombre peut avoir plusieurs antécédents.

Méthode

Calculer des images ou des antécédents

Soit f la fonction définie par $f(x) = 3x^2 - 5$.

1 Quelle est l'image de 0, de $\frac{2}{3}$ et de -1 par f ?

2 -5 admet-il un antécédent par f ?

CONSEILS

1 Pour calculer l'image de $\frac{2}{3}$, remplace x par $\frac{2}{3}$ dans l'expression $3x^2 - 5$.
Utilise alors la propriété $\left(\frac{a}{b}\right)^2 = \frac{a}{b} \times \frac{a}{b} = \frac{a \times a}{b \times b}$ pour calculer $\left(\frac{2}{3}\right)^2$.

2 Pour trouver les éventuels antécédents de -5 par f, résous l'équation $f(x) = -5$.

SOLUTION

1 Pour calculer l'image de 0, on remplace x par 0 dans l'égalité $f(x) = 3x^2 - 5$.
On obtient $f(0) = 3 \times 0^2 - 5 = -5$. L'image de 0 est -5.
De même, on a :

$$f\left(\frac{2}{3}\right)^2 = 3\left(\frac{2}{3}\right)^2 - 5$$

$$f\left(\frac{2}{3}\right) = 3\left(\frac{2}{3} \times \frac{2}{3}\right) - 5$$

$$f\left(\frac{2}{3}\right) = 3 \times \frac{4}{9} - 5$$

$$f\left(\frac{2}{3}\right) = \frac{4}{3} - \frac{15}{3}$$

$$f\left(\frac{2}{3}\right) = \frac{-11}{3}.$$

L'image de $\frac{2}{3}$ est $-\frac{11}{3}$.

Enfin $f(-1) = 3(-1)^2 - 5$, soit $f(-1) = 3 \times 1 - 5 = -2$.
Donc l'image de -1 est -2.

2 Pour déterminer les éventuels antécédents de -5, on résout l'équation $f(x) = -5$. On a :

$3x^2 - 5 = -5$

$3x^2 = -5 + 5$

$x^2 = 0$

$x = 0$.

L'antécédent de -5 par f est 0. Autrement dit, $f(0) = -5$.

À NOTER

2 Pour la fonction f choisie, le nombre -5 a un unique antécédent.

19 Définir la fonction linéaire associée à une situation de proportionnalité

EN BREF ▸ *Une fonction linéaire peut être directement liée à une situation de proportionnalité, telle qu'on la rencontre souvent dans la vie courante.*

I La quatrième proportionnelle

■ a, b, c et d sont quatre nombres non nuls.

On considère le **tableau de proportionnalité** ci-dessous :

a	b
c	d

MOT CLÉ

Un **tableau de proportionnalité** contient deux lignes de valeurs. On obtient les valeurs de l'une en multipliant les valeurs de l'autre par un même nombre.

■ Pour calculer la quatrième proportionnelle de ce tableau, ici d, on utilise la propriété suivante : le tableau de proportionnalité est équivalent à $\frac{a}{c} = \frac{b}{d}$ ou encore $ad = bc$ (appelé « produit en croix »).

Exemple : On considère le tableau de proportionnalité ci-dessous :

0,5	2,1
12	d

À l'aide d'un produit en croix, on obtient $0{,}5 \times d = 12 \times 2{,}1$.

On en déduit que $d = \frac{12 \times 2{,}1}{0{,}5}$, soit $d = 50{,}4$.

II Notion de fonction linéaire

1 Qu'est-ce qu'une fonction linéaire ?

Soit a un nombre donné non nul. La fonction qui à un nombre x associe le nombre ax est appelée fonction linéaire. On note :

$$f : x \mapsto ax \text{ ou } f(x) = ax$$

2 Que traduit une fonction linéaire ?

Une fonction linéaire traduit une situation de proportionnalité dont le coefficient est le nombre a.

Méthode

Associer un tableau de proportionnalité à une fonction linéaire

On considère le tableau de proportionnalité ci-dessous.

20	30
70	b

$\times a$

1) a. Calculer b.

b. On appelle a le coefficient de proportionnalité. Calculer a.

2) Donner l'expression de la fonction linéaire f associée à ce tableau.

3) La fonction linéaire f trouvée à la question précédente est-elle aussi associée au tableau de proportionnalité ci-dessous ?

12,5	35
43,75	122,5

CONSEILS

1) a. Utilise l'égalité des produits en croix pour calculer b.
b. Divise l'un des nombres de la deuxième ligne par celui qui lui correspond sur la première ligne pour calculer a.

2) La fonction linéaire associée à ce tableau de proportionnalité est notée $f(x) = ax$.

SOLUTION

1) a. À l'aide de l'égalité des produits en croix, on obtient :
$20 \times b = 70 \times 30$
$20b = 2\ 100$
$b = 2\ 100 \div 20.$
Donc $b = 105.$

b. On a l'égalité :
$20 \times a = 70$
$a = 70 \div 20.$
D'où $a = 3{,}5.$

2) La fonction linéaire f a pour coefficient 3,5.
Donc $f(x) = 3{,}5x.$

3) On regarde si 3,5 est le coefficient de proportionnalité de ce nouveau tableau.
On a $43{,}75 \div 12{,}5 = 3{,}5$ et $122{,}5 \div 35 = 3{,}5.$
La fonction linéaire f est bien associée à ce tableau.

20 Déterminer l'image/l'antécédent par une fonction linéaire

EN BREF ▸ *La recherche d'image ou d'antécédent par une fonction linéaire permet de résoudre des problèmes concrets. Il existe différentes méthodes permettant de trouver ces nombres.*

I Déterminer l'expression d'une fonction linéaire

Une fonction linéaire a pour expression $f(x) = ax$. Pour déterminer la valeur du coefficient a, on divise l'image par son antécédent.

Exemple : On cherche la fonction linéaire f telle que $f(4) = 20$. Le coefficient a est égal à $20 \div 4 = 5$. Le coefficient a est égal à 5, donc $f(x) = 5x$.

CONSEIL
Si la division de l'image par l'antécédent ne donne pas un quotient exact, on gardera le coefficient a sous la forme d'une fraction.

II Déterminer une image ou un antécédent

1 À l'aide de l'expression de la fonction

- Pour trouver l'image d'un nombre, on remplace x par ce nombre dans l'expression $f(x) = ax$.

Exemple : On considère la fonction f définie par $f(x) = -1{,}3x$.
On a $f(-5) = -1{,}3 \times (-5) = 6{,}5$.
L'image par f de -5 est $6{,}5$.

- Pour trouver l'antécédent d'un nombre k, on résout l'équation $f(x) = k$.

Exemple : On considère la fonction f définie par $f(x) = 3x$. On résout $f(x) = -4{,}5$.
On obtient :
$3x = -4{,}5$
$x = -4{,}5 \div 3$
$x = -1{,}5$.
L'antécédent par f de $-4{,}5$ est $-1{,}5$.

2 À l'aide de la représentation graphique de la fonction

Les images se lisent sur l'axe des ordonnées et les antécédents sur l'axe des abscisses.

Exemple :

On lit $f(2) = 1$ et $f(4) = 2$.

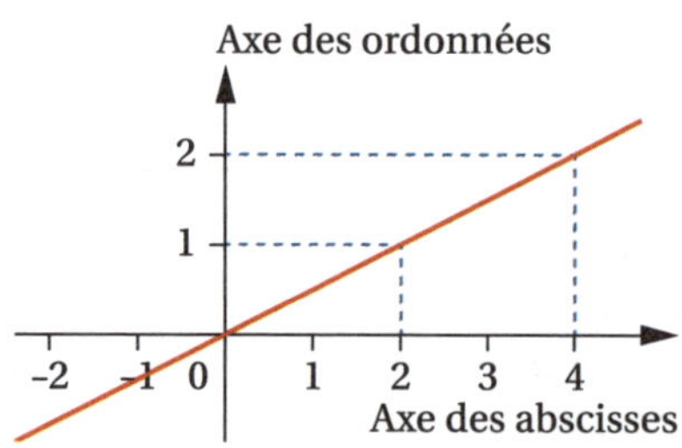

Méthode

Exploiter la représentation graphique d'une fonction linéaire

Dans le repère ci-contre, on a tracé la représentation graphique d'une fonction f.

1) En utilisant le point A, montrer que $f(x) = \frac{3}{2}x$.

2) a. En laissant des traces graphiques, déterminer l'image de 4 par f.

b. Lire graphiquement l'antécédent de 9 par f.

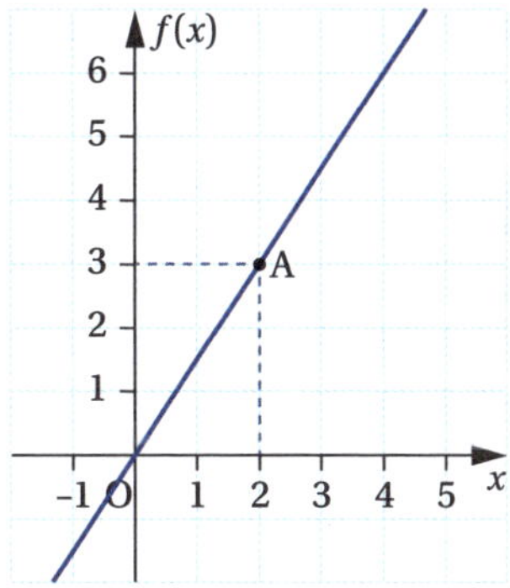

CONSEILS

1) Divise l'ordonnée du point A par son abscisse pour trouver le coefficient a.

2) a. Repère le nombre 4 sur l'axe des abscisses et trace la droite verticale. Cette droite coupe la représentation graphique de la fonction f en un point. Trace la droite horizontale passant par ce point. Elle coupe l'axe des ordonnées. Conclus.

b. Repère le nombre 9 sur l'axe des ordonnées. Trace la droite horizontale. Cette droite coupe la représentation graphique de la fonction f en un point. Conclus en traçant la droite verticale passant par ce point.

SOLUTION

1) L'image de 2 est 3.

On obtient $a = \frac{3}{2}$.

2) a. Le tracé vert montre que l'image de 4 est 6.

b. Le tracé rouge montre que l'antécédent de 9 est 6.

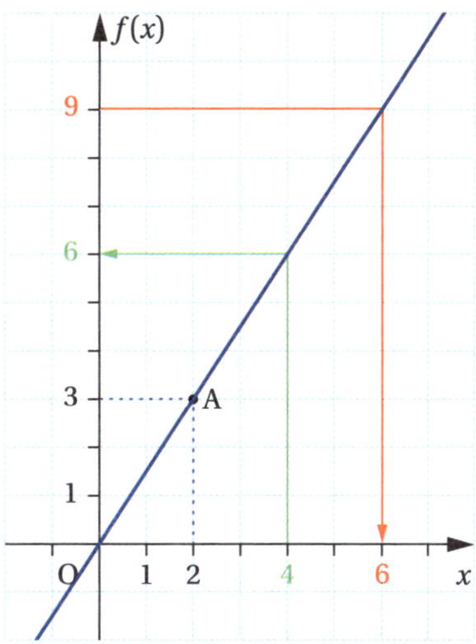

21 Résoudre un problème de pourcentage

EN BREF ▸ *Dans la vie courante, on rencontre souvent la notion de pourcentage : dans les sondages, dans les résultats d'élections, durant les soldes. Comment se détermine un pourcentage ?*

I Déterminer un pourcentage

Pour déterminer le pourcentage que représente une quantité x par rapport à une quantité y, on divise x par y et on multiplie par 100.

Exemple : Sur 25 élèves d'une classe de 3e, 10 sont demi-pensionnaires.

CONSEIL
Si tu n'obtiens pas un quotient exact quand tu divises x par y, donne une valeur approchée.

Pour trouver le pourcentage que représentent les demi-pensionnaires dans cette classe, on calcule :
$(10 \div 25) \times 100 = 0{,}4 \times 100 = 40$.

Le pourcentage de demi-pensionnaires dans cette classe est donc de 40 %.

II Calculer une augmentation ou une diminution

1 Augmentation

Pour augmenter un nombre x de a %, on multiplie x par $1 + \frac{a}{100}$.

Exemple : Un objet valant 25 € subit une augmentation de 5 %.
Pour trouver son nouveau prix, on calcule :

$$\begin{aligned} 25 \times \left(1 + \frac{5}{100}\right) &= 25 \times (1 + 0{,}05) \\ &= 25 \times 1{,}05 \\ &= 26{,}25 \end{aligned}$$

Le prix après augmentation est égal à 26,25 €.

2 Diminution

Pour diminuer un nombre x de a %, on multiplie x par $1 - \frac{a}{100}$.

Exemple : Un objet valant 50 € subit une diminution de 10 %.
Son nouveau prix est :

$$\begin{aligned} 50 \times \left(1 - \frac{10}{100}\right) &= 50 \times (1 - 0{,}1) \\ &= 50 \times 0{,}9 \\ &= 45 \end{aligned}$$

Le prix diminué est égal à 45 €.

Méthodes

1 Calculer une quantité après diminution

Un confiseur reçoit une commande de caramels d'un montant de 120,40 €. Pour fidéliser son client, il décide d'accorder une remise de 20 %.

Calculer le montant de la facture après remise.

CONSEILS
Une remise de 20 % entraîne une diminution de 20 % du montant de la facture.

SOLUTION

Pour diminuer 120,40 € de 20 %, on multiplie 120,40 par $1-\frac{20}{100}$.
On obtient :

$$120{,}40\times\left(1-\frac{20}{100}\right)=120{,}40\times(1-0{,}20)=120{,}40\times0{,}80=96{,}32.$$

Le montant de la facture après remise est 96,32 euros.

2 Appliquer deux pourcentages successifs

Une entreprise a augmenté ses ventes de 20 % sur une année.
L'année suivante, les ventes ont encore augmenté de 20 %.

Calculer l'augmentation globale en pourcentage sur ces deux années.

CONSEILS
Appelle x le montant des ventes de la première année. Observe qu'après une augmentation de 20 %, le montant devient $x\left(1+\frac{20}{100}\right)$ ou encore $x(1+0{,}2)$.
Applique une augmentation de 20 % à cette nouvelle somme.

SOLUTION

On appelle x le montant initial des ventes.

La première année, on multiplie x par $1+\frac{20}{100}$. On obtient :

$$x\times\left(1+\frac{20}{100}\right)=x\times(1+0{,}20)=1{,}2x.$$

La deuxième année, l'augmentation porte sur le montant des ventes de l'année précédente, soit $1{,}2x$. On multiplie donc cette quantité par $1+\frac{20}{100}$.

On obtient $1{,}2x\times\left(1+\frac{20}{100}\right)=1{,}2x\times1{,}2=1{,}44x$.

On a $1{,}44=1+0{,}44=1+\frac{44}{100}$.

L'augmentation sur deux ans est donc de 44 %.

NOTION DE FONCTION, FONCTIONS LINÉAIRES

Déterminer des images/antécédents par une fonction

Par simple lecture des données

Exemple : Soit h une fonction vérifiant :

$h(1) = 0$ $h(2) = -4$ $h(3) = 2$ $h(4) = 1$

L'**image** de 2 par h est -4 ; l'**antécédent** de 1 est 4.

Par le calcul

- Pour déterminer l'**image** d'un nombre par une fonction f, on remplace x par ce nombre dans l'expression de $f(x)$ et on calcule.
Exemple : soit $f(x) = 3x^2 - 5$.
$f(-3) = 3 \times (-3)^2 - 5 = 3 \times 9 - 5 = 27 - 5 = 22$
L'image de -3 par f est 22.

- Pour déterminer un **antécédent** d'un nombre k par une fonction f, on cherche la ou les valeurs de x solution de l'équation $f(x) = k$.
Exemple : soit $g(x) = 2x - 1$.
$2x - 1 = 5$ $2x = 6$ $x = 3$ L'antécédent de 5 par g est 3.

Graphiquement

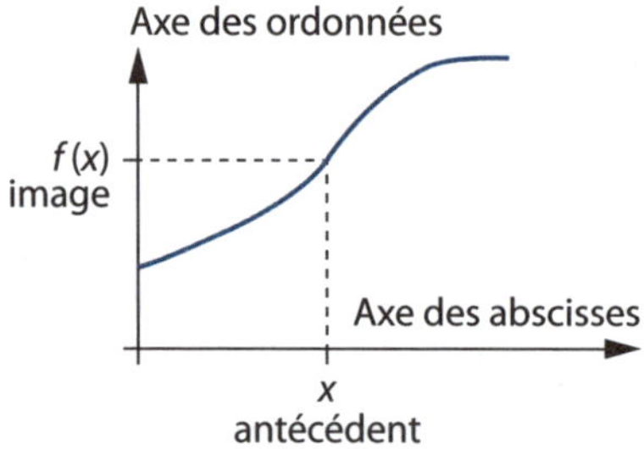

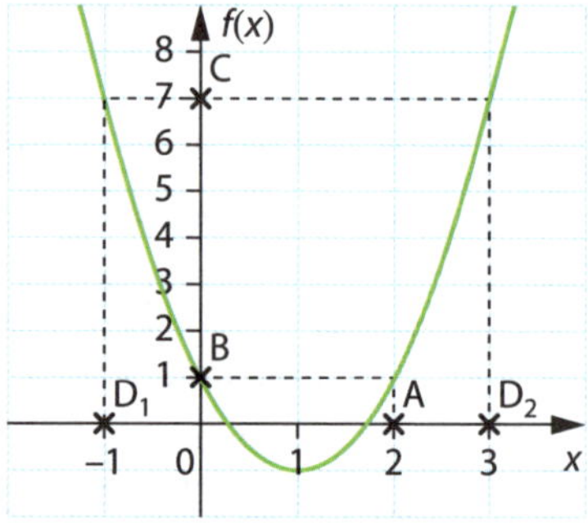

Exemple : L'**image** de 2 est 1.
Les **antécédents** de 7 sont -1 et 3.

Calculer avec des pourcentages

Appliquer un pourcentage

Prendre une fraction d'une quantité, c'est **multiplier** cette fraction par la quantité.

Exemple :
Une cuve de 600 L perd 12 % de son eau.
$600 \times \frac{12}{100} = 72$. La cuve a perdu 72 L d'eau.

Calculer une hausse/baisse en pourcentage

- Pour **augmenter** un nombre x de a %, on multiplie x par $1 + \frac{a}{100}$.
- Pour **diminuer** un nombre x de a %, on multiplie x par $1 - \frac{a}{100}$.

Exemple :
Une robe coûtait 26 €. Son prix augmente de 15 %.
$26 \times \left(1 + \frac{15}{100}\right) = 29{,}9$. La robe coûte maintenant 29,9 €.

Fonctions linéaires

Fonction linéaire de **coefficient directeur** a :
- associe le nombre ax à un nombre x : $f(x) = ax$;
- a pour représentation graphique une **droite passant par l'origine** ;
- traduit une situation de **proportionnalité** de coefficient a.

Exemple :

x	2	5
$f(x)$	3	7,5

$3 \div 2 = 7{,}5 \div 5 = 1{,}5$
Ce tableau est donc de proportionnalité, de coefficient 1,5.
La fonction linéaire f associée est la fonction $f : x \rightarrow 1{,}5x$.

SE TESTER QUIZ

Vérifie que tu as compris les points clés

1 Comprendre les notions de fonction, d'image et d'antécédent

→ FICHE 18

1) Soit f la fonction définie par $f(x) = x^2 + 3$. L'image de 3 par f est :

☐ **a.** 6 ☐ **b.** 9 ☐ **c.** 12

2) Soit f la fonction définie par $f(x) = x + 6$. L'antécédent de 6 est :

☐ **a.** 0 ☐ **b.** –6 ☐ **c.** 12

3) Soit f la fonction définie par $f(x) = -3x$. f est une fonction :

☐ **a.** affine ☐ **b.** linéaire

☐ **c.** On ne peut pas savoir.

.../3

2 Utiliser une situation de proportionnalité

→ FICHE 19

On considère le tableau de proportionnalité ci-contre :

5	8
–15	d

1) Le nombre d est égal à :

☐ **a.** 24 ☐ **b.** –7 ☐ **c.** –24

2) La fonction linéaire f associée à cette situation de proportionnalité est définie par :

☐ **a.** $f(x) = 3x$ ☐ **b.** $f(x) = -3x$ ☐ **c.** $f(x) = x - 3$

.../2

3 Déterminer par le calcul une image ou un antécédent par une fonction linéaire

→ FICHE 20

Soit f la fonction définie par $f(x) = -2x$.

1) f est une fonction :

☐ **a.** qui ne traduit pas une situation de proportionnalité

☐ **b.** linéaire ☐ **c.** négative

2) L'image de –3 est :

☐ **a.** 6 ☐ **b.** –5 ☐ **c.** 5

3) L'antécédent de 4 est :

☐ **a.** –8 ☐ **b.** 2 ☐ **c.** –2

.../3

4 Déterminer graphiquement une image ou un antécédent par une fonction linéaire

→ FICHE 20

La figure ci-contre est la représentation graphique d'une fonction f.

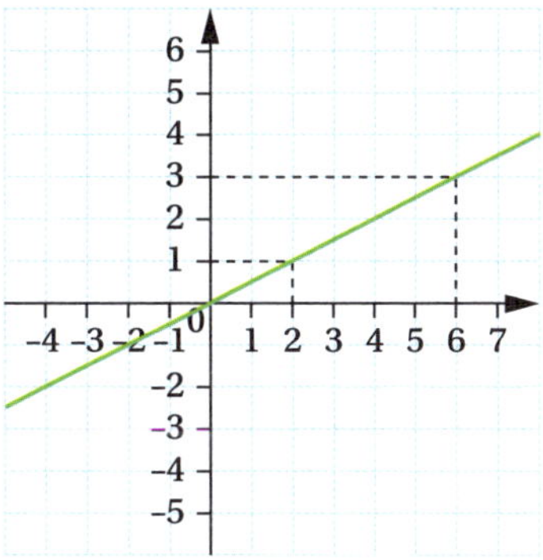

1) La fonction f :

☐ **a.** est une fonction linéaire de coefficient 2

☐ **b.** n'est pas une fonction linéaire

☐ **c.** est une fonction linéaire de coefficient $\frac{1}{2}$

2) L'image de 2 par la fonction f est :

☐ **a.** $\frac{1}{2}$ ☐ **b.** –1 ☐ **c.** 1

3) L'antécédent de 3 par la fonction f est :

☐ **a.** 6 ☐ **b.** 3 ☐ **c.** 1,5

.../3

5 Résoudre un problème de pourcentage

→ FICHE 21

1) Un pantalon vaut 50 euros. Le commerçant fait un rabais de 10 %. Le pantalon soldé vaut :

☐ **a.** 55 € ☐ **b.** 5 € ☐ **c.** 45 €

2) Un objet valant 10 € subit une augmentation de 20 %. Son nouveau prix est :

☐ **a.** $10 \times 0{,}02$ € ☐ **b.** $10 \times 1{,}02$ € ☐ **c.** $10 \times 1{,}20$ €

3) Sur 20 élèves d'une classe, 8 sont les filles. Le pourcentage de garçons est :

☐ **a.** 40 % ☐ **b.** 60 % ☐ **c.** 80 %

.../3

ON FAIT LE BILAN !

score total .../14

- Des erreurs ? Entraîne-toi ! → **LES EXOS** P. 120
- Zéro faute ? Bravo ! → **OBJECTIF BREVET** P. 122

LES EXOS

Entraîne-toi !

6 Exploiter une représentation graphique

→ FICHE 18

Le départ de la croisière choisie par Julien a lieu le 10 juillet (entre 0 h et 12 h). Le graphique ci-dessous décrit les variations de la hauteur de la mer dans le port de Fort de France selon l'heure de la matinée (entre 0 h et 12 h) du 10 juillet.

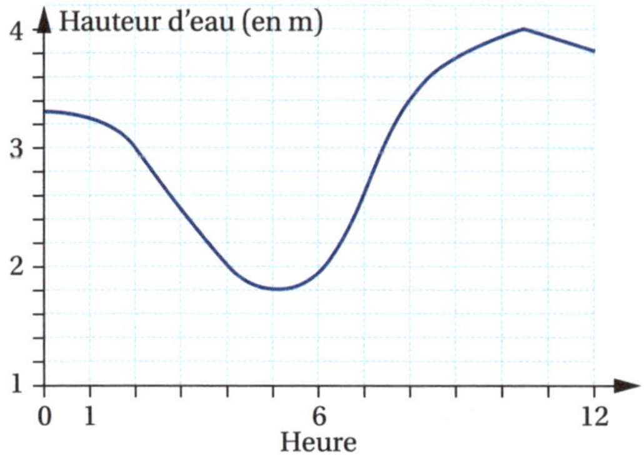

À NOTER
Les images correspondent aux hauteurs d'eau en mètres.

1) Quelle est la hauteur d'eau à 4 h du matin ?

2) Le voilier ne peut sortir que si la hauteur d'eau dépasse 3,4 mètres. Quelles sont les tranches horaires des départs possibles pour ce voilier ?

3) Finalement, le skipper du voilier décide de partir lorsque la hauteur de l'eau est égale à 4 mètres. À quelle heure va-t-il partir ?

7 Antécédent et image

→ FICHE 18

Pour son anniversaire, Inès a reçu un coffret de tir à l'arc. Elle tire une flèche. La trajectoire de la pointe de cette flèche est représentée ci-dessous.

La courbe donne la hauteur en mètres (m) en fonction de la distance horizontale en mètres (m) parcourue par la flèche.

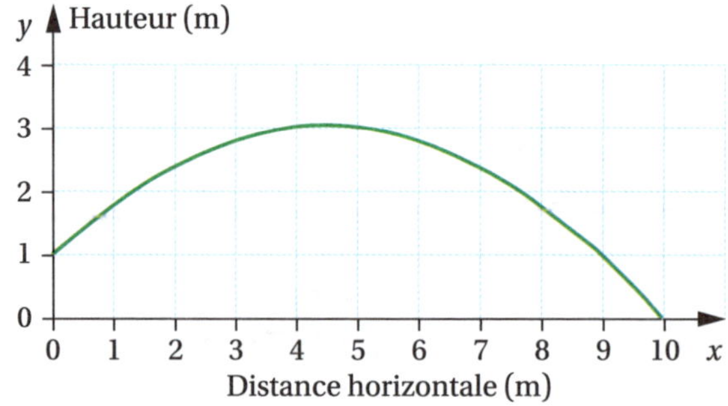

1 Dans cette question, les réponses seront données grâce à des lectures graphiques.

a. De quelle hauteur la flèche est-elle tirée ?

b. À quelle distance d'Inès la flèche retombe-t-elle au sol ?

c. Quelle est la hauteur maximale atteinte par la flèche ?

2 Dans cette question, les réponses seront justifiées par des calculs.
La courbe ci-dessus représente la fonction f définie par $f(x) = -0{,}1x^2 + 0{,}9x + 1$.

a. Calculer $f(5)$.

b. La flèche s'élève-t-elle à plus de 3 m de hauteur ?

8 Reconnaître une situation de proportionnalité

→ FICHE 19

Le poids d'un corps sur un astre dépend de la masse du corps et de l'accélération de la pesanteur de l'astre. On peut montrer que la relation est $P = mg$, où P est le poids en newtons (N) d'un corps sur un astre (c'est-à-dire la force que l'astre exerce sur le corps), m la masse (en kg) de ce corps et g l'accélération de la pesanteur de cet astre.

1 Sur la Terre, l'accélération de la pesanteur g_T est environ de 9,8 N/kg.
Calculer le poids (en newtons) sur Terre d'un homme ayant une masse de 70 kg.

2 Sur la Lune, la relation $P = mg$ est toujours valable.
On donne le tableau ci-dessous de correspondance poids-masse sur la Lune :

Masse (kg)	3	10	25	40	55
Poids (N)	5,1	17	42,5	68	93,5

a. Est-ce que le tableau ci-dessus est un tableau de proportionnalité ?

b. Calculer l'accélération de la pesanteur sur la Lune notée g_L.

c. Est-il vrai que l'on pèse environ 6 fois moins lourd sur la Lune que sur la Terre ?

9 Image et antécédent par une fonction linéaire

→ FICHE 20

On considère la fonction f définie par $f(x) = -5x$.

1 Calculer l'image de -3 par f.

2 Calculer l'antécédent de -10 par f.

10 Résoudre un problème de pourcentage

→ FICHE 21

Le prix hebdomadaire de la location d'un bateau à moteur dépend de la période.

Il est de 882 € du 01/01/2021 au 28/04/2021. Il augmente de 27 % pour la période du 29/04/2021 au 12/05/2021.

Calculer le prix de la location pour la deuxième période.

11 Appliquer deux pourcentages successifs

→ FICHE 21

Léa a besoin de nouveaux cahiers. Pour les acheter au meilleur prix, elle étudie les offres promotionnelles de trois magasins. Ces trois magasins vendent le modèle de cahier dont elle a besoin au même prix avant promotion. Voici les promotions présentes dans les trois magasins :

- magasin A : le lot de 3 cahiers au prix de 2 cahiers ;
- magasin B : pour un cahier acheté, le deuxième est à moitié prix ;
- magasin C : 30 % de réduction sur chaque cahier acheté.

1) Expliquer pourquoi le magasin C est plus intéressant si elle n'achète qu'un cahier.

2) Quel magasin doit-elle choisir si elle veut acheter :

a. deux cahiers ?

b. trois cahiers ?

3) La carte de fidélité du magasin C permet d'obtenir 10 % de réduction sur le ticket de caisse, y compris sur les articles ayant déjà bénéficié d'une première réduction. Léa possède cette carte de fidélité, elle l'utilise pour acheter un cahier. Quel pourcentage de réduction totale va-t-elle obtenir ?

OBJECTIF BREVET

Lance-toi dans des sujets !

12 Résoudre un problème de proportionnalité

20 min

→ FICHE 18

Une entreprise fabrique des saladiers en faïence qui sont vendus 5,50 € pièce.

1) Quel est le prix de vente de 800 saladiers ?

2) Soit x le nombre de saladiers achetés par un supermarché. Déterminer le prix $f(x)$ qu'il paiera à l'entreprise.

3) Déterminer le nombre dont l'image par f est 6 600. Interpréter le résultat.

4) Représenter graphiquement la fonction f dans un repère orthogonal. On prendra l'origine du repère en bas à gauche sur la feuille, en abscisses, 1 cm pour 100 saladiers et, en ordonnées, 1 cm pour 400 €.

5) En utilisant le graphique, retrouver le résultat de la question 3. (faire apparaître les tracés nécessaires).

DÉMARRONS ENSEMBLE

1) Multiplie 800 par le prix d'un saladier.

2) Cette fois-ci, le nombre de saladiers est x.

3) Résous l'équation $f(x) = 6\ 600$.

4) La représentation d'une fonction linéaire est une droite qui passe par l'origine du repère.

13 Définir la fonction linéaire liée à un pourcentage

15 min

→ FICHE 19

Un commerçant augmente les prix de tous ses articles de 8 %.

1) Un lecteur DVD coûte, avant augmentation, 329 €. Combien coûtera-t-il après ?

2) Un téléviseur coûte, après augmentation, 540 €. Combien coûtait-il avant ?

3) À un objet coûtant x euros, on associe $f(x)$ son prix après augmentation.

a. Exprimer $f(x)$ en fonction de x. Cette fonction est-elle une fonction linéaire ?

b. Calculer l'image de 110 par f. Interpréter ce résultat.

c. Déterminer l'antécédent de 168,48 par f. Interpréter ce résultat.

DÉMARRONS ENSEMBLE

1) Augmenter un prix de a %, revient à le multiplier par le coefficient $1+\frac{a}{100}$.

2) Cherche le coefficient par lequel tu dois diviser 540.

3) b. Remplace x par 110 dans l'expression de $f(x)$ trouvée à la question précédente.

c. Résous l'équation $f(x) = 168{,}48$.

14 Achat sur Internet

10 min

→ FICHE 21

Voici un article trouvé sur Internet.

« D'après l'Observatoire des usages Internet de Médiamétrie, au dernier trimestre 2011, 28 millions d'internautes ont acheté en ligne. Au premier trimestre de 2012, on constate une augmentation de 11 % du nombre d'internautes ayant acheté en ligne. »

1) En utilisant les données de cet article, calculer le nombre de cyberacheteurs au premier trimestre 2012. Arrondir le résultat à 0,1 million près.

2) Si la progression sur le deuxième trimestre 2012 est, elle aussi, de 11 %, quelle serait la progression en pourcentage sur les deux trimestres ? Justifier la réponse.

DÉMARRONS ENSEMBLE

1) Applique un pourcentage pour calculer le nombre de cyberacheteurs au premier trimestre 2012.

2) Applique deux augmentations successives de 11 %.

15 Déchets plastiques

15 min

→ FICHE 21

Dans l'océan Pacifique nord, des déchets plastiques qui flottent se sont accumulés pour constituer une poubelle géante qui est, aujourd'hui, grande comme 6 fois la France.

1) Sachant que la superficie de la France métropolitaine est environ 550 000 km^2, quelle est la superficie actuelle de cette poubelle géante ?

2) Sachant que la superficie de cette poubelle géante augmente chaque année de 10 %, quelle sera sa superficie dans un an ?

3) Que penser de l'affirmation : « dans 4 ans, la superficie de cette poubelle aura doublé » ? Justifier la réponse.

DÉMARRONS ENSEMBLE

1) Une augmentation de 10 % revient à multiplier par $1+\frac{10}{100}$.
2) Applique 4 augmentations successives de 10 %.

16 Résoudre un problème de pourcentage dans une enquête

20 min

→ FICHE 21

Une enquête a été réalisée auprès de 170 élèves d'un collège sur l'utilisation du téléphone portable. Voici deux des questions posées :
- Q1 : Possédez-vous un téléphone portable ?
- Q2 : Quel abonnement avez-vous ?

1) Voici les résultats obtenus à la question Q1 : « Possédez-vous un téléphone portable ? ».

Réponse	oui	non
Nombre d'élèves	125	45

a. Donner la valeur arrondie à l'unité du pourcentage d'élèves possédant un téléphone portable.
b. Peut-on dire que près des trois quarts des élèves de ce collège possèdent un téléphone portable ?

2) Voici les résultats obtenus à la question Q2 : « Quel abonnement avez-vous ? ».
Les réponses des 125 élèves ayant un téléphone portable sont représentées dans le diagramme ci-contre.

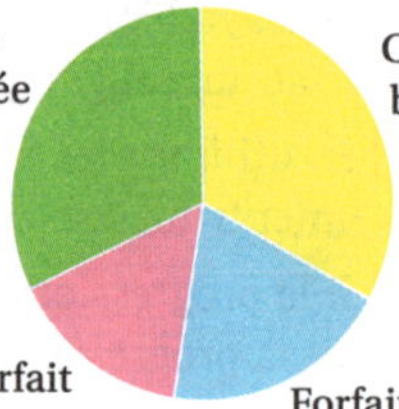

a. 32 % des 125 élèves ayant un téléphone portable ont une carte prépayée. Quel est le nombre d'élèves concernés ?
b. Déterminer à l'aide du diagramme une valeur approchée du nombre d'élèves ayant un « compte bloqué 1 heure ». Expliquer la démarche utilisée.

DÉMARRONS ENSEMBLE

1) a. Divise le nombre d'élèves possédant un téléphone portable par le nombre total d'élèves.
b. Souviens-toi que $\frac{3}{4}=\frac{3\times25}{4\times25}$. Compare ce rapport avec le pourcentage trouvé à la question précédente.

2) b. À l'aide d'un rapporteur, mesure l'angle au centre correspondant au secteur représentant le « compte bloqué 1 heure ». Tu sais que l'angle au centre correspondant au disque complet a pour mesure 360° et correspond à 100 %. Utilise un tableau de proportionnalité pour conclure.

17 Exploiter le graphique d'une fonction et résoudre un problème de pourcentage
15 min

→ FICHE 21

L'eau en gelant augmente de volume. Le segment de droite ci-contre représente le volume de glace (en litres) obtenu à partir d'un volume d'eau liquide (en litres).

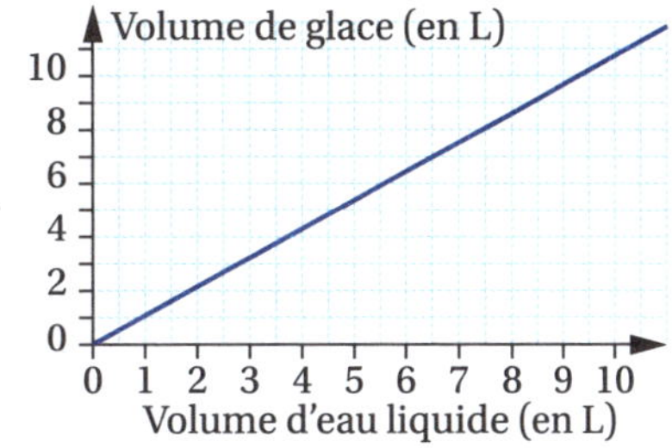

1) En utilisant le graphique, répondre aux questions suivantes.

a. Quel est le volume de glace obtenu à partir de 6 litres d'eau liquide ?

b. Quel volume d'eau liquide faut-il mettre à geler pour obtenir 10 litres de glace ?

2) Le volume de glace est-il proportionnel au volume d'eau liquide ? Justifier.

3) On admet que 10 litres d'eau donnent 10,8 litres de glace. De quel pourcentage ce volume d'eau augmente-t-il en gelant ?

DÉMARRONS ENSEMBLE

1) a. Le nombre de litres d'eau liquide se lit sur l'axe horizontal et le volume de glace se lit sur l'axe vertical.
b. 10 litres de glace est un volume de glace. Cherche l'antécédent de 10.
2) Le graphique représente une droite passant par l'origine du repère.
3) Calcule d'abord l'augmentation du volume.

18 Calculer des pourcentages d'aires
10 min

→ FICHE 21

Une feuille de papier a pour longueur 29,7 cm et pour largeur 21 cm.

1) Calculer l'aire de cette feuille.

2) On réduit les dimensions de cette feuille de 10 %.

a. Quelles sont les dimensions de la feuille réduite ?

b. Quelle est l'aire de la feuille réduite ?

3) Calculer le pourcentage que représente l'aire de la feuille réduite par rapport à la feuille de départ.

DÉMARRONS ENSEMBLE

1) Multiplie la longueur par la largeur.
2) a. Souviens-toi qu'une réduction de t % revient à multiplier par $1-\frac{t}{100}$.
3) Divise l'aire de la feuille réduite par celle de la feuille de départ.

19 Production d'électricité en France

20 min

→ FICHE 21

Un térawatt-heure est noté : 1 TWh.
La géothermie permet la production d'énergie électrique grâce à la chaleur des nappes d'eau souterraines. Le graphique ci-dessous représente la production d'électricité par différentes sources d'énergie en France en 2019.

Production nette d'électricité en France métropolitaine en 2019 (en TWh)

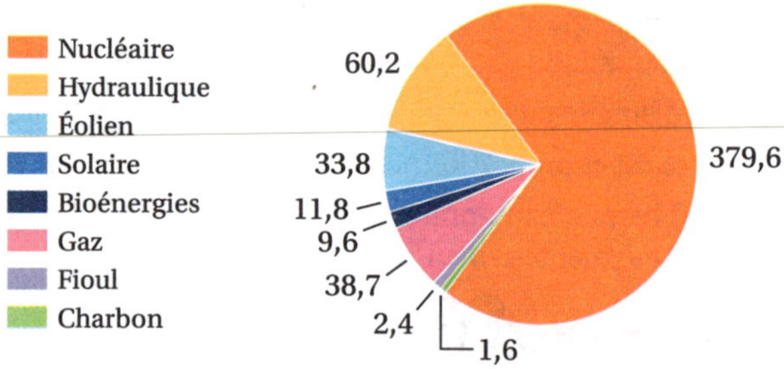

1) Calculer la production totale d'électricité en France en 2019.

2) Montrer que la proportion d'électricité produite par l'énergie solaire est environ égale à 2,2 %.

3) Le tableau suivant présente les productions d'électricité par les différentes sources d'énergie, en France, en 2018 et en 2019.

	Thermique à flamme (gaz, fioul, charbon)	Hydraulique	Autres énergies	Nucléaire
Production en 2018 (en TWh)	39,5	68,6	47,2	393,3
Production en 2019 (en TWh)	42,7	60,2	55,2	379,6
Variation de production entre 2018 et 2019	+8,1 %	−12,2 %	+16,9 %	−3,6 %

Alice et Tom ont discuté pour savoir quelle est la source d'énergie qui a le plus diminué sa production d'électricité. Tom pense qu'il s'agit de l'hydraulique tandis qu'Alice pense qu'il s'agit du nucléaire. Quel est le raisonnement tenu par chacun d'entre eux ?

DÉMARRONS ENSEMBLE

1) Effectue la somme de huit productions.

2) Tu connais la proportion d'électricité produite par l'énergie solaire ainsi que la production totale.

3) Tom a raisonné en pourcentage et Alice a raisonné en production.

CORRIGÉS

SE TESTER QUIZ

1 Comprendre les notions de fonction, d'image et d'antécédent

1 Réponse c. On remplace x par 3 dans l'expression $f(x) = x^2 + 3$.
On a : $f(3) = 3^2 + 3 = 9 + 3 = 12$. L'image de 3 par f est 12.

2 Réponse a. On résout l'équation $f(x) = 6$. On a :
$x + 6 = 6 \quad x + 6 - 6 = 6 - 6 \quad x = 0$. L'antécédent de 6 est 0.

3 Réponse b. f est une fonction de la forme $f(x) = ax$ avec $a = -3$. f est donc une fonction linéaire de coefficient -3.

2 Utiliser une situation de proportionnalité

1 Réponse c. On écrit le produit en croix pour calculer la quatrième proportionnelle.
On a : $5 \times d = -15 \times 8 \quad \frac{1}{5} \times (5d) = \frac{1}{5}(-120) \quad d = -24$. Le nombre d est égal à -24.

2 Réponse b. Le coefficient multiplicateur pour passer de 5 à -15 est -3. Ce nombre est le coefficient de la fonction linéaire associée. f est définie par $f(x) = -3x$.

3 Déterminer par le calcul une image ou un antécédent par une fonction linéaire

1 Réponse b. f est de la forme $f(x) = ax$ avec $a = -2$. f est donc une fonction linéaire de coefficient négatif. Elle traduit une situation de proportionnalité.

2 Réponse a. On remplace x par -3 dans l'expression $f(x) = -2x$.
On a : $f(-3) = -2 \times (-3) = 6$. L'image de -3 par f est 6.

3 Réponse c. On résout l'équation $f(x) = 4$. On a :
$-2x = 4 \quad -\frac{1}{2}(-2x) = -\frac{1}{2} \times 4 \quad x = -2$. L'antécédent de 4 est -2.

4 Déterminer graphiquement une image ou un antécédent par une fonction linéaire

1 Réponse c. La droite représentant la fonction f passe par l'origine du repère, donc f est une fonction linéaire. L'image de 2 est 1, donc le coefficient est $\frac{1}{2}$.

2 Réponse c. L'image de 2 par la fonction f se lit sur l'axe des ordonnées, c'est-à-dire l'axe vertical. Les pointillés verticaux partant de 2 rejoignent la droite et continuent horizontalement. Ils coupent l'axe des ordonnées en 1.

3 Réponse a. L'antécédent de 3 par la fonction f se lit sur l'axe des abscisses, c'est-à-dire l'axe horizontal. Les pointillés horizontaux partant de 3 rejoignent la droite et continuent verticalement. Ils coupent l'axe des abscisses en 6.

5 Résoudre un problème de pourcentage

1) Réponse c. Le pantalon soldé vaut :

$50 \times \left(1 - \frac{10}{100}\right) = 50 \times (1 - 0,1) = 50 \times 0,9 = 45$. Le pantalon vaut 45 €.

2) Réponse c. Un objet valant 10 € subit une augmentation de 20 %.

On a : $10 \times \left(1 + \frac{20}{100}\right) = 10 \times (1 + 0,20) = 10 \times 1,20$.

Son nouveau prix est $10 \times 1,20$€.

3) Réponse b. Sur 20 élèves d'une classe, 8 sont les filles, donc il y a 12 garçons.

On a : $\frac{12}{20} = \frac{12 \times 5}{20 \times 5} = \frac{60}{100}$. Le pourcentage de garçons est 60 %.

LES EXOS

6 Exploiter une représentation graphique

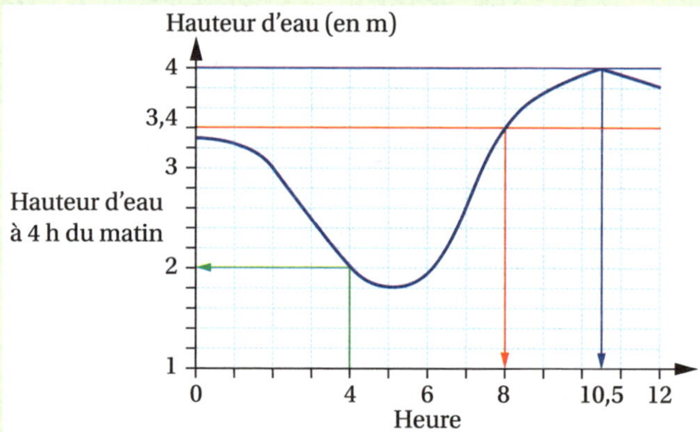

1) Le tracé vert montre que l'image de 4 est 2, donc la hauteur de l'eau est de 2 m à 4 h du matin.

2) Le tracé rouge montre que les images sont supérieures à 3,4 pour toutes abscisses comprises entre 8 et 12. Le départ est possible entre 8 h et 12 h.

3) Le tracé bleu montre que l'antécédent de 4 est 10,5. Il va partir à 10 h 30.

CONSEIL

3) Souviens-toi que 0,5 h représente une demi-heure, donc 30 minutes.

7 Antécédent et image

1) a. La courbe part du point d'ordonnée 1, donc la flèche est tirée d'une hauteur de 1 m.

b. La courbe coupe l'axe des abscisses au point d'abscisse 10. La flèche retombe au sol à 10 m d'Inès.
c. Le point le plus haut de la courbe a pour ordonnée 3. La hauteur maximale atteinte par la flèche est 3 m.

2 a. On a $f(5) = -0{,}1 \times 5^2 + 0{,}9 \times 5 + 1$, soit $f(5) = 3$.
b. Sur la figure, il semble que le point de la courbe d'abscisse 4,5 ait une ordonnée supérieure à 3.
Vérifions par le calcul :
$f(4{,}5) = -0{,}1 \times 4{,}5^2 + 0{,}9 \times 4{,}5 + 1$
$f(4{,}5) = 3{,}025$.
La flèche s'élève à plus de 3 m de hauteur.

> **À NOTER**
> **2** Un calcul est parfois nécessaire pour vérifier l'exactitude ou non d'une réponse trouvée graphiquement.

8 Reconnaître une situation de proportionnalité

1 On a $P = 70 \times 9{,}8 = 686$ N.
Le poids sur Terre d'un homme ayant une masse de 70 kg est 686 newtons.

2 a. On divise dans chaque colonne le nombre du bas par celui du haut et on regarde si tous les quotients obtenus sont égaux.
On a : $5{,}1 \div 3 = 1{,}7$; $17 \div 10 = 1{,}7$; $42{,}5 \div 25 = 1{,}7$; $68 \div 40 = 1{,}7$; $93{,}5 \div 55 = 1{,}7$.
Le tableau est un tableau de proportionnalité et le coefficient de proportionnalité est 1,7.
b. L'accélération de la pesanteur sur la Lune notée g_L est le coefficient de proportionnalité 1,7 N/kg.
c. Sur la Terre, le poids est multipliée par 9,8 et sur la Lune par 1,7.
Or $1{,}7 \times 6 = 10{,}2$. Ce résultat est proche de 9,8. Il est donc vrai que l'on pèse environ 6 fois moins lourd sur la Lune que sur la Terre.

9 Image et antécédent par une fonction linéaire

1 On a $f(-3) = -5 \times (-3) = 15$. L'image de -3 par f est 15.

2 On cherche le nombre x tel que $f(x) = -10$. On a :
$-5x = -10$
$x = \dfrac{-10}{-5}$
$x = 2$.
L'antécédent de -10 par f est 2.

> **CONSEIL**
> **2** Souviens-toi que le produit et le quotient de deux nombres négatifs sont positifs.

10 Résoudre un problème de pourcentage

On calcule le prix de la location pour la période du 29/04/2021 au 12/05/2021. Une augmentation de 27 % revient à multiplier 882 par le coefficient $1 + \dfrac{27}{100} = 1{,}27$. On obtient : $882 \times 1{,}27 = 1\,120{,}14$.
Le prix hebdomadaire de la location d'un bateau à moteur pour la période du 29/04/2021 au 12/05/2021 est de 1 120,14 €.

11 Appliquer deux pourcentages successifs

1 Les magasins A et B ne proposent pas de réduction pour l'achat d'un seul cahier. Le magasin C propose 30 % de réduction sur chaque cahier acheté, donc le magasin C est plus intéressant si Léa n'achète qu'un cahier.

2 **a.** Soit x le prix d'un cahier.
Dans le magasin A, Léa payerait $2 \times x$ soit $2x$ (même si le troisième cahier est gratuit).
Dans le magasin B, Léa payerait $x + x \times \left(\frac{50}{100}\right) = x + 0{,}5x = 1{,}5x$.
Dans le magasin C, Léa payerait $2 \times x \times \left(1 - \frac{30}{100}\right) = 2 \times x \times 0{,}7 = 1{,}4x$.
Donc le magasin C est plus intéressant si Léa achète deux cahiers.
b. Soit x le prix d'un cahier.
Dans le magasin A, Léa payerait $2 \times x$ soit $2x$ (car le troisième cahier est gratuit).
Dans le magasin B, Léa payerait $x + x \times \left(\frac{50}{100}\right) + x = x + 0{,}5x + x = 2{,}5x$.
Dans le magasin C, Léa payerait $3 \times x \times \left(1 - \frac{30}{100}\right) = 3 \times x \times 0{,}7 = 2{,}1x$.
Donc le magasin A est plus intéressant si Léa achète trois cahiers.

3 Soit x le prix d'un cahier avant réduction.
Le prix du cahier après réduction est $x \times \left(1 - \frac{30}{100}\right) = x \times 0{,}7 = 0{,}7x$.
Puis avec la carte de fidélité : $0{,}7x \times \left(1 - \frac{10}{100}\right) = 0{,}7x \times 0{,}9 = 0{,}63x$.
On a $0{,}63 = 1 - 0{,}37 = 1 - \frac{37}{100}$. Soit une réduction de 37 %.

OBJECTIF BREVET

12 Résoudre un problème de proportionnalité

1 On a $5{,}50 \times 800 = 4\,400$. Le prix de vente de 800 saladiers est 4 400 €.

2 On multiplie 5,50, le prix d'un saladier, par x, le nombre de saladiers. On obtient $f(x) = 5{,}50 \times x = 5{,}50x$.

3 Pour calculer l'antécédent de 6 600 par f, on résout l'équation $f(x) = 6\,600$. On obtient :
$5{,}5x = 6\,600$
$x = 6\,600 \div 5{,}5$
$x = 1\,200$.
Pour 6 600 €, on peut acheter 1 200 saladiers.

4 La courbe représentative de la fonction f est une droite qui passe par l'origine du repère. À l'aide du résultat de la question **1.**, la droite passe par le point d'abscisse 800 et d'ordonnées 4 400.

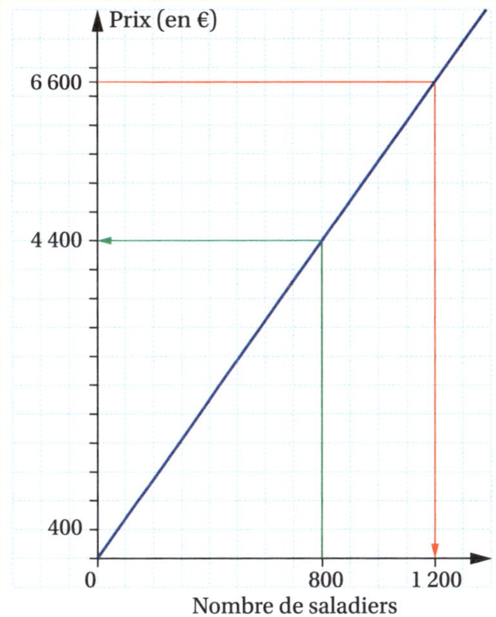

À NOTER

4 Avec les unités choisies, 800 correspond à 8 cm et 4 400 à 11 cm. Ici le graphique n'est pas à l'échelle.

5 Le point d'abscisse 1 200 a pour ordonnée 6 600. On retrouve ainsi le résultat de la question **3**.

13 Définir la fonction linéaire liée à un pourcentage

1 Une augmentation de 8 % revient à multiplier le prix par $1 + \frac{8}{100}$ soit 1,08. On a $329 \times 1{,}08 = 355{,}32$. Le lecteur DVD coûte 355,32 € après augmentation.

CONSEIL

1 Vérifie que pour une augmentation, le résultat obtenu est supérieur au nombre initial.

2 Pour obtenir le prix initial à partir du prix final, on divise celui-ci par le coefficient 1,08. On a $540 \div 1{,}08 = 500$. Le téléviseur valait 500 € avant augmentation.

3 **a.** En s'inspirant du résultat de la question **1.**, on obtient $f(x) = 1{,}08 \times x$, soit $f(x) = 1{,}08x$. Cette fonction est une fonction linéaire de coefficient 1,08.
b. On obtient l'image de 110 par f en remplaçant x par 110 dans l'égalité $f(x) = 1{,}08x$. On obtient $f(110) = 1{,}08 \times 110 = 118{,}8$. Un objet valant 110 € sera vendu 118,80 € après augmentation.

c. On obtient l'antécédent de 168,48 par f en résolvant l'équation $f(x) = 168{,}48$.
On a : $1{,}08 \times x = 168{,}48$
$x = 168{,}48 \div 1{,}08$
$x = 156$.
Un objet valant 168,48 € valait 156 € avant augmentation.

14 Achat sur Internet

1 On calcule l'augmentation de 11 % : $28 \times \left(1 + \frac{11}{100}\right) = 28 \times 1{,}11 = 31{,}08$.
Le nombre de cyberacheteurs au premier trimestre 2012 est donc de 31,08 millions, soit 31,1 millions (arrondi à 0,1 million).

2 Appliquer successivement deux augmentations de 11 % revient à multiplier la quantité initiale par $1{,}11^2$. Or $1{,}11^2 = 1{,}2321$. La progression en pourcentage sur les deux trimestres est donc de 23,21 %.

> **À NOTER**
> **2** $\left(1+\frac{11}{100}\right)\times\left(1+\frac{11}{100}\right) = 1{,}11 \times 1{,}11 = 1{,}11^2$.

15 Déchets plastiques

1 La poubelle géante est, aujourd'hui, grande comme 6 fois la France. Or la superficie de la France est d'environ 550 000 km². On a $550\,000 \times 6 = 3\,300\,000$. La superficie actuelle de cette poubelle géante est de 3 300 000 km².

2 On calcule une augmentation de 10 % : $3\,300\,000 \times 1{,}10 = 3\,630\,000$. La superficie dans un an sera de 3 630 000 km².

3 On multiplie la superficie de l'année précédente par 1,10. Au bout de deux ans, la superficie sera de $3\,630\,000 \times 1{,}10 = 3\,993\,000$ km².
Au bout de trois ans, elle sera de :
$3\,993\,000 \times 1{,}10 = 4\,392\,300$ km².
Enfin, au bout de quatre ans, elle sera de $4\,392\,300 \times 1{,}10 = 4\,831\,530$ km².
Dans 4 ans, la superficie de cette poubelle n'aura donc pas doublé.

> **À NOTER**
> **3** Une augmentation de 10 % d'une quantité revient à la multiplier par 1,10.

16 Résoudre un problème de pourcentage dans une enquête

1 **a.** Il y a 125 élèves sur 170 qui possèdent un téléphone portable. Une valeur approchée à l'unité du quotient $\frac{125}{170}$ est 0,74. Or $0{,}74 = \frac{74}{100}$. Le pourcentage d'élèves possédant un portable est 74 %.

b. On a $\frac{3}{4} = \frac{3 \times 25}{4 \times 25} = \frac{75}{100}$. On peut dire que près des trois quarts des élèves de ce collège possèdent un téléphone portable.

2 **a.** Pour calculer le nombre d'élèves concernés, on effectue le calcul suivant : $125 \times \frac{32}{100} = 40$. Il y a donc 40 élèves ayant un téléphone portable avec une carte prépayée.

b. L'angle correspondant au secteur représentant le forfait « compte bloqué 1 heure » mesure 120°. On obtient le tableau de proportionnalité suivant :

Angle (°)	360	120
Pourcentage	100	x

À l'aide d'un produit en croix, on a :

$360 \times x = 120 \times 100$

$x = 12\,000 \div 360$.

Une valeur approchée à l'unité de ce quotient est 33. Il y a 33 % d'élèves ayant un « compte bloqué 1 heure ». Pour calculer le nombre d'élèves concernés, on effectue le calcul suivant : $125 \times \dfrac{33}{100} \approx 41$. Il y a donc 41 élèves ayant un téléphone portable avec un « compte bloqué 1 heure ».

CONSEIL
2) On cherche un nombre d'élèves, donc la réponse est un nombre entier.

17 Exploiter le graphique d'une fonction et résoudre un problème de pourcentage

1)

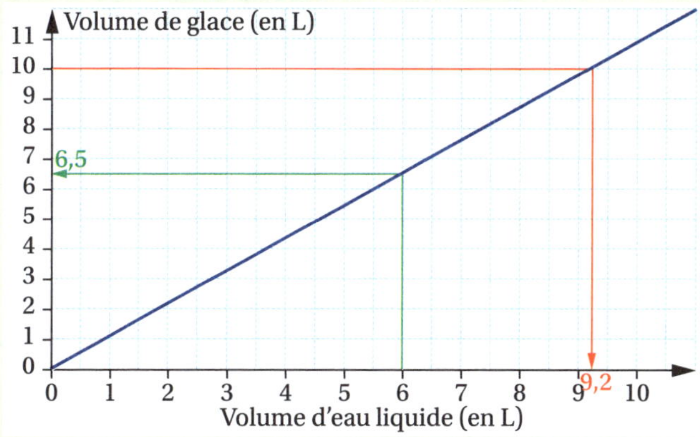

a. L'image de 6 est 6,5, donc le volume de glace obtenu à partir de 6 litres d'eau liquide est égal à 6,5 L.

b. L'antécédent de 10 est environ 9,2, donc il faut geler un volume d'eau liquide égale à 9,2 L pour obtenir 10 litres de glace.

2) Le graphique représente une droite passant par l'origine du repère. Cela représente une situation de proportionnalité, donc le volume de glace est proportionnel au volume d'eau liquide.

3) Calculons l'augmentation du volume : $10{,}8 - 10 = 0{,}8$ L. On constate une augmentation de 0,8 L pour 10 L ou encore 8 L pour 100 L. Ce volume d'eau augmente donc de 8 % en gelant.

18 Calculer des pourcentages d'aires

1) On multiplie la longueur par la largeur, l'aire est : $29{,}7 \times 21 = 623{,}7 \text{ cm}^2$.

2) a. Calculons la longueur de la feuille réduite :
$29{,}7 \times \left(1 - \frac{10}{100}\right) = 29{,}7 \times (1 - 0{,}1) = 29{,}7 \times 0{,}9 = 26{,}73 \text{ cm}$.
Calculons sa largeur :
$21 \times \left(1 - \frac{10}{100}\right) = 21 \times (1 - 0{,}1) = 21 \times 0{,}9 = 18{,}9 \text{ cm}$.
b. Calculons l'aire de la feuille réduite :
$2{,}73 \times 18{,}9 = 505{,}197 \text{ cm}^2$.

3) On divise l'aire de la feuille réduite par celui de la feuille de départ. On obtient : $\frac{505{,}197}{623{,}7} = 0{,}81 = \frac{81}{100}$.
Le pourcentage que représente l'aire de la feuille réduite par rapport à l'aire de la feuille de départ est 81 %.

À NOTER
3) Deux réductions successives de 10 % reviennent à multiplier par $0{,}9 \times 0{,}9 = 0{,}81$. On retrouve le pourcentage de 81 %.

19 Production d'électricité en France

1) La production totale d'électricité en France en 2019 est égale à :
$379{,}6 + 60{,}2 + 33{,}8 + 11{,}8 + 9{,}6 + 38{,}7 + 2{,}4 + 1{,}6 = 537{,}7$ TWh.

2) La proportion d'électricité produite par l'énergie solaire est :
$\frac{11{,}8}{537{,}7} \approx 0{,}022$.
On a : $0{,}022 = \frac{2{,}2}{100}$. Le pourcentage d'électricité produite par l'énergie solaire est donc d'environ 2,2 %.

3) • Tom considère les variations de production en pourcentage : c'est l'hydraulique qui a le plus diminué sa production par rapport à la production de 2018, avec une variation de −12,2 % entre 2018 et 2019.
• Alice considère les variations de production en TWh.
Le nucléaire a diminué de : $393{,}3 - 379{,}6 = 13{,}7$ TWh.
L'hydraulique a diminué de : $68{,}6 - 60{,}2 = 8{,}4$ TWh.
$13{,}7 > 8{,}4$. C'est le nucléaire qui a le plus diminué sa production (en quantité).

6 Fonctions affines

Réponse : Le philosophe et mathématicien français René Descartes (1596-1650).

22 Définir la fonction affine associée à une situation problème

EN BREF ▸ *Les problèmes abordent souvent des situations de la vie courante. Ils commencent par l'étude d'un cas pratique, ils se poursuivent par l'étude du cas général et demandent l'étude d'une ou plusieurs fonctions affines.*

I Fonction affine

Soit a et b deux nombres donnés. La fonction qui à un nombre x associe le nombre $ax + b$ est appelée **fonction affine**.

On note cette fonction :

$$f : x \mapsto ax + b \text{ ou } f(x) = ax + b$$

Exemple :
La fonction qui à un nombre x associe son double augmenté de 3 est une fonction affine. On la note $f : x \mapsto 2x + 3$ ou $f(x) = 2x + 3$.

II Fonctions affines particulières

- Une **fonction linéaire** f définie par $f(x) = ax$ est une fonction affine particulière pour laquelle $b = 0$.
- Une **fonction constante** f définie par $f(x) = b$ est une fonction affine particulière pour laquelle $a = 0$. Cette fonction associe au nombre x le nombre b.

Exemple :
La fonction f définie par $f(x) = 5$ est la fonction constante qui, au nombre x, associe le nombre 5.

III Fonctions affines et situation problème

Dans de nombreuses situations concrètes, on est amené à définir une ou plusieurs fonctions affines pour résoudre le problème posé.

Exemple :
Une location de voiture coûte 43 € par jour.
Le loueur demande une caution de 120 €.
Le prix payé pour x jours de location est associé à la fonction affine f définie par $f(x) = 43x + 120$.

Méthode

Définir une fonction affine

Un site en ligne permet de télécharger légalement des films. Il propose deux offres, l'offre A et l'offre B.

- Offre A : 5 € par film téléchargé avec un accès gratuit au site.
- Offre B : 3 € par film téléchargé moyennant un abonnement annuel de 50 €.

1) Pour chaque offre, calculer le prix de 30 films téléchargés par an en tenant compte, selon l'offre, de l'abonnement annuel.

2) **a.** Exprimer le prix $f(x)$ avec l'offre A, en fonction du nombre x de films téléchargés.
b. Exprimer le prix $g(x)$ avec l'offre B, en fonction du nombre x de films téléchargés.

3) Déterminer le nombre de films pour lequel les prix avec l'offre A et l'offre B sont égaux.

CONSEILS

1) Pour l'offre A, le prix d'un film téléchargé est 5 €. Pour l'offre B, le prix d'un film téléchargé est 3 € ; pense dans cette offre à ajouter l'abonnement annuel de 50 €.

2) Dans cette question, le nombre de films téléchargés est désigné par la lettre x.

3) Il s'agit de déterminer la valeur de x telle que le prix $f(x)$ avec l'offre A est égal au prix $g(x)$ avec l'offre B. Résous une équation.

SOLUTION

1) Avec l'offre A, pour 30 films, on paye $5 \times 30 = 150$ €.
Avec l'offre B, on paye 3 € par film, soit pour 30 films, $3 \times 30 = 90$ €.
À ces 90 €, il faut ajouter l'abonnement annuel de 50 €. Soit $90 + 50 = 140$ €.

2) On désigne par x le nombre de films téléchargés.
a. Pour l'offre A, on multiplie le nombre x de films téléchargés par le prix d'un film, 5 €. On obtient un prix égal à $f(x) = 5 \times x$ ou $f(x) = 5x$.
b. Pour l'offre B, on multiplie le nombre x de films téléchargés par le prix d'un film, 3 €, et on ajoute l'abonnement annuel de 50 €. On obtient un prix $g(x) = 3 \times x + 50$ ou $g(x) = 3x + 50$.

3) Afin de déterminer le nombre de films pour lequel les prix sont les mêmes, on résout l'équation $f(x) = g(x)$. Soit :
$5x = 3x + 50$
$5x - 3x = 50$
$2x = 50$
$x = 50 \div 2$
$x = 25$.
Les prix sont les mêmes si on télécharge 25 films avec l'offre A ou l'offre B.

23 Représenter une fonction affine

EN BREF ▸ *La représentation graphique d'une fonction affine est une droite. Tu vas découvrir ici les propriétés de cette droite.*

I Représentation graphique d'une fonction affine

■ f désigne la fonction affine définie par $f(x) = ax + b$ où a et b sont deux nombres donnés.

Un repère orthogonal étant choisi, la représentation graphique d'une **fonction affine** est une **droite**.

■ Dans le cas de la **fonction constante**, la droite est parallèle à l'axe des abscisses.

■ Dans le cas de la **fonction linéaire**, la droite passe par l'origine.

II Droite représentant une fonction affine

■ La droite $\mathcal{D}$ représentant la fonction affine f telle que $f(x) = ax + b$ coupe l'axe des ordonnées au point de **coordonnées (0 ; b)**.

■ Pour trouver un autre point, on cherche l'image par f d'un nombre donné.

■ Le nombre a est le **coefficient directeur** de la droite $\mathcal{D}$.

■ Le nombre b est l'**ordonnée à l'origine** de la droite $\mathcal{D}$.

Exemple : On considère la fonction affine définie par $f(x) = 2x + 1$.

La droite $\mathcal{D}$ représentant la fonction affine f coupe l'axe des ordonnées au point B de coordonnées (0 ; 1).

Pour trouver un autre point appartenant à $\mathcal{D}$, on calcule, par exemple, l'image de 5 par f.

On a $f(5) = 2 \times 5 + 1 = 11$.

La droite $\mathcal{D}$ passe donc par le point A de coordonnées (5 ; 11).

La représentation de la fonction f est la droite représentée ci-contre.

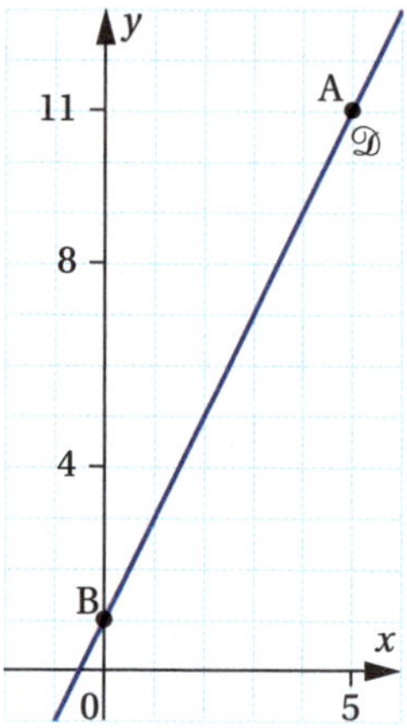

CONSEIL
Pour trouver le deuxième point, choisis une valeur de x éloignée de 0. Le dessin sera plus précis.

Méthode

Représenter des fonctions affines

On considère les trois fonctions f, g et h définies par :

- $f : x \mapsto -3x + 6$
- $g : x \mapsto 3x$
- $h : x \mapsto 5$

Tracer la représentation graphique de ces trois fonctions dans un même repère (unité graphique : 1 cm sur les deux axes).

CONSEILS

- La droite $\mathcal{D}_1$ représentant la fonction f coupe l'axe des ordonnées au point de coordonnées (0 ; 6). Choisis une valeur de x et cherche son image par f pour trouver un autre point de $\mathcal{D}_1$.
- La fonction g est une fonction linéaire donc sa représentation graphique est une droite passant par le point de coordonnées (0 ; 0). Trouve un autre point.
- La fonction h est une fonction constante. Sa représentation est une droite parallèle à l'axe des abscisses.

SOLUTION

Les fonctions f, g et h sont trois fonctions affines. La représentation graphique de chacune d'elles est donc une droite.

■ Pour la fonction f, on a $f(x) = -3x + 6$. La représentation graphique de f est la droite $\mathcal{D}_1$ passant par le point A de coordonnées (0 ; 6). En outre $f(3) = -3 \times 3 + 6 = -3$. La droite $\mathcal{D}_1$ passe aussi par le point B de coordonnées (3 ; –3).

■ Pour la fonction linéaire g, on a $g(x) = 3x$. La représentation graphique de g est la droite $\mathcal{D}_2$ passant par le point O de coordonnées (0 ; 0). En outre $g(3) = 3 \times 3 = 9$. La droite $\mathcal{D}_2$ passe aussi par le point C de coordonnées (3 ; 9).

■ Pour la fonction constante h, on a $h(x) = 5$. La représentation graphique de h est la droite $\mathcal{D}_3$ parallèle à l'axe des abscisses et passant par le point D de coordonnées (0 ; 5).

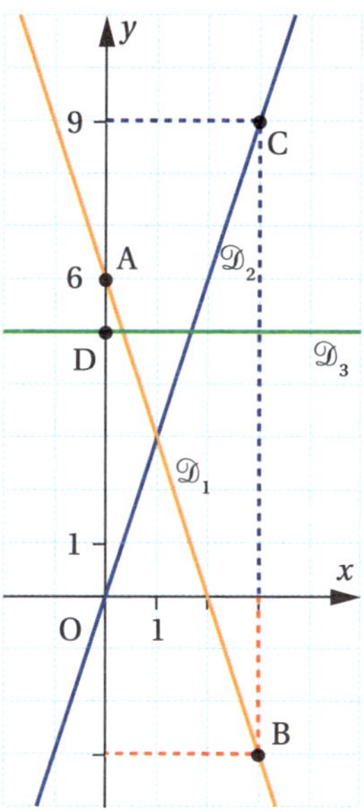

24 Déterminer une fonction affine

EN BREF ▸ *f désigne la fonction affine définie par f(x) = ax + b où a et b sont deux nombres donnés. Déterminer la fonction f, c'est déterminer la valeur du nombre a et celle du nombre b. Deux méthodes sont présentées ici, l'une graphique et l'autre calculatoire.*

I Détermination graphique d'une fonction affine

Soit $\mathcal{D}$ la droite représentant la fonction affine f définie par $f(x) = ax + b$.

1 Comment déterminer graphiquement le nombre *a* ?

Pour déterminer le nombre a, on repère sur la droite $\mathcal{D}$ deux points $A(x_A\ ;\ y_A)$ et $B(x_B\ ;\ y_B)$. On a alors :

$$a = \frac{y_A - y_B}{x_A - x_B} = \frac{\text{différence des ordonnées}}{\text{différence des abscisses}}$$

2 Comment déterminer graphiquement le nombre *b* ?

Le nombre b est l'ordonnée du point d'intersection de la droite $\mathcal{D}$ et de l'axe des ordonnées.

II Détermination d'une fonction affine par le calcul

f désigne la fonction affine définie par $f(x) = ax + b$ où a et b sont deux nombres donnés.

1 Comment déterminer le nombre *a* par le calcul ?

Pour déterminer le nombre a par le calcul, il faut connaître l'image de deux nombres x_1 et x_2 par f. On a alors :

$$a = \frac{f(x_1) - f(x_2)}{x_1 - x_2} = \frac{\text{différence des images}}{\text{différence des antécédents}}$$

2 Comment déterminer le nombre *b* par le calcul ?

Pour déterminer le nombre b, il faut déjà connaître le nombre a et l'image d'un nombre x_1 par f.

Exemple : f est une fonction affine de coefficient $a = 2$, et telle que $f(3) = 4$.
Comme f est une fonction affine de coefficient 2, alors $f(x) = 2x + b$.
Or $f(3) = 4$, donc $2 \times 3 + b = 4$. On obtient $b = 4 - 6 = -2$.
La fonction f est définie par $f(x) = 2x - 2$.

Méthode

Déterminer une fonction affine sur un graphique

Sur le graphique ci-contre, la droite bleue représente la fonction affine *f*, la droite rouge représente la fonction *g* et la droite verte représente la fonction *h*.

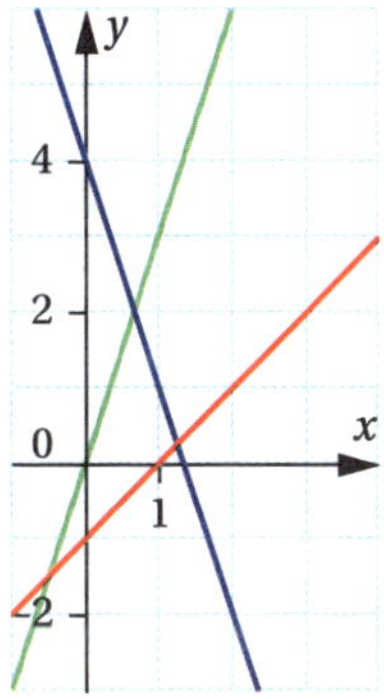

1 Déterminer le coefficient *a* de la fonction *f*.

2 Déterminer l'expression de *g*(*x*) en fonction de *x*.

3 La fonction *h* est-elle linéaire ? Justifier. Déterminer l'expression de *h*(*x*) en fonction de *x*.

CONSEILS

1 Place sur la droite bleue deux points dont les coordonnées sont entières. Utilise la formule $a = \dfrac{f(x_1) - f(x_2)}{x_1 - x_2}$.

2 On a $g(x) = ax + b$. Calcule le coefficient *a* comme précédemment. Pour *b*, cherche l'ordonnée du point d'intersection de la droite rouge avec l'axe des ordonnées.

3 La droite verte passe par l'origine du repère. Calcule le coefficient *a*.

SOLUTION

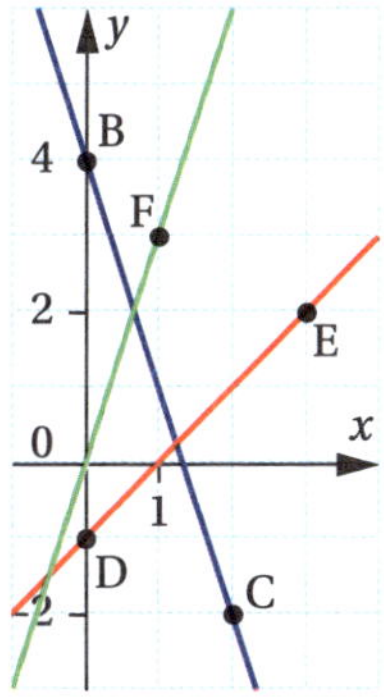

1 Les points B(0 ; 4) et C(2 ; –2) appartiennent à la droite bleue.

On a $a = \dfrac{4-(-2)}{0-2} = \dfrac{4+2}{-2} = -3$. Le coefficient *a* de la fonction *f* est égal à –3.

2 Les points D(0 ; –1) et E(3 ; 2) appartiennent à la droite rouge.

On a $\dfrac{-1-2}{0-3} = \dfrac{-3}{-3} = 1$. La droite rouge coupe l'axe des ordonnées au point D(0 ; –1), donc $b = -1$.

L'expression de *g*(*x*) en fonction de *x* est $g(x) = x - 1$.

3 La droite verte passe par l'origine du repère, donc la fonction *h* est linéaire.

Les points O(0 ; 0) et F(1 ; 3) appartiennent à la droite verte.

On a $a = \dfrac{3-0}{1-0} = 3$. Comme *h* est une fonction linéaire, alors $b = 0$.

L'expression de *h*(*x*) est donc $h(x) = 3x$.

FONCTIONS AFFINES

Comment déterminer une fonction affine ?

Graphiquement

Soit $f : x \rightarrow ax+b$ la fonction représentée ci-contre.

- La **valeur de *a*** correspond, au signe près, à la tangente de l'angle $\widehat{ABC}$:
  – Si la droite **descend**, *a* est **négatif** ;
  – Si la droite **monte**, *a* est **positif**.

Ici la droite descend donc $a = -\frac{AC}{CB} = -\frac{2}{2} = -1$.

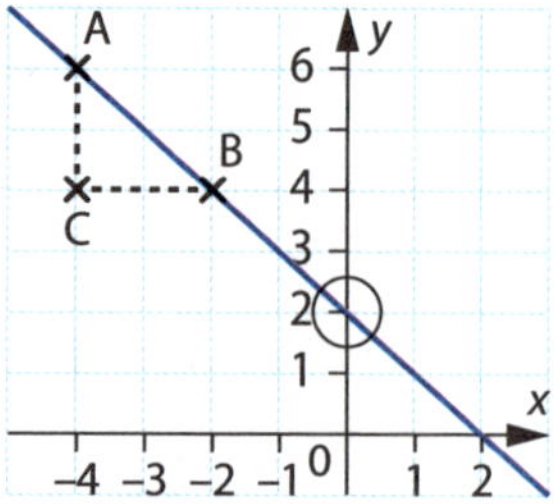

- La **valeur de *b*** correspond à l'ordonnée du point d'intersection de la droite avec l'axe des ordonnées : ici, $b = 2$.

Conclusion : $f(x) = -x + 2$

Par le calcul

Soit A $(x_A ; y_A)$ et B $(x_B ; y_B)$ deux points de la courbe représentative d'une fonction affine *f* définie par : $f(x) = ax + b$.

- Calcul de la **valeur de *a*** : $a = \frac{y_B - y_A}{x_B - x_A}$
- Calcul de la **valeur de *b*** : remplacer *x* et *f*(*x*) par, au choix, x_A et y_A ou x_B et y_B

Exemple :

Soit *f* la fonction affine passant par A(1 ; 1) et B(2 ; –1).

$a = \frac{y_B - y_A}{x_B - x_A} = \frac{-1-1}{2-1} = \frac{-2}{1} = -2.$

Donc $f(x) = -2x + b$

$f(1) = 1$

$1 = -2 \times 1 + b$

$b = 1 + 2 = 3$

Conclusion : $f(x) = -2x + 3$

Vocabulaire

- Une **fonction affine** f est du type :

$f : x \rightarrow ax + b$ où a et b sont des nombres relatifs.

- a est le **coefficient directeur** et b est l'**ordonnée à l'origine** de la droite repésentant la fonction f.

– Lorsque $b = 0$, f est **linéaire**.

– Lorsque $a = 0$, f est **constante**.

Représentation graphique d'une fonction affine

Cas général

- Représentation graphique d'une fonction affine : une **droite**.
- Elle coupe l'**axe des abscisses** en $(0 ; b)$.

Exemple : Soit f la fonction affine telle que $f(1) = 3$ et $f(-1) = -1$.

Sa courbe représentative est la droite (AB).

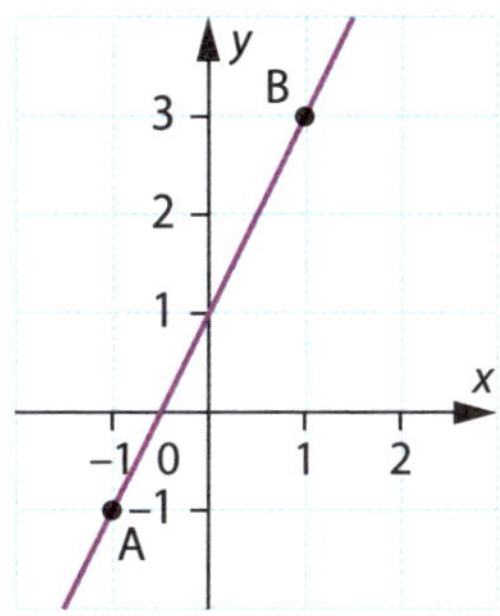

Cas particuliers

- Représentation graphique d'une fonction **linéaire** : droite passant par l'origine du repère.

Exemple : $g(x) = 2x$

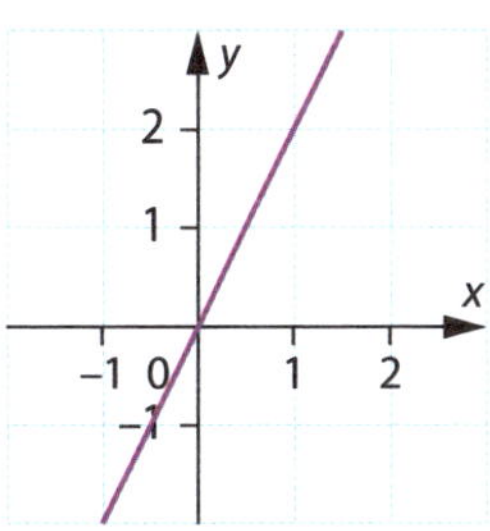

- Représentation graphique d'une fonction **constante** : droite parallèle à l'axe des abscisses.

Exemple : $h(x) = 3$

SE TESTER QUIZ

Vérifie que tu as compris les points clés

1 Définir la fonction affine correspondant à une situation problème

→ FICHE 22

1) Le prix d'une place de cinéma est 5 €. Le prix de x places est :

☐ **a.** $x + 5$ ☐ **b.** $5x$ ☐ **c.** $x - 5$

2) L'inscription à un club de yoga coûte 20 € pour une année. Chaque heure de cours coûte ensuite 10 €. Pour x heures de cours, il faut payer :

☐ **a.** $10x$ ☐ **b.** $20 \times 10x$ ☐ **c.** $20 + 10x$

3) La fonction qui, au nombre x, associe son double diminué de 3 est définie par :

☐ **a.** $x^2 - 3$ ☐ **b.** $2x - 3$ ☐ **c.** $2x + 3$

…/3

2 Représenter une fonction affine

→ FICHE 23

1) La représentation graphique d'une fonction affine :

☐ **a.** est une droite

☐ **b.** n'est pas une droite

☐ **c.** est une droite qui passe toujours par l'origine du repère

2) La fonction affine f est définie par $f(x) = 2x - 1$.
La représentation graphique de la fonction f est :

☐ **a.**

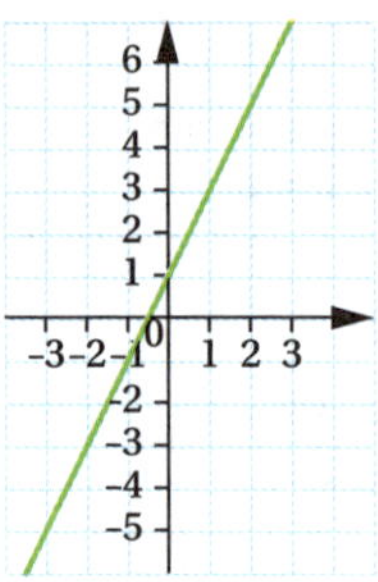

☐ **b.**

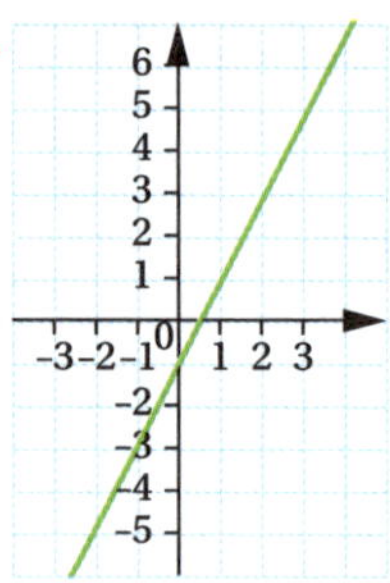

☐ **c.**

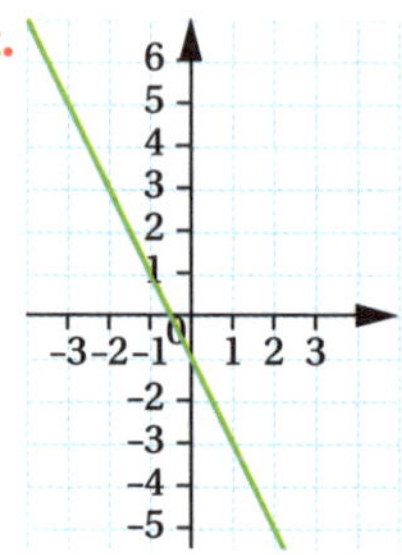

3) La représentation graphique de la fonction f définie par $f(x) = 3x + 2$ est la droite passant par les points :

☐ **a.** A(0 ; 2) et B(1 ; 6) ☐ **b.** A(0 ; –2) et B(1 ; 5) ☐ **c.** A(0 ; 2) et B(1 ; 5)

…/3

3 Déterminer une fonction affine par le calcul

→ FICHE 24

1) La fonction affine f est telle que $f(x) = -3x + b$ et $f(-4) = 1$.
Le nombre b est égal à :

☐ **a.** 11 ☐ **b.** –11 ☐ **c.** –8

2) La fonction affine f est telle que $f(x) = ax + 2$ et $f(3) = 5$.
Le nombre a est égal à :

☐ **a.** 1 ☐ **b.** –1 ☐ **c.** 2

3) L'image de –3 par la fonction affine f définie par $f(x) = -x + 10$ est :

☐ **a.** 13 ☐ **b.** 7 ☐ **c.** –7

4) La fonction affine f est telle que $f(x) = ax + b$.
On sait que $f(1) = 2$ et $f(3) = 4$. Le nombre a est égal à :

☐ **a.** $\dfrac{f(3)-f(1)}{1-3}$ ☐ **b.** $\dfrac{f(1)-f(3)}{3-1}$ ☐ **c.** $\dfrac{f(3)-f(1)}{3-1}$

…/4

4 Déterminer une fonction affine par lecture graphique

→ FICHE 24

Sur le graphique ci-contre, on a représenté une fonction affine f telle que $f(x) = ax + b$.

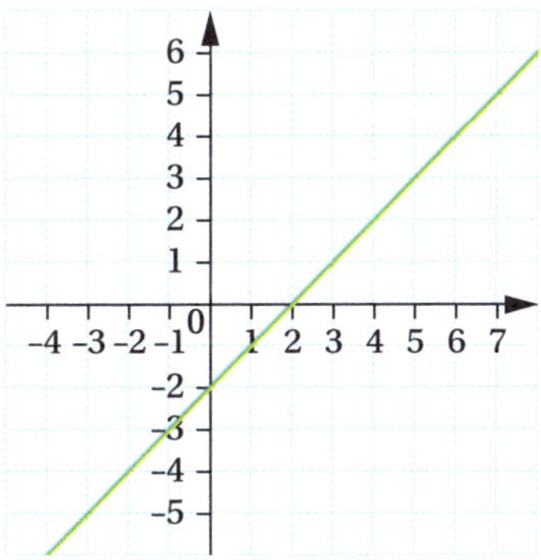

1) Le nombre b est égal à :

☐ **a.** 1 ☐ **b.** 2 ☐ **c.** –2

2) Le nombre a est égal à :

☐ **a.** 1 ☐ **b.** 2 ☐ **c.** –2

3) L'image de 4 est égale à :

☐ **a.** 6 ☐ **b.** 2 ☐ **c.** –6

4) L'antécédent de 1 est égal à :

☐ **a.** –3 ☐ **b.** 1 ☐ **c.** 3

…/4

ON FAIT LE BILAN !

score total …/14

- Des erreurs ? Entraîne-toi ! → **LES EXOS** P. 146
- Zéro faute ? Bravo ! → **OBJECTIF BREVET** P. 147

LES EXOS

5 Des degrés Celsius et Fahrenheit

→ FICHE 22

Il existe différentes unités de mesure de la température : en France on utilise le degré Celsius (°C), aux États-Unis on utilise le degré Fahrenheit (°F).
Pour passer des degrés Celsius aux degrés Fahrenheit, on multiplie le nombre de départ par 1,8 et on ajoute 32 au résultat.

1) Qu'indique un thermomètre en degrés Fahrenheit si on le plonge dans une casserole d'eau qui gèle ? On rappelle que l'eau gèle à 0 °C.

2) Qu'indique un thermomètre en degrés Celsius si on le plonge dans une casserole d'eau portée à 212 °F ? Que se passe-t-il ?

3) **a.** Si l'on note x la température en degrés Celsius et $f(x)$ la température en degrés Fahrenheit, exprimer $f(x)$ en fonction de x.
b. Comment nomme-t-on ce type de fonction ?
c. Quelle est l'image de 5 par la fonction f ?
d. Quel est l'antécédent de 5 par la fonction f ?
e. Traduire en terme de conversion de température la relation $f(10) = 50$.

6 Rythme cardiaque et fonction affine

→ FICHE 22

Pour des raisons de santé, il est conseillé de limiter ses efforts durant des activités sportives, afin de ne pas dépasser un certain rythme cardiaque.
Autrefois, la relation entre l'âge x d'une personne et $f(x)$ la fréquence cardiaque maximale recommandée était décrite par la formule suivante : $f(x) = 220 - x$ avec la fréquence cardiaque en pulsations/minute et l'âge en années.
Des recherches récentes ont montré que cette formule devait être légèrement modifiée. La nouvelle formule est : $g(x) = 208 - 0{,}7x$.

1) Avec la formule $f(x)$, quelle est la fréquence cardiaque maximale recommandée pour un enfant de 5 ans ?

2) Avec la formule $g(x)$, quelle est la fréquence cardiaque maximale recommandée pour un enfant de 5 ans ?

3) Des recherches ont démontré que l'exercice physique est le plus efficace lorsque la fréquence cardiaque atteint 80 % de la fréquence cardiaque maximale recommandée donnée par la nouvelle formule. Calculer pour une personne de 30 ans la fréquence cardiaque, en pulsations/minute, pour que l'exercice physique soit le plus efficace.

7 Abonnement à une revue

→ FICHE 22

Le nombre d'abonnés à une revue dépend du prix de la revue.
Pour un prix x compris entre 0 et 20 €, le nombre d'abonnés est donné par la fonction A telle que $A(x) = -50x + 1\,250$.

1) Le nombre d'abonnés est-il proportionnel au prix de la revue ? Justifier.

2) Comment nomme-t-on ce type de fonction ?

3) Vérifier, par le calcul, que $A(10) = 750$ et interpréter concrètement ce résultat.

8 Déterminer une fonction affine

→ FICHE 24

Déterminer la fonction affine f dont la représentation graphique est la droite qui passe par les points A(−1 ; 3) et B(2 ; −5).

OBJECTIF BREVET

Lance-toi dans des sujets !

9 Jeu vidéo

20 min

→ FICHE 22

Dans un jeu vidéo on a le choix entre trois personnages : un guerrier, un mage et un chasseur.
La force d'un personnage se mesure en points.
Tous les personnages commencent au niveau 0 et le jeu s'arrête au niveau 25.
Cependant ils n'évoluent pas de la même façon :

- le guerrier commence avec 50 points et ne gagne pas d'autre point au cours du jeu ;
- le mage n'a aucun point au début mais gagne 3 points par niveau ;
- le chasseur commence à 40 points et gagne 1 point par niveau.

1) Au début du jeu, quel est le personnage le plus fort ? Et quel est le moins fort ?

2) Compléter le tableau ci-dessous :

Niveau	0	1	5	10	15	25
Points du guerrier	50	50				
Points du mage	0	3				
Points du chasseur	40	41				

3) À quel niveau le chasseur aura-t-il autant de points que le guerrier ?

4) Dans cette question, x désigne le niveau de jeu d'un personnage.

Associer chacune des expressions suivantes à l'un des trois personnages (chasseur, mage ou guerrier) :

• $f(x) = 3x$; • $g(x) = 50$; • $h(x) = x + 40$.

5) Dans le repère ci-dessous, la fonction g est représentée par la droite $\mathcal{D}_3$. Tracer les deux droites $\mathcal{D}_1$ et $\mathcal{D}_2$ représentant les fonctions f et h.

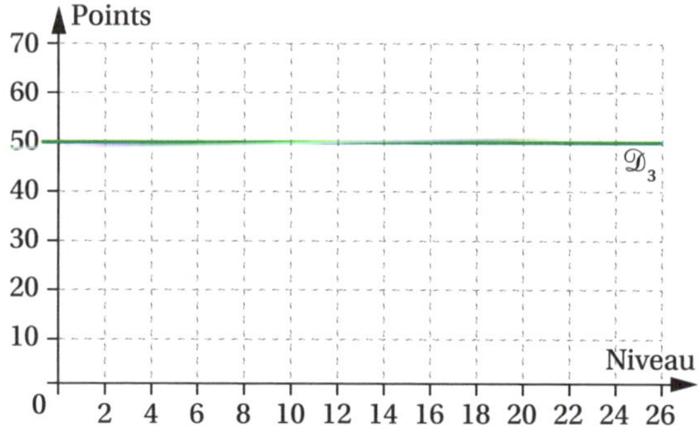

6) Déterminer, à l'aide du graphique, le niveau à partir duquel le mage devient le plus fort.

DÉMARRONS ENSEMBLE

2) Vérifie qu'au niveau 25, le mage a 75 points.

4) Calcule par exemple l'image de 0 par chaque des fonctions données.

5) Aide-toi du tableau complété à la question 2.
La droite $\mathcal{D}_1$ passe par l'origine du repère.
La droite $\mathcal{D}_2$ passe par le point de coordonnées (0 ; 40).

6) Cherche la valeur entière de x pour laquelle la droite $\mathcal{D}_1$ est au-dessus des deux autres.

10 Pourcentage et fonction affine

20 min

→ FICHE 22

Un théâtre propose deux tarifs.
• Plein tarif : 20 € la place.
• Tarif adhérent : réduction de 30 % sur le plein tarif.

1) **a.** Quel est le prix d'une entrée au tarif adhérent ?

b. Pour avoir droit à la réduction de 30 % sur chaque entrée, l'adhérent doit acheter une carte d'abonnement en début de saison. Sachant qu'un adhérent a dépensé au total (y compris le prix de la carte) 148 € pour 7 entrées, montrer que le prix de la carte d'abonnement est de 50 €.

c. On note :
- P_1 la dépense totale d'un spectateur qui n'est pas adhérent ;
- P_2 la dépense totale d'un adhérent.

Recopier et compléter le tableau suivant :

Nombre d'entrées *x*	0	1	10	15
Prix P_1 (en euros)				
Prix P_2 (en euros)				

2) On désigne par x le nombre d'entrées. Exprimer P_1 et P_2 en fonction de x.

3) On considère les fonctions $P_1(x) = 20x$ et $P_2(x) = 14x + 50$ comme des fonctions définies pour tout nombre positif x.
Représenter ces fonctions dans un même repère orthogonal. On choisira pour unités :
- sur l'axe des abscisses, 1 cm pour deux entrées ;
- sur l'axe des ordonnées, 1 cm pour 20 €.

On appellera $\mathcal{D}$ la droite représentant la fonction P_1 et $\mathcal{D}'$ la droite représentant la fonction P_2.

4) À partir de la lecture du graphique, indiquer :

a. le tarif le plus avantageux pour 6 entrées ;

b. le nombre minimal d'entrées pour que l'abonnement soit avantageux.

5) Un adhérent constate que, sans abonnement, il aurait dépensé 46 € de plus. Déterminer par lecture graphique le nombre d'entrées totalisées par cet adhérent.

6) Retrouver le résultat de la question **5.** à l'aide d'une équation.

DÉMARRONS ENSEMBLE

1) a. Faire une réduction de t %, revient à multiplier par $1 - \frac{t}{100}$.
b. Calcule le prix de 7 entrées au tarif adhérent.

2) Multiplie le nombre d'entrées x par le prix unitaire de chaque tarif. N'oublie pas d'ajouter dans un des deux prix, le montant de la carte.

3) Calcule, pour chaque fonction, l'image de deux nombres.

4) a. Cherche l'ordonnée des deux points d'abscisse 6.
b. Trouve les coordonnées du point d'intersection des deux droites et compare les deux dépenses.

5) Cherche sur le graphique un écart vertical de 46 €.

6) La différence entre les deux tarifs est égale à 46 €. On cherche donc le nombre x tel que $P_1(x) - P_2(x) = 46$.

11 Représenter une fonction affine

15 min

→ FICHE 23

Le plan est muni d'un repère orthonormal (O ; I ; J).
L'unité de longueur est le centimètre.

1) Déterminer la fonction affine f telle que $f(4) = -2$ et $f(0) = 6$.

2) En utilisant les points A(4 ; −2) et B(0 ; 6), tracer la représentation graphique de la fonction affine f.

3) Soit g la fonction affine définie par $g(x) = \frac{1}{2}x + 1$.

a. Construire la droite $\mathscr{D}$ représentant graphiquement la fonction g.

b. Montrer que le point C(−4 ; −1) appartient à $\mathscr{D}$ et placer ce point sur la droite.

DÉMARRONS ENSEMBLE

1) Calcule d'abord le coefficient a. Souviens-toi que $a = \frac{f(x_1) - f(x_2)}{x_1 - x_2}$.

2) Explique pourquoi le point A est un point de la représentation graphique de la fonction affine f.

3) **a.** Cherche l'ordonnée à l'origine. Calcule ensuite l'image d'un nombre.
b. Calcule l'image de −4 par g.

12 Comparer des tarifs

20 min

→ FICHE 23

Pour la saison 2021-2022, le théâtre *Modecia* propose ses tarifs.

- Tarif A : 150 € la carte permettant d'assister à tous les spectacles.
- Tarif B : 75 € l'abonnement saisonnier qui permet d'acheter une place pour 6 €.
- Tarif C : 19 € la place plein tarif.

1) Calculer le prix que devra payer Marc pour cinq places avec chacun des tarifs proposés.

2) Si x est le nombre de spectacles auxquels Marc assiste durant la saison, écrire, en fonction de x, les prix $P_A(x)$, $P_B(x)$ et $P_C(x)$ que devrait payer Marc, suivant le tarif utilisé.

3) Parmi ces trois fonctions, y a-t-il une fonction linéaire ? Si oui, laquelle ?

4) Dans la figure ci-dessous, on a tracé les représentations graphiques $\mathcal{T}_A$ et $\mathcal{T}_C$ des fonctions P_A et P_C. Tracer la représentation graphique $\mathcal{T}_B$ de la fonction P_B dans le même repère.

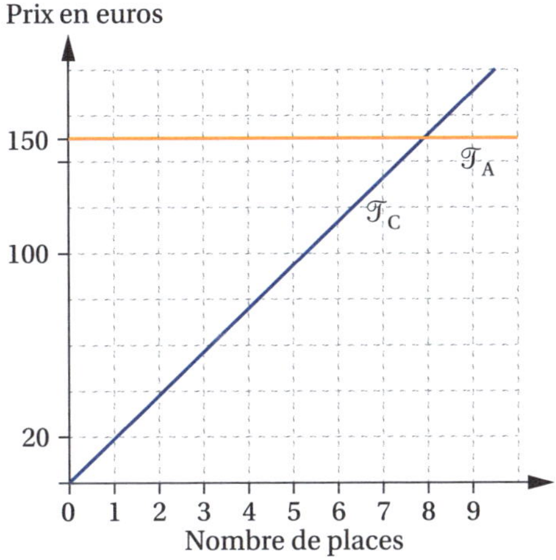

5) On dispose de 100 €. Lire graphiquement le nombre de spectacles auxquels on peut assister avec le tarif C (laisser apparaître les tracés sur le graphique).

6) Retrouver graphiquement le tarif le plus intéressant pour voir huit spectacles.

DÉMARRONS ENSEMBLE

1) Le tarif A ne dépend pas du nombre de places achetées. Pour les deux autres tarifs, multiplie le prix d'une place par 5, sans oublier l'abonnement s'il y a lieu.

2) Multiplie le prix d'une place par le nombre x de places, sans oublier l'abonnement s'il y a lieu.

3) Cherche une fonction de la forme $x \mapsto ax$.

4) Cherche l'image de deux nombres de ton choix par la fonction P_B et trace une droite.

5) Place 100 sur l'axe des ordonnées.

6) Sur chacune des trois droites, lis l'ordonnée du point d'abscisse 8.

CORRIGÉS

SE TESTER QUIZ

1 Définir la fonction affine correspondant à une situation problème

1) Réponse b. Le prix d'une place de cinéma est 5 €. Le prix de 2 places est 5×2 €, le prix de 3 places est 5×3 €. Le prix de x places est donc $5 \times x$ €.

2) Réponse c. Chaque heure de cours coûte 10 €. Pour x heures de cours, il faut payer donc $10 \times x$. À ce prix, il faut ajouter l'inscription au club de sport qui coûte 20 € pour une année. Le prix est donc $10 \times x + 20$. Le signe $\times$ n'est pas indispensable. On a donc $10 \times x + 20 = 10x + 20$.

3) Réponse b. Le double de x est $x \times 2$. Diminué de 3 veut dire que l'on soustrait 3. La fonction associée est $f(x) = 2x - 3$.
x^2 est le carré de x. La proposition a est fausse.

2 Représenter une fonction affine

1) Réponse a. La représentation graphique d'une fonction affine est une droite. Elle ne passe par l'origine du repère que dans le cas particulier d'une fonction linéaire. La réponse c est fausse.

2) Réponse b. La représentation graphique de la fonction affine f définie par $f(x) = 2x - 1$ est la droite passant par le point de coordonnées $(0\,;\,-1)$. La proposition a est fausse. De plus, $f(2) = 2 \times 2 - 1 = 3$. La représentation graphique de la fonction f passe par le point de coordonnées $(2\,;\,3)$.

3) Réponse c. On a : $f(0) = 3 \times 0 + 2 = 2$ $f(1) = 3 \times 1 + 2 = 5$.
La représentation graphique de f est la droite passant par les points $A(0\,;\,2)$ et $B(1\,;\,5)$.

3 Déterminer une fonction affine par le calcul

1) Réponse b. On a : $f(-4) = 1$ et $f(-4) = -3(-4) + b$. On résout l'équation :
$-3(-4) + b = 1 \quad 12 + b = 1 \quad 12 + b - 12 = 1 - 12 \quad b = -11$.

2) Réponse a. On a : $f(3) = a \times 3 + 2$ et $f(3) = 5$. On résout l'équation :
$a \times 3 + 2 = 5 \quad 3a + 2 - 2 = 5 - 2 \quad 3a = 3 \quad a = 1$.

3) Réponse a. On remplace x par -3 dans l'expression $f(x) = -x + 10$. On a :
$f(-3) = -(-3) + 10 = 3 + 10 = 13$.

4) Réponse c. Le nombre a est égal à $\dfrac{f(3) - f(1)}{3 - 1}$.

4 Déterminer une fonction affine par lecture graphique

1 **Réponse c.** La droite représentant la fonction f coupe l'axe des ordonnées au point de coordonnées (0 ; –2). Le nombre b est égal à –2.

2 **Réponse a.** La droite passe par les points A(0 ; –2) et B(2 ; 0). Le nombre a est égal à $\dfrac{y_A - y_B}{x_A - x_B} = \dfrac{-2-0}{0-2} = 1$.

3 **Réponse b.** La droite passe par le point de coordonnées (4 ; 2). L'image de 4 est égale à 2.

4 **Réponse c.** La droite passe par le point de coordonnées (3 ; 1). L'antécédent de 1 est égal à 3.

LES EXOS

5 Des degrés Celcius et Fahrenheit

1 Pour passer des degrés Celsius aux degrés Fahrenheit, on multiplie le nombre de départ par 1,8 et on ajoute 32 au résultat ; donc $0 \times 1{,}8 + 32 = 32$.
Le thermomètre en degrés Fahrenheit indique 32.

2 On cherche la température t telle que $t \times 1{,}8 + 32 = 212$. On a :
$t \times 1{,}8 = 212 - 32$
$t = 180 \div 1{,}8$
$t = 100$.
Le thermomètre en degrés Celsius indique 100. À cette température, l'eau se transforme en vapeur d'eau, elle bout.

3 **a.** Exprimons $f(x)$ en fonction de x. On a $f(x) = x \times 1{,}8 + 32$ ou $f(x) = 1{,}8x + 32$.
b. On reconnaît une fonction affine.
c. L'image de 5 par la fonction f est $f(5) = 5 \times 1{,}8 + 32 = 41$.
d. L'antécédent de 5 par la fonction f est le nombre x tel que $f(x) = 5$. On a :
$1{,}8x + 32 = 5$
$1{,}8x = 5 - 32$
$1{,}8x = -27$
$x = -27 \div 1{,}8$
$x = -15$.
L'antécédent de 5 par la fonction f est –15.
e. La relation $f(10) = 50$ se traduit en terme de conversion de température par : « 10 degrés Celsius valent 50 degrés Fahrenheit ».

> **À NOTER**
> **3** 5 – 32 s'écrit 5 + (–32). On obtient donc un résultat négatif.

6 Rythme cardiaque et fonction affine

1) Avec la formule $f(x) = 220 - x$, on remplace x par 5. On obtient : $f(5) = 220 - 5 = 215$. La fréquence cardiaque maximale recommandée pour un enfant de 5 ans est de 215 pulsations/minute.

2) Avec la formule $g(x) = 208 - 0{,}7x$, on remplace x par 5. On obtient : $g(5) = 208 - 0{,}7 \times 5 = 208 - 3{,}5 = 204{,}5$. La fréquence cardiaque maximale recommandée pour un enfant de 5 ans est de 204 pulsations/minute.

3) On a : $g(30) = 208 - 0{,}7 \times 30 = 208 - 21 = 187$.
L'exercice physique, pour une personne de 30 ans, est le plus efficace lorsque la fréquence cardiaque atteint 80 % de 187 pulsations/minute. On a :
$187 \times \frac{80}{100} = 187 \times 0{,}80 = 149{,}6$.
Pour que l'exercice physique soit le plus efficace pour une personne de 30 ans, la fréquence cardiaque doit être de 150 pulsations/minute.

7 Abonnement à une revue

1) La fonction A n'est pas une **fonction linéaire**, donc elle ne traduit pas une situation de proportionnalité.

2) Cette fonction s'appelle une fonction affine.

3) On a $A(10) = -50 \times 10 + 1\,250 = -500 + 1\,250 = 750$. Si le prix de la revue est 10 €, le nombre d'abonnés est de 750.

MOT CLÉ
Une **fonction linéaire** est une fonction f définie par $f(x) = ax$.

8 Déterminer une fonction affine

f est une fonction définie par $f(x) = ax + b$.

Pour calculer le coefficient a, on utilise la propriété $a = \frac{y_A - y_B}{x_A - x_B}$.

Soit $a = \frac{3-(-5)}{-1-2} = \frac{8}{-3} = -\frac{8}{3}$. f est donc de la forme $f(x) = -\frac{8}{3}x + b$.

Pour calculer b, on utilise l'une des relations $f(-1) = 3$ ou $f(2) = -5$. On a :

$$-\frac{8}{3} \times (-1) + b = 3$$

$$\frac{8}{3} + b = 3$$

$$b = 3 - \frac{8}{3}$$

$$b = \frac{9}{3} - \frac{8}{3}$$

$$b = \frac{1}{3}.$$

La fonction f est donc définie par $f(x) = -\frac{8}{3}x + \frac{1}{3}$.

OBJECTIF BREVET

9 Jeu vidéo

1) Au début du jeu, le guerrier commence avec 50 points. C'est donc le personnage le plus fort.
Le mage n'a aucun point au début. C'est le moins fort.

2) Tableau complété :

Niveau	0	1	5	10	15	25
Points du guerrier	50	50	50	50	50	50
Points du mage	0	3	15	30	45	75
Points du chasseur	40	41	45	50	55	65

3) Le chasseur aura autant de points que le guerrier au niveau 10.

4) • La fonction définie par $f(x) = 3x$ est associée au mage car le nombre de points augmente de 3 points par niveau.
• La fonction définie par $g(x) = 50$ est associée au guerrier car le nombre de points est toujours égal à 50 quel que soit le niveau.
• La fonction définie par $h(x) = x + 40$ est associée au chasseur car le nombre de points initial est 40 et il augmente de 1 point par niveau.

À NOTER
4) La fonction g est constante et sa représentation est une droite horizontale.

5)

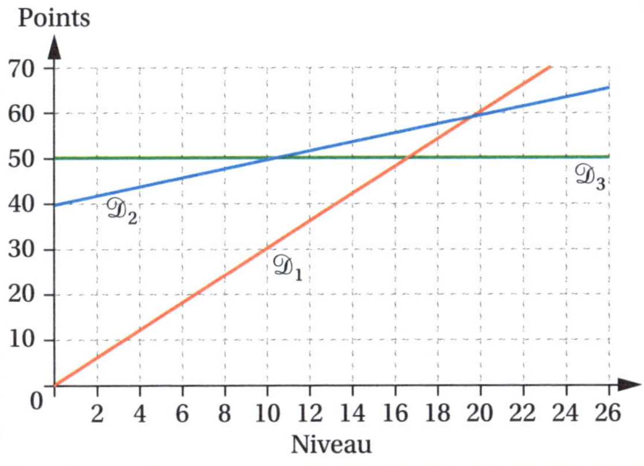

6) À l'aide du graphique, on voit qu'à partir du niveau 20, la droite $\mathscr{D}_1$ représentant le nombre de points du mage est au-dessus des deux autres droites.
Donc à partir du niveau 21, le mage devient le plus fort.

10 Pourcentage et fonction affine

1) a. Faire une réduction de 30 %, revient à multiplier le prix d'une entrée par $1-\frac{30}{100}$.

On a $20\times\left(1-\frac{30}{100}\right)=20\times(1-0{,}30)=20\times0{,}70=14$.

Le prix d'une entrée au tarif adhérent est égal à 14 €.

b. Le prix d'une entrée au tarif adhérent étant égal à 14 €, 7 entrées coûtent $14\times7=98$, soit 98 €. On soustrait cette somme à 148. On a $148-98=50$.
Le prix de la carte d'abonnement est de 50 €.

c.

Nombre d'entrées x	0	1	10	15
Prix P_1 (en euros)	0	$20\times1=20$	$20\times10=200$	$20\times15=300$
Prix P_2 (en euros)	50	$14\times1+50=64$	$14\times10+50=190$	$14\times15+50=260$

2) Sachant que le prix d'une entrée est de 20 €, on exprime P_1 en fonction de x :
$P_1(x)=20\times x=20x$.
Sachant que le prix d'une entrée est de 14 € avec une carte à 50 €, on exprime P_2 en fonction de x :
$P_2(x)=14\times x+50=14x+50$.

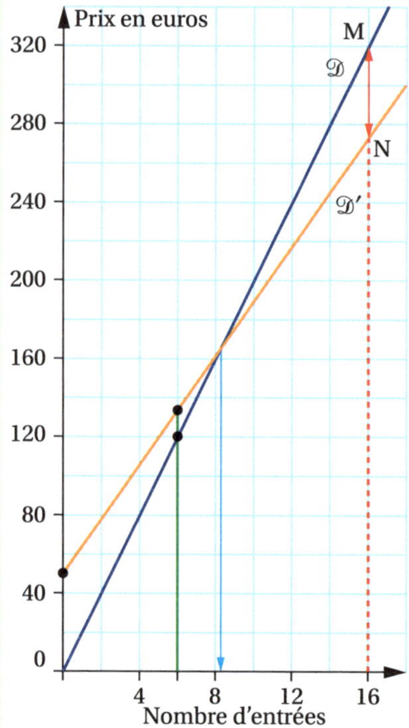

3) La droite 𝒟 représentant la fonction P_1 passe par les points de coordonnées (0 ; 0) et (10 ; 200). La droite 𝒟′ représentant P_2 passe par les points de coordonnées (0 ; 50) et (10 ; 190).

4) a. Le point d'abscisse 6 sur la droite 𝒟 est en dessous du point d'abscisse 6 sur la droite 𝒟′. Donc, pour 6 entrées, le prix le plus bas est obtenu par le plein tarif.

b. Les points de la droite représentant le tarif adhérent sont en dessous de celle représentant le plein tarif pour $x > 8{,}3$. Le nombre minimal d'entrées pour que l'abonnement soit avantageux est donc 9.

CONSEIL

4) Pour comparer graphiquement deux fonctions, étudie la position des deux droites qui les représentent.

5 On cherche un point M de $\mathscr{D}$ et un point N de $\mathscr{D}'$ tels que la droite (MN) soit parallèle à l'axe des ordonnées et tel que MN = 46. On trouve que ces deux points ont pour abscisse 16. L'adhérent totalise donc 16 entrées.

6 On doit résoudre l'équation $P_1(x) = P_2(x) + 46$.
On obtient :
$20x = 14x + 50 + 46$
$20x - 14x = 96$
$6x = 96$
$x = 96 \div 6$
D'où $x = 16$. On retrouve le résultat de la question précédente.

11 Représenter une fonction affine

1 On calcule d'abord le coefficient a :

$$a = \frac{f(4) - f(0)}{4 - 0} = \frac{-2 - 6}{4} = \frac{-8}{4} = -2.$$

On a donc $f(x) = -2x + b$. Or $f(0) = 6$, donc $b = 6$.
f est la fonction affine telle que $f(x) = -2x + 6$.

CONSEIL

1 Retrouve facilement le nombre b : il est l'ordonnée du point d'intersection de la droite représentative de la fonction affine avec l'axe des ordonnées.

2 On a $f(4) = -2$ et $f(0) = 6$. La représentation graphique de la fonction affine f est donc la droite passant par les points A(4 ; −2) et B(0 ; 6).

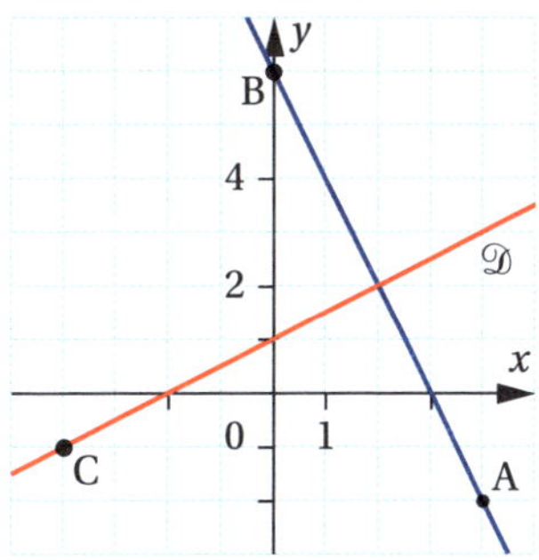

3 **a.** L'ordonnée à l'origine est égale à 1. Donc la droite $\mathscr{D}$ passe par le point de coordonnées (0 ; 1).
On a $g(4) = \frac{1}{2} \times 4 + 1 = 3$. La droite $\mathscr{D}$ passe aussi par le point de coordonnées (4 ; 3).
b. On a $g(-4) = \frac{1}{2} \times (-4) + 1 = -2 + 1 = -1$. Donc C(−4 ; −1) appartient à $\mathscr{D}$.

12 Comparer des tarifs

1 Avec chacun des tarifs proposés, pour cinq places, Marc devra payer :
- 150 € avec le tarif A, la carte permettant d'assister à tous les spectacles. Le prix ne dépend pas du nombre de places ;
- $75 + 6 \times 5 = 105$ € avec le tarif B, l'abonnement de 75 € permettant d'acheter une place pour 6 € ;
- $19 \times 5 = 95$ € avec le tarif C, 19 € étant le prix de la place plein tarif.

2 x est le nombre de spectacles auxquels Marc assiste durant la saison. On a :
- $P_A(x) = 150$;
- $P_B(x) = 75 + 6 \times x = 75 + 6x$;
- $P_C(x) = 19 \times x = 19x$.

3 On a $P_C(x) = 19x$. P_C est de la forme $x \mapsto ax$. Donc P_C est une fonction linéaire.

4 On a $P_B(0) = 75 + 6 \times 0 = 75$ et $P_B(5) = 75 + 6 \times 5 = 105$. La droite $\mathcal{T}_B$ passe par les points de coordonnées (0 ; 75) et (5 ; 105).

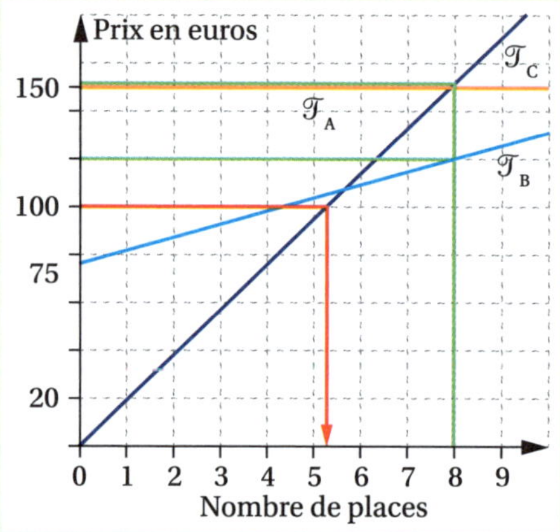

5 Le tracé rouge montre que l'antécédent de 100 par P_C se trouve entre 5 et 6. On peut assister à cinq spectacles avec le tarif C.

6 Le tracé vert montre que l'ordonnée du point d'abscisse 8 est la plus petite si ce point est sur la droite $\mathcal{T}_B$. Le tarif B est donc le plus avantageux pour voir 8 spectacles.

7 Statistiques

Dans quel car le pourcentage de passagers n'ayant pas d'appareil photo est-il le plus grand ?

$\frac{5}{25}$ n'ont pas d'appareil photo

$\frac{4}{20}$ n'ont pas d'appareil photo

Réponse : Les deux fractions sont égales à $\frac{20}{100}$ donc le pourcentage de passagers n'ayant pas d'appareil photo est le même dans les deux cars.

25 Calculer une fréquence et une moyenne

EN BREF ▸ *La statistique est une partie des mathématiques qui étudie les caractères des individus d'une population (par exemple, la taille, la couleur des yeux...). La fréquence et la moyenne sont deux critères qui permettent d'interpréter les résultats.*

I Fréquence

La fréquence de la valeur d'un caractère dans une série statistique est égale au quotient de l'**effectif** de cette valeur par l'effectif total.

Exemple : Le tableau suivant donne la répartition des élèves de 3e d'un collège.

Caractère qualitatif	Externe	Demi-pensionnaire	Total
Effectif	54	26	80

Sur 80 élèves, 54 sont externes.

On a $\frac{54}{80} = 0{,}675$.

La fréquence associée au caractère « externe » est égale à 0,675, soit 67,5 %.

MOTS CLÉS

- L'**effectif** est le nombre d'individus possédant un caractère donné.
- Il existe deux types de **caractères** : qualitatif (exemple : la couleur des yeux) ou quantitatif (exemple : la taille).

II Moyenne

1 Calculer une moyenne simple

Pour calculer une moyenne simple, on additionne toutes les valeurs du caractère et on divise la somme obtenue par l'effectif total.

Exemple : Voici les notes de 10 élèves de 3e d'un collège au dernier devoir de maths : 8 ; 10 ; 10 ; 12 ; 12 ; 12 ; 13 ; 15 ; 16 ; 18.
La moyenne de ces notes est :
$(8 + 10 + 10 + 12 + 12 + 13 + 15 + 16 + 18) \div 10 = 114 \div 10 = 11{,}4$.

2 Calculer une moyenne pondérée

Pour calculer une moyenne pondérée, on additionne les produits de chaque valeur du caractère par l'effectif correspondant, puis on divise par l'effectif total.

Exemple : Voici les 2 notes obtenues par Léo en maths : 15 (coefficient 2) et 12 (coefficient 3). Sa moyenne est $\frac{15 \times 2 + 12 \times 3}{5} = 13{,}2$.

Méthode

Calculer une fréquence et la moyenne d'une série de données

Voici les résultats d'une série statistique représentant les pointures des chaussures de 25 personnes :

Pointure des chaussures	38	39	40	41	42	43	44	45	46
Effectif	8	7	2	2	3	0	1	1	1

1) Calculer la pointure moyenne de ce groupe de personnes.

2) Calculer la fréquence de la pointure 42.

3) Quel pourcentage de personnes ont une pointure strictement supérieure à 43 ?

CONSEILS

1) Multiplie chaque pointure par son effectif. Additionne tous ces produits et divise par l'effectif total.

2) Cherche l'effectif correspondant à la pointure 42 et divise par l'effectif total.

3) Cherche combien de personnes ont une pointure strictement supérieure à 43.

SOLUTION

1) La pointure moyenne est donnée par la moyenne pondérée de la série statistique :

$$m = \frac{38 \times 8 + 39 \times 7 + 40 \times 2 + 41 \times 2 + 42 \times 3 + 43 \times 0 + 44 \times 1 + 45 \times 1 + 46 \times 1}{25}$$

$$m = \frac{1\,000}{25} = 40.$$

La pointure moyenne de cette série statistique est égale à 40.

2) La fréquence associée à la pointure 42 est $\frac{3}{25}$.

3) Trois personnes parmi les 25 ont une pointure strictement supérieure à 43.

On a $\frac{3}{25} = \frac{12}{100}$.

Le pourcentage de personnes ayant une pointure strictement supérieure à 43 est de 12 %.

26 Calculer la médiane et l'étendue

EN BREF ▸ *La médiane est la valeur d'un caractère qui partage une série statistique en deux séries de même effectif. L'étendue est la différence entre la plus grande et la plus petite des valeurs. Ces critères permettent d'interpréter les résultats statistiques.*

I Médiane

1 Qu'est-ce qu'une médiane ?

Les valeurs du caractère étant rangées par ordre croissant, la **médiane** est un nombre qui partage une série statistique en deux séries de même effectif.

Exemple : On considère les nombres 1, 2, 3, 4, 5, 6, 7, 8, 9. La médiane est 5.
Il y a 5 nombres inférieurs ou égaux à 5 et 5 nombres supérieurs ou égaux à 5.

2 Déterminer une médiane

Pour **calculer une médiane**, on range par ordre croissant les valeurs du caractère.

- Si l'effectif total est un **nombre impair**, alors la médiane est la valeur du caractère qui se trouve au centre de la série.

Exemple : On considère la série des nombres 4, 5, 10, 12, 13, 15 et 18. Elle contient 7 valeurs. Le centre de la série est 12. La médiane de cette série est 12.

> **À NOTER**
> Il ne faut pas confondre « médiane » et « moyenne ». En général, ces deux nombres ne sont pas égaux.

- Si l'effectif total est un **nombre pair**, alors la médiane est la moyenne des deux valeurs du caractère qui se trouvent au centre de la série.

Exemple : On considère la série de nombres 5, 8, 10, 12, 14, 15, 20, 25. Elle contient 8 valeurs et les deux valeurs centrales sont 12 et 14.
La médiane de cette série est : $(12 + 14) \div 2 = 13$.

II Étendue

Les valeurs du caractère étant rangées par ordre croissant, l'**étendue** est la différence entre la plus grande valeur du caractère et la plus petite.

Exemple : On considère les nombres 5, 8, 10, 12, 14, 15, 20, 25.
L'étendue est : $25 - 5 = 20$.

Méthodes

1 Calculer médiane et étendue d'une série de notes

Voici les résultats d'un devoir de mathématiques de 25 élèves :
14 ; 14 ; 10 ; 19 ; 14 ; 14 ; 18 ; 18 ; 14 ; 10 ; 8 ; 9 ; 8 ; 14 ; 14 ; 15 ; 16 ; 15 ; 10 ; 8 ; 9 ; 9 ; 10 ; 8 ; 18.

1) Ranger par ordre croissant les résultats du devoir.

2) Déterminer l'étendue et la médiane de cette série statistique.

CONSEILS

1) Ranger des nombres par ordre croissant revient à les classer du plus petit au plus grand.

2) Pour calculer l'étendue, cherche la plus grande et la plus petite note. Pour trouver la médiane, observe que 25 = 12 + 1 + 12.

SOLUTION

1) On obtient le classement suivant :
8 ; 8 ; 8 ; 8 ; 9 ; 9 ; 9 ; 10 ; 10 ; 10 ; 10 ; 14 ; 14 ; 14 ; 14 ; 14 ; 14 ; 14 ; 15 ; 15 ; 16 ; 18 ; 18 ; 18 ; 19.

2) La note la plus grande est 19 et la plus petite est 8.
On détermine l'étendue : 19 – 8 = 11. L'étendue est égale à 11.
On détermine la médiane. La série comporte 25 notes. On a 25 = 12 + 1 + 12, donc la treizième note partage la série en deux séries de 12 notes chacune. La médiane est égale à 14.

2 Comparer deux séries statistiques

Voici les résultats obtenus par Léa et Hugo aux 5 derniers devoirs de maths.

Léa	8	8	8	18	18
Hugo	10	10	12	14	14

Comparer les moyennes et les médianes de chacune de ces séries.

CONSEILS

L'effectif total est 5 et 5 = 2 + 1 + 2.

SOLUTION

Léa et Hugo ont pour moyenne 12.
La médiane associée à la série des notes de Léa est 8 et celle de Hugo est 12.
D'une façon générale, la moyenne et la médiane ne sont pas égales.

27 Interpréter et construire un diagramme statistique

EN BREF ▸ *On peut représenter une série statistique sous la forme d'un graphique. Il en existe différentes sortes.*

I Construire un diagramme statistique

1 Construire un diagramme circulaire

Dans un diagramme circulaire, la mesure de l'angle au centre de chaque partie du disque est proportionnelle à l'effectif du caractère correspondant. On utilise un tableau de proportionnalité pour calculer la mesure des angles.

À NOTER
La totalité du disque représente un angle au centre de 360°.

Exemple : Voici la répartition de la couleur des yeux dans une classe de 25 élèves.

Couleur	bleu	vert	marron	Total
Effectif	3	4	18	25
Angle (en °)	43,2	57,6	259,2	360

2 Construire un diagramme à barres

Un diagramme à barres est composé de bâtons de même largeur.

La hauteur de chaque barre est proportionnelle à l'effectif du caractère correspondant.

3 Construire un histogramme

Un histogramme est utilisé lorsque la série est regroupée en classes. Si les classes ont la même amplitude, les rectangles de l'histogramme ont la même largeur.

MOT CLÉ
Une **classe** est le regroupement de plusieurs valeurs d'un même caractère.

II Interpréter un diagramme

1 Interpréter un diagramme circulaire

On repère sur le diagramme la signification de chacune des valeurs du caractère. En général, les effectifs sont indiqués en pourcentage.

2 Interpréter un diagramme à barres ou un histogramme

On repère sur l'axe horizontal la signification de chacune des valeurs du caractère. On lit sur l'axe vertical les effectifs correspondants.

Méthode

Interpréter un histogramme

Le diagramme ci-dessous donne les âges des 150 employés d'une entreprise.

1 Compléter le tableau suivant :

Âge *A*	$20 \leqslant A < 24$	$24 \leqslant A < 28$	$28 \leqslant A < 32$	$32 \leqslant A < 36$	$36 \leqslant A < 40$	$40 \leqslant A < 44$	Total
Centre de la classe							☒
Effectif							
Fréquence (en %)							

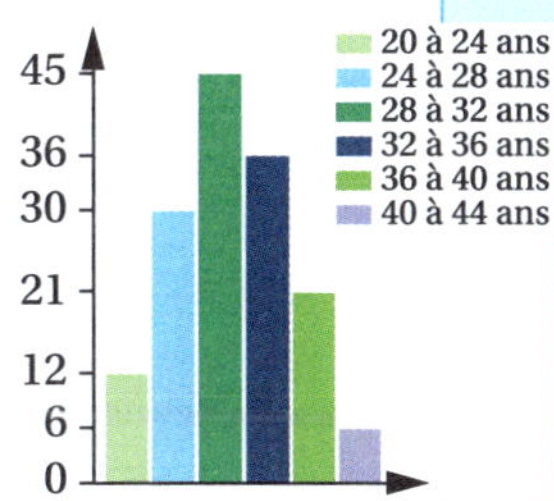

2 Quel est le pourcentage des employés qui ont strictement moins de 36 ans ?

3 Calculer l'âge moyen d'un employé de cette entreprise.

CONSEILS

1 Pour trouver le centre de la première classe, observe que $(20 + 24) \div 2 = 22$. Pour trouver l'effectif de la première classe, observe que le premier rectangle de l'histogramme a pour hauteur 12. Pour calculer la fréquence, divise l'effectif de la classe par l'effectif total 150.

2 Additionne les fréquences correspondant à $20 \leqslant A < 36$.

3 Pour calculer la moyenne, multiplie le centre de la classe par l'effectif correspondant puis divise par l'effectif total.

SOLUTION

1 On complète le tableau :

Âge *A*	$20 \leqslant A < 24$	$24 \leqslant A < 28$	$28 \leqslant A < 32$	$32 \leqslant A < 36$	$36 \leqslant A < 40$	$40 \leqslant A < 44$	Total
Centre de la classe	22	26	30	34	38	42	☒
Effectif	12	30	45	36	21	6	150
Fréquence (en %)	$12 \div 150 = 0{,}08$ 8 %	$30 \div 150 = 0{,}2$ 20 %	$45 \div 150 = 0{,}3$ 30 %	$36 \div 150 = 0{,}24$ 24 %	$21 \div 150 = 0{,}14$ 14 %	$6 \div 150 = 0{,}04$ 4 %	100

2 On additionne les fréquences en pourcentage des quatre premières colonnes : $8 + 20 + 30 + 24 = 82$. Le pourcentage des employés qui ont strictement moins de 36 ans est égal à 82 %.

3 On multiplie le centre de chaque classe par l'effectif correspondant.

On a $\dfrac{22 \times 12 + 26 \times 30 + 30 \times 45 + 34 \times 36 + 38 \times 21 + 42 \times 6}{150} = 31{,}12$.

L'âge moyen d'un employé de cette entreprise est égal à 31,12 ans.

STATISTIQUES

Différentes représentations d'une série statistique

Tableau

Exemple :

Pointure des élèves	37	38	39	40
Effectif	5	8	8	4

Représentations graphiques

- **Graphique**

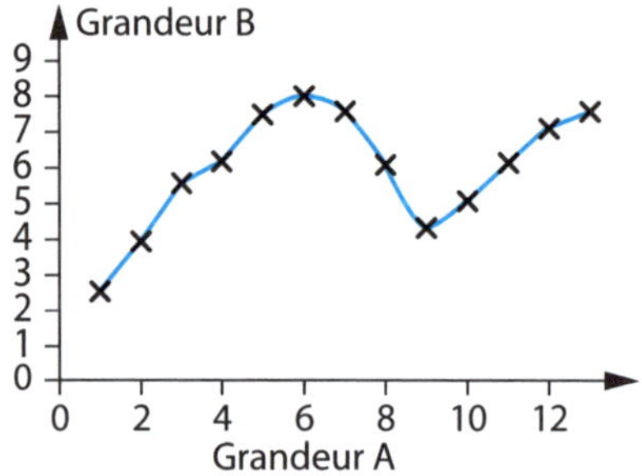

- **Diagramme circulaire**

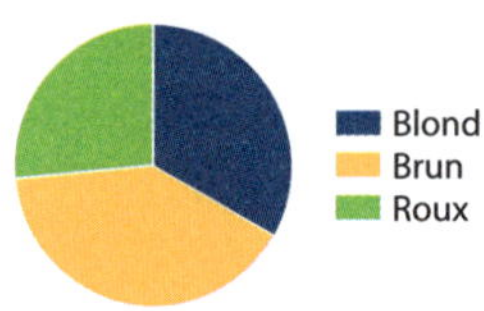

- **Diagramme à barres**

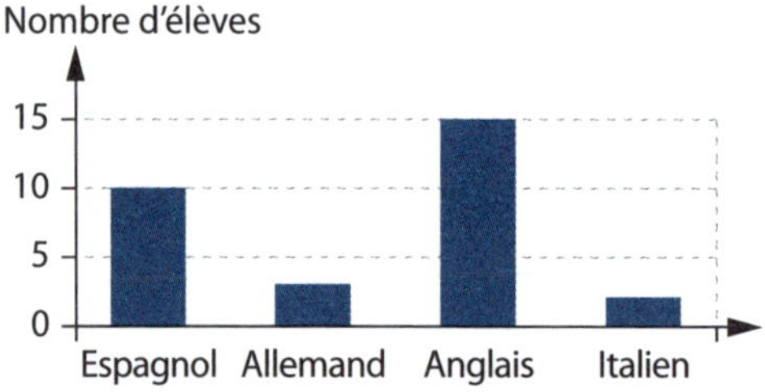

- **Histogramme**

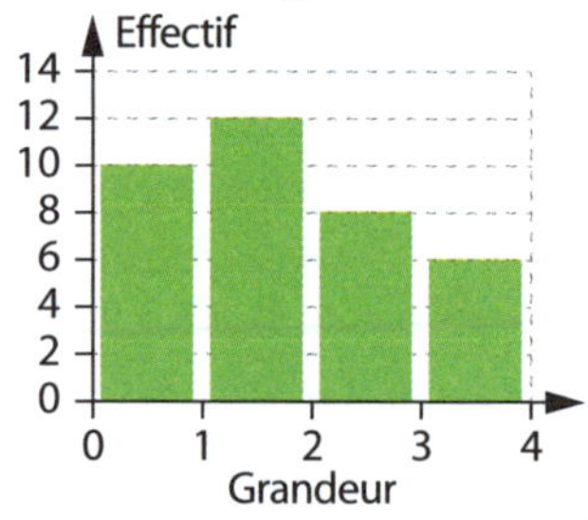

Fréquence de la valeur d'un caractère dans une série statistique

$$\text{fréquence (valeur)} = \frac{\text{effectif valeur}}{\text{effectif total}}$$

Exemple : Dans une classe de 28 élèves, il y a 17 filles.

$$\text{fréquence (filles)} = \frac{\text{nombre de filles}}{\text{effectif total}} = \frac{17}{28} \approx 0{,}61 \text{ soit } 61\ \%.$$

Indicateurs de position et de dispersion d'une série statistique

Indicateurs de position : moyennes et médiane

- **Exemple de moyenne simple**

Notes de Luca en maths : 12 ; 8 ; 9,5 ; 10.

$$\text{moyenne} = \frac{12+8+9{,}5+10}{4} = 9{,}875$$

- **Exemple de moyenne pondérée**

Note	7	8	9	10	11
Effectif	5	3	5	4	2

$$\text{moyenne} = \frac{7\times 5+8\times 3+9\times 5+10\times 4+11\times 2}{5+3+5+4+2} \approx 8{,}7$$

- **Exemple de médiane**

Âges des candidats à un concours : 15 ; 12 ; 12 ; 13 ; 14 ; 15 ; 11.

On range les valeurs dans l'ordre croissant.

$$\underbrace{11 ; 12 ; 12 ;}_{\text{3 valeurs}} \quad \underbrace{13 ;}_{\text{médiane}} \quad \underbrace{14 ; 15 ; 15}_{\text{3 valeurs}}$$

Indicateur de dispersion : étendue

L'étendue est la **différence** entre la plus grande et la plus petite valeur de la série étudiée.

Exemple : Notes de Luca en français : 8,5 ; 9,5 ; 8 ; 10 ; 14.

étendue = 14 − 8 = 6

SE TESTER QUIZ

Vérifie que tu as compris les points clés

1 Calculer une fréquence

→ FICHE 25

1) Un effectif de 8 sur un total de 20 correspond à une fréquence égale à :

☐ **a.** 4 ☐ **b.** 0,4 ☐ **c.** 4 %

2) Dans un groupe de 48 personnes, il y a 36 hommes. La fréquence associée aux femmes est :

☐ **a.** 0,75 ☐ **b.** 0,25 ☐ **c.** 12

…/2

2 Calculer une moyenne, une étendue

→ FICHES 25 et 26

Le tableau ci-dessous donne la répartition par âge des élèves d'un club sportif.

Valeur	10	11	12	13	14
Effectif	4	8	2	5	1

1) L'effectif total est égal à :

☐ **a.** 60 ☐ **b.** 20 ☐ **c.** 7

2) L'étendue est égale à :

☐ **a.** 4 ☐ **b.** 7 ☐ **c.** 14

3) La moyenne pondérée est égale à :

☐ **a.** 11,55 ☐ **b.** 12 ☐ **c.** 13,55

…/3

3 Déterminer une médiane

→ FICHE 26

1) Quatre amis ont noté la durée, en minutes, de chaque partie de tennis jouée ce mois-ci : 72 ; 35 ; 48 ; 52 ; 26 ; 50 ; 55 ; 43 ; 105.
Calculer la médiane de la série ci-dessus.

☐ **a.** 26 ☐ **b.** 50 ☐ **c.** 55

2) On considère la série statistique : 1 ; 2 ; 4 ; 6 ; 9 ; 10. La médiane est :

☐ **a.** 4 ☐ **b.** 5 ☐ **c.** 6

3) Parmi les trois séries ci-dessous, laquelle admet une médiane égale à 10 ?

☐ **a.** 1 ; 5 ; 10 ; 15. ☐ **b.** 1 ; 20 ; 10 ; 15 ; 30. ☐ **c.** 1 ; 5 ; 10 ; 15 ; 20.

…/3

4 Interpréter un diagramme à barres

→ FICHE 27

On considère la série statistique représentée par le diagramme ci-dessous.

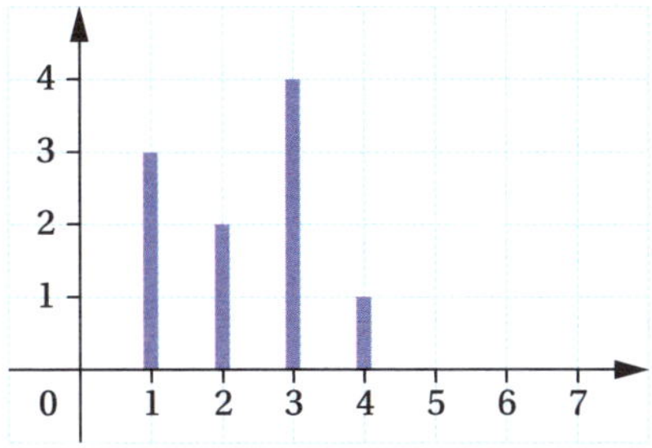

1) L'effectif total est :

☐ a. 4 ☐ b. 10 ☐ c. 12

2) La moyenne de cette série est :

☐ a. 2,3 ☐ b. 2,5 ☐ c. 2

3) La fréquence de la valeur 2 est :

☐ a. $\frac{10}{2}$ ☐ b. $\frac{1}{2}$ ☐ c. $\frac{2}{10}$

4) La médiane de cette série est :

☐ a. 2,5 ☐ b. 2 ☐ c. 3

…/4

5 Interpréter un diagramme circulaire

→ FICHE 27

Voici la répartition des 100 élèves d'un collège en fonction de leurs activités.

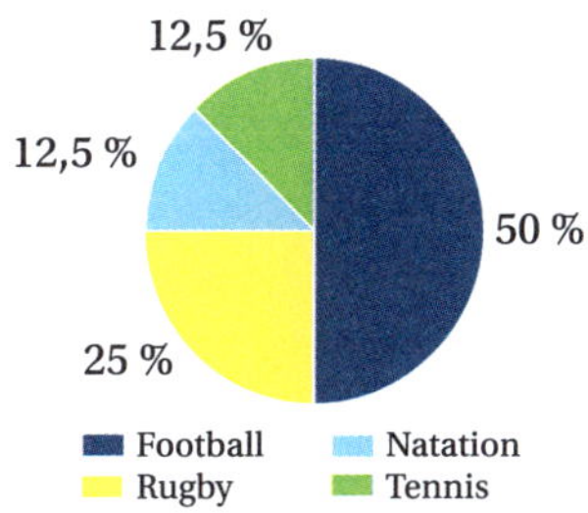

1) La mesure de l'angle au centre de la partie verte du disque est :

☐ a. 180° ☐ b. 90° ☐ c. 45°

2) La fréquence correspondant à la catégorie « natation » est :

☐ a. $\frac{1}{2}$ ☐ b. $\frac{1}{4}$ ☐ c. $\frac{1}{8}$

3) L'effectif de la catégorie « rugby » est :

☐ a. 100 ☐ b. 50 ☐ c. 25

…/3

ON FAIT LE BILAN !

score total …/15

▸ Des erreurs ? Entraîne-toi ! → **LES EXOS** P. 170
▸ Zéro faute ? Bravo ! → **OBJECTIF BREVET** P. 173

LES EXOS

Entraîne-toi !

6 Utiliser un tableur pour calculer une moyenne

→ FICHE 25

On a relevé le nombre de médailles gagnées par les sportifs calédoniens lors des Jeux du Pacifique. Voici les résultats regroupés à l'aide d'un tableur :

	A	B	C	D	E
1	Années des Jeux du Pacifique	Nombre de médailles d'or	Nombre de médailles d'argent	Nombre de médailles de bronze	Total
2	1963	7	9	11	27
3	1966	39	30	30	99
4	1969	36	20	21	77
5	1971	33	32	27	92
6	1975	37	31	34	102
7	1979	33	43	26	102
8	1983	24	20	19	63
9	1987	82	48	38	168
10	1991	29	29	27	85
11	1995	82	57	43	182
12	1999	73	55	44	172
13	2003	93	73	74	240
14	2007	90	69	68	227
15					
16	Total :	658	516	462	1 636
17					
18	Moyennes :	51	40	36	126

1) Pour obtenir le nombre 27 dans la cellule E2, on a écrit la formule suivante : « =SOMME(B2:D2) ». Quelle formule a-t-on écrite en B16 pour obtenir 658 ?

2) Quelle formule a-t-on écrite en B18 pour calculer la moyenne des médailles d'or obtenues sur ces 13 années ?

7 Calculer une moyenne, une étendue et une médiane

→ FICHES 25 et 26

Un professeur de SVT demande aux 29 élèves d'une classe de troisième de faire germer des graines de blé chez eux.

Le professeur donne un protocole expérimental à suivre :

– mettre en culture sur du coton dans une boîte placée dans une pièce éclairée, de température entre 20 °C et 25 °C ;

- arroser une fois par jour ;
- il est possible de couvrir les graines avec un film transparent pour éviter l'évaporation de l'eau.

Le tableau ci-dessous donne les tailles des plantules (petites plantes) des 29 élèves à 10 jours après la mise en germination.

Taille en cm	0	8	12	14	16	17	18	19	20	21	22
Effectif	1	2	2	4	2	2	3	3	4	4	2

1) Combien de plantules ont une taille qui mesure au plus 12 cm ?

2) Donner l'étendue de cette série.

3) Calculer la moyenne de cette série. Arrondir au dixième près.

4) Déterminer la médiane de cette série et interpréter le résultat.

8 Calculer une étendue, une médiane

→ FICHE 26

On considère la série statistique donnant le SMIC (en € par heure) :

Année	2020	2019	2018	2017	2016	2015	2014	2013	2012	2011	2010
SMIC	10,15	10,03	9,88	9,76	9,67	9,61	9,53	9,43	9,40	9,19	9,00

SMIC : salaire minimum interprofessionnel de croissance horaire brut en € par heure de 2010 à 2020 (source : INSEE).

1) Quelle est l'étendue de cette série ? Interpréter ce résultat.

2) Quelle est la médiane ?

9 Construire un diagramme statistique

→ FICHE 27

Le tableau ci-dessous a été construit en comptant les fréquences des 26 lettres de l'alphabet dans un texte français de 100 000 lettres composé de textes de Gustave Flaubert, de Jules Verne et de trois articles de l'Encyclopedia Universalis.

Lettre	Fréquence
A	8,40 %
B	1,06 %
C	3,03 %
D	4,18 %
E	17,26 %
F	1,12 %

Lettre	Fréquence
G	1,27 %
H	0,92 %
I	7,35 %
J	0,31 %
K	0,05 %
L	6,01 %

Lettre	Fréquence
M	2,96 %
N	7,13 %
O	5,26 %
P	3,01 %
Q	0,99 %
R	6,55 %
S	8,08 %

Lettre	Fréquence
T	7,07 %
U	5,74 %
V	1,32 %
W	0,04 %
X	0,47 %
Y	0,30 %
Z	0,12 %

1 Quelles sont les cinq lettres les plus fréquentes ?

2 Représenter graphiquement, à l'aide d'un diagramme circulaire, la répartition des voyelles et des consonnes.

3 Si toutes les lettres avaient la même fréquence d'apparition, quelle serait cette fréquence ?

10 Interpréter un diagramme statistique

→ FICHE 27

Sur le graphique ci-dessous, on a reporté les résultats obtenus en mathématiques par Mathieu tout au long de l'année scolaire.

1 À quel devoir Mathieu a-t-il obtenu sa meilleure note ?

2 Calculer la moyenne des notes de Mathieu sur l'ensemble de l'année.

3 Déterminer l'étendue de la série de notes de Mathieu.

4 **a.** Combien Mathieu a-t-il eu de notes strictement inférieures à 10 sur 20 ?

b. Exprimer ce résultat en pourcentage du nombre total de devoirs.

OBJECTIF BREVET

Lance-toi dans des sujets !

11 Compétition d'athlétisme

20 min

→ FICHE 25

Durant une compétition d'athlétisme, les 7 concurrents ont couru le 200 m avec les temps suivants (en secondes) :
20,25 ; 20,12 ; 20,48 ; 20,09 ; 20,69 ; 20,19 et 20,38.

1) Quelle est l'étendue de cette série ?

2) Quelle est la moyenne de cette série, arrondie au centième ?

3) Quelle est la médiane de cette série ?

4) Quelle est la vitesse moyenne de l'athlète classé premier, en mètres par seconde (m/s), arrondie au millième ?

DÉMARRONS ENSEMBLE

1) Classe d'abord les temps dans l'ordre croissant.
2) Revois la fiche 25 pour calculer une moyenne.
3) Observe que $7 = 3 + 1 + 3$.
4) Le coureur classé premier parcourt le 200 m en 20,09 s. Calcule la distance parcourue en 1 s.

12 Le poids des cartables

15 min

→ FICHE 26

Dans un collège, une enquête a été menée sur « le poids des cartables ». Pour cela, on a pesé le cartable de 48 élèves du collège.
Les résultats de cette enquête sont inscrits dans le tableau suivant.

Poids (en kg)	1	2	3	4	5	6	7	8	9	10
Effectif	1	2	4	2	5	11	8	8	3	4

1) Calculer l'étendue de cette série statistique.

2) Déterminer la médiane de cette série statistique.

3) Une personne affirme : « Plus des trois quarts des 48 élèves vient en cours avec un cartable qui pèse 5 kg ou plus ».
A-t-elle raison ? Justifier la réponse.

DÉMARRONS ENSEMBLE

1) Cherche le poids le plus grand et le poids le plus petit.
2) Observe que l'effectif total est pair.
3) Calcule trois quarts de 48. Grâce au tableau, calcule le nombre d'élèves ayant un cartable pesant 5 kg ou plus. Compare ces deux résultats.

13 Moyens de transport

10 min

→ FICHE 27

On a interrogé 30 élèves sur le moyen de transport qu'ils utilisent pour venir au collège. Voici les résultats obtenus :

Moyen de transport	À pied	En bus	En métro	En voiture
Effectif	12	8	6	4

Construire le diagramme circulaire représentant cette série.

DÉMARRONS ENSEMBLE

- Ajoute une nouvelle ligne en bas dans le tableau et intitule-la « Angle (en degrés) ».
- Ajoute une nouvelle colonne à droite dans le tableau et intitule-la « Total ».
- Tu sais que l'effectif total est égal à 30 et correspond à un angle de 360°.
- Utilise un produit en croix pour calculer la mesure des angles correspondant à chaque catégorie.

14 Étude de la couleur des voitures de deux villes

10 min

→ FICHE 27

La ville A compte 60 000 voitures et la ville B compte 18 000 voitures.

Les diagrammes circulaires ci-dessous représentent la répartition des voitures selon leur couleur, dans les villes A et B.

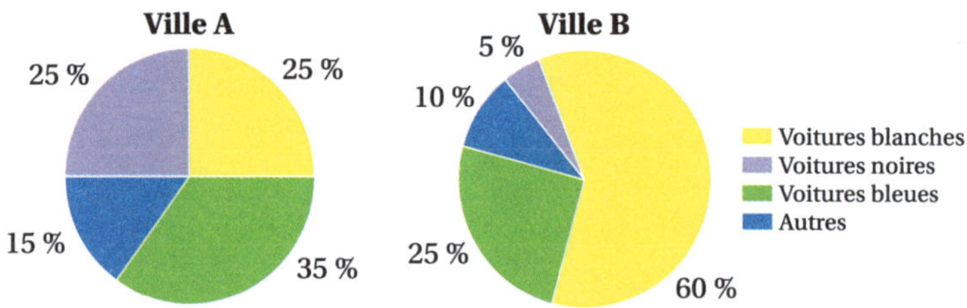

On demande à un élève ce qu'il constate.
Voici sa réponse : « On peut dire qu'il y a plus de voitures blanches dans la ville B que dans la ville A ».
A-t-il raison ?

DÉMARRONS ENSEMBLE

Trouve d'abord le pourcentage de voitures blanches dans chacune des villes A et B, puis calcule le nombre de ces voitures dans chaque ville.

CORRIGÉS

SE TESTER QUIZ

1 Calculer une fréquence

1) Réponse b. Un effectif de 8 sur un total de 20 correspond à une fréquence égale à $\frac{8}{20} = \frac{4}{10} = 0{,}4$.

2) Réponse b. Il y a donc 12 femmes dans ce groupe. La fréquence associée aux femmes est $\frac{12}{48} = \frac{12 \times 1}{12 \times 4} = \frac{1}{4} = 0{,}25$.

2 Calculer une moyenne, une étendue

1) Réponse b. L'effectif total est égal à $4 + 8 + 2 + 5 + 1 = 20$.

2) Réponse a. L'étendue est égale à $14 - 10 = 4$.

3) Réponse a. La moyenne pondérée est égale à :

$$\frac{4 \times 10 + 8 \times 11 + 2 \times 12 + 5 \times 13 + 1 \times 14}{4 + 8 + 2 + 5 + 1} = \frac{231}{20} = 11{,}55.$$

3 Déterminer une médiane

1) Réponse b. On classe d'abord les durées par ordre croissant : 26 ; 35 ; 43 ; 48 ; 50 ; 52 ; 55 ; 72 ; 105. Il y a un nombre impair de durées. La médiane de la série est la 5e valeur soit égale à 50.

2) Réponse b. Il y a un nombre pair de valeurs dans cette série. La médiane est égale à $\frac{4 + 6}{2} = 5$.

3) Réponse c. La médiane de la série 1 ; 5 ; 10 ; 15 est la moyenne entre 5 et 10. La réponse **a** est fausse. La réponse **b** est fausse car les valeurs de cette série ne sont pas classées par ordre croissant.

4 Interpréter un diagramme à barres

1) Réponse b. Le tableau associé à cette série statistique est :

Valeurs	1	2	3	4
Effectifs	3	2	4	1

L'effectif total est $3 + 2 + 4 + 1 = 10$.

2) Réponse a. La moyenne de cette série est : $\frac{3 \times 1 + 2 \times 2 + 3 \times 4 + 1 \times 4}{1 + 2 + 3 + 4} = \frac{23}{10} = 2{,}3$.

3) Réponse c. L'effectif associé à la valeur 2 est 2. La fréquence de la valeur 2 est $\frac{2}{10}$.

4) Réponse a. L'effectif de cette série est 10. La médiane de cette série est la moyenne entre la 5e et la 6e valeur. La médiane est égale à $\frac{2 + 3}{2} = 2{,}5$.

5 Interpréter un diagramme circulaire

1) **Réponse c.** La mesure de l'angle au centre représentant le disque complet est 360°. La mesure de l'angle au centre de la partie verte du disque est $360 \times \frac{12,5}{100} = \frac{360 \times 12,5}{100} = 45$.

2) **Réponse c.** La partie verte représente $\frac{1}{8}$ du disque complet. La fréquence correspondant à la catégorie « natation » est donc $\frac{1}{8}$.

3) **Réponse c.** La partie jaune représentant le rugby représente $\frac{1}{4}$ du disque complet. L'effectif de la catégorie « rugby » est $\frac{1}{4} \times 100 = 25$.

LES EXOS

6 Utiliser un tableur pour calculer une moyenne

1) Pour obtenir 658 en B16, on a ajouté tous les nombres écrits dans les cases de B2 à B14. On écrit la formule « =SOMME(B2:B14) ».

2) Dans la case B16, on a écrit le nombre total de médailles d'or obtenues sur ces 13 années.
Pour calculer la moyenne en B18 des médailles d'or obtenues sur ces 13 années, on écrit la formule « =B16/13 ».

> **À NOTER**
> 1) Une formule dans un tableur commence toujours par un signe =.

7 Calculer une moyenne, une étendue et une moyenne

1) Dans le tableau, on ajoute les effectifs correspondant aux tailles inférieures ou égales à 12 cm. On a 1 + 2 + 2 = 5. Il y a donc 5 plantules dont la taille est au plus de 12 cm.

2) La plus petite taille est 0 cm et la plus grande 22 cm, donc l'étendue de cette série est 22 cm.

> **À NOTER**
> 1) L'expression « au plus » veut dire au maximum.

3) Pour calculer la moyenne, on effectue le calcul suivant :

$$\frac{0\times1+8\times2+12\times2+14\times4+16\times2+17\times2+18\times3+19\times3+20\times4+21\times4+22\times2}{29}=\frac{481}{29}=16,58$$

La moyenne de cette série arrondie au dixième près est 16,6.

4) L'effectif total est 29. On a 29 = 14 + 1 + 14. La médiane est donc le 15e élément de la série. La médiane de cette série est donc 18. Au moins 50 % des plantules ont une taille inférieure ou égale à 18 cm.

8 Calculer une étendue, une médiane

1) La valeur la plus petite du SMIC est 9,00 et la plus grande est 10,15. L'étendue de cette série est 10,15 – 9,00 = 1,15.
De 2010 à 2020, le SMIC a augmenté de 1,15 € par heure.

2) Les valeurs du SMIC sont rangées par ordre croissant et il y a 11 valeurs. La médiane est donc la 6e valeur du SMIC, soit 9,61.

9 Construire un diagramme statistique

1] Dans la colonne « Fréquence », on cherche les 5 fréquences les plus grandes. On a 17,26 %, 8,40 %, 8,08 %, 7,35 % et 7,13 %.
Les cinq lettres les plus fréquentes sont donc E, A, S, I, et N.

2] On cherche d'abord la fréquence des 6 voyelles A, E, I, O, U et Y.
On obtient : $8{,}40 + 17{,}26 + 7{,}35 + 5{,}26 + 5{,}74 + 0{,}3 = 44{,}31$.
Il y a donc 44,31 % de voyelles et donc 55,69 % de consonnes.

	Voyelles	Consonnes
Pourcentage	44,31	55,69
Angles	160	200

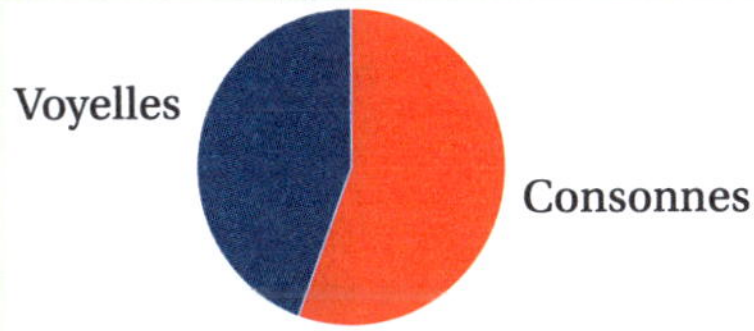

3] Il y a 26 lettres dans l'alphabet. Si toutes les lettres avaient la même fréquence d'apparition, cette fréquence serait égale à $\frac{1}{26} = 0{,}0385 = \frac{3{,}85}{100}$, soit environ 3,85 % (valeur arrondie au centième).

10 Interpréter un diagramme statistique

1] Le point le plus haut de la courbe a pour abscisse 9. C'est au 9e devoir que Mathieu a obtenu sa meilleure note.

2] On effectue le calcul suivant :

$$\frac{13 + 12 + 9 + 11 + 6 + 11 + 11 + 17 + 19 + 14 + 3 + 12}{12} = 11{,}5.$$

La moyenne de Mathieu est 11,5.

3] La note la plus basse est 3, la plus haute est 19. L'étendue de la série de notes de Mathieu est $19 - 3 = 16$.

4] a. Mathieu a obtenu trois notes strictement inférieures à 10 sur 20.
b. Il y a eu 12 devoirs dont 3 avec une note strictement inférieures à 10 sur 20. On a $\frac{3}{12} = \frac{1}{4} = 0{,}25 = \frac{25}{100}$ Le pourcentage est donc égale à 25 %.

OBJECTIF BREVET

> **CONSEIL**
> **1]** Pour trouver l'étendue ou la médiane, il faut ranger les données dans l'ordre croissant.

11 Compétition d'athlétisme

1] On range les données dans l'ordre croissant :
20,09 ; 20,12 ; 20,19 ; 20,25 ; 20,38 ; 20,48 ; 20,69.
On a $20{,}69 - 20{,}09 = 0{,}60$. L'étendue de cette série est égale à 0,60.

2] On calcule : $\frac{20{,}09 + 20{,}12 + 20{,}19 + 20{,}25 + 20{,}38 + 20{,}48 + 20{,}69}{7} \approx 20{,}314$.
La moyenne de cette série, arrondie au centième, est 20,31.

3] On a $7 = 3 + 1 + 3$. C'est donc le quatrième temps qui donne la médiane.
La médiane de cette série est 20,25 s.

4) Le coureur classé premier parcourt 200 m en 20,09 s. On calcule la distance parcourue en une seconde. On a $200 \div 20{,}09 \approx 9{,}9552$. La vitesse moyenne de l'athlète classé premier, arrondie au millième, est donc 9,955 m/s.

12 Le poids des cartables

1) On a $10 - 1 = 9$. L'étendue de cette série statistique est 9.

2) On a $48 \div 2 = 24$. On cherche les valeurs des 24e et 25e poids.
Les deux valent 6 kg. La médiane de cette série statistique est donc 6 kg.

3) On ajoute les effectifs des six dernières colonnes du tableau.
On a $5 + 11 + 8 + 8 + 3 + 4 = 39$. Or les trois quarts de 48, c'est $\frac{3}{4} \times 48 = 36$. Donc la personne qui affirme que plus des trois quarts des 48 élèves vient en cours avec un cartable de 5 kg ou plus a raison.

13 Moyens de transport

On complète le tableau avec une ligne « Angle (en degrés) » et une colonne « Total ».

Moyen de transport	À pied	En bus	En métro	En voiture	Total
Effectif	12	8	6	4	30
Angle (en degrés)	a	b	c	d	360

On calcule les mesures des angles à l'aide de produits en croix.

• L'angle a est donné par $12 \times 360 = 30 \times a$.
Soit $4\,320 = 30a$.
D'où $a = 4\,320 \div 30 = 144$.
L'angle au centre représentant les élèves qui sont à pied mesure 144°.

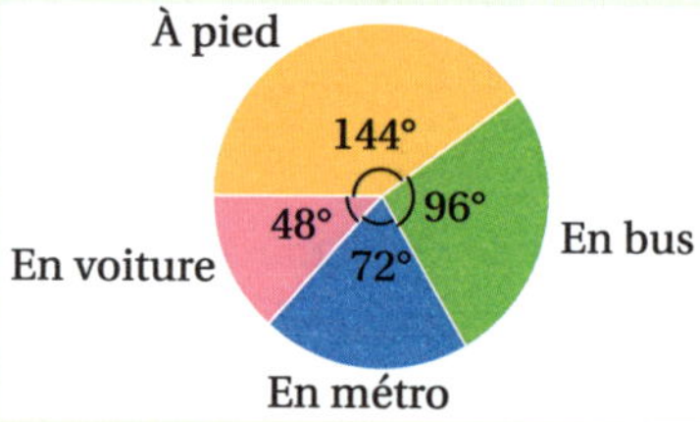

• De la même façon, on obtient : $b = 96°$, $c = 72°$ et $d = 48°$.

CONSEIL
Vérifie que les angles de 72° et de 48°, que tu as tracés, sont plus petits qu'un angle droit.

14 Étude de la couleur des voitures de deux villes

• Dans la ville A, selon le diagramme, il y a 25 % de voitures blanches.
On calcule 25 % de 60 000 :
$60\,000 \times \frac{25}{100} = 60\,000 \times 0{,}25 = 15\,000$.
Il y a donc 15 000 voitures blanches dans la ville A.

CONSEIL
Pour interpréter correctement un diagramme en pourcentage, il faut tenir compte de l'effectif total.

• Dans la ville B, selon le diagramme, il y a 60 % de voitures blanches.
On calcule 60 % de 18 000 : $18\,000 \times \frac{60}{100} = 18\,000 \times 0{,}60 = 10\,800$
Il y a donc 10 800 voitures blanches dans la ville B.
Il y a donc plus de voitures blanches dans la ville A que dans la ville B.

8 Probabilités

Réponse : Faux, car la probabilité d'obtenir face est toujours égale à $\frac{1}{2}$.

28 Connaître le vocabulaire des probabilités

EN BREF ▸ *Les probabilités sont une partie importante des mathématiques pour lesquelles on emploie un vocabulaire particulier qu'il est nécessaire de connaître.*

I Qu'est-ce qu'une expérience aléatoire ? une issue ?

Une **expérience aléatoire** est une expérience conduisant à plusieurs résultats, et pour laquelle on ne peut pas connaître le résultat qui se produira.

Ces différents résultats sont appelés **issues** (ou résultats, épreuves, possibilités...).

Exemple :
On lance une pièce de monnaie et on regarde la face supérieure.
Les issues possibles de cette expérience aléatoire sont : pile, face.

II Qu'est-ce qu'un événement ?

- On appelle **événement** une partie de l'ensemble des issues d'une expérience aléatoire.

- L'événement est dit **élémentaire** s'il ne correspond qu'à une seule et unique issue.

Exemple :
Lors du lancer d'une pièce de monnaie, l'événement « pile » est un événement élémentaire.

- Deux événements sont dits **incompatibles** s'ils ne peuvent pas se produire en même temps.

Exemple :
On lance un dé à six faces.
L'événement « Obtenir 2 » et l'événement « Obtenir un nombre impair » sont incompatibles car 2 n'est pas un nombre impair.

- L'événement **contraire** d'un événement est celui qui se réalise lorsque l'événement n'a pas lieu.

Exemple :
On lance un dé à six faces et on regarde la face supérieure du dé.
L'événement « Obtenir 1 ou 2 » et l'événement « Obtenir 3, 4, 5 ou 6 » sont deux événements contraires.

Méthode

Employer le vocabulaire des probabilités

On considère un sac contenant des jetons numérotés de 1 à 5.

On tire un jeton et on regarde le nombre inscrit dessus.

1) Citer les issues de cette expérience.

2) Comment appelle-t-on un événement tel que : « On tire le nombre 1 » ?

3) Quelles sont les issues de l'événement A : « On tire un nombre premier » ? Quel est l'événement contraire de l'événement A ?

4) On considère l'événement B : « On tire un nombre pair ».

Les événements A et B sont-ils incompatibles ?

CONSEILS

1) Écris les nombres inscrits sur les différents jetons.

2) Cet événement n'a qu'une issue.

3) Trouve les nombres premiers parmi les numéros des jetons.

4) Trouve les nombres pairs parmi les numéros des jetons. Compare les issues des événements A et B.

SOLUTION

1) Les issues sont les différentes valeurs du nombre inscrit sur le jeton, soit 1 ou 2 ou 3 ou 4 ou 5.

2) Un événement qui ne comporte qu'une issue est un événement élémentaire.

3) Les nombres premiers parmi les numéros des jetons sont 2, 3 et 5. Ce sont les issues de l'événement A.

L'événement contraire de l'événement A est « On tire un nombre qui n'est pas premier » ou « On tire les nombres 1 ou 4 ».

4) Les nombres pairs parmi les numéros des jetons sont 2 et 4.

Or 2 est un nombre pair premier, donc A et B ne sont pas incompatibles.

On dit que A et B sont **compatibles**.

MOT CLÉ

Deux événements sont **compatibles** s'ils ont une ou plusieurs issues communes.

29 Calculer une probabilité simple

EN BREF ▸ *Dans la vie courante, le hasard intervient très fréquemment : quand on joue aux cartes, lorsqu'on lance un dé, lors du tirage d'un loto. Aux différents événements, on va associer un nombre positif inférieur ou égal à 1 : la probabilité d'obtenir tel résultat lors de l'expérience.*

I Probabilité

■ Lorsqu'on répète un grand nombre de fois une expérience aléatoire, la fréquence d'apparition d'une issue tend vers une valeur « idéale ».

On appelle cette valeur **probabilité** de l'événement élémentaire associé à l'issue considérée.

Exemple :
On lance un dé à six faces.
La probabilité d'obtenir le nombre 3 est égale à $\frac{1}{6}$.

■ La **probabilité** d'un événement est un nombre compris **entre 0 et 1**.

■ La **somme des probabilités** des événements élémentaires est **égale à 1**.

II Équiprobabilité

■ Lorsque tous les événements élémentaires ont la même probabilité, on dit qu'il y a **équiprobabilité** ou que les événements élémentaires sont **équiprobables.**

■ Dans une situation d'équiprobabilité, la **probabilité d'un événement** A est égale à :

$$p(\text{A}) = \frac{\text{nombre d'issues favorables}}{\text{nombre d'issues possibles}}$$

III Probabilité d'un événement contraire

Si p est la probabilité d'un événement A, alors la **probabilité de l'événement contraire** de A est égale à :

$$1 - p$$

Exemple :
On lance un dé à six faces.
La probabilité d'obtenir le nombre 3 est égale à $\frac{1}{6}$. La probabilité de ne pas obtenir le nombre 3 est $1 - \frac{1}{6}$.

Méthodes

1 Calculer des probabilités

Un sac A contient dix jetons : quatre portent le numéro 1 et six portent le numéro 2. Un sac B contient quinze jetons : six portent le numéro 1 et neuf portent le numéro 2. Marie pense qu'elle a plus de chances de tirer un jeton portant le numéro 1 dans le sac B. A-t-elle raison ? Justifier.

CONSEILS
Pour savoir si Marie a plus de chance de tirer un jeton portant le numéro 1 dans le sac B, compare les probabilités de l'événement « Tirer un jeton portant le numéro 1 » avec chacun des deux sacs. Pour cela, compte le nombre de jetons portant le numéro 1 dans le sac A, puis dans le sac B. Vérifie que la probabilité obtenue est comprise entre 0 et 1.

SOLUTION

Dans le sac A, il y a quatre jetons portant le numéro 1 sur dix jetons. La probabilité que Marie tire un jeton portant le numéro 1 est égale à $\frac{4}{10} = 0{,}4$.

Dans le sac B, il y a six jetons portant le numéro 1 sur quinze jetons. La probabilité que Marie tire un jeton portant le numéro 1 est égale à $\frac{6}{15} = 0{,}4$.

Marie a autant de chances de tirer un jeton portant le numéro 1 dans un sac que dans l'autre.

2 Calculer une probabilité lors d'un tirage successif

On lance deux fois de suite une pièce de monnaie parfaitement équilibrée. Quelle est la probabilité d'obtenir deux fois « Face » ?

CONSEILS
Écris les quatre issues possibles correspondant à cette expérience et repère celle où le résultat est Face Face.

SOLUTION

En effectuant deux tirages successifs d'une pièce de monnaie parfaitement équilibrée, on obtient les issues suivantes :
Face Face, Face Pile, Pile Face, Pile Pile.
La probabilité d'obtenir deux « Face » est donc $\frac{1}{4}$.

30 Faire le lien entre probabilité et fréquence des issues

EN BREF ▸ *Une fréquence est obtenue lors d'une expérience. Si on répète un grand nombre de fois cette expérience, la fréquence tend vers une valeur théorique appelée probabilité.*

I Fréquence d'une issue

■ Si on lance un dé dont les faces sont numérotées 1, 2, 3, 4, 5, 6, il y a 6 issues possibles : obtenir 1, 2, 3, 4, 5 ou 6.

On s'intéresse à l'une des issues. Si elle se réalise k fois au cours de n expériences identiques (c'est-à-dire n lancers du dé), sa **fréquence** est égale à $\frac{k}{n}$. On note $f = \frac{k}{n}$.

Exemple :

On a lancé un dé 8 fois ; la face numérotée 3 apparaît 5 fois. La fréquence d'apparition de la face numérotée 3 parmi ces 8 lancers est $\frac{5}{8}$, soit 0,625.

■ **Propriétés**

- Une fréquence est comprise entre 0 et 1.
- La somme des fréquences de toutes les issues est égale à 1.

II Stabilisation d'une fréquence

Si on répète une expérience aléatoire un très grand nombre de fois, la fréquence f d'une issue finit par se stabiliser autour d'une valeur p. On prend alors cette valeur p comme **probabilité** de l'issue.

Exemple :

Si l'on effectue un lancer de dé un très grand nombre de fois, la fréquence d'apparition de la face numérotée 5 est de plus en plus proche de $\frac{1}{6}$.

Évolution des fréquences du 5 calculées après chaque lancer au cours des 900 lancers :

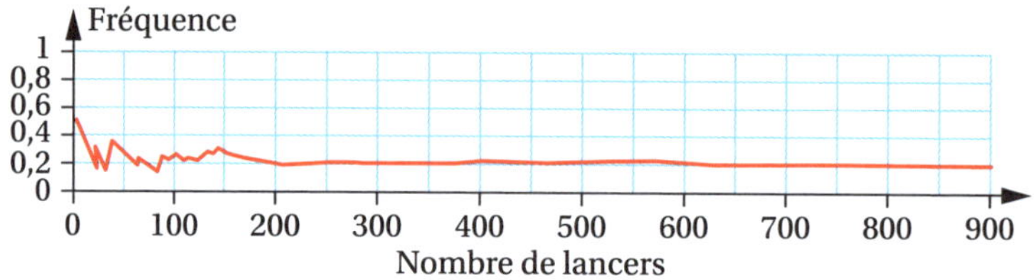

Méthode

Calculer des fréquences et des probabilités

On lance deux dés tétraédriques, équilibrés et non truqués, dont les faces sont numérotées de 1 à 4. On calcule la somme des nombres lus sur chacune des faces sur lesquelles reposent les dés.

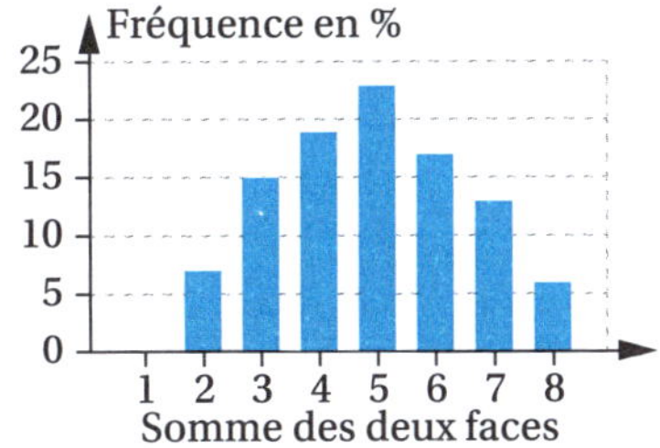

1 000 lancers sont simulés avec un tableur. Le graphique ci-contre représente la fréquence d'apparition de chaque somme obtenue.

1 Par lecture graphique, donner la fréquence d'apparition de la somme 3.

2 **a.** Décrire les lancers de dés qui permettent d'obtenir une somme égale à 3.
b. En déduire la probabilité d'obtenir la somme 3 en lançant les dés. On exprimera cette probabilité en pourcentage.

3 Expliquer pourquoi ce résultat est différent de celui obtenu à la question **1**.

CONSEILS

1 Cherche la hauteur du rectangle associé à la valeur 3.

2 **a.** Décompose 3 en une somme de deux entiers.
b. Aide-toi d'un tableau à double entrée. Place horizontalement les valeurs des faces du dé 1 et sur la verticale celle du dé 2. Complète le tableau avec les sommes obtenues.

3 Cherche la différence entre une probabilité et une fréquence.

SOLUTION

1 Le rectangle correspondant à la valeur 3 a pour hauteur 15. La fréquence est $\frac{15}{100}$ ou 15 %.

2 **a.** On obtient une somme égale à 3 en faisant apparaître 1 et 2.
b. On fait un tableau de la somme des deux dés en fonction de la valeur de chaque dé. On fait ainsi apparaître les différentes issues.

Dé 2 \ Dé 1	1	2	3	4
1	2	3	4	5
2	3	4	5	6
3	4	5	6	7
4	5	6	7	8

La somme 3 apparaît deux fois sur les 16 issues possibles.
La probabilité d'obtenir la somme 3 est de $\frac{2}{16} = 0{,}125$ soit 12,5 %.

3 Ce résultat est différent de celui obtenu à la question **1.** car une expérimentation donne une fréquence qui est une approximation de la probabilité théorique.

PROBABILITÉS

Lien probabilité/fréquence

Exemple : Lancer d'une pièce

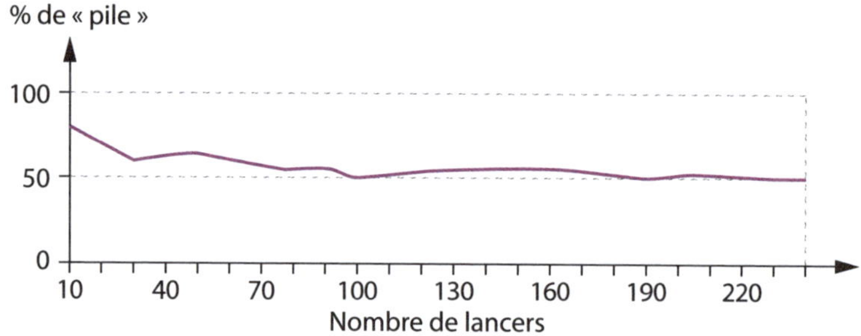

La fréquence d'apparition du « pile » tend vers la valeur 50 %

donc p (« pile ») $= \frac{50}{100} = 0{,}5$

Expériences aléatoires et probabilités simples

Définition

Lorsqu'une expérience aléatoire est réalisée un grand nombre de fois, la fréquence de réalisation d'une issue tend vers une valeur théorique appelée **probabilité** de l'événement élémentaire associé à l'issue considérée.

Propriétés

- Une probabilité est un nombre compris **entre 0 et 1**.
- La **somme des probabilités** des événements élémentaires vaut 1.

Situation d'équiprobabilité

Lorsque tous les événements élémentaires ont la même probabilité, on dit que les événements élémentaires sont **équiprobables**.

$$p = \frac{\text{nombre d'issues favorables}}{\text{nombre d'issues possibles}}$$

Exemples :

- tirage de boules
p (« tirer une boule rouge ») $= \frac{2}{5}$

- lancer d'un dé à six faces
p (« obtenir un nombre pair ») $= p$ (« obtenir 2 ou 4 ou 6 ») $= \frac{3}{6} = \frac{1}{2}$

Probabilité de l'événement contraire

Si p est la probabilité d'un événement A, alors la probabilité de l'événement contraire de A est égale à :

$$1 - p$$

Exemple : On lance un dé à six faces.
La probabilité d'obtenir le nombre 3 est égale à $\frac{1}{6}$;
celle de ne pas obtenir le nombre 3 est $1 - \frac{1}{6} = \frac{5}{6}$

SE TESTER QUIZ

Vérifie que tu as compris les points clés

1 Connaître le vocabulaire des probabilités

→ FICHE 28

Un sac contient 26 cartons sur lesquels sont écrites les 26 lettres de l'alphabet. On tire au hasard un carton de l'urne.

1) Le nombre d'issues possibles est : ☐ **a.** 1 ☐ **b.** 26 ☐ **c.** 52

2) L'événement « Le carton tiré est la lettre Z » est un événement :

☐ **a.** élémentaire ☐ **b.** Incompatible ☐ **c.** contraire

3) Les événements « Le carton tiré est une consonne » et « Le carton tiré est une voyelle » sont deux événements :

☐ **a.** élémentaires ☐ **b.** impossibles ☐ **c.** contraires

.../3

2 Calculer une probabilité simple

→ FICHE 29

1) Sur des cartes identiques, on écrit les lettres M, A, T, H.
On les met dans un sac et on tire une carte au hasard.
On note la lettre écrite sur la carte tirée.
La probabilité de tirer une voyelle est égale à :

☐ **a.** 1 ☐ **b.** $\frac{3}{4}$ ☐ **c.** $\frac{1}{4}$

2) On lance un dé équilibré à six faces. La probabilité d'obtenir un nombre divisible par 3 est :

☐ **a.** $\frac{1}{6}$ ☐ **b.** $\frac{1}{2}$ ☐ **c.** $\frac{1}{3}$

3) On lance un dé équilibré à six faces. La probabilité d'obtenir un entier positif est :

☐ **a.** 1 ☐ **b.** 0,5 ☐ **c.** 0

4) On tire au hasard une carte dans un jeu de 32 cartes.
La probabilité d'obtenir une dame ou un roi est :

☐ **a.** $\frac{1}{6}$ ☐ **b.** $\frac{1}{2}$ ☐ **c.** $\frac{1}{4}$

5) On lance trois fois de suite un dé à six faces et on obtient : 5 ; 5 ; 5.
La probabilité d'obtenir à nouveau 5 en jetant une quatrième fois le dé :

☐ **a.** a diminué ☐ **b.** a augmenté ☐ **c.** est toujours égale à $\frac{1}{6}$

.../5

3 Calculer la probabilité d'un événement contraire

→ FICHE 29

1) Un sac contient des boules rouges, des boules bleues et des boules vertes. On tire au hasard une boule dans le sac et on note sa couleur.

La probabilité que la boule soit rouge est $\frac{2}{7}$ et la probabilité que la boule soit bleue est $\frac{4}{7}$. La probabilité que la boule tirée soit verte est :

☐ **a.** $\frac{6}{7}$ ☐ **b.** $\frac{1}{7}$

☐ **c.** On ne peut pas savoir.

2) La probabilité qu'un événement ne se réalise pas est égale à $\frac{2}{5}$.
Alors la probabilité qu'il se réalise est égale à :

☐ **a.** $\frac{2}{5}$ ☐ **b.** $\frac{3}{5}$ ☐ **c.** 1

3) La somme de la probabilité d'un événement et celle de son contraire est égale à :

☐ **a.** 0 ☐ **b.** 1

☐ **c.** On ne peut pas savoir.

4) On dispose de 40 roses et de 35 tulipes. On prend une fleur au hasard.
La probabilité que cette fleur ne soit pas une tulipe est égale à :

☐ **a.** $\frac{8}{15}$ ☐ **b.** $\frac{7}{15}$ ☐ **c.** $\frac{7}{8}$

.../4

4 Faire le lien entre probabilité et fréquence des issues

→ FICHE 30

Lors d'une expérimentation, on lance 100 fois une pièce parfaitement équilibrée.
On obtient 60 fois pile. Le nombre $\frac{60}{100}$ est :

☐ **a.** une fréquence ☐ **b.** une probabilité ☐ **c.** une issue

.../1

ON FAIT LE BILAN !

score total .../13

- Des erreurs ? Entraîne-toi ! → **LES EXOS** P. 190
- Zéro faute ? Bravo ! → **OBJECTIF BREVET** P. 192

LES EXOS

Entraîne-toi !

5 Utiliser le vocabulaire des probabilités

→ FICHE 28

Un sac contient des jetons numérotés de 1 à 20. On tire au hasard un jeton de l'urne. On note alors le numéro du jeton.

1) Quelles sont les issues possibles ?

2) Comment appelle-t-on l'événement A : « Tirer le jeton marqué 1 » ?

3) On considère l'événement B : « Tirer un jeton marqué d'un nombre pair » et l'événement C : « Tirer un jeton marqué d'un nombre impair ».
Que peut-on dire des événements B et C ?

6 Calculer des probabilités

→ FICHE 29

On place des boules toutes indiscernables au toucher dans un sac. Sur chaque boule colorée est inscrite une lettre. Le tableau suivant présente la répartition des boules.

Couleur / Lettre	Rouge	Vert	Bleu
A	3	5	2
B	2	2	6

1) Combien y a-t-il de boules dans le sac ?

2) On tire une boule au hasard, on note sa couleur et sa lettre.

a. Vérifier qu'il y a une chance sur dix de tirer une boule bleue portant la lettre A.

b. Quelle est la probabilité de tirer une boule rouge ?

c. A-t-on autant de chance de tirer une boule portant la lettre A que de tirer une boule portant la lettre B ?

7 Calculer des probabilités médicales

→ FICHE 29

Dans une classe de collège, après la visite médicale, on a dressé le tableau suivant.

	Porte des lunettes	Ne porte pas de lunettes
Fille	3	15
Garçon	7	5

Les fiches individuelles de renseignements tombent par terre et s'éparpillent.

1) Si l'infirmière en ramasse une au hasard, quelle est la probabilité que cette fiche soit : celle d'une fille qui porte des lunettes ? celle d'un garçon ?

2) Les élèves qui portent des lunettes dans cette classe représentent 12,5 % de ceux qui en portent dans tout le collège. Combien y a-t-il d'élèves qui portent des lunettes dans le collège ?

8 Calculer la probabilité d'un événement contraire

→ FICHE 29

Un jeu de 32 cartes à jouer est constitué de quatre « familles » : trèfle et pique, de couleur noire ; carreau et cœur, de couleur rouge. Dans chaque famille, on trouve trois « figures » : valet, dame et roi. On tire une carte au hasard dans ce jeu de 32 cartes.

1) Quelle est la probabilité de l'événement « La carte tirée est une dame » ?

2) Quelle est la probabilité de l'événement « La carte tirée est une figure rouge » ?

3) Quelle est la probabilité de l'événement « La carte tirée n'est pas une figure rouge. » ?

9 Définir par une phrase un événement contraire

→ FICHE 29

Sur un manège, il y a quatre chevaux, deux ânes, un coq, deux lions et une vache. Sur chaque animal, il y a une place. Valérie s'assoit au hasard sur le manège.

1) Quelle est la probabilité qu'elle monte sur un cheval ?

2) On considère les événements suivants : A : « Valérie monte sur un âne. » ; C : « Valérie monte sur un coq. » ; L : « Valérie monte sur un lion. »

a. Définir par une phrase l'événement contraire de l'événement L puis calculer sa probabilité.

b. Quelle est la probabilité de l'événement A ou C ?

10 Faire le lien entre fréquence et probabilité

→ FICHE 30

On considère l'expérience aléatoire suivante : on tire au hasard une carte dans un jeu bien mélangé de 32 cartes (il y a 4 « familles » : cœur, trèfle, carreau et pique, et on a 8 cœurs, 8 trèfles, 8 carreaux et 8 piques).

On relève pour la carte tirée la « famille » (trèfle, carreau, cœur ou pique) puis on remet la carte dans le jeu et on mélange.

On note A l'événement : « La carte tirée est un trèfle ».

1) Quelle est la probabilité de l'événement A ?

2) On répète 24 fois l'expérience aléatoire ci-dessus. La représentation graphique ci-contre donne la répartition des « familles » obtenues lors des vingt-quatre premiers tirages.

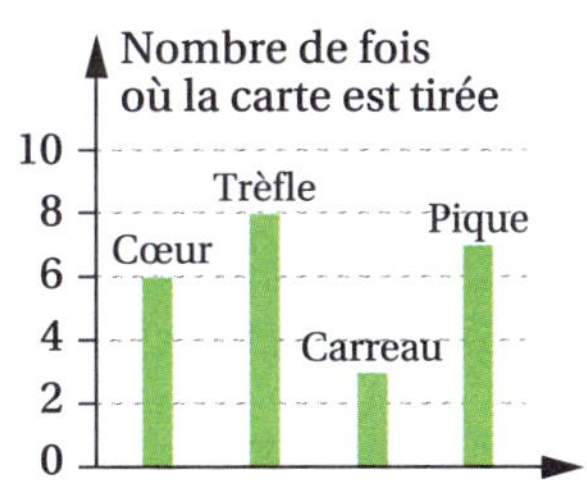

Calculer la fréquence d'une carte de la « famille » cœur et d'une carte de la « famille » trèfle.

3) Arthur et Julie tire chacun leur tour une carte au hasard dans un jeu de 32 cartes. Arthur mise sur une carte de la « famille » cœur et Julie mise sur une carte de la « famille » trèfle.

Est-ce que l'un d'entre deux a plus de chance que l'autre de gagner ?

OBJECTIF BREVET

Lance-toi dans des sujets !

11 Tirage de lettres dans une urne

15 min

→ FICHE 29

La roussette rousse est une espèce de chauve-souris. Dans une urne, on a dix boules indiscernables au toucher portant les lettres : R, O, U, S, S, E, T, T, E et S.

On tire au hasard une boule dans cette urne et on regarde la lettre inscrite dessus.

1) Quels sont les six résultats possibles à l'issue d'un tirage ?

2) Déterminer les probabilités suivantes :

a. la lettre tirée est un R ;

b. la lettre tirée est un S ;

c. la lettre tirée n'est pas un S.

3) Alice affirme qu'elle a plus de chance d'obtenir une voyelle qu'une consonne à l'issue d'un tirage. A-t-elle raison ? Justifier la réponse.

DÉMARRONS ENSEMBLE

1) Des lettres sont utilisées plusieurs fois. Fais la liste des lettres différentes.

2) **a.** Il y a dix lettres dont une seule est un R.
b. Compte le nombre de lettres S.
c. C'est l'événement contraire d'un événement déjà rencontré dans l'exercice.

3) Compte le nombre de voyelles, puis le nombre de consonnes.

12 Comparer deux probabilités

10 min

→ FICHE 29

Pour un tirage au hasard, on a placé dans une urne 25 boules de même taille, les unes blanches, les autres noires.

La probabilité de tirer une boule blanche est 0,32.

Quelles sont les boules les plus nombreuses dans l'urne : les blanches ou les noires ? Expliquer.

DÉMARRONS ENSEMBLE

- Calcule d'abord la probabilité de tirer une boule noire en utilisant un événement contraire.
- Écris le nombre 0,32 sous la forme d'une fraction de dénominateur 100 et simplifie-la.

13 Tirage d'une loterie

15 min

→ FICHE 29

Dans une loterie, une roue est divisée en six secteurs identiques : deux de ces secteurs permettent de gagner 1 €, deux permettent de gagner 2 €, un permet de gagner 10 € et un autre de gagner 15 €.

1) Quelle est la probabilité de gagner 1 € ?

2) Quelle est la probabilité de gagner plus de 1 € ?

3) Quelle est la probabilité de gagner au moins 10 € ?

DÉMARRONS ENSEMBLE

1) Détermine d'abord le nombre total de secteurs, puis le nombre de ceux permettant de gagner 1 €.

2) Pense à utiliser l'événement contraire.

3) Gagner au moins 10 € revient à gagner 10 € ou plus.

14 Jeu de la roue

20 min

→ FICHE 29

Au stand d'une loterie, on fait tourner une roue. On admet que chaque secteur a autant de chances d'être désigné. On regarde la lettre pointée par la flèche : A, T ou M. On considère les événements suivants :

- A : « On gagne un autocollant » ;
- T : « On gagne un tee-shirt » ;
- M : « On gagne un tour de manège ».

1) Quelle est la probabilité de l'événement A ?

2) Quelle est la probabilité de l'événement T ?

3) Quelle est la probabilité de l'événement M ?

4) Exprimer à l'aide d'une phrase ce qu'est l'événement « non A » puis donner sa probabilité.

DÉMARRONS ENSEMBLE

1) Détermine d'abord le nombre total de secteurs, puis le nombre de ceux qui permettent de gagner un autocollant.

4) Demande-toi ce que l'on gagne si on ne gagne pas un autocollant ?

15 Des boules rouges, noires ou jaunes

20 min

→ FICHE 29

Un sac contient dix boules rouges, six boules noires et quatre boules jaunes. Chacune de ces boules a la même probabilité d'être tirée. On tire une boule au hasard.

1) Calculer la probabilité pour que cette boule soit rouge.

2) Calculer la probabilité pour que cette boule soit noire ou jaune.

3) Calculer la somme des deux probabilités trouvées aux deux questions précédentes. Le résultat était-il prévisible ? Pourquoi ?

4) On ajoute dans ce sac des boules bleues. Le sac contient alors dix boules rouges, six boules noires, quatre boules jaunes et les boules bleues.
On tire une boule au hasard. Sachant que la probabilité de tirer une boule bleue est égale à $\frac{1}{5}$, calculer le nombre de boules bleues.

DÉMARRONS ENSEMBLE

1) Calcule d'abord le nombre total de boules dans le sac.

2) Ajoute le nombre de boules noires au nombre de boules jaunes.

3) Observe qu'il n'y a que trois couleurs différentes pour les boules.

4) Appelle, par exemple, n le nombre de boules bleues ajoutées dans le sac.
Il contient alors $20 + n$ boules.

16 Fréquences et probabilités

30 min

→ FICHES 29 et 30

On lance deux dés équilibrés, de couleurs différentes et dont les faces sont numérotées de 1 à 6. On s'intéresse à la somme des valeurs obtenues par les dés.

Partie 1

On lance 25 fois les deux dés et on note les valeurs dans un tableur.

	A	B	C	D
1	N°	Dé 1	Dé 2	Somme
2	1	1	5	6
3	2	1	1	2
4	3	1	4	5
5	4	1	6	7
6	5	4	4	8
7	6	6	4	10
8	7	6	3	9
9	8	5	6	11
10	9	5	3	8
11	10	5	6	11
12	11	3	6	9
13	12	2	5	7
14	13	3	5	8

	A	B	C	D
1	N°	Dé 1	Dé 2	Somme
15	14	1	6	7
16	15	6	5	11
17	16	2	3	5
18	17	2	5	7
19	18	3	4	7
20	19	2	4	6
21	20	6	5	11
22	21	1	1	2
23	22	2	1	3
24	23	1	4	5
25	24	5	1	6
26	25	1	6	7

La colonne A indique le numéro de l'expérience.
Les colonnes B et C donnent les valeurs des dés.
La somme des deux dés est calculée dans la colonne D.

1 La somme peut-elle être égale à 1 ? Justifier.

2 La somme 12 n'apparaît pas dans ce tableau.
Est-il toutefois possible de l'obtenir ? Justifier.

3 Au 11e lancer des deux dés, quelle formule a-t-on entrée dans la cellule D12 pour obtenir le résultat donné par l'ordinateur ?

4 Dans cette expérience, combien de fois obtient-on la somme 7 ?

En déduire la fréquence de cette somme en pourcentage.

5 Quelle est la médiane de cette série de sommes (colonne D) ?

6 Tracer le diagramme en bâtons de la série des sommes obtenues (colonne D).

Partie 2

On fait une simulation de 1 000 expériences avec un tableur. Les résultats sont représentés dans le diagramme en bâtons suivant.

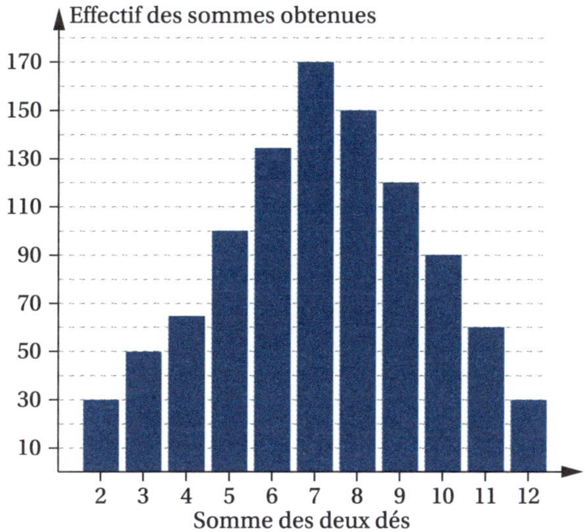

1 Quelles sont les deux sommes les moins fréquentes ?

2 Paul, un élève de troisième, joue avec Jacques son petit frère de CM2.
Chacun choisit une somme à obtenir avec deux dés.
Paul prend la somme 9 et Jacques la somme 3.
Expliquer pourquoi Paul a plus de chances de gagner que son petit frère.

3 Quel est, pour cette simulation, le nombre de lancers qui donnent la somme 7 ?
En déduire la fréquence en pourcentage représentée par ces lancers.

4) Compléter le tableau suivant et trouver les différentes possibilités d'obtenir une somme égale à 7 avec deux dés.
Calculer la probabilité d'obtenir cette somme.

Somme des deux dés		**Valeur du dé 2**					
		1	**2**	**3**	**4**	**5**	**6**
Valeur du dé 1	**1**	2	3	4			
	2		4				
	3						
	4						
	5						
	6						12

DÉMARRONS ENSEMBLE

Partie 1

1) Le numéro le plus petit sur une face est 1. On lance deux dés.

2) Décompose 12 en une somme de deux entiers inférieurs ou égaux à 6.

3) Écris une formule donnant la somme de deux cellules.

4) Divise le nombre d'apparitions de 7 par le nombre total de lancers.

5) Classe d'abord les nombres dans l'ordre croissant. → FICHE 26

6) L'axe horizontal représente les sommes obtenues. → FICHE 27

Partie 2

2) Compare les hauteurs des barres du graphique.

3) Trouve d'abord la hauteur de la barre correspondant à la somme 7.

4) Observe que le nombre total de possibilités est 36.

CORRIGÉS

SE TESTER QUIZ

1 Connaître le vocabulaire des probabilités

1 **Réponse b.** Il y a 26 cartons dans le sac. Le nombre d'issues possibles est 26.

2 **Réponse a.** Le carton portant la lettre Z est unique, donc l'événement « Le carton tiré est la lettre Z » est un événement élémentaire.

3 **Réponse c.** Les 26 lettres de l'alphabet sont soit des consonnes, soit des voyelles. Les événements « Le carton tiré est une consonne » et « Le carton tiré est une voyelle » sont deux événements contraires.

2 Calculer une probabilité simple

1 **Réponse c.** Parmi les quatre lettres M, A, T, H, il y a une seule voyelle A. La probabilité de tirer une voyelle est égale à $\frac{1}{4}$.

2 **Réponse c.** Parmi les 6 résultats possibles, seuls 3 et 6 sont divisibles par 3. La probabilité d'obtenir un nombre divisible par 3 est $\frac{2}{6} = \frac{1}{3}$.

3 **Réponse a.** 1, 2, 3, 4, 5 et 6 sont tous positifs. Le résultat de la face de dessus sera toujours positif. La probabilité d'obtenir un entier positif est 1.

4 **Réponse c.** Dans un jeu de 32 cartes, il y a 4 dames et 4 rois. La probabilité d'obtenir une dame ou un roi est $\frac{8}{32} = \frac{1}{4}$.

5 **Réponse c.** Les conditions de l'expérience réalisée trois fois sont inchangées. La probabilité d'obtenir à nouveau 5 en jetant une quatrième fois le dé est toujours égale à $\frac{1}{6}$.

3 Calculer la probabilité d'un événement contraire

1 **Réponse b.** La probabilité que la boule soit rouge ou bleue est égale à : $\frac{2}{7} + \frac{4}{7} = \frac{6}{7}$.
La probabilité que la boule tirée soit verte est donc égale à : $1 - \frac{6}{7} = \frac{1}{7}$.

2 **Réponse b.** La probabilité qu'un événement ne se réalise pas est égale à $\frac{2}{5}$. Alors la probabilité qu'il se réalise est égale à : $1 - \frac{2}{5} = \frac{3}{5}$

3 **Réponse b.** La somme de la probabilité d'un événement et celle de son contraire est égale à 1.

4 **Réponse a.** Le nombre total de fleurs est $40 + 35 = 75$. La probabilité que cette fleur ne soit pas une tulipe est égale à la probabilité que ce soit une rose. On a : $\frac{40}{40+35} = \frac{40}{75} = \frac{5 \times 8}{5 \times 15} = \frac{8}{15}$.

4 Faire le lien entre probabilité et fréquence des issues

Réponse a. Une expérimentation permet d'évaluer une fréquence.

LES EXOS

5 Utiliser le vocabulaire des probabilités

1 Les issues possibles sont 1 ; 2 ; 3 ; 4 ; 5 ; 6 ; 7 ; 8 ; 9 ; 10 ; 11 ; 12 ; 13 ; 14 ; 15 ; 16 ; 17 ; 18 ; 19 ; 20.

2 L'événement A : « Tirer le jeton marqué 1 » ne comporte qu'une seule issue, donc A est un événement élémentaire.

3 L'événement B et l'événement C n'ont pas d'issue commune : ils sont donc incompatibles. De plus, la réunion des issues de B et de C forment toutes les issues possibles. B est donc le contraire de C.

6 Calculer des probabilités

1 On additionne tous les nombres figurant dans le tableau pour obtenir le nombre de boules dans le sac.
On a $3 + 5 + 2 + 2 + 2 + 6 = 20$. Il y a 20 boules.

2 **a.** Il y a 2 boules bleues portant la lettre A parmi les 20 boules du sac.
Donc la probabilité de tirer une boule bleue portant la lettre A est $\frac{2}{20} = \frac{1}{10}$.

b. Il y a $3 + 2 = 5$ boules rouges, donc la probabilité de tirer une boule rouge est $\frac{5}{20} = \frac{1}{4}$.

c. Il y a $3 + 5 + 2 = 10$ boules portant la lettre A et il y a $2 + 2 + 6 = 10$ boules portant la lettre B. Donc les probabilités sont égales, soit $\frac{10}{20} = \frac{1}{2}$.

7 Calculer des probabilités médicales

1 En additionnant tous les nombres du tableau, on obtient le nombre total de fiches. On a $3 + 15 + 7 + 5 = 30$. Il y a donc 30 fiches.

- Il y a 3 filles qui portent des lunettes. La probabilité que cette fiche soit celle d'une fille qui porte des lunettes est $\frac{3}{30} = \frac{1}{10}$.
- Il y a 7 garçons portant des lunettes et 5 qui n'en portent pas. Il y a donc 12 garçons. La probabilité que cette fiche soit celle d'un garçon est $\frac{12}{30} = \frac{2}{5}$.

2 Il y a 3 filles et 7 garçons portant des lunettes, soit 10 élèves de cette classe. Les élèves qui portent des lunettes dans cette classe représentent 12,5 % de ceux qui en portent dans tout le collège. Soit x le nombre d'élèves qui portent des lunettes dans le collège.

On a $x \times \frac{12,5}{100} = 10$.

On résout cette équation :

$x \times 0,125 = 10$

$x = \frac{10}{0,125}$

$x = 80$.

Il y a 80 élèves qui portent des lunettes dans ce collège.

8 Calculer la probabilité d'un événement contraire

1) Dans un jeu de 32 cartes, il y a 4 dames. La probabilité de l'événement « La carte tirée est une dame » est égale à $\frac{4}{32} = \frac{4 \times 1}{4 \times 8} = \frac{1}{8}$.

2) Dans un jeu de 32 cartes, il y a 3 figures carreaux et 3 figures cœurs, soit 6 cas favorables, pour l'événement « La carte tirée est une figure rouge ». La probabilité de cet événement est égale à $\frac{6}{32} = \frac{2 \times 3}{2 \times 16} = \frac{3}{16}$.

3) L'événement « La carte tirée n'est pas une figure rouge » est l'événement contraire de l'événement « La carte tirée est une figure rouge ». La probabilité de l'événement « La carte tirée n'est pas une figure rouge » est égale à $1 - \frac{3}{16} = \frac{16}{16} - \frac{3}{16} = \frac{13}{16}$.

9 Définir par une phrase un événement contraire

1) Le manège est composé de 10 animaux.
La probabilité que Valérie monte sur un cheval est égale à $\frac{4}{10} = \frac{2}{5}$.

CONSEIL
1) Exprime le résultat sous forme d'une fraction irréductible.

2) **a.** L'événement contraire de l'événement L signifie que Valérie ne monte pas sur un lion. On a : $p(L) = \frac{2}{10}$. La probabilité de l'événement contraire de l'événement L est égale à : $1 - \frac{2}{10} = \frac{8}{10} = \frac{4}{5}$.

b. Le manège comporte deux ânes et un coq.
La probabilité de l'événement A ou C est égale à $\frac{3}{10}$.

10 Faire le lieu entre fréquence et probabilité

1) Il y a 8 trèfles parmi les 32 cartes du jeu.
La probabilité de l'événement A est $\frac{8}{32} = \frac{1}{4}$.

À NOTER
1) Un jeu de 32 cartes comporte 8 cœurs, 8 carreaux, 8 trèfles et 8 piques

2) La hauteur de la barre représentant la « famille » cœur est 6. Il y a 24 tirages. La fréquence d'une carte de la « famille » cœur est $\frac{6}{24} = \frac{1}{4}$.
La hauteur de la barre représentant la « famille » trèfle est 8. Il y a 24 tirages.
La fréquence d'une carte de la « famille » trèfle est $\frac{8}{24} = \frac{1}{3}$.

3) Le nombre de cœur et de trèfle dans un jeu de 32 cartes est le même, donc la probabilité d'obtenir un cœur ou un trèfle est la même et vaut $\frac{8}{32} = \frac{1}{4}$.
Arthur et Julie ont autant de chance de gagner l'un que l'autre.

OBJECTIF BREVET

11 Tirage de lettres dans une urne

1) Les six résultats possibles à l'issue d'un tirage sont les lettres : R, O, U, S, E, T.

2) **a.** Il y a un seul R dans les dix lettres inscrites sur les boules.
La probabilité que la lettre tirée soit un R est égale à $\frac{1}{10}$.

b. Il y a trois S dans les dix lettres inscrites sur les boules. La probabilité que la lettre tirée soit un S est égale à $\frac{3}{10}$.

c. L'événement « la lettre tirée n'est pas un S » est l'événement contraire de « la lettre tirée est un S ».
La probabilité cherchée est égale à $1 - \frac{3}{10} = \frac{7}{10}$.

3) Dans les dix lettres, il y a quatre voyelles et six consonnes. Alice a tort quand elle affirme avoir plus de chances d'obtenir une voyelle qu'une consonne à l'issue d'un tirage.

> **À NOTER**
> **3)** Comme il y a plus de consonnes que de voyelles, Alice a plus de chances d'obtenir une consonne.

12 Comparer deux probabilités

« Tirer une boule noire » est l'événement contraire de « Tirer une boule blanche ». La probabilité de l'événement « Tirer une boule noire » est égale à 1 - 0,32 = 0,68.

On remarque que $0{,}32 = \frac{32}{100} = \frac{8}{25}$ et $0{,}68 = \frac{68}{100} = \frac{17}{25}$.

Il y a 25 boules dans l'urne. On en déduit que 8 sont blanches et 17 sont noires. Les boules les plus nombreuses sont de couleur noire.

> **À NOTER**
> On remarque que $0{,}68 > 0{,}32$, ce qui permet aussi de conclure qu'il y a plus de boules noires que de boules blanches.

13 Tirage d'une loterie

1) La roue comporte six secteurs au total et deux de ces secteurs permettent de gagner 1 €. La probabilité de gagner 1 € est égale à $\frac{2}{6} = \frac{1}{3}$.

2) « Gagner plus de 1 € » est l'événement contraire de l'événement « Gagner 1 € ». La probabilité de gagner plus de 1 € est égale à $1 - \frac{1}{3} = \frac{2}{3}$.

3) Gagner au moins 10 € revient à gagner 10 € ou plus.
C'est donc gagner 10 € ou 15 €.
La probabilité de gagner au moins 10 € est égale à $\frac{2}{6} = \frac{1}{3}$.

> **À NOTER**
> **2)** La somme des probabilités d'un événement et de son contraire est égale à 1.

14 Jeu de la roue

1) Un secteur sur les huit permet de gagner un autocollant.
La probabilité de l'événement A est égale à $\frac{1}{8}$.

2) Quatre secteurs sur les huit permettent de gagner un tee-shirt.
La probabilité de l'événement T est égale à $\frac{4}{8} = \frac{1}{2}$.

3) Trois secteurs sur les huit permettent de gagner un tour de manège.
La probabilité de l'événement M est égale à $\frac{3}{8}$.

4) L'événement « non A » est « Ne pas gagner un autocollant », c'est-à-dire « Gagner un tee-shirt ou un tour de manège ».
La probabilité de l'événement « non A » est donc $1 - \frac{1}{8} = \frac{7}{8}$.

15 Des boules rouges, noires ou jaunes

1) On a $10 + 6 + 4 = 20$. Il y a donc 20 boules dans le sac. Parmi celles-ci, dix boules sont rouges.
La probabilité pour que la boule tirée soit rouge est égale à $\frac{10}{20} = \frac{1}{2}$.

2) Dans le sac, il y a six boules noires et quatre boules jaunes. Il y a donc dix boules noires ou jaunes. La probabilité pour que la boule tirée soit noire ou jaune est égale à $\frac{10}{20} = \frac{1}{2}$.

3) On a $\frac{1}{2} + \frac{1}{2} = 1$. En additionnant ces deux probabilités, on obtient la probabilité que la boule tirée soit rouge ou noire ou jaune. C'est un **événement certain** puisque ce sont les trois couleurs présentes dans le sac. La probabilité d'un événement certain est égale à 1. On retrouve bien la somme des deux probabilités.

> **MOT CLÉ**
> L'**événement certain** a une probabilité égale à 1.

4) On appelle n le nombre de boules bleues ajoutées dans le sac. Il contient alors dix boules rouges, six boules noires, quatre boules jaunes et n boules bleues, soit $20 + n$ boules.
On tire une boule au hasard. La probabilité de tirer une boule bleue est égale à $\frac{n}{20+n}$.
Sachant que la probabilité de tirer une boule bleue est égale à $\frac{1}{5}$, on a l'égalité $\frac{n}{20+n} = \frac{1}{5}$.
À l'aide du produit en croix, on obtient :
$5n = 20 + n$
$4n = 20$
$n = 5$.
On a donc ajouté 5 boules bleues dans le sac.

16 Fréquences et probabilités

Partie 1

1) Le numéro le plus petit que l'on peut obtenir avec un dé est 1. Donc si on lance deux dés, la somme la plus petite est 1 + 1 = 2. La somme ne peut pas être égale à 1.

2) On obtient 12 quand le numéro 6 apparaît sur chacune des faces des deux dés.

3) Au 11e lancer des deux dés, la formule entrée dans la cellule D12 pour obtenir le résultat donné par l'ordinateur est : « =B12+C12 ».

4) On a obtenu six fois la somme 7. On calcule donc sa fréquence : $\frac{6}{25} = 0{,}24 = \frac{24}{100}$. La fréquence de cette somme est, en pourcentage, 24 %.

5) On classe les sommes dans l'ordre croissant. On obtient le tableau :

Somme	2	3	4	5	6	7	8	9	10	11	12
Effectif	2	1	0	3	3	6	3	2	1	4	0

On a 25 = 12 + 1 + 12. La médiane correspond au 13e élément.
La médiane est égale à 7.

6) Voici le diagramme en bâtons de la série des sommes obtenues (colonne D).

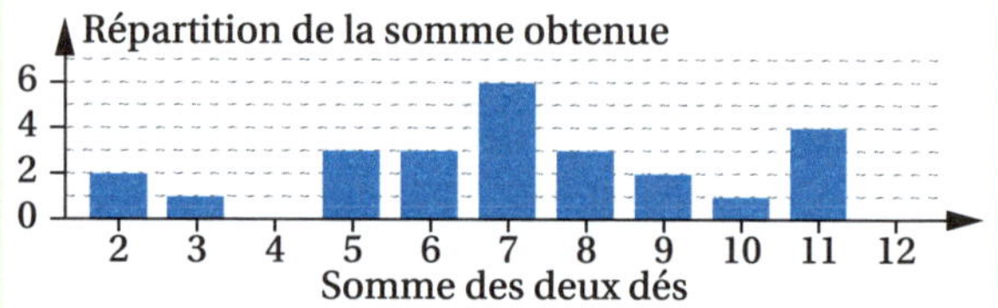

Partie 2

1) Les deux sommes les moins fréquentes correspondent aux barres les moins hautes. Les sommes les moins fréquentes sont 2 et 12.

2) La barre correspondant à la somme 9 est plus haute que celle correspondant à la somme 3, donc Paul a plus de chances de gagner que son petit frère.

3) La hauteur de la barre correspondant à la somme 7 est 170, donc, pour cette simulation, le nombre de lancers qui donnent la somme 7 est égal à 170. On a $\frac{170}{1\,000} = \frac{17}{100}$. La fréquence en pourcentage est égale à 17 %.

4) Le nombre total de possibilités est 36. L'effectif de la somme 7 est 6. Donc la probabilité d'obtenir cette somme est égale à $\frac{6}{36} = \frac{1}{6}$, soit environ 16,7 %.

Somme des deux dés		Valeur du dé 2					
		1	2	3	4	5	6
Valeur du dé 1	1	2	3	4	5	6	7
	2	3	4	5	6	7	8
	3	4	5	6	7	8	9
	4	5	6	7	8	9	10
	5	6	7	8	9	10	11
	6	7	8	9	10	11	12

9 Triangles, transformations

Réponse : L'astronome grec Hipparque (190-120 av. J.-C.).

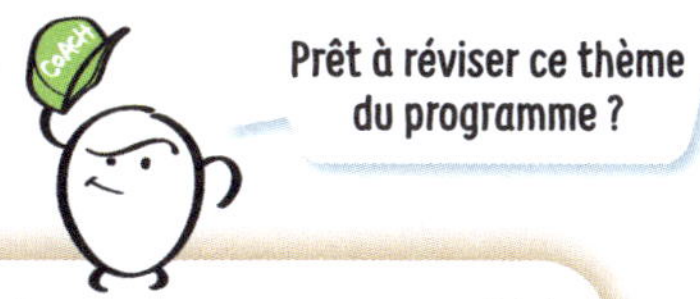

31 Reconnaître une médiatrice, une hauteur

EN BREF ▸ *La médiatrice d'un segment et la hauteur d'un triangle sont deux droites remarquables dans un triangle.*

I Médiatrice d'un segment

1 Définition

La médiatrice d'un segment est la droite qui coupe perpendiculairement ce segment en son milieu.

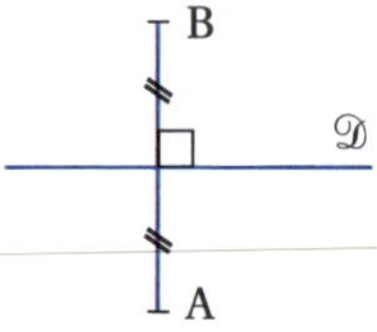

2 Propriétés

- Tout point de la médiatrice d'un segment est à égale distance des **extrémités** de ce segment.
- Tout point situé à égale distance des extrémités d'un segment appartient à la médiatrice de ce segment.

MOT CLÉ
Les **extrémités** du segment [AB] sont les points A et B.

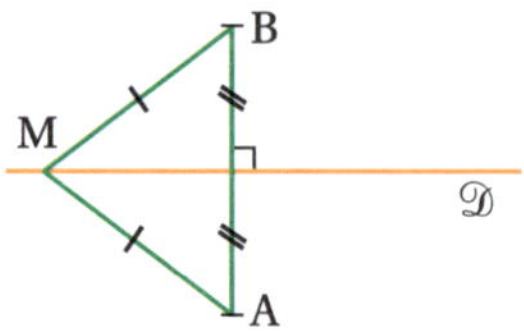

II Hauteurs d'un triangle

1 Définition

Une hauteur d'un triangle est une droite qui passe par un sommet de ce triangle et qui est perpendiculaire au côté opposé à ce sommet.

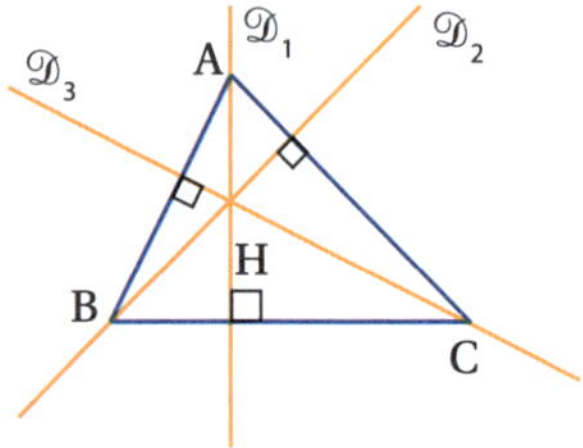

2 Propriété

Les trois hauteurs d'un triangle sont **concourantes** en un point appelé orthocentre du triangle.

MOT CLÉ
Si trois droites passent par un même point, on dit qu'elles sont **concourantes** en ce point.

Méthode

Reconnaître une médiatrice, une hauteur

Dans le triangle EFG, on a tracé les droites $\mathscr{D}_1$, $\mathscr{D}_2$, $\mathscr{D}_3$ et $\mathscr{D}_4$.

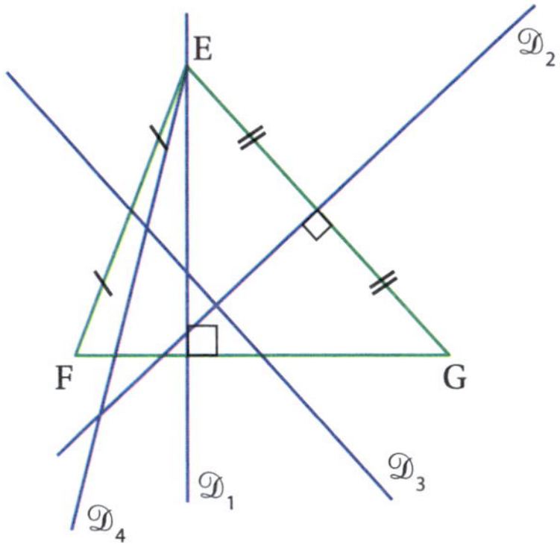

1) Parmi les droites $\mathscr{D}_2$ et $\mathscr{D}_3$, lesquelles sont des médiatrices ? Préciser de quel segment.

2) Parmi les droites $\mathscr{D}_1$ et $\mathscr{D}_4$, lesquelles sont des hauteurs du triangle EFG ?

CONSEILS

1) Observe les différents codages de la figure.
Cherche si une droite est perpendiculaire à un segment et si elle passe par le milieu de ce segment.

2) Cherche si une droite passe par un sommet du triangle EFG perpendiculairement au côté opposé à ce sommet.

SOLUTION

1) La droite $\mathscr{D}_2$ passe par le milieu du segment [EG] et est perpendiculaire à ce segment, donc $\mathscr{D}_2$ est la médiatrice du segment [EG].

La droite $\mathscr{D}_3$ passe par le milieu du segment [EF], mais elle n'est pas perpendiculaire à ce segment. Ce n'est donc pas une médiatrice.

2) La droite $\mathscr{D}_1$ passe par le sommet E du triangle EFG et est perpendiculaire au côté [FG] opposé au sommet E, donc $\mathscr{D}_1$ est une hauteur du triangle EFG.

La droite $\mathscr{D}_4$ passe par le sommet E du triangle EFG, mais elle n'est pas perpendiculaire au côté [FG] opposé au sommet E, donc $\mathscr{D}_4$ n'est pas une hauteur du triangle EFG.

32 Transformer une figure à l'aide d'une symétrie, translation, rotation

EN BREF ▸ *Les symétries, les translations et les rotations sont des transformations du plan qui conservent, entre autres, les longueurs et le parallélisme.*

I Les symétries

1 La symétrie axiale

Deux points M et M′ sont symétriques par rapport à une droite $\mathcal{D}$ si la droite $\mathcal{D}$ est la médiatrice du segment [MM′].

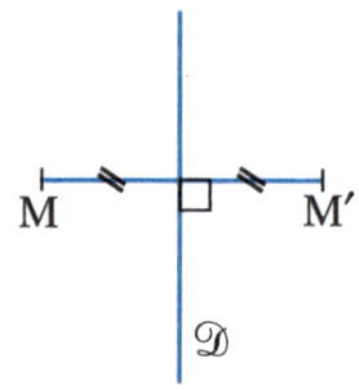

2 La symétrie centrale

Deux points M et M′ sont symétriques par rapport à un point O si le point O est le milieu du segment [MM′].

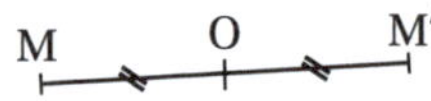

Exemple : La figure $\mathcal{F}_1$ est un rectangle.
Pour construire la figure $\mathcal{F}_2$ symétrique de la figure $\mathcal{F}_1$ par rapport au point O, on construit les images des sommets A, B, C et D par la symétrie centrale de centre O.

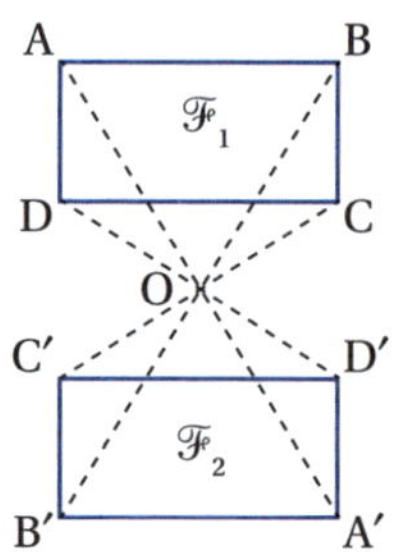

II La translation

Soit A et B deux points distincts du plan et soit M un autre point du plan. L'image du point M par la translation qui transforme le point A en B est le point M′ tel que ABM′M est un parallélogramme.

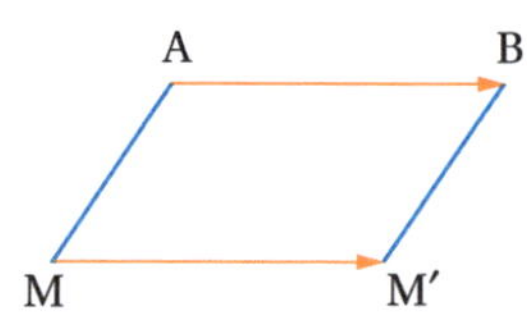

III La rotation

Soit O et M deux points distincts du plan et α une mesure d'angle. L'image du point M par la rotation de centre O et d'angle α est le point M′ du cercle de centre O passant par M tel que $\widehat{MOM'} = \alpha$. On précise le sens de rotation. Ici, il est dans le sens contraire des aiguilles d'une montre.

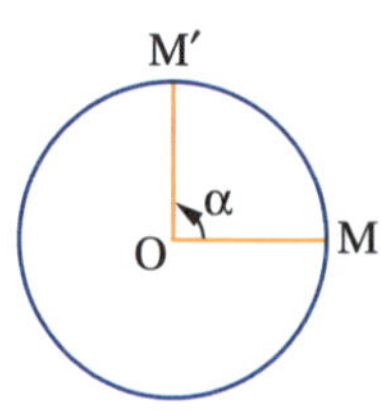

Méthode

Transformer une figure à l'aide d'une symétrie, translation, rotation

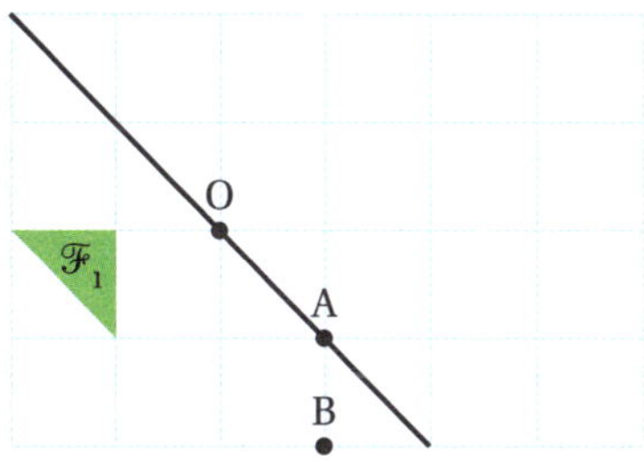

Construire sur le schéma ci-dessus :

1) la figure $\mathscr{F}_2$, image de la figure $\mathscr{F}_1$ par la symétrie d'axe (OA) ;

2) la figure $\mathscr{F}_3$, image de la figure $\mathscr{F}_1$ par la symétrie de centre O ;

3) la figure $\mathscr{F}_4$, image de la figure $\mathscr{F}_1$ par la translation qui transforme A en B ;

4) la figure $\mathscr{F}_5$, image de la figure $\mathscr{F}_1$ par la rotation de centre O et d'angle 90° dans le sens contraire des aiguilles d'une montre.

CONSEILS

1) Appelle E, F et G les trois sommets de la figure $\mathscr{F}_1$. Pour construire l'image de la figure $\mathscr{F}_1$ par la symétrie d'axe (OA), construis les images des points E, F et G. Pour cela, trace la perpendiculaire à (OA) passant par chacun de ces points. Utilise un compas pour conclure.

2) Trace d'abord les droites (OE), (OF) et (OG). Utilise un compas pour reporter les longueurs OE, OF et OG.

3) Trace le parallélogramme ABE'E pour construire E' image de E.

4) Trace le cercle de centre O passant par E. Construis un angle de 90° en pensant au sens de rotation.

SOLUTION

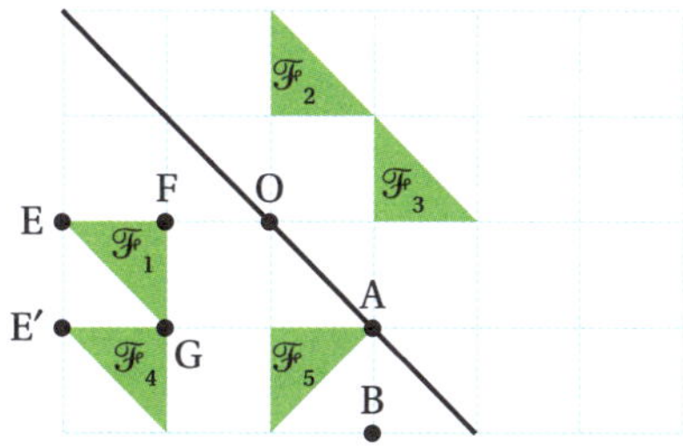

33 Transformer une figure à l'aide d'une homothétie

EN BREF ▸ *L'agrandissement et la réduction d'une figure sont souvent associés à une transformation du plan appelée homothétie.*

I Définition

Soit O et M deux points distincts du plan, et k un nombre strictement positif. L'image du point M par l'**homothétie** de centre O et de rapport k est le point M′ de la demi-droite [OM) tel que $OM' = k \times OM$.

Exemple : Image d'un point M par une homothétie de centre O et de rapport 3. On a $OM' = 3\,OM$.

II Agrandissement ou réduction

■ Si $0 < k < 1$, l'image d'une figure $\mathscr{F}$ par l'homothétie de centre O et de rapport k est une **réduction** de la figure $\mathscr{F}$.

■ Si $k > 1$, l'image d'une figure $\mathscr{F}$ par l'homothétie de centre O et de rapport k est un **agrandissement** de la figure $\mathscr{F}$.

Exemple :

A′B′C′ est un agrandissement du triangle ABC.

ABC est une réduction du triangle A′B′C′.

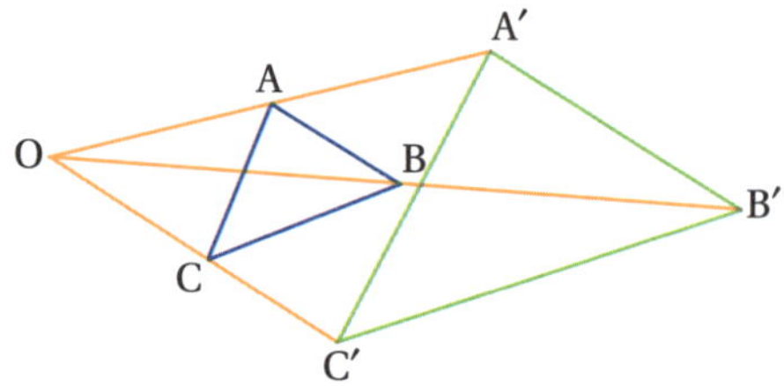

■ Si le triangle ABC a pour image le triangle A′B′C′ par une homothétie, ces deux triangles sont **semblables**. Les angles de ces deux triangles sont égaux deux à deux.

III Homothétie et longueur

Une homothétie de rapport k multiplie les longueurs par k, les aires par k^2 et les volumes par k^3.

Méthode

Construire l'image d'une figure par une homothétie

ABC est un triangle rectangle et O est un point du plan.

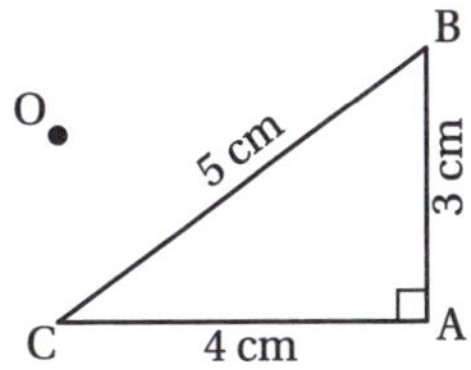

1) Construire le triangle rectangle A'B'C', image du triangle rectangle ABC par l'homothétie de centre O et de rapport 2.

2) Quelles sont les longueurs des côtés du triangle A'B'C' ?

3) Calculer l'aire du triangle ABC. Expliquer comment on peut en déduire celle du triangle A'B'C'.

CONSEILS

1) Trace d'abord les demi-droites [OA), [OB) et [OC). Commence par placer le point A' de la demi-droite [OA) tel que OA' = 2 × OA.

2) Une homothétie multiplie les longueurs par son rapport.

3) Pour calculer l'aire d'un triangle rectangle, multiplie les longueurs des deux côtés de l'angle droit et divise par 2. Cherche l'effet d'une homothétie sur les aires.

SOLUTION

1)

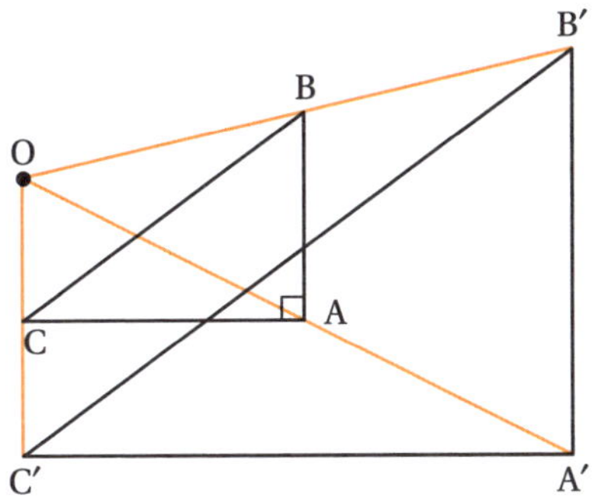

2) Une homothétie de rapport 2 multiplie les longueurs par 2, donc :
A'B ' = 2 × AB = 6 cm, A'C' = 2 × AC = 8 cm et C'B' = 2 × CB = 10 cm.

3) L'aire du triangle ABC est égale à $\dfrac{AB \times AC}{2} = \dfrac{4 \times 3}{2} = 6$ cm^2.
Une homothétie de rapport 2 multiplie les aires par 2^2, donc l'aire du triangle A'B'C' est égale à $6 \times 2^2 = 24$ cm^2.

34 Utiliser la propriété de la somme des angles dans un triangle

EN BREF ▸ *En classe de cinquième, on démontre que la somme des angles d'un triangle est toujours la même. Dans beaucoup d'exercices de brevet, on est amené à utiliser cette propriété.*

I Propriété de la somme des angles

La somme des trois angles d'un triangle est égale à 180°.

Exemple : On veut connaître la mesure de l'angle $\widehat{BCA}$.

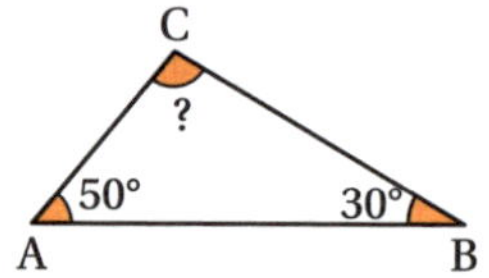

Pour cela, on utilise la propriété citée précédemment : $\widehat{BCA} + \widehat{BAC} + \widehat{ABC} = 180°$.

On isole la mesure de l'angle cherché $\widehat{BCA}$:

$\widehat{BCA} = 180° - (\widehat{BAC} + \widehat{ABC})$

$\widehat{BCA} = 180° - (50° + 30°)$

$\widehat{BCA} = 100°$.

L'angle $\widehat{BCA}$ mesure 100°.

CONSEIL
N'oublie pas les parenthèses indispensables pour soustraire une somme.

II Triangles particuliers

- Un triangle rectangle est un triangle qui a un angle droit.
- Un triangle isocèle est un triangle qui a deux angles de même mesure.
- Un triangle équilatéral est un triangle qui a trois angles de même mesure, égale à 60°.

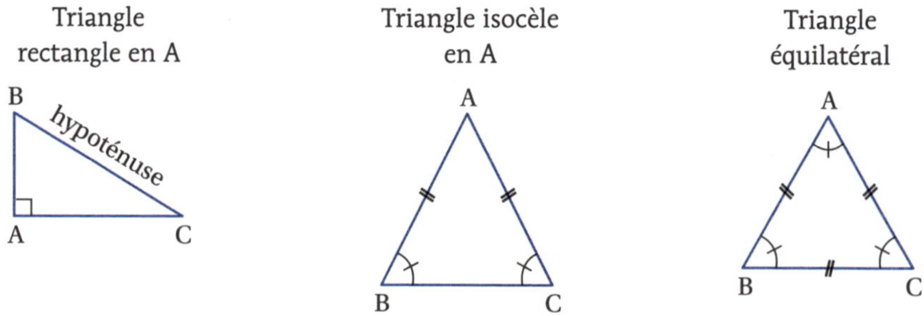

Méthode

Calculer des mesures d'angles dans une figure géométrique

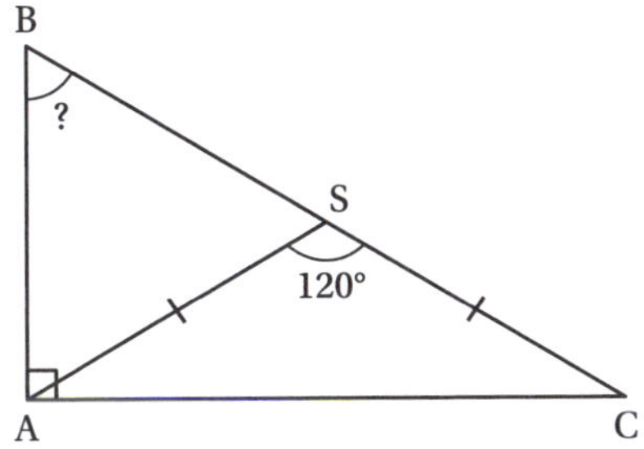

ABC est un triangle rectangle en A. Le triangle ASC est isocèle en S et l'angle $\widehat{ASC}$ mesure 120°.

Calculer la mesure de l'angle $\widehat{ABC}$.

CONSEILS

- Commence par calculer la mesure de l'angle $\widehat{ACS}$ en observant que le triangle ASC est isocèle en S.
Il a donc deux angles à la base de même mesure.
- Utilise à nouveau la propriété de la somme des angles d'un triangle dans le triangle ABC pour calculer l'angle $\widehat{ABC}$.

SOLUTION

■ Le triangle ASC est isocèle en S, donc les angles $\widehat{SAC}$ et $\widehat{ACS}$ ont la même mesure.

La somme des angles du triangle ASC est égale à 180°, donc :

$120° + \widehat{SAC} + \widehat{ACS} = 180°$

$2 \times \widehat{ACS} = 180° - 120°$

$2 \times \widehat{ACS} = 60°$

$\widehat{ACS} = 30°$.

■ La somme des angles du triangle ABC est égale à 180°, donc :

$\widehat{BAC} + \widehat{ABC} + \widehat{ACB} = 180°$

$90° + \widehat{ABC} + 30° = 180°$

$\widehat{ABC} = 180° - 90° - 30°$

$\widehat{ABC} = 60°$.

35 Utiliser le théorème de Pythagore et sa réciproque

EN BREF ▸ *En classe de quatrième, on énonce le théorème de Pythagore et sa réciproque. Ce théorème intervient souvent dans les exercices de brevet portant sur la trigonométrie.*

I Théorème de Pythagore

Dans un triangle rectangle, le carré de la longueur de l'hypoténuse est égal à la somme des carrés des longueurs des deux autres côtés.

Exemple : Le triangle ABC est rectangle en A, donc :

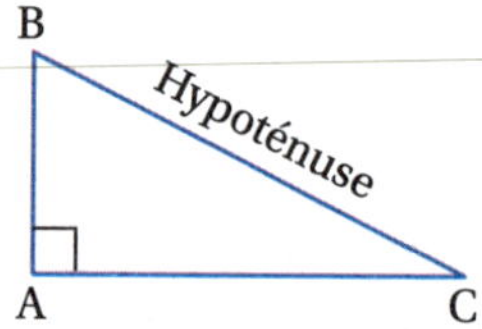

$$BC^2 = AB^2 + AC^2$$

II La racine carrée d'un nombre

Soit a un nombre positif. La racine carrée de a, notée $\sqrt{a}$, est le nombre positif dont le carré est a.

Exemple : ABC est un triangle rectangle en A tel que AB = 5 et AC = 3. Pour calculer la longueur BC, on applique le théorème de Pythagore.
On a $BC^2 = 5^2 + 3^2 = 34$.
La longueur BC est égale à la racine carrée de 34. On écrit $BC = \sqrt{34}$.

III Réciproque du théorème de Pythagore

Si, dans un triangle, le carré de la longueur du plus grand côté est égal à la somme des carrés des longueurs des deux autres côtés, alors ce triangle est rectangle.

Exemple : Pour déterminer si le triangle ABC ci-contre (pas en vraie grandeur) est rectangle, on calcule les carrés des longueurs des trois côtés :

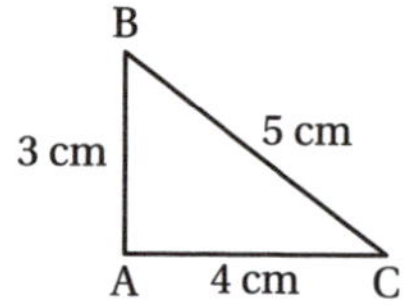

$AC^2 = 4^2 = 16$
$AB^2 = 3^2 = 9$
$BC^2 = 5^2 = 25$.
On additionne les carrés des longueurs les plus petites :
$AC^2 + AB^2 = 16 + 9 = 25$.
Or $BC^2 = 25$. On a alors $AC^2 + AB^2 = BC^2$.
Le triangle ABC est rectangle en A.

Méthodes

1 Utiliser le théorème de Pythagore pour calculer des longueurs

ABC est un triangle rectangle en C.

On donne AC = 39 mm et BC = 52 mm. Montrer que AB = 65 mm.

CONSEILS
Le triangle ABC est rectangle en C. Écris l'égalité liant AB^2, AC^2 et BC^2.

On applique le théorème de Pythagore au triangle ABC rectangle en C :

$AB^2 = AC^2 + BC^2 = 39^2 + 52^2 = 1\ 521 + 2\ 704 = 4\ 225$.

AB est une longueur, donc $AB > 0$.

D'où $AB = \sqrt{4\ 225} = 65$.

2 Utiliser la réciproque du théorème de Pythagore pour démontrer qu'un triangle est rectangle

ABD est un triangle tel que AD = 25 mm, BD = 60 mm et AB = 65 mm.

Démontrer que le triangle ABD est rectangle.

CONSEILS
Calcule les carrés des longueurs des trois côtés du triangle ABD. Calcule la somme des deux plus petits carrés et conclus.

SOLUTION

On a $AD^2 = 25^2 = 625$, $BD^2 = 60^2 = 3\ 600$ et $AB^2 = 4\ 225$.

On additionne les carrés des deux longueurs les plus petites :
$AD^2 + BD^2 = 625 + 3\ 600 = 4\ 225$.

Or $AB^2 = 4\ 225$.

On a donc $AD^2 + BD^2 = AB^2$.

Le triangle ABD est rectangle en D.

36 Calculer une longueur en utilisant la trigonométrie

EN BREF ▸ *En classe de quatrième, on a défini le cosinus d'un angle dans un triangle rectangle. La trigonométrie donne d'autres rapports de longueur, notamment le sinus et la tangente d'un angle.*

I Rapports trigonométriques

1 Reconnaître les côtés d'un triangle rectangle

Dans un triangle rectangle :

- l'hypoténuse est le côté opposé à l'angle droit ; c'est aussi le côté le plus long ;
- un angle aigu est formé par l'hypoténuse et un autre côté du triangle appelé côté adjacent à l'angle ;
- le côté du triangle qui n'est pas un côté de l'angle est appelé côté opposé à l'angle.

À NOTER
Le côté opposé et le côté adjacent dépendent de l'angle choisi.

2 Déterminer le sinus, le cosinus et la tangente d'un angle aigu

Soit ABC un triangle rectangle en A. On a :

$$\cos \hat{B} = \frac{\text{côté adjacent}}{\text{hypoténuse}} = \frac{BA}{BC}$$

$$\sin \hat{B} = \frac{\text{côté opposé}}{\text{hypoténuse}} = \frac{AC}{BC}$$

$$\tan \hat{B} = \frac{\text{côté opposé}}{\text{côté adjacent}} = \frac{AC}{BA}$$

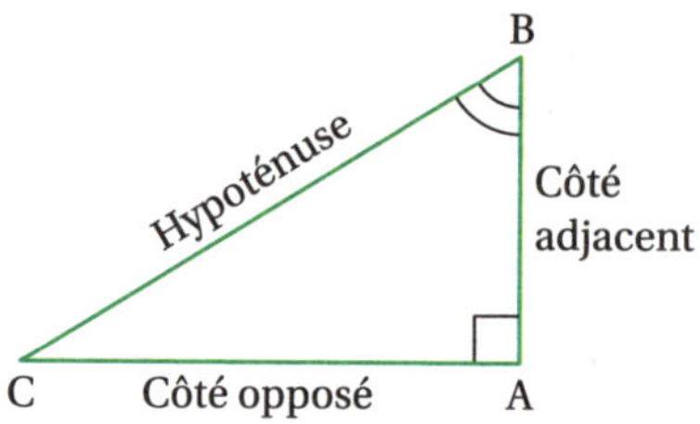

II Calculer une longueur en utilisant la trigonométrie

Si dans un triangle rectangle on connaît un angle et une longueur, on peut calculer les deux autres longueurs.

Pour tous nombres x, b et c non nuls, on a :

$\sin x = \frac{b}{c}$ équivaut à $c \times \sin x = b$ équivaut à $c = \frac{b}{\sin x}$.

Exemple : $\sin 30° = \frac{3}{c}$ équivaut à $c \times \sin 30° = 3$ soit $c = \frac{3}{\sin 30°}$. La calculatrice donne $c = 6$.

À NOTER
Tu peux aussi employer cette méthode avec un cosinus ou une tangente.

Méthode

Calculer une longueur en utilisant la trigonométrie

1) RST est un triangle rectangle en S tel que $\widehat{RTS} = 57°$ et RS = 19 cm.
Calculer la longueur ST et donner le résultat arrondi au millimètre près.
La figure n'est pas en vraie grandeur.

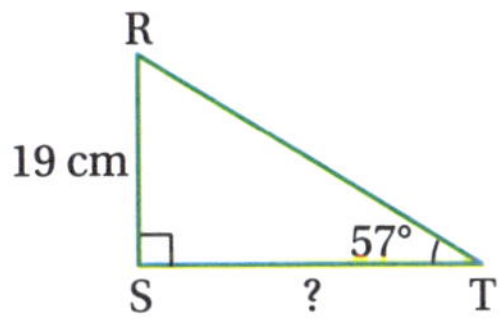

2) ABC est un triangle tel que AB = 4 cm et $\widehat{ABC} = 50°$.
(AH) est la hauteur issue de A.
Calculer la longueur AH et en donner un arrondi au cm.

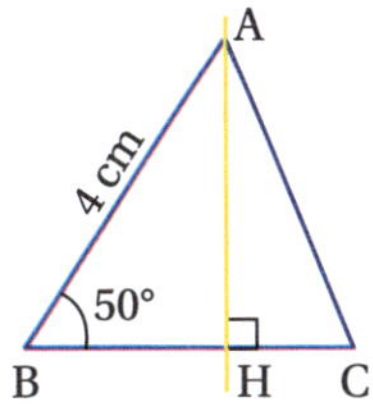

CONSEILS

1) Tu connais le côté opposé à l'angle $\widehat{RTS}$ et tu cherches son côté adjacent. Utilise l'un des rapports trigonométriques dans lequel figure les côtés adjacent et opposé.
L'arrondi au dixième est le nombre le plus proche avec un seul chiffre après la virgule.

2) Explique pourquoi le triangle ABH est rectangle en H. Tu connais l'angle $\widehat{ABH}$. Utilise un rapport trigonométrique.

SOLUTION

1) On cherche le côté adjacent à l'angle $\widehat{RTS}$. On utilise pour cela la tangente de cet angle. On a $\tan\widehat{RTS} = \frac{RS}{ST}$ ou encore $ST \times \tan 57° = RS$.

On en déduit $ST = \frac{19}{\tan 57°}$.

Un arrondi de ST au millimètre près est 12,3 cm.

2) (AH) est la hauteur issue de A, donc (AH) est perpendiculaire à (BC). Le triangle ABH est rectangle en H. On a : $\sin\widehat{ABH} = \frac{AH}{AB}$. Donc $AH = 4 \times \sin 50°$.

Un arrondi de AH au cm près est 3 cm.

37 Calculer un angle en utilisant la trigonométrie

EN BREF ▸ *La trigonométrie permet de connaître la valeur d'un angle dans un triangle rectangle lorsque l'on connaît la longueur de certains côtés. La calculatrice permet de trouver une valeur exacte ou approchée de cet angle.*

I Calculer un angle

- Pour calculer un angle, on cherche d'abord, selon les données de l'exercice à traiter, son sinus, son cosinus ou sa tangente.
- Puis on utilise la calculatrice pour trouver la valeur de l'angle.

CONSEIL
Utilise les rapports trigonométriques → FICHE 36.

II Utiliser la calculatrice

Sur la calculatrice, on appuie sur la touche [2nd] ou [inv], puis sur l'une des touches [cos], [sin], [tan] selon le cas.

Exemple : Dans le triangle ABC rectangle en A, on a AB = 3 cm et BC = 6 cm. On veut calculer la valeur approchée à un degré près de l'angle $\widehat{ACB}$.

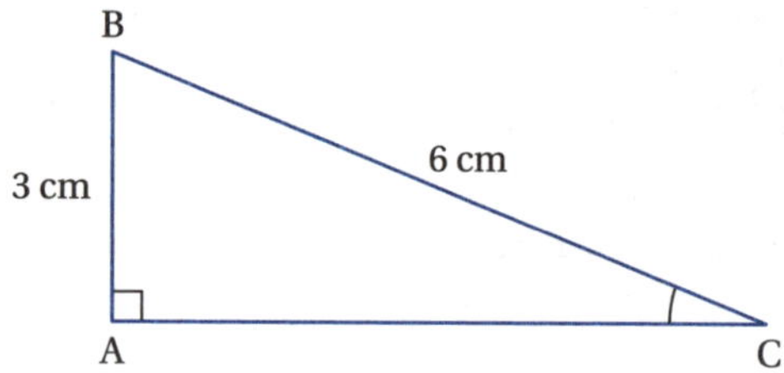

On identifie les côtés donnés : [AB] est le côté opposé à l'angle $\widehat{ACB}$ et [BC] est l'hypoténuse.

On va donc écrire le sinus de l'angle :

$\sin\widehat{ACB} = \frac{AB}{BC} = \frac{3}{6} = \frac{1}{2}$.

Les touches [2nd] [sin] [0] [.] [5] donnent 30. L'angle $\widehat{ACB}$ mesure 30°.

À NOTER
Dans cet exemple, la valeur de l'angle est une valeur exacte.

Méthode

Calculer un angle en utilisant la trigonométrie

On considère le triangle SAB tracé ci-dessous. Ce triangle vérifie :

AB = 13, SA = 5 et SB = 12.

La figure n'est pas en vraie grandeur.

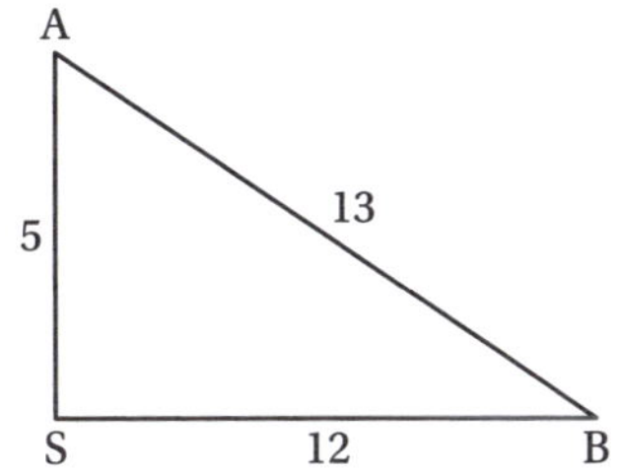

1 Démontrer que le triangle SAB est rectangle en S.

2 Déterminer la mesure de l'angle $\widehat{SAB}$ (arrondie au degré).

3 Déterminer la mesure de l'angle $\widehat{SBA}$ (arrondie au degré).

CONSEILS

1 Utilise la réciproque du théorème de Pythagore.

2 Tu connais la longueur des trois côtés. Repère le côté adjacent ou le côté opposé à l'angle $\widehat{SAB}$.

3 Utilise la propriété concernant la somme des angles d'un triangle.

SOLUTION

1 On calcule les carrés des longueurs des trois côtés. On obtient :
$AB^2 = 13^2 = 169$, $SA^2 = 5^2 = 25$ et $SB^2 = 12^2 = 144$.

On additionne les carrés des deux longueurs les plus petites :
$SA^2 + SB^2 = 25 + 144 = 169$.

Or $AB^2 = 169$. Donc, d'après la réciproque du théorème de Pythagore, le triangle SAB est rectangle en S.

2 Le côté opposé à l'angle $\widehat{SAB}$ est [SB] et l'hypoténuse est [AB]. Donc :

$\sin\widehat{SAB} = \dfrac{SB}{AB} = \dfrac{12}{13}$.

Les touches [2nd] [sin] [(] [12] [/] [13] [)] donnent 67° (valeur arrondie au degré).
L'angle $\widehat{SAB}$ mesure 67°.

3 La somme des angles d'un triangle est égale à 180°. Donc :

$\widehat{SAB} + \widehat{SBA} + \widehat{ASB} = 180°$

$67° + \widehat{SBA} + 90° = 180°$

$\widehat{SBA} = 180° - 67° - 90°$

$\widehat{SBA} = 23°$.

L'angle $\widehat{SBA}$ mesure 23°.

TRIANGLES, TRANSFORMATIONS

Triangles semblables

- **Définition** : deux triangles sont semblables si leurs angles sont deux à deux égaux.
- **Propriété** : deux triangles semblables ont leurs côtés deux à deux proportionnels.

Exemple :

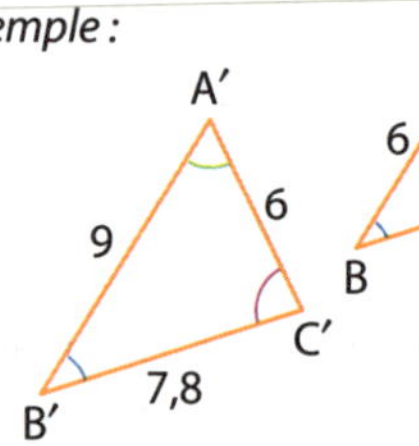

On a $\frac{A'C'}{AC} = \frac{A'B'}{AB} = \frac{B'C'}{BC} = 1,5$

Les transformations du plan

Homothéties

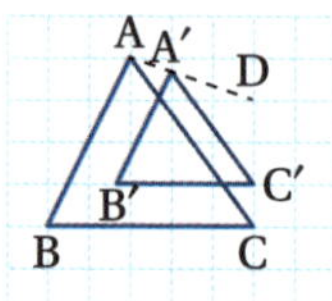

A′B′C′ image de ABC par l'**homothétie** de centre D de rapport 2/3.

Symétries, translations, rotations

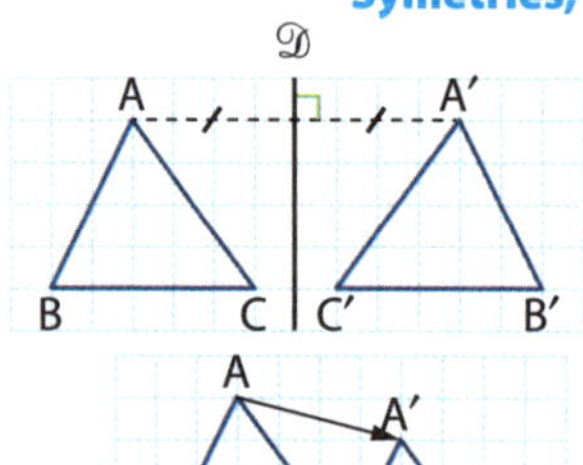

A′B′C′ image de ABC par la **symétrie axiale** d'axe 𝒟.

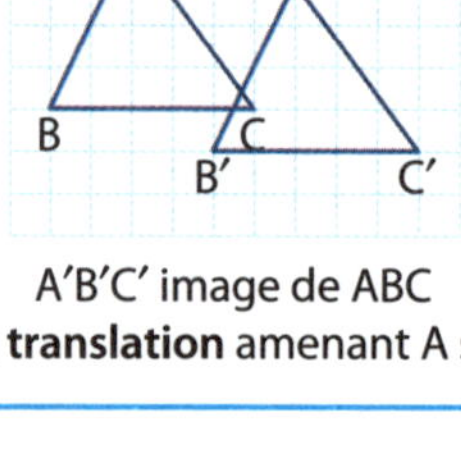

A′B′C′ image de ABC par la **translation** amenant A sur A′.

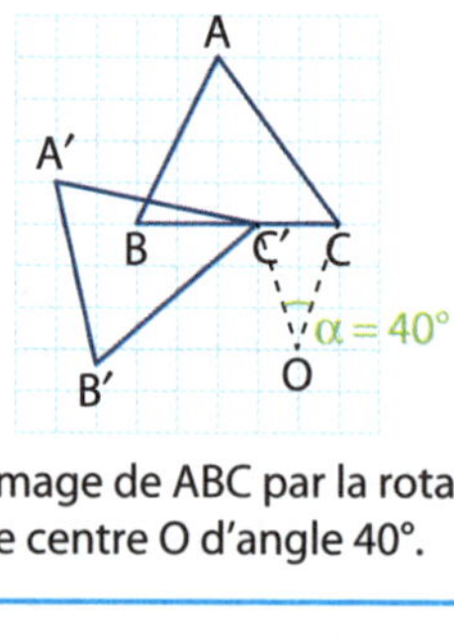

A′B′C′ image de ABC par la rotation de centre O d'angle 40°.

Les triangles

Angles et droites

- **Somme des angles** : la somme des mesures des angles d'un triangle vaut 180°.
- **Droites du triangle**

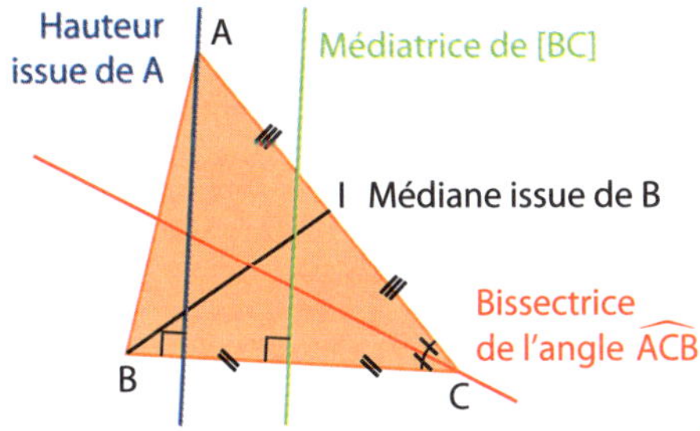

Triangles rectangles

- **Théorème de Pythagore** : dans un triangle rectangle, le carré de la longueur de l'hypoténuse est égal à la somme des carrés des longueurs des côtés de l'angle droit.
- **Réciproque du théorème de Pythagore** : si dans un triangle le carré de la longueur du plus grand côté est égal à la somme des carrés des longueurs des deux autres côtés alors ce triangle est rectangle.
- Les formules de **trigonométrie** permettent de calculer des longueurs ou des angles dans un triangle rectangle.

$$\cos(\widehat{C}) = \frac{\text{côté adjacent à l'angle } \widehat{C}}{\text{hypoténuse}} = \frac{BC}{AC}$$

$$\sin(\widehat{C}) = \frac{\text{côté opposé à l'angle } \widehat{C}}{\text{hypoténuse}} = \frac{AB}{AC}$$

$$\tan(\widehat{C}) = \frac{\text{côté opposé à l'angle } \widehat{C}}{\text{côté adjacent à l'angle } \widehat{C}} = \frac{AB}{BC}$$

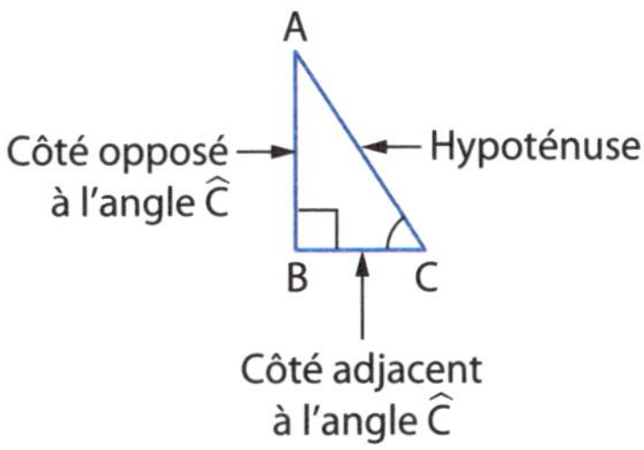

SE TESTER QUIZ

Vérifie que tu as compris les points clés

1 Reconnaître une médiatrice, une hauteur

→ FICHE 31

1) Sur la figure ci-contre, la droite ($\mathscr{D}_1$) est :

- ☐ **a.** une médiatrice
- ☐ **b.** une hauteur
- ☐ **c.** une tangente

2) Sur la figure ci-contre, la droite ($\mathscr{D}_2$) est :

- ☐ **a.** une médiatrice
- ☐ **b.** une hauteur
- ☐ **c.** une droite quelconque

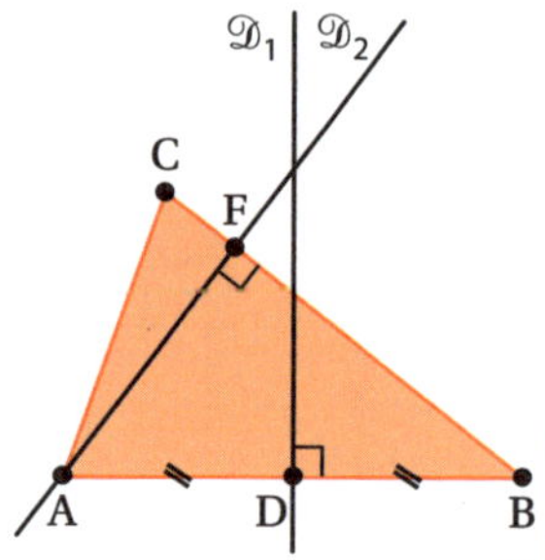

.../2

2 Reconnaître une symétrie

→ FICHES 32

On considère la figure ci-contre.

1) Les triangles ABC et A′B′C′ sont :

- ☐ **a.** symétriques par rapport à la droite $\mathscr{D}$
- ☐ **b.** symétriques par rapport au point E
- ☐ **c.** ni l'un, ni l'autre

2) Les triangles ABC et A″B″C″ sont :

- ☐ **a.** symétriques par rapport à la droite $\mathscr{D}$
- ☐ **b.** symétriques par rapport au point E
- ☐ **c.** ni l'un, ni l'autre

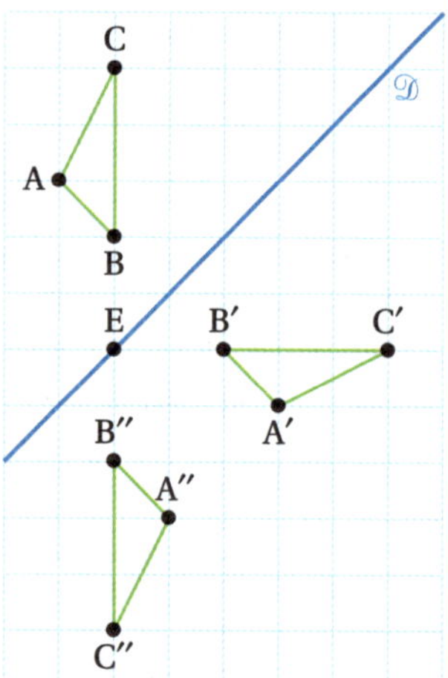

.../2

3 Reconnaître une homothétie

→ FICHE 33

L'image d'un segment de longueur 6 cm par une homothétie de rapport 2 est un segment de longueur :

☐ **a.** 6 cm ☐ **b.** 3 cm ☐ **c.** 12 cm

.../1

4 Utiliser la propriété de la somme des angles d'un triangle

→ FICHE 34

Un triangle peut posséder des angles mesurant :

☐ **a.** 45°, 65° et 25° ☐ **b.** 60°, 70° et 50° ☐ **c.** 90°, 60° et 40°

.../1

5 Utiliser le théorème de Pythagore

→ FICHE 35

1) Le triangle BCD est un triangle rectangle en D.
La longueur DC en centimètres est :

☐ **a.** 1,5 cm ☐ **b.** 9,6 cm ☐ **c.** 4,5 cm

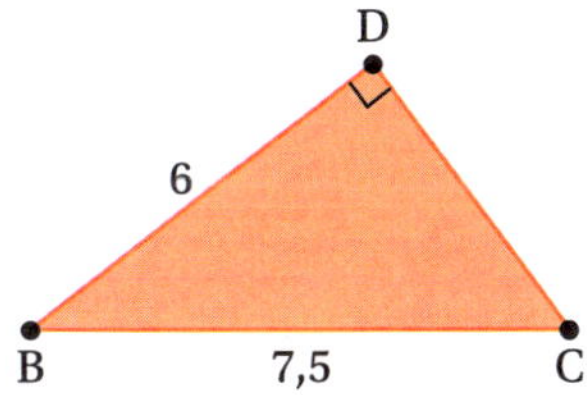

2) Les côtés du triangle ABC mesurent respectivement 5 cm, 12 cm et 13 cm. Le triangle ABC est :

☐ **a.** rectangle ☐ **b.** quelconque ☐ **c.** isocèle

.../2

6 Connaître et utiliser la trigonométrie

→ FICHES 36 et 37

Sur la figure ci-contre, le triangle ABC est rectangle en A.

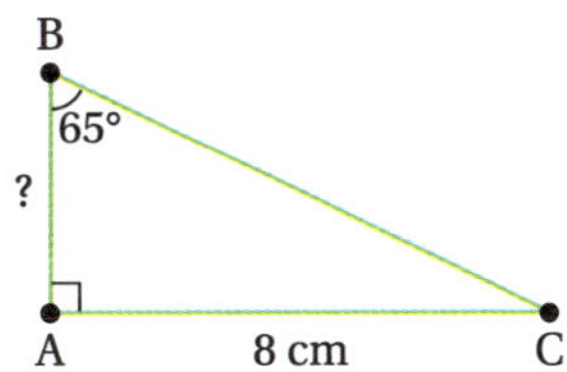

1) $\sin\widehat{ABC}$ est égal à :

☐ **a.** $\frac{AC}{BC}$ ☐ **b.** $\frac{AB}{AC}$ ☐ **c.** $\frac{AB}{BC}$

2) La longueur AB est égale à :

☐ **a.** $\frac{\tan 65°}{8}$ ☐ **b.** $\frac{8}{\tan 65°}$ ☐ **c.** $8 \times \tan 65°$

3) Sur la figure ci-contre, le triangle DEF est rectangle en F. La mesure de l'angle $\widehat{GEF}$ à l'unité près est :

☐ **a.** 31° ☐ **b.** 59° ☐ **c.** 30°

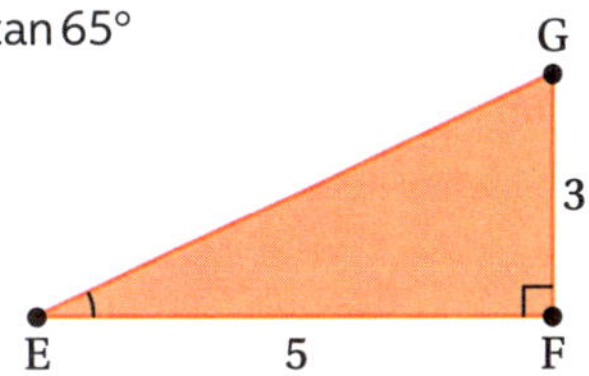

.../3

ON FAIT LE BILAN !

score total .../11

- Des erreurs ? Entraîne-toi ! → **LES EXOS** P. 222
- Zéro faute ? Bravo ! → **OBJECTIF BREVET** P. 224

LES EXOS

Entraîne-toi !

7 Connaître les propriétés de la médiatrice et de la hauteur

→ FICHE 31

1) Construire un triangle ABC tel que AB = 8 cm, AC = 5 cm et BC = 7 cm.

2) Construire la hauteur $\mathscr{D}$ issue de C.

3) Construire la médiatrice $\mathscr{D}'$ du segment [AB].

4) Démontrer que les droites $\mathscr{D}$ et $\mathscr{D}'$ sont parallèles.

8 Transformer une figure à l'aide d'une symétrie, d'une translation, d'une rotation

→ FICHES 32 et 33

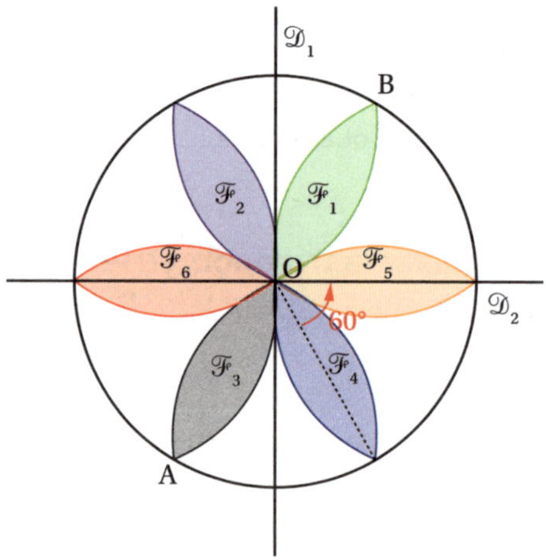

Compléter les phrases suivantes.

- Les figures $\mathscr{F}_1$ et $\mathscr{F}_2$ sont .... par rapport à la droite ....
- Les figures $\mathscr{F}_1$ et $\mathscr{F}_3$ sont .... par rapport au point ....
- La figure $\mathscr{F}_5$ est l'image de la figure $\mathscr{F}_4$ par la rotation de centre .... et d'angle ....
- La figure $\mathscr{F}_3$ est l'image de la figure .... par la translation qui amène B en O.

9 Transformer une figure à l'aide d'une homothétie

→ FICHE 33

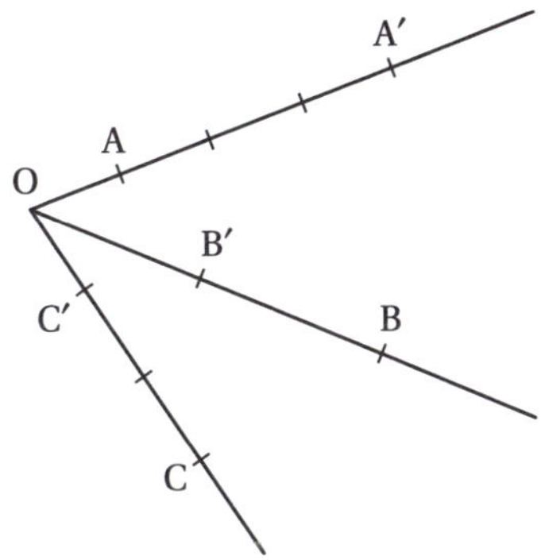

1 Quel est le rapport de l'homothétie de centre O qui transforme le point A en A' ?

2 Quel est le rapport de l'homothétie de centre O qui transforme le point B en B' ?

3 Quel est le rapport de l'homothétie de centre O qui transforme le point C en C' ?

10 Utiliser la propriété de la somme des angles d'un triangle

→ FICHE 34

Quelle est la nature du triangle ABC dessiné ci-contre ? (Le dessin n'est pas en vraie grandeur.)

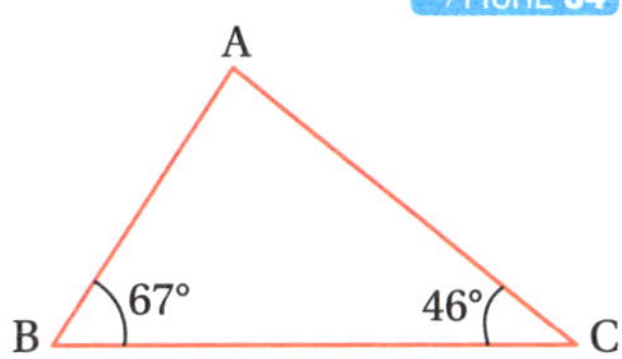

11 Utiliser le théorème de Pythagore

→ FICHE 35

Une lance, longue de 20 pieds, est posée verticalement le long d'une tour considérée comme perpendiculaire au sol. Si on éloigne l'extrémité de la lance qui repose sur le sol de 12 pieds de la tour, de combien descend l'autre extrémité de la lance le long du mur ?

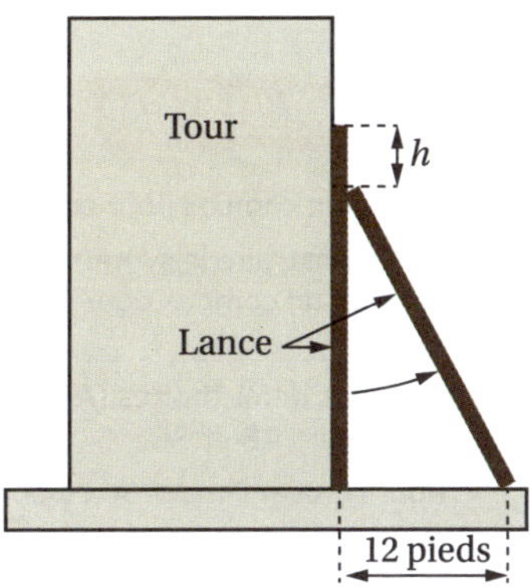

À NOTER

Un pied est une très ancienne unité de mesure, encore utilisée dans le monde anglo-saxon, et valant environ 30 cm.

12 Calculer une longueur en utilisant la trigonométrie

→ FICHE 36

ABC est un triangle tel que AB = 5 cm, BC = 8 cm et $\widehat{ABH} = 35°$. (AH) est la hauteur issue de A.

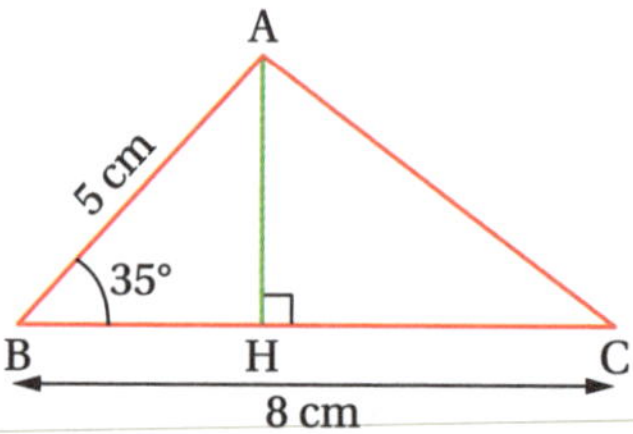

1) Calculer la longueur AH. Donner l'arrondi au centième de AH.

2) En déduire l'aire du triangle ABC.

OBJECTIF BREVET

Lance-toi dans des sujets !

13 Des transformations

10 min

→ FICHE 32

Les mesures de longueurs sont données en centimètres.

1) Tracer le triangle ABC tel que BC = 4 ; AC = 3 et AB = 2. On appelle cette figure $\mathcal{F}_1$.

2) Construire l'image de $\mathcal{F}_1$ par la symétrie d'axe (AB), on appelle cette image $\mathcal{F}_2$.

3) Construire l'image de $\mathcal{F}_1$ par la symétrie de centre B, on appelle cette image $\mathcal{F}_3$.

4) Construire l'image de $\mathcal{F}_1$ par la translation qui transforme B en C, on appelle cette image $\mathcal{F}_4$.

DÉMARRONS ENSEMBLE

1) Utilise un compas pour construire le triangle ABC.

2) Pour construire le symétrique de C, trace la perpendiculaire à (AB) passant par C et utilise un compas pour conclure. Observe que les points A et B appartiennent à l'axe de symétrie.

3) Trace les demi-droites [AB) et [CB). Utilise un compas pour reporter les longueurs AB et BC.

4) Pour trouver l'image A′ du point A, trace le parallélogramme ABCA′.

14 Installation d'un tapis roulant

15 min

→ FICHE 35

Les gérants d'un centre commercial ont construit un parking souterrain et souhaitent installer un trottoir roulant pour accéder de ce parking au centre commercial.

Les personnes empruntant ce trottoir roulant ne doivent pas mettre plus de 1 minute pour accéder au centre commercial.

- La situation est présentée par le schéma ci-dessous.

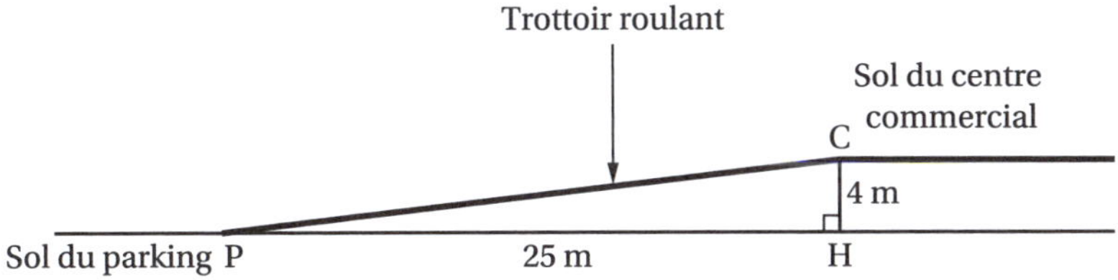

- Caractéristiques du trottoir roulant.

Modèle 1
Angle d'inclinaison maximum avec l'horizontale : 12°.
Vitesse : 0,5 m/s.

Modèle 2
Angle d'inclinaison maximum avec l'horizontale : 6°.
Vitesse : 0,75 m/s.

Est-ce que l'un de ces deux modèles peut convenir pour équiper ce centre commercial ? Justifier.

DÉMARRONS ENSEMBLE

- Calcule d'abord la longueur du trottoir roulant. Pour cela, applique le théorème de Pythagore au triangle CPH rectangle en H.
- Calcule ensuite l'inclinaison avec l'horizontale. Pour cela, calcule la mesure de l'angle $\widehat{CPH}$ à l'aide d'un rapport trigonométrique.
- Compare avec les données de la figure l'inclinaison avec l'horizontale de chaque modèle.
- Pour le modèle 1, calcule le temps de parcours.

15 Calculer un sinus dans deux triangles rectangles

15 min

→ FICHE 35

On considère la figure ci-dessous. Les points A, B et C sont alignés ainsi que les points A, D et E.
Les droites (BD) et (CE) sont perpendiculaires à la droite (AE).
De plus, AB = 2,5 ; BD = 1,5 et CE = 4,5.
La figure n'est pas en vraie grandeur.

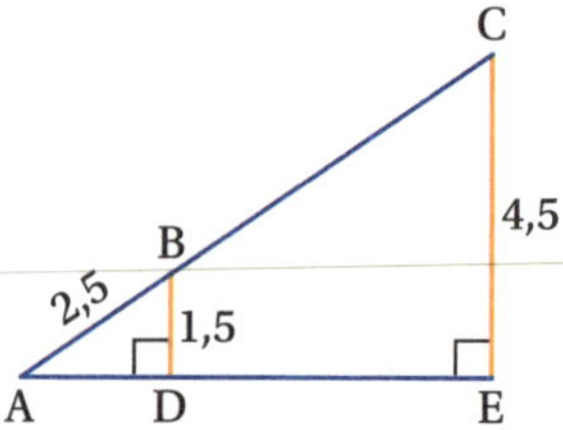

1) Calculer AD. Justifier.

2) Déterminer la mesure, arrondie au degré, de l'angle $\widehat{BAD}$. Justifier.

3) Calculer les valeurs exactes de AC et de AE. Justifier.

DÉMARRONS ENSEMBLE

1) Utilise le théorème de Pythagore dans le triangle ABD.

2) Remarque que BD est la longueur du côté opposé à l'angle $\widehat{BAD}$.

3) Les angles $\widehat{BAD}$ et $\widehat{CAE}$ sont égaux. Utilise la trigonométrie dans le triangle ACE.

16 Démontrer qu'un triangle est rectangle

15 min

→ FICHE 35

On considère la figure ci-contre. (Elle n'est pas en vraie grandeur.)
ABC est un triangle rectangle en C tel que AC = 63 cm et AB = 65 cm.
On pose BC = x.
Soit D le point tel que AD = 56 cm et BD = 33 cm.

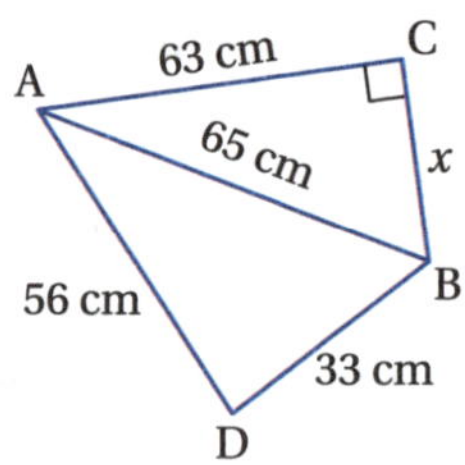

1) Calculer x.

2) Démontrer que ABD est rectangle. Préciser en quel point.

DÉMARRONS ENSEMBLE

1) Utilise le théorème de Pythagore dans le triangle ACB.

2) Calcule les carrés des longueurs des trois côtés du triangle ABD.

17 Utiliser la trigonométrie pour calculer une longueur

20 min

→ FICHE 36

PAR est un triangle rectangle en A. Les points R, P et E sont alignés ainsi que les points A, P et M.

On donne AR = 2 cm et RP = 4 cm (la figure n'est pas en vraie grandeur).

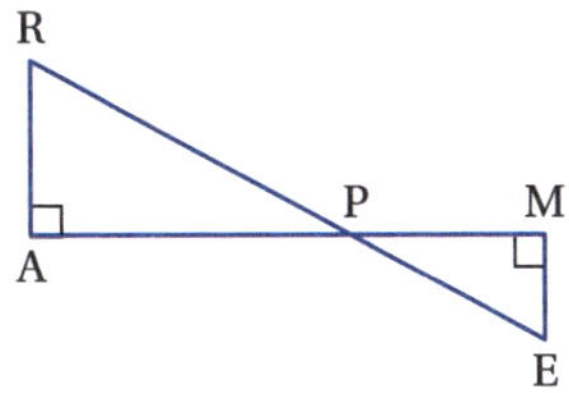

1) Calculer la valeur exacte de AP.

2) Déterminer la mesure de l'angle $\widehat{RPA}$.

3) Expliquer pourquoi les angles $\widehat{RPA}$ et $\widehat{MPE}$ ont la même mesure.

4) PME est un triangle rectangle en M. On donne ME = 3 cm.
Calculer PM à 1 mm près.

DÉMARRONS ENSEMBLE

1) La valeur exacte de AP est de la forme $\sqrt{a}$ où a est un nombre positif.

2) AR est la longueur du côté opposé à l'angle $\widehat{RPA}$.

3) Cherche quelle position particulière occupent les angles $\widehat{RPA}$ et $\widehat{MPE}$.

4) ME est la longueur du côté opposé à l'angle $\widehat{MPE}$ et PM est la longueur du côté adjacent à cet angle.

18 Réglage des phares d'une voiture

15 min

→ FICHE 37

Pour savoir si les feux de croisement de sa voiture sont réglés correctement, Pauline éclaire un mur vertical comme l'illustre le dessin suivant :

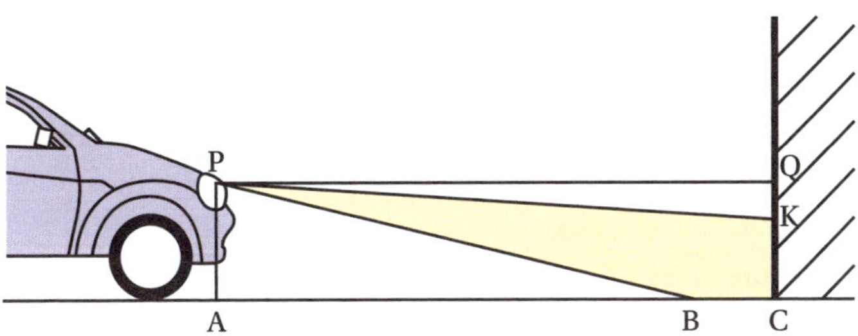

Pauline réalise le schéma ci-dessous (qui n'est pas à l'échelle) et relève les mesures suivantes : PA = 0,65 m, AC = QP = 5 m et CK = 0,58 m.
P désigne le phare, assimilé à un point.
On admettra que les triangles KCS et KPQ sont semblables.

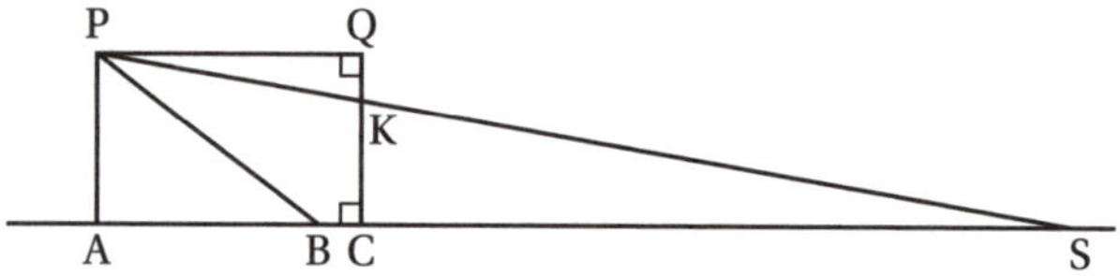

Pour que l'éclairage d'une voiture soit conforme, les constructeurs déterminent l'inclinaison du faisceau. Cette inclinaison correspond au rapport $\frac{QK}{QP}$. Elle est correcte si ce rapport est compris entre 0,01 et 0,015.

1 Vérifier que les feux de croisement de Pauline sont réglés avec une inclinaison égale à 0,014.

2 Donner une mesure de l'angle $\widehat{QPK}$ correspondant à l'inclinaison.
On arrondira au dixième de degré.

3 Quelle est la distance AS d'éclairage de ses feux ?
Arrondir le résultat au mètre près.

DÉMARRONS ENSEMBLE

1 Calcule d'abord la longueur QK en observant que K est un point du segment [CQ].

2 Pour calculer la mesure de l'angle $\widehat{QPK}$, utilise la trigonométrie dans le triangle rectangle KPQ.

3 Calcule d'abord la longueur CS en utilisant la trigonométrie dans le triangle rectangle CSK.

19 Expérimenter, puis démontrer

25 min

→ FICHE 37

Soit ABC le triangle rectangle en B, tel que AB = 2 cm et AC = 4 cm.

1 Construire le triangle ABC en respectant les dimensions.

2 En utilisant la règle et le rapporteur, donner la mesure de [BC] à 0,1 cm et les mesures en degrés de $\widehat{BAC}$ et $\widehat{BCA}$.

3 On se propose de calculer la mesure, en centimètres, de [BC] en répondant aux questions suivantes.

a. Quel théorème faut-il utiliser ?

b. Écrire ce théorème en utilisant le triangle donné.

c. Calculer la mesure arrondie à 0,1 cm de BC.

d. Cette valeur calculée est-elle conforme à la valeur mesurée à la question **2.** ?

4) On se propose de calculer la mesure de $\widehat{BAC}$ en répondant aux questions suivantes.

a. Écrire la relation entre cos $\widehat{BAC}$ et les côtés du triangle ABC.

b. Calculer cos $\widehat{BAC}$ puis en déduire la mesure, en degrés, de $\widehat{BAC}$.

c. Cette valeur calculée est-elle conforme à la valeur mesurée à la question **2.** ?

5) On se propose de calculer la mesure de $\widehat{BCA}$ en répondant aux questions suivantes.

a. Écrire la relation entre sin $\widehat{BCA}$ et les côtés du triangle ABC.

b. Calculer sin $\widehat{BCA}$ puis en déduire la mesure en degrés de $\widehat{BCA}$.

c. Cette valeur calculée est-elle conforme à la valeur mesurée à la question **2.** ?

6) Calculer la somme des mesures des angles $\widehat{BAC}$ et $\widehat{BCA}$. Ce résultat est-il conforme à la propriété de la somme des angles d'un triangle ?

DÉMARRONS ENSEMBLE

2) Les angles $\widehat{BAC}$ et $\widehat{BCA}$ sont aigus, donc leur mesure est comprise entre 0° et 90°.

3) Tu connais la mesure de deux côtés d'un triangle rectangle.

4) Cherche le côté adjacent à l'angle $\widehat{BAC}$.

5) Cherche le côté opposé à l'angle $\widehat{BCA}$.

6) Ajoute la mesure du troisième angle du triangle ABC.

CORRIGÉS

SE TESTER QUIZ

1 Reconnaître une médiatrice, une hauteur

1) Réponse a. La droite ($\mathcal{D}_1$) est perpendiculaire au segment [AB] en son milieu. C'est la médiatrice de ce segment.

2) Réponse b. La droite ($\mathcal{D}_2$) passe par le sommet A et est perpendiculaire au côté opposé [BC]. C'est une hauteur du triangle ABC.

2 Reconnaître une symétrie

1) Réponse a. La droite ($\mathcal{D}$) est la médiatrice des segments [AA'], [BB'] et [CC']. Les triangles ABC et A'B'C' sont symétriques par rapport à la droite $\mathcal{D}$.

2) Réponse b. Le point E est le milieu des segments [AA"], [BB"] et [CC"]. Les triangles ABC et A"B"C" sont symétriques par rapport au point E.

3 Reconnaître une homothétie

Réponse c. Une homothétie de rapport k strictement positif multiplie les longueurs par k. On a : $6 \times 2 = 12$. L'image d'un segment de longueur 6 cm par une homothétie de rapport 2 est un segment de longueur 12 cm.

4 Utiliser la propriété de la somme des angles d'un triangle

Réponse b. La somme des angles d'un triangle est égale à 180°. On a :
$45 + 65 + 25 = 135 \neq 180$
$60 + 70 + 50 = 180$
$90 + 60 + 40 = 190 \neq 180$
Un triangle peut posséder des angles mesurant 60°, 70° et 50°.

5 Utiliser le théorème de Pythagore

1) Réponse c. L'hypoténuse BC est le côté le plus long, donc DC ne peut pas mesurer plus de 7,5 cm. La proposition **b** est fausse.
Le triangle BCD est rectangle en D. On peut donc appliquer le théorème de Pythagore à ce triangle.
On a : $BC^2 = BD^2 + DC^2$ ou encore $DC^2 = 7{,}5^2 - 6^2 = 20{,}25$.
DC est une longueur, donc DC est positive. D'où : $DC = \sqrt{20{,}25} = 4{,}5$.
La longueur DC est donc bien égale à 4,5 cm.

2) Réponse a. On applique la réciproque du théorème de Pythagore au triangle ABC. On calcule d'abord le carré du côté le plus long. On a : $13^2 = 169$. On calcule ensuite la somme des carrés des deux autres côtés. On a : $5^2 + 12^2 = 25 + 144 = 169$. On a donc : $13^2 = 5^2 + 12^2$. Le triangle ABC est rectangle.

6 Connaître et utiliser la trigonométrie

1) Réponse a. L'hypoténuse est [BC] et le côté opposé à l'angle $\widehat{ABC}$ est [AC], donc $\sin\widehat{ABC}$ est égal à $\frac{AC}{BC}$.

2) Réponse b. Le côté opposé à l'angle mesurant 65° est [AC]. Le côté adjacent à ce même angle est [AB]. On a donc $\tan 65° = \frac{AC}{AB}$; $\tan 65° = \frac{8}{AB}$. À l'aide d'un produit en croix, on obtient : $AB \times \tan 65° = 8$; $AB = \frac{8}{\tan 65°}$.

3) Réponse a. Le côté opposé à l'angle $\widehat{GEF}$ mesure 3 et le côté adjacent mesure 5. $\tan\widehat{GEF} = \frac{3}{5} = 0{,}6$. En utilisant la calculatrice, on obtient $\widehat{GEF} \approx 30{,}96°$. La mesure de l'angle $\widehat{GEF}$ à l'unité près est 31°.

LES EXOS

7 Connaître les propriétés de la médiatrice et de la hauteur

1) à 3) Le dessin n'est pas en vraie grandeur.

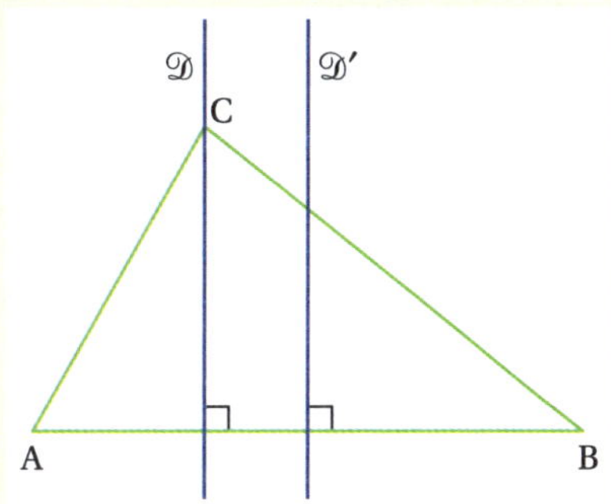

4) La droite $\mathcal{D}$ est la hauteur issue de C, donc $\mathcal{D}$ est perpendiculaire au côté [AB]. La droite $\mathcal{D}'$ est la médiatrice du segment [AB], donc $\mathcal{D}'$ est perpendiculaire au segment [AB]. Si deux droites sont perpendiculaires à une même droite, alors ces deux droites sont parallèles. Donc $\mathcal{D}$ et $\mathcal{D}'$ sont parallèles.

8 Transformer une figure à l'aide d'une symétrie, d'une translation, d'une rotation

- Les figures $\mathcal{F}_1$ et $\mathcal{F}_2$ sont **symétriques** par rapport à la droite $\mathcal{D}_1$.
- Les figures $\mathcal{F}_1$ et $\mathcal{F}_3$ sont **symétriques** par rapport au point **O**.
- La figure $\mathcal{F}_5$ est l'image de la figure $\mathcal{F}_4$ par la rotation de centre **O**, d'angle **60° dans le sens contraire des aiguilles d'une montre.**
- La figure $\mathcal{F}_3$ est l'image de la figure $\mathcal{F}_1$ par la translation qui amène B en O.

9 Transformer une figure à l'aide d'une homothétie

1) On a $OA' = 4 \times OA$, donc le rapport de l'homothétie de centre O qui transforme le point A en A' est égal à 4.

2) On a $OB' = \frac{1}{2} \times OB$, donc le rapport de l'homothétie de centre O qui transforme le point B en B' est égal à $\frac{1}{2}$.

3) On a $OC' = \frac{1}{3} \times OC$, donc le rapport de l'homothétie de centre O qui transforme le point C en C' est égal à $\frac{1}{3}$.

10 Utiliser la propriété de la somme des angles d'un triangle

La somme des angles d'un triangle est égale à 180°.
Donc $\widehat{BAC} + \widehat{ACB} + \widehat{CBA} = 180°$.
On a $\widehat{BAC} + 46° + 67° = 180°$
$\widehat{BAC} = 180° - 46° - 67° = 67°$.
Le triangle ABC possède deux angles de même mesure, ABC est donc un triangle isocèle en C.

11 Utiliser le théorème de Pythagore

AC correspond à la longueur de la lance. Le triangle ABC est rectangle en B. On applique le théorème de Pythagore à ce triangle. On a :
$AC^2 = AB^2 + BC^2$
$20^2 = AB^2 + 12^2$
$AB^2 = 400 - 144$
$AB^2 = 256$.
On en déduit que AB = 16.
La longueur h est égale à $20 - AB = 20 - 16 = 4$.
L'autre extrémité de la lance descend le long du mur de 4 pieds ou encore de 120 cm.

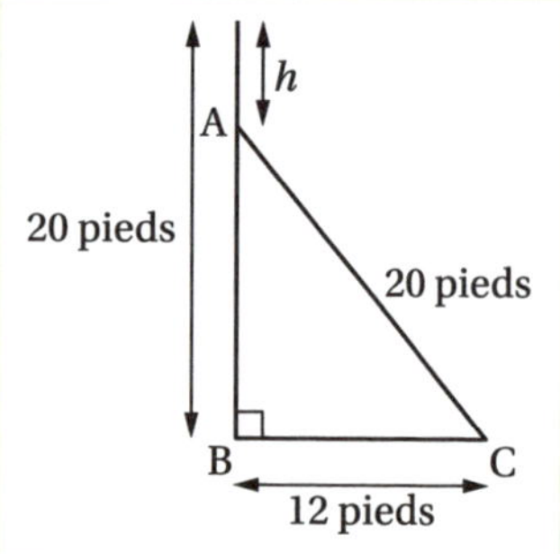

12 Calculer une longueur en utilisant la trigonométrie

1) Dans le triangle ABH rectangle en H, AH est le côté opposé à l'angle de sommet B et AB est l'hypoténuse. On a :
$\sin 35° = \frac{AH}{AB}$
$AH = AB \times \sin 35°$
$AH = 5 \times \sin 35°$
$AH \approx 2{,}87$.
La longueur AH arrondie au centième vaut 2,87 cm.

2) L'aire du triangle ABC est égale à $\frac{AH \times BC}{2} = \frac{2{,}87 \times 8}{2} = 11{,}48\ \text{cm}^2$.

OBJECTIF BREVET

13 Des transformations

À NOTER

2) A et B sont deux points de l'axe de symétrie, donc ils sont leur propre image.

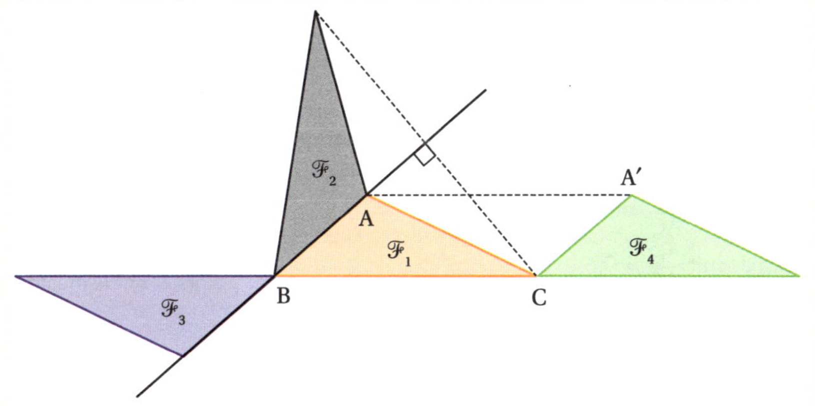

14 Installation d'un tapis roulant

Pour calculer la longueur du trottoir roulant, on applique le théorème de Pythagore au triangle CPH rectangle en H.

On a $PC^2 = PH^2 + CH^2$

$PC^2 = 25^2 + 4^2$

$PC^2 = 641$.

La longueur du tapis roulant est égale à $\sqrt{641}$, soit 25,32 m.

CONSEIL
Utilise la touche $\sqrt{\ }$ de la calculatrice pour trouver une valeur approchée de la longueur PC.

• Calculons l'angle $\widehat{CPH}$.

On a $\tan\widehat{CPH} = \dfrac{CH}{PH}$

$\tan\widehat{CPH} = \dfrac{4}{25}$

$\widehat{CPH} = 9°$.

• Modèle 1

L'angle d'inclinaison est au maximum égal à 12°. Or on a trouvé un angle de 9°. Cela convient.

La vitesse est de 0,5 m/s, donc le temps de parcours en secondes est égal à $\dfrac{25{,}32}{0{,}5} = 50{,}64$. On met donc moins de 60 secondes, donc moins d'une minute.

Le tapis Modèle 1 convient.

• Modèle 2

Ce modèle ne convient pas car l'angle maximum est de 6°.

15 Calculer un sinus dans deux triangles rectangles

1) On applique le théorème de Pythagore au triangle ABD rectangle en D :
$AB^2 = AD^2 + BD^2$.
Soit $2{,}5^2 = AD^2 + 1{,}5^2$.
D'où $AD^2 = 6{,}25 - 2{,}25 = 4$.
Or AD est une longueur, donc $AD > 0$. On en déduit que $AD = 2$.

2) Les données de l'exercice donnent les longueurs AB et BD du triangle ABD. On choisit de calculer le sinus de l'angle $\widehat{BAD}$: $\sin\widehat{BAD} = \frac{BD}{AB} = \frac{1{,}5}{2{,}5} = 0{,}6$.
À l'aide de la calculatrice, on trouve 37° pour mesure arrondie au degré de l'angle $\widehat{BAD}$.

3) Les angles $\widehat{BAD}$ et $\widehat{CAE}$ sont égaux. Donc, dans le triangle ACE :
$\sin\widehat{BAD} = \sin\widehat{CAE} = 0{,}6$.
Or $\sin\widehat{CAE} = \frac{CE}{AC}$.
On en déduit $\frac{4{,}5}{AC} = 0{,}6$.
D'où $4{,}5 = 0{,}6 \times AC$.
Donc $AC = \frac{4{,}5}{0{,}6} = 7{,}5$.
On applique le théorème de Pythagore au triangle ACE rectangle en E pour calculer AE :
$AC^2 = AE^2 + CE^2$
$7{,}5^2 = AE^2 + 4{,}5^2$
$AE^2 = 56{,}25 - 20{,}25 = 36$.
Or AE est une longueur, donc $AE > 0$. On en déduit $AE = 6$ (valeur exacte).

À NOTER
3) Si deux angles sont égaux, alors ils ont le même sinus.

16 Démontrer qu'un triangle est rectangle

1) On applique le théorème de Pythagore au triangle ACB rectangle en C :
$AB^2 = AC^2 + BC^2$
$65^2 = 63^2 + x^2$
$x^2 = 4\,225 - 3\,969 = 256$.
Or x est une longueur, donc $x > 0$. On en déduit $x = \sqrt{256} = 16$ cm.

2) On applique la réciproque du théorème de Pythagore au triangle ABD. Pour cela, on calcule les carrés des longueurs des trois côtés :
$AD^2 = 56^2 = 3\,136$; $BD^2 = 33^2 = 1\,089$ et $AB^2 = 65^2 = 4\,225$.
On additionne les deux plus petits carrés :
$AD^2 + BD^2 = 3\,136 + 1\,089 = 4\,225$. Donc $AD^2 + BD^2 = AB^2$.
Le triangle ABD est rectangle en D.

17 Utiliser la trigonométrie pour calculer une longueur

1) On applique le théorème de Pythagore au triangle PAR rectangle en A.
On a $PR^2 = AP^2 + AR^2$. Soit $4^2 = AP^2 + 2^2$. D'où $AP^2 = 16 - 4 = 12$.
Or $AP > 0$, donc $AP = \sqrt{12}$.

2) AR est la longueur du côté opposé à l'angle $\widehat{RPA}$ et RP est la longueur de l'hypoténuse, donc $\sin\widehat{RPA} = \frac{AR}{PR} = \frac{2}{4} = \frac{1}{2}$. À l'aide de la calculatrice, on trouve 30° pour mesure exacte de l'angle $\widehat{RPA}$.

3) Les angles $\widehat{RPA}$ et $\widehat{MPE}$ sont opposés par le sommet, donc ils ont la même mesure.

> **À NOTER**
> 3) Deux angles opposés par le sommet ont la même mesure.

4) ME est la longueur du côté opposé à l'angle $\widehat{MPE}$, PM est la longueur du côté adjacent à cet angle et $\tan\widehat{MPE} = \frac{ME}{PM}$.
On effectue un produit en croix : $PM \times \tan\widehat{MPE} = ME$.
D'où $PM = \frac{ME}{\tan\widehat{MPE}} = \frac{3}{\tan 30°}$. À l'aide de la calculatrice, on trouve 5,2 cm pour mesure de la longueur PM à 1 mm près.

18 Réglage des phares d'une voiture

1) APQC est un rectangle, donc $PA = QC = 0{,}65$ m.
Le point K appartient au segment [CQ], donc $QK + KC = QC$.
On a alors :
$QK = QC - KC$
$QK = 0{,}65 - 0{,}58$
$QK = 0{,}07$.
On obtient : $\frac{QK}{QP} = \frac{0{,}07}{5} = 0{,}014$. Les feux de croisement de Pauline sont réglés avec une inclinaison égale à 0,014.

2) Dans le triangle KPQ rectangle en Q, on a $\tan\widehat{QPK} = \frac{QK}{QP} = 0{,}014$.
À l'aide de la calculatrice, on obtient $\widehat{QPK} \approx 0{,}8°$, arrondi au dixième de degré.

> **CONSEIL**
> 2) Utilise la touche $\tan^{-1}$ de la calculatrice pour trouver une valeur approchée de l'angle $\widehat{QPK}$.

3) Pour connaître la longueur AS, il faut d'abord calculer la longueur CS. Les triangles KCS et KPQ sont semblables, donc les angles $\widehat{QPK}$ et $\widehat{CSK}$ sont égaux. On a alors $\tan\widehat{CSK} = \frac{CK}{CS} = 0{,}014$. On obtient :
$CS = \frac{CK}{0{,}014}$
$CS = \frac{0{,}58}{0{,}014}$
$CS \approx 41$.
La distance AS d'éclairage de ses feux est égale à $41 + 5 = 46$ m (arrondi au mètre près).

19 Expérimenter, puis démontrer

1

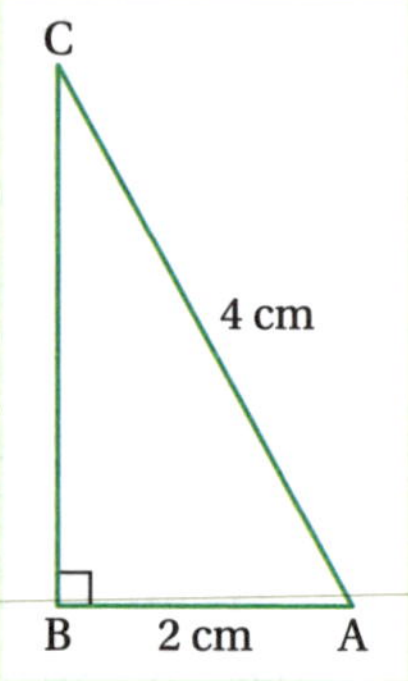

2 En utilisant la règle et le rapporteur, on trouve :
BC vaut environ 3,5 cm, $\widehat{BAC}$ vaut 60° et $\widehat{BCA}$ vaut 30°.

3 **a.** On utilise le théorème de Pythagore dans le triangle ABC rectangle en B.
b. On a, d'après le théorème de Pythagore : $AC^2 = AB^2 + BC^2$.
c. On en déduit $4^2 = 2^2 + BC^2$.
D'où $BC^2 = 16 - 4 = 12$.
Or BC est une longueur, donc $BC > 0$. On en déduit que $BC = \sqrt{12}$. La valeur arrondie de BC à 0,1 cm est 3,5 cm.
d. Cette valeur est conforme à la valeur mesurée à la question 2.

4 **a.** On a $\cos\widehat{BAC} = \dfrac{AB}{AC}$.
b. On en déduit $\cos\widehat{BAC} = \dfrac{2}{4} = \dfrac{1}{2}$.
À l'aide de la calculatrice, on trouve $\widehat{BAC} = 60°$.
c. Cette valeur est conforme à la valeur mesurée à la question 2.

5 **a.** On a $\sin\widehat{BCA} = \dfrac{AB}{AC}$.
b. On en déduit $\sin\widehat{BCA} = \dfrac{2}{4} = \dfrac{1}{2}$. À l'aide de la calculatrice, on trouve $\widehat{BCA} = 30°$.
c. Cette valeur est conforme à la valeur mesurée à la question 2.

6 On a $\widehat{BAC} + \widehat{BCA} = 60° + 30° = 90°$. Or l'angle $\widehat{ABC}$ est un angle droit, donc $\widehat{ABC} = 90°$. La somme des angles du triangle ABC est égale à 180°. Ce résultat est conforme à la propriété de la somme des angles d'un triangle.

10 Quadrilatères, configuration de Thalès

Réponse : La pyramide de Khéops.

38 Démontrer qu'un quadrilatère est particulier

EN BREF ▸ *Un quadrilatère est un polygone à quatre côtés. En fonction de ses propriétés, il porte un nom particulier : parallélogramme, rectangle, losange, carré.*

I Le parallélogramme

Un quadrilatère est un **parallélogramme** s'il possède une de ces propriétés :
- ses côtés opposés sont parallèles ;
- ses côtés opposés ont la même longueur ;
- ses diagonales ont le même milieu.

CONSEIL
Pour démontrer qu'un quadrilatère est un parallélogramme, démontre qu'il possède une des propriétés ci-contre.

II Les parallélogrammes particuliers

1 Le rectangle

Un quadrilatère est un **rectangle** s'il possède une de ces propriétés :
- il a trois angles droits ;
- c'est un parallélogramme qui a un angle droit ;
- c'est un parallélogramme qui a ses diagonales de même longueur.

2 Le losange

Un quadrilatère est un **losange** s'il possède une de ces propriétés :
- il a quatre côtés de même longueur ;
- c'est un parallélogramme avec deux côtés consécutifs de même longueur ;
- c'est un parallélogramme qui a ses diagonales perpendiculaires.

3 Le carré

Un quadrilatère est un **carré** s'il est à la fois un rectangle et un losange.

Rectangle

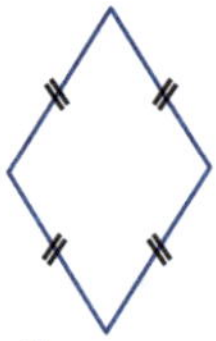

Losange

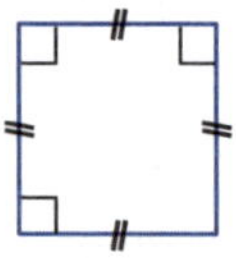

Carré

CONSEIL
Pour démontrer qu'un quadrilatère est un carré, montre qu'il possède une des propriétés du rectangle et une du losange.

Méthode

Démontrer qu'un quadrilatère est un rectangle

1) Tracer un triangle OBC rectangle en O. Soit I le milieu du segment [BC]. Construire le point A, symétrique de O par rapport à I.

2) Démontrer que le quadrilatère ABOC est un rectangle.

CONSEILS

1) « A est le symétrique de O par rapport à I » signifie que I est le milieu du segment [AO].

2) Démontre d'abord que ABOC est un parallélogramme. Pour cela, démontre que ses diagonales ont le même milieu.

SOLUTION

1) On obtient la figure ci-dessous.

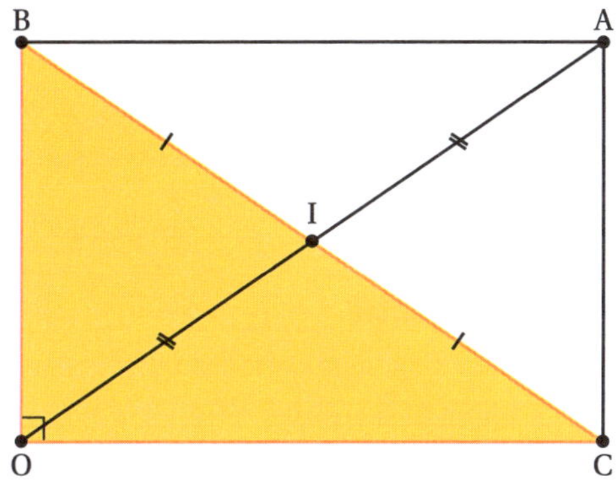

2) Les points A et O sont symétriques par rapport au point I, donc I est le milieu du segment [AO].

On sait aussi que I est le milieu du segment [BC]. Les diagonales du quadrilatère ABOC ont le même milieu, donc ABOC est un parallélogramme.

De plus, le triangle OBC est rectangle en O, donc l'angle $\widehat{BOC}$ est un angle droit.

ABOC est un parallélogramme ayant un angle droit, c'est un rectangle.

39 Calculer une longueur à l'aide du théorème de Thalès

EN BREF ▸ *Thalès de Milet est un mathématicien grec qui vécu au VIe siècle av. J.-C. Il a mis en évidence ce que l'on appelle maintenant une configuration de Thalès, c'est-à-dire deux droites sécantes coupées par deux droites parallèles.*

I Le théorème de Thalès

Soit deux droites $\mathcal{D}$ et $\mathcal{D}'$ sécantes en A. Soit B et M deux points de $\mathcal{D}$ distincts de A. Soit C et N deux points de $\mathcal{D}'$ distincts de A.

Si les droites (BC) et (MN) sont parallèles, alors : $\frac{AM}{AB} = \frac{AN}{AC} = \frac{MN}{BC}$

Il y a deux configurations possibles :

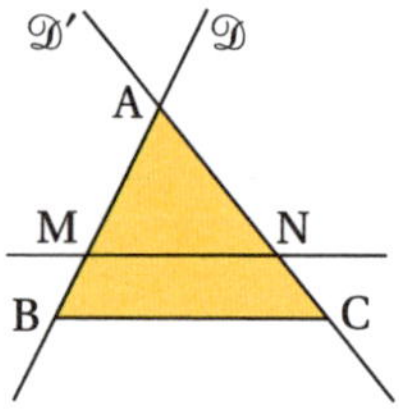

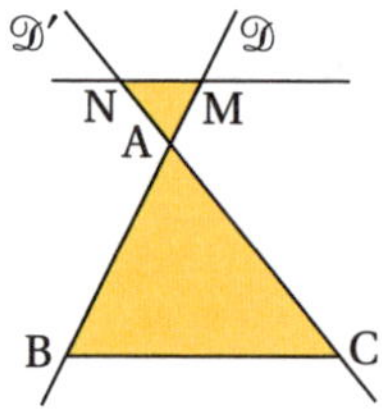

II Calculer une longueur

Après avoir vérifié les conditions d'application du théorème de Thalès, on écrit les rapports égaux. On remplace ensuite par les longueurs connues. On utilise le produit en croix pour calculer les longueurs manquantes.

Exemple :

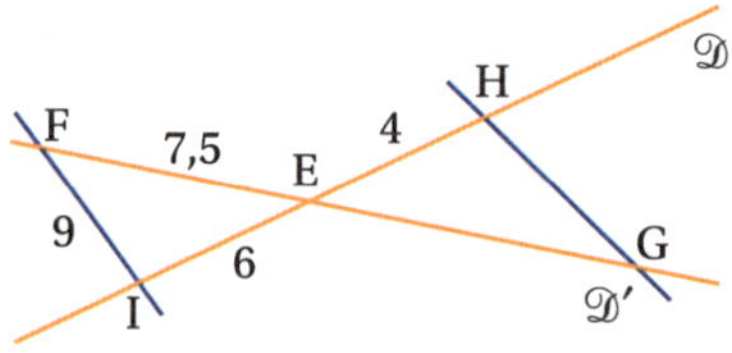

On veut calculer les longueurs HG et EG. $\mathcal{D}$ et $\mathcal{D}'$ sont sécantes en E. (HG) et (FI) sont parallèles. Les points H et I appartiennent à $\mathcal{D}$ et les points F et G appartiennent à $\mathcal{D}'$. On applique le théorème de Thalès :

$\frac{EH}{EI} = \frac{EG}{EF} = \frac{HG}{IF}$. On remplace les longueurs connues : $\frac{4}{6} = \frac{EG}{7{,}5} = \frac{HG}{9}$.

À l'aide du produit en croix, on obtient :

$EG = (4 \times 7{,}5) \div 6 = 5$ et $HG = (4 \times 9) \div 6 = 6$.

Méthode

Calculer une longueur

Sur la figure ci-dessous, les droites (BC) et (MN) sont parallèles. On donne :
AB = 4,5 cm ; AC = 3 cm ; AN = 4,8 cm et MN = 6,4 cm.
Calculer les longueurs AM et BC.

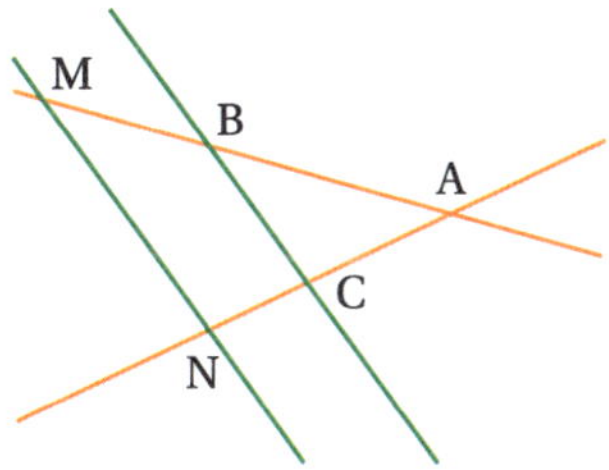

CONSEILS

Trouve deux droites sécantes en A coupées par deux parallèles pour appliquer le théorème de Thalès. Écris sur le dessin la longueur de chaque segment.
Trouve les trois rapports égaux et remplace les longueurs connues.
Vérifie que les trois côtés d'un même triangle sont écrits au numérateur des trois rapports égaux.

SOLUTION

Les droites (AM) et (AN) sont sécantes en A. Les points M et B appartiennent à la droite (AM). Les points C et N appartiennent à la droite (AN). Les droites (BC) et (MN) sont parallèles.

On applique le théorème de Thalès :

$$\frac{AB}{AM} = \frac{AC}{AN} = \frac{BC}{MN}.$$

On remplace par les longueurs connues :

$$\frac{4{,}5}{AM} = \frac{3}{4{,}8} = \frac{BC}{6{,}4}.$$

À l'aide du produit en croix, on obtient :
AM = (4,5 × 4,8) ÷ 3 = 7,2 et
BC = (3 × 6,4) ÷ 4,8 = 4.

40 Démontrer que des droites sont parallèles

EN BREF ▸ *Le théorème de Thalès possède une réciproque qui permet de démontrer le parallélisme ou le non-parallélisme de deux droites. Pour cela, tu devras calculer des rapports et regarder s'ils sont égaux.*

I La réciproque du théorème de Thalès

Soit deux droites $\mathcal{D}$ et $\mathcal{D}'$ sécantes en A. Soit B et M deux points de $\mathcal{D}$ distincts de A. Soit C et N deux points de $\mathcal{D}'$ distincts de A.

Si $\frac{AM}{AB} = \frac{AN}{AC}$ et si les points A, B, M d'une part, et A, C, N d'autre part sont alignés dans cet ordre, alors les droites (BC) et (MN) sont parallèles.

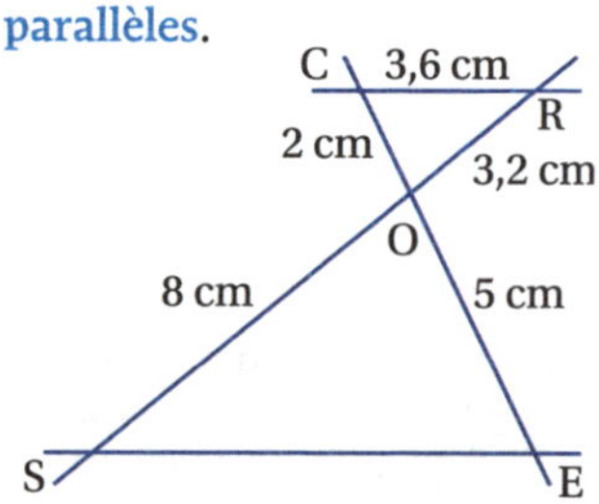

Exemple : Avec les données de la figure ci-contre, on veut montrer que les droites (CR) et (SE) sont parallèles.

On a $\frac{OC}{OE} = \frac{2}{5} = 0{,}4$ et $\frac{OR}{OS} = \frac{3{,}2}{8} = 0{,}4$.

On a donc $\frac{OC}{OE} = \frac{OR}{OS}$.

De plus, les points C, O, E d'une part, et les points R, O, S d'autre part sont alignés dans cet ordre. D'après la réciproque du théorème de Thalès, les droites (CR) et (SE) sont parallèles.

À NOTER
Il est indispensable de vérifier la position des points.

II Démontrer que deux droites sont parallèles

Pour démontrer que deux droites sont parallèles, on peut :

- Utiliser la réciproque du théorème de Thalès.
- Démontrer que les deux droites définissent deux angles alternes-internes égaux.

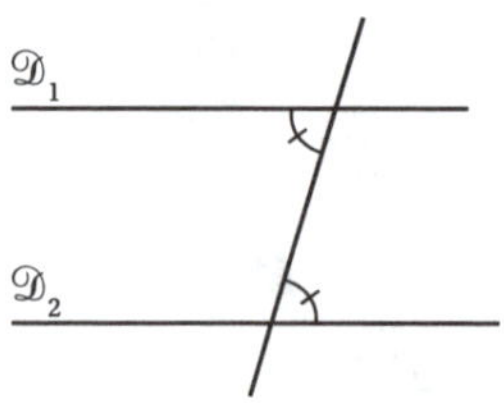

Les angles alternes-internes sont égaux : $\mathcal{D}_1 // \mathcal{D}_2$.

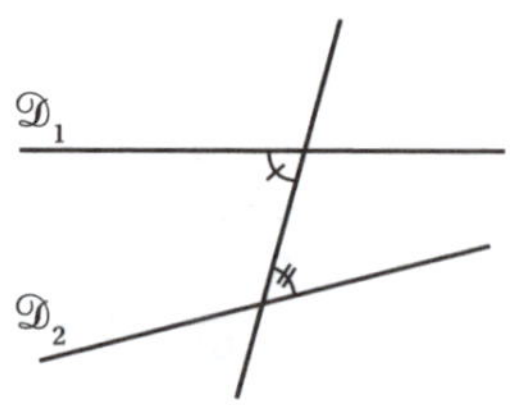

Les angles alternes-internes ne sont pas égaux : $\mathcal{D}_1$ et $\mathcal{D}_2$ ne sont pas parallèles.

Méthodes

1 Démontrer que deux droites sont parallèles à l'aide de la réciproque de Thalès

Sur la figure ci-contre, on a OD = 4 cm ; OC = 5 cm ; AC = 3 cm ; AB = 6 cm et BD = 2,4 cm. (*La figure n'est pas en vraie grandeur.*)

Démontrer que les droites (AB) et (CD) sont parallèles.

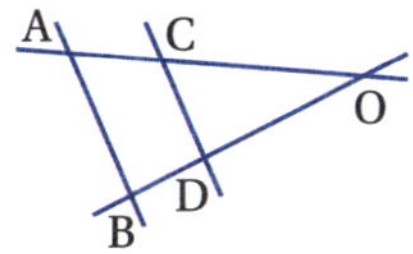

CONSEILS

Afin d'appliquer la réciproque du théorème de Thalès, tu dois calculer les longueurs OA et OB du triangle OAB.
Ensuite, calcule séparément deux rapports et montre qu'ils donnent la même valeur.

SOLUTION

On commence par calculer les longueurs OA et OB. On a :

OA = OC + AC = 5 + 3 = 8 cm et OB = OD + BD = 4 + 2,4 = 6,4 cm.

On a $\frac{OC}{OA} = \frac{5}{8} = 0{,}625$ et $\frac{OD}{OB} = \frac{4}{6{,}4} = 0{,}625$. On a donc $\frac{OC}{OA} = \frac{OD}{OB}$.

De plus, les points O, C, A d'une part, et les points O, D, B d'autre part sont alignés dans cet ordre. D'après la réciproque du théorème de Thalès, les droites (AB) et (CD) sont parallèles.

2 Démontrer que deux droites sont non-parallèles à l'aide des angles alternes-internes

En utilisant le codage de la figure ci-contre, démontrer que les droites $\mathscr{D}_1$ et $\mathscr{D}_2$ ne sont pas parallèles.

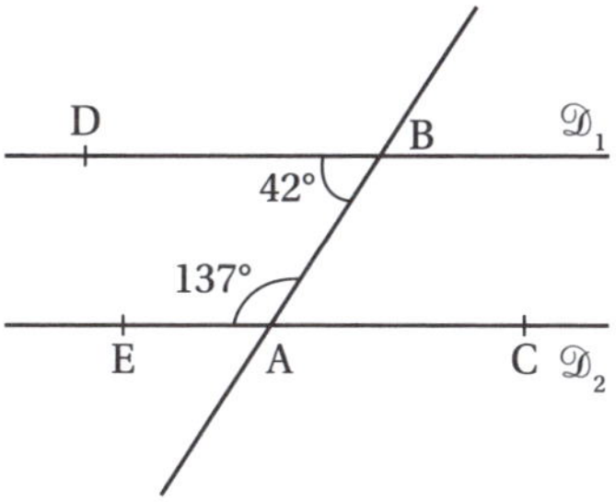

SOLUTION

Calculons l'angle $\widehat{BAC}$:

$\widehat{BAC} + \widehat{BAE} = 180°$

$\widehat{BAC} = 180° - 137°$

$\widehat{BAC} = 43°$.

Les angles alternes-internes $\widehat{DBA}$ et $\widehat{BAC}$ ne sont pas égaux, donc les droites $\mathscr{D}_1$ et $\mathscr{D}_2$ ne sont pas parallèles.

QUADRILATÈRES, CONFIGURATION DE THALÈS

Les quadrilatères particuliers

Parallélogramme

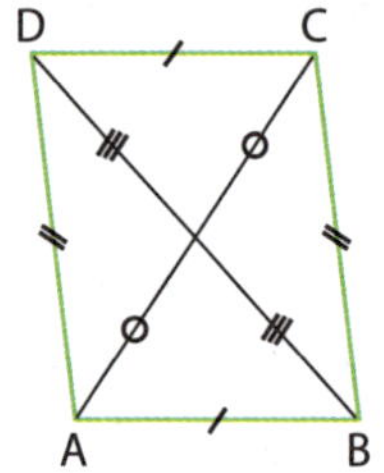

- Ses côtés opposés sont égaux et parallèles.
- Ses diagonales se coupent en leurs milieux.

Losange

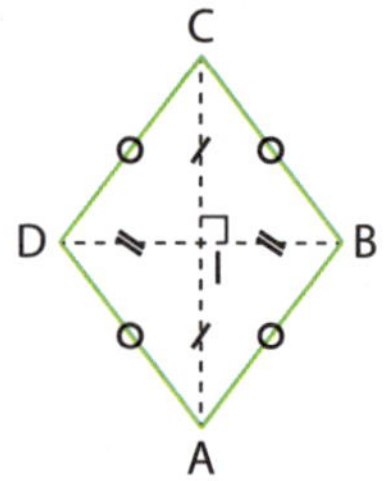

Parallélogramme qui a, de plus, 4 côtés égaux et ses diagonales perpendiculaires

Rectangle

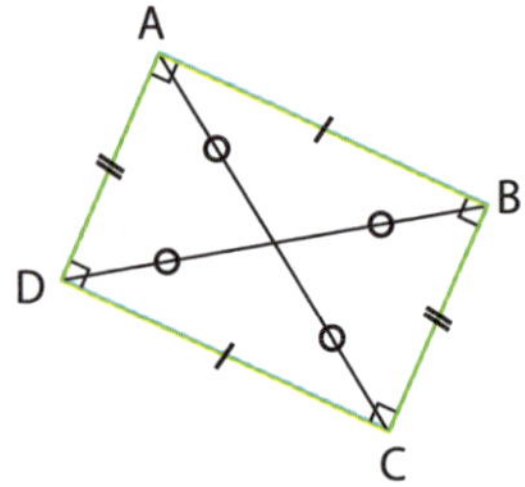

Parallélogramme qui a, de plus, ses côtés consécutifs perpendiculaires et ses diagonales de même longueur

Carré

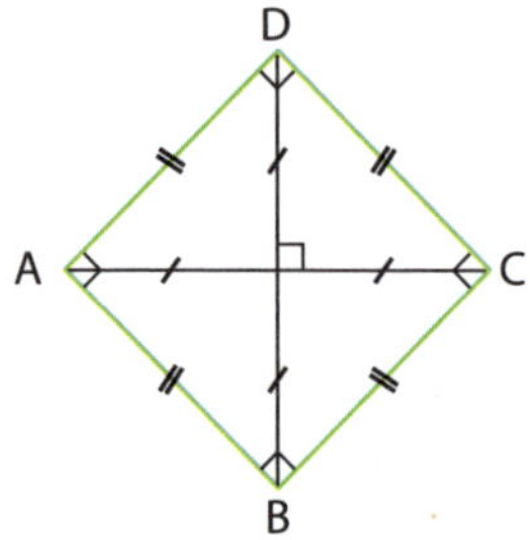

Rectangle qui a, de plus, ses côtés égaux et ses diagonales perpendiculaires

Le théorème de Thalès

Énoncé

Soit $\mathcal{D}$ et $\mathcal{D}'$ deux droites sécantes en A.
Soit M, B deux points de $\mathcal{D}$.
Soit N, C deux points de $\mathcal{D}'$.

Si (MN) // (BC) alors $\frac{AM}{AB} = \frac{AN}{AC} = \frac{MN}{BC}$

Deux configurations possibles

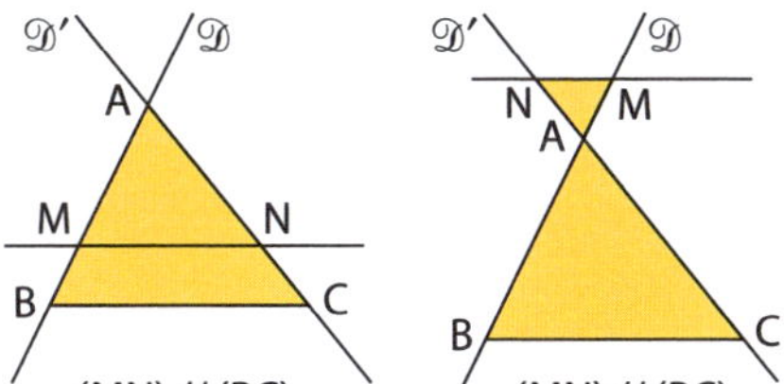

(MN) // (BC) (MN) // (BC)

La réciproque du théorème de Thalès

Énoncé

Soit $\mathcal{D}$ et $\mathcal{D}'$ deux droites sécantes en A.
Soit M, B deux points de $\mathcal{D}$.
Soit N, C deux points de $\mathcal{D}'$.

Si $\frac{AM}{AB} = \frac{AN}{AC}$ et si A, M, B et A, N, C sont alignés dans cet ordre alors (MN) // (BC).

Quand l'utiliser ?

Pour démontrer que deux droites sont parallèles

Exemple :

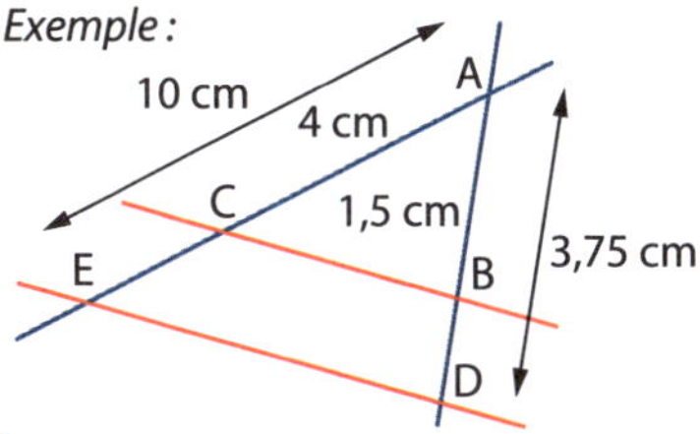

Les quotients $\frac{AC}{AE}$ et $\frac{AB}{AD}$ sont égaux.
Les points A, C, E et A, B, D sont alignés dans cet ordre.
Donc d'après la réciproque du théorème de Thalès, (CB) // (ED).

SE TESTER QUIZ

Vérifie que tu as compris les points clés

1 Démontrer qu'un quadrilatère est particulier

→ FICHE 38

1) Si un quadrilatère a quatre angles droits, alors on est sûr que c'est :

☐ **a.** un losange ☐ **b.** un carré ☐ **c.** rectangle

2) EFGH est un parallélogramme qui possède un angle droit.
On est sûr que EFGH est :

☐ **a.** un carré ☐ **b.** un rectangle ☐ **c.** un losange

3) Si un quadrilatère est un losange, alors on est sûr que :

☐ **a.** c'est un carré

☐ **b.** ses diagonales ont la même longueur

☐ **c.** ses quatre côtés ont la même longueur

.../3

2 Calculer une longueur à l'aide du théorème de Thalès

→ FICHE 39

On considère la figure ci-dessous (qui n'est pas en vraie grandeur).

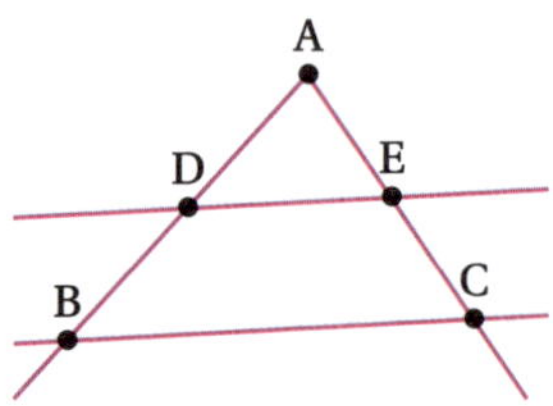

Les droites (BC) et (DE) sont parallèles.
On donne AB = 12 cm ; AC = 8 cm ; AD = 6 cm.

1) Le théorème de Thalès permet d'écrire l'égalité suivante :

☐ **a.** $\frac{AB}{BD} = \frac{AC}{AE}$ ☐ **b.** $\frac{AB}{AD} = \frac{AC}{CE}$ ☐ **c.** $\frac{AD}{AB} = \frac{AE}{AC}$

2) La longueur AE vaut :

☐ **a.** 3 cm ☐ **b.** 4 cm ☐ **c.** 5 cm.

3) La longueur DE est égale à :

☐ **a.** $\frac{BC}{2}$ ☐ **b.** $2 \times BC$ ☐ **c.** BC^2

.../3

3 Utiliser la réciproque du théorème de Thalès

→ FICHE 40

On considère la figure ci-contre (qui n'est pas en vraie grandeur).
Les points O, N, R d'une part et les points O, M, S d'autre part sont alignés dans cet ordre.

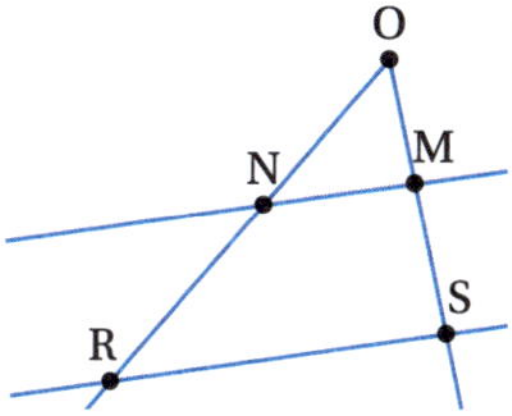

1) Pour appliquer la réciproque du théorème de Thalès aux droites (MN) et (RS), on compare les rapports :

☐ **a.** $\frac{ON}{OR}$ et $\frac{OM}{OS}$ ☐ **b.** $\frac{OM}{OR}$ et $\frac{ON}{OS}$ ☐ **c.** $\frac{ON}{OM}$ et $\frac{OR}{OS}$

2) On a : $ON = 8{,}4$; $OR = 9{,}6$; $OM = 7$; $OS = 8$. Les droites (MN) et (RS) sont :

☐ **a.** sécantes ☐ **b.** parallèles ☐ **c.** non parallèles

.../2

4 Utiliser la réciproque du théorème de Thalès

→ FICHE 40

On considère la figure ci-contre (qui n'est pas en vraie grandeur).

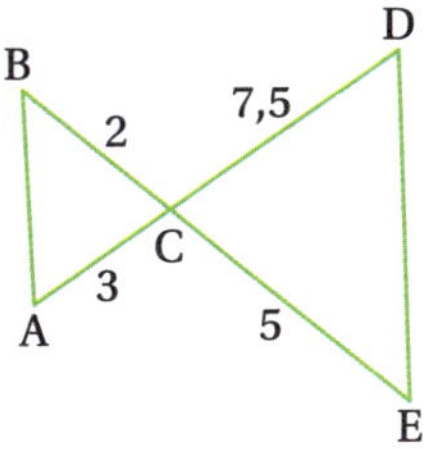

1) Pour appliquer la réciproque du théorème de Thalès aux droites (AB) et (ED), on compare les rapports :

☐ **a.** $\frac{CB}{CA}$ et $\frac{CD}{CE}$ ☐ **b.** $\frac{BE}{CD}$ et $\frac{AD}{AC}$ ☐ **c.** $\frac{CB}{CE}$ et $\frac{CA}{CD}$

2) Les droites (AB) et (DE) sont :

☐ **a.** sécantes ☐ **b.** parallèles ☐ **c.** non parallèles

.../2

5 Identifier des droites parallèles à l'aide des angles

→ FICHE 40

Sur la figure ci-contre, les droites (AB) et (CE) :

☐ **a.** sont parallèles
☐ **b.** ne sont pas parallèles
☐ **c.** sont perpendiculaires

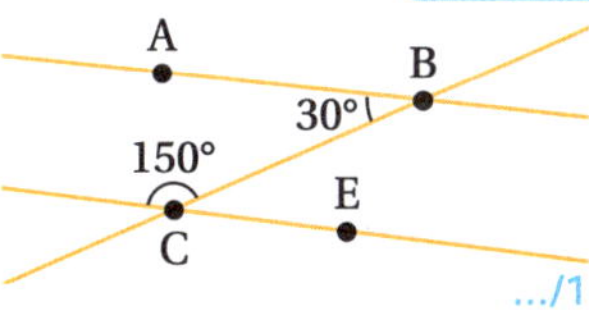

.../1

ON FAIT LE BILAN !

score total .../11

- Des erreurs ? Entraîne-toi ! → **LES EXOS** P. 248
- Zéro faute ? Bravo ! → **OBJECTIF BREVET** P. 250

LES EXOS

Entraîne-toi !

6 Reconnaître un quadrilatère particulier

→ FICHE 38

Le quadrilatère ci-contre est-il un carré ?

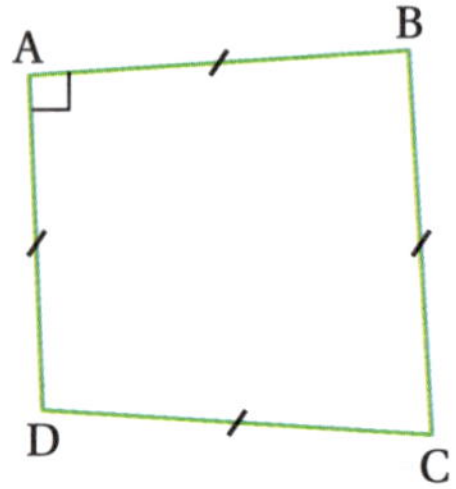

Attention ! La figure proposée n'est pas à l'échelle, mais les codages sont corrects.

7 Trouver la largeur d'une rivière

→ FICHE 39

Joachim doit traverser une rivière avec un groupe d'amis. Il souhaite installer une corde afin que les personnes peu rassurées puissent se tenir.

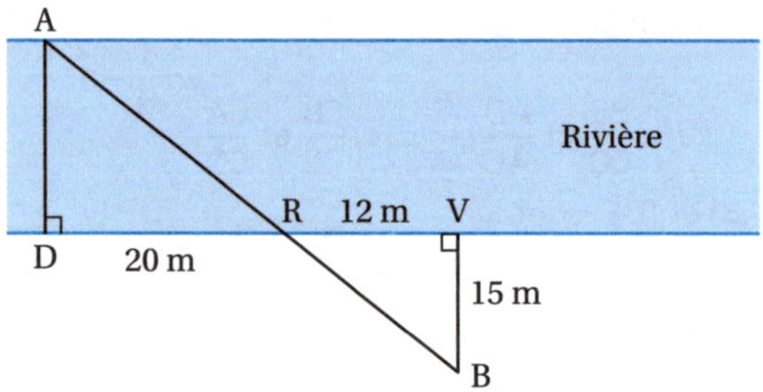

La figure n'est pas en vraie grandeur

Il veut connaître la largeur de la rivière à cet endroit (nommé D) pour déterminer si la corde dont il dispose est assez longue. Pour cela il a repéré un arbre (nommé A) sur l'autre rive.

Il parcourt 20 mètres sur la rive rectiligne où il se situe et trouve un nouveau repère : un rocher (nommé R).

Ensuite il poursuit sur 12 mètres et s'éloigne alors de la rivière, à angle droit, jusqu'à ce que le rocher soit aligné avec l'arbre depuis son point d'observation (nommé B). Il parcourt pour cela 15 mètres.

Il est alors satisfait : sa corde d'une longueur de 30 mètres est assez longue pour qu'il puisse l'installer entre les points D et A.

À l'aide de la figure, confirmer sa décision.

8 Prise de vue

→ FICHE 39

Les appareils numériques utilisent un capteur optique. Voici un schéma du fonctionnement d'un tel appareil.
Un objet [AB] situé à une distance d de l'objectif O a une image [A'B'] située à une distance d' de O.

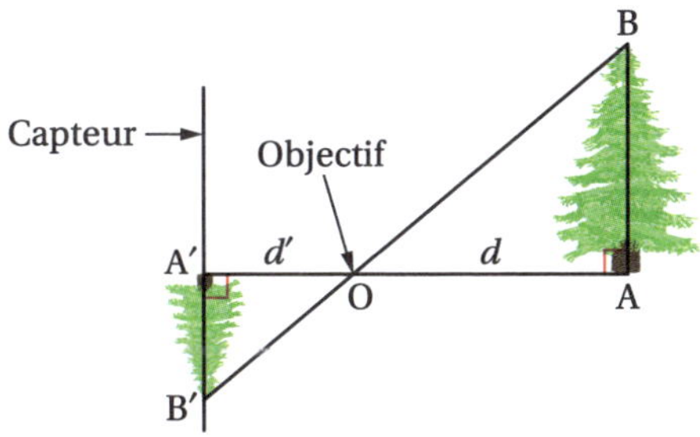

Pour un certain appareil, $d' = 50$ mm.

1 Démontrer que les droites (AB) et (A'B') sont parallèles.

2 Un sapin d'une hauteur de 16 m se trouve à 20 m de l'objectif.
Quelle est la hauteur de l'image inversée qui se forme sur la pellicule ?

9 Calculer une longueur à l'aide du théorème de Thalès

→ FICHES 35 et 39

Une commune souhaite aménager des parcours de santé sur son territoire. On fait deux propositions au conseil municipal, schématisées ci-dessous :

- le parcours ACDA ;
- le parcours AEFA.

(E'F') // (EF)
AC = 1,4 km
CD = 1,05 km
AE' = 0,5 km
AE = 1,3 km
AF = 1,6 km
E'F' = 0,4 km

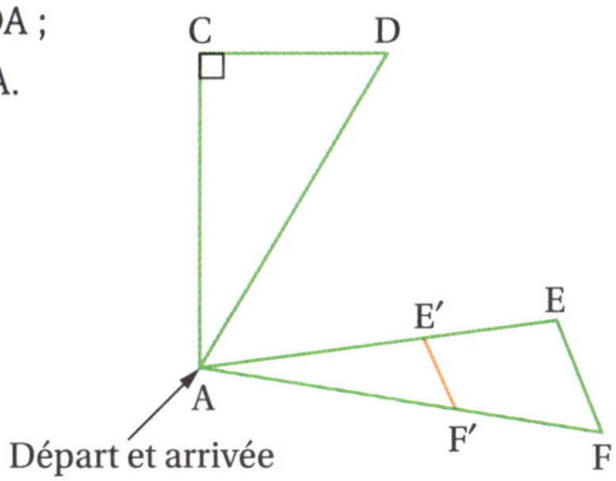

L'angle $\hat{A}$ dans le triangle AEF vaut 30°.
Attention ! La figure proposée au conseil municipal n'est pas à l'échelle, mais les codages et les dimensions données sont exacts.
La commune souhaite réaliser un parcours dont la longueur s'approche le plus possible de 4 km. Lequel de ces parcours convient le mieux ? Justifier.

10 Utiliser le théorème de Thalès

→ FICHES 35 et 39

Pour construire un mur vertical, il faut parfois utiliser un coffrage et un étayage qui maintiendra la structure verticale le temps que le béton durcisse. Cet étayage peut se représenter par le schéma ci-contre.
Les poutres de fer sont coupées et fixées de façon que :
- les segments [AB] et [AE] sont perpendiculaires ;
- C est situé sur la barre [AB] ;
- D est situé sur la barre [BE] ;
- AB = 3,5 m ; AE = 2,625 m et CD = 1,5 m.

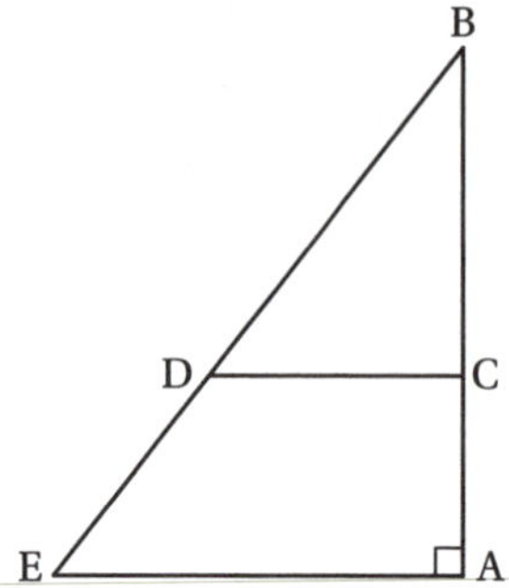

1) Calculer BE.

2) Les barres [CD] et [AE] doivent être parallèles. À quelle distance de B faut-il placer le point C ?

11 Utiliser la réciproque du théorème de Thalès

→ FICHE 40

Les points O, A et C sont alignés, ainsi que les points O, B et D.

En utilisant le codage et les données de la figure ci-contre, est-il vrai que les droites (AB) et (CD) sont parallèles ? Justifier vos affirmations.

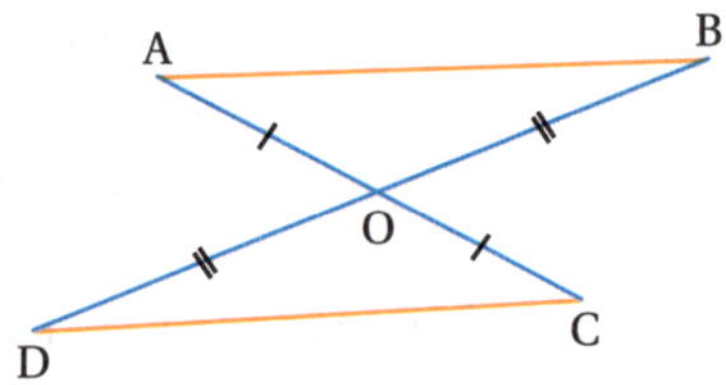

OBJECTIF BREVET

Lance-toi dans des sujets !

12 Reconnaître un quadrilatère particulier

20 min

→ FICHE 38

1) Tracer un triangle OBC rectangle en O tel que OB = 3 et OC = 6.

2) Calculer la valeur exacte de la longueur BC.

3) Construire le point D symétrique de B par rapport à O, puis le point A tel que le quadrilatère ABCD soit un parallélogramme.

4) Montrer que O est le milieu de [AC].

5) Démontrer que ABCD est un losange.

DÉMARRONS ENSEMBLE

2) Applique le théorème de Pythagore au triangle OBC rectangle en O.

3) Vérifie que [AC] est une diagonale du parallélogramme ABCD.

4) Cherche une propriété possédée par les diagonales du parallélogramme ABCD.

5) Tu sais que ABCD est un parallélogramme. Observe ses diagonales.

13 Mesurer un arbre

20 min

→ FICHE 39

Julien veut mesurer un jeune chêne avec une croix de bûcheron comme le montre le schéma ci-dessous.

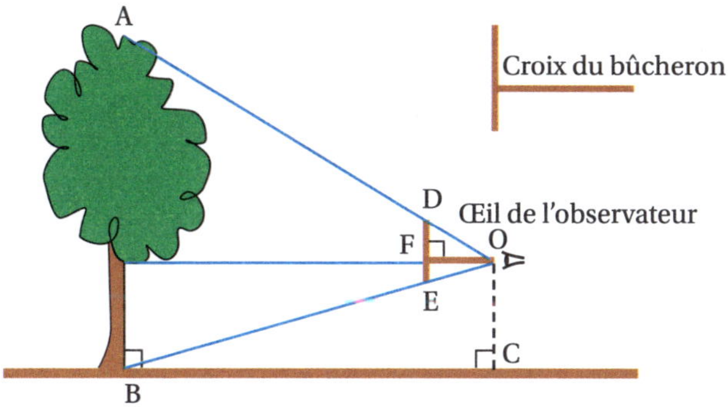

Il place la croix de sorte que O, D et A d'une part et O, E et B d'autre part soient alignés. Il sait que DE = 20 cm et OF = 35 cm. Il place [DE] verticalement et [OF] horizontalement. Il mesure au sol BC = 7,7 m.

1) Le triangle ABO est un agrandissement du triangle ODE. Justifier que le coefficient d'agrandissement est 22.

2) Calculer la hauteur de l'arbre en mètres.

3) Certaines croix du bûcheron sont telles que DE = OF. Quel avantage apporte ce type de croix ?

4) Julien enroule une corde autour du tronc de l'arbre à 1,5 m du sol. Il mesure ainsi une circonférence de 138 cm.
Quel est le diamètre de cet arbre à cette hauteur ? Donner un arrondi au centimètre près.

DÉMARRONS ENSEMBLE

1) Divise la longueur de la hauteur issue de O dans le triangle OAB par la longueur de celle issue de O dans le triangle ODE.

2) Tu connais le coefficient d'agrandissement. Compare les longueurs AB et DE.

3) Explique pourquoi, dans ce cas, le coefficient d'agrandissement est plus facile à calculer.

4) Souviens-toi que la longueur d'un cercle est égale au produit de π par le diamètre.

14 Éclairage arrière d'une voiture

20 min

→ FICHE 39

En se retournant lors d'une marche arrière, le conducteur d'une camionnette voit le sol à 6 mètres derrière son camion.

Sur le schéma, la zone grisée correspond à ce que le conducteur ne voit pas lorsqu'il regarde en arrière.

Données : (AE) // (BD) ;
AE = 1,50 m ; BD = 1,10 m ;
EC = 6 m.

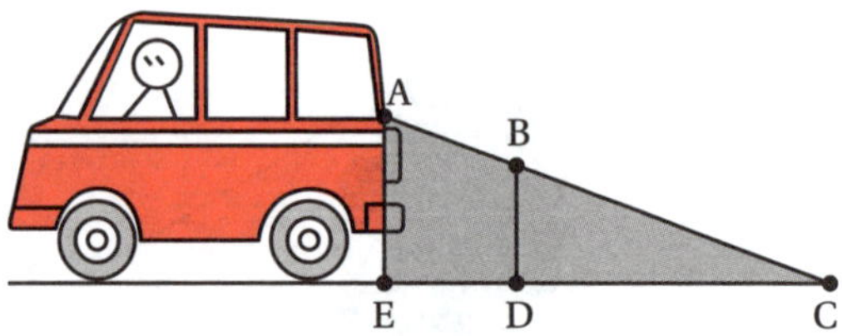

1) Calculer CD.

2) En déduire que ED = 1,60 m.

3) Une fillette mesure 1,10 m. Elle passe à 1,40 m derrière la camionnette. Le conducteur peut-il la voir ? Expliquer.

DÉMARRONS ENSEMBLE

1) Observe que les droites (CA) et (CE) sont sécantes en C. Elles sont coupées par deux parallèles. Applique le théorème de Thalès à cette configuration.

2) Le point D appartient au segment [EC]. Calcule la longueur ED par soustraction.

3) Observe que la taille de la fillette est égale à la longueur du segment [BD].

15 Calculer l'assise d'un tabouret

10 min

→ FICHE 39

On a modélisé géométriquement un tabouret pliant par les segments [CB] et [AD] pour l'armature métallique et le segment [CD] pour l'assise en toile.

On a CG = DG = 30 cm, AG = BG = 45 cm et AB = 51 cm.

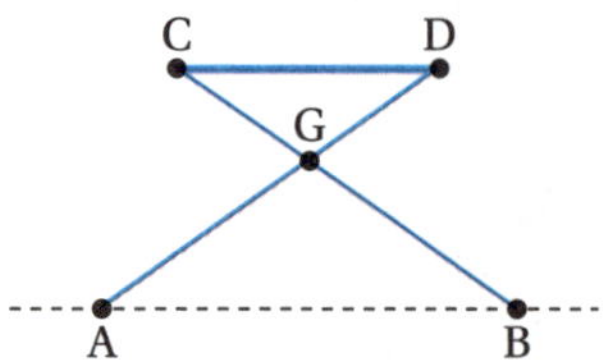

Pour des raisons de confort, l'assise [CD] est parallèle au sol représenté par la droite (AB).

Déterminer la longueur CD de l'assise.

DÉMARRONS ENSEMBLE

Observe que les droites (AD) et (CB) sont sécantes en G. Elles sont coupées par deux parallèles. Applique le théorème de Thalès à cette configuration pour calculer la longueur CD.

16 Énergie solaire

20 min

→ FICHE 39

L'énergie solaire est une source d'énergie qui dépend du Soleil. Cette énergie permet de fabriquer de l'électricité à partir de centrales solaires thermiques ou de panneaux photovoltaïques.

La structure métallique qui maintient les panneaux solaires est fixée sur un pied-support au point A. La barre de réglage est parallèle au sol.

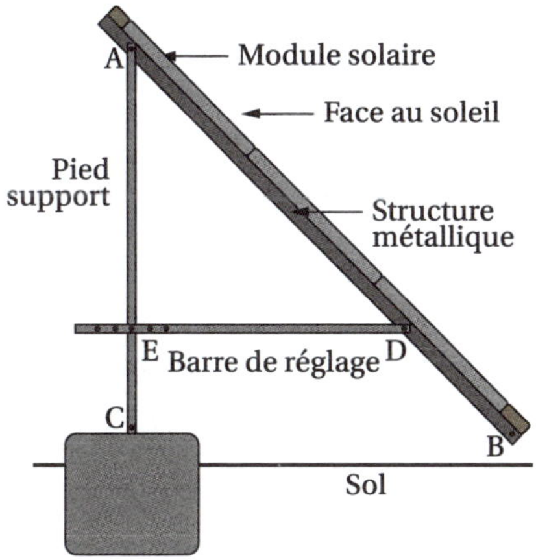

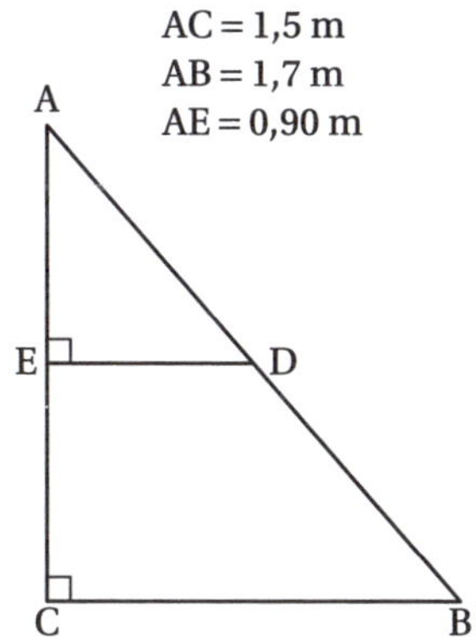

1) En utilisant la figure qui n'est pas en vraie grandeur, calculer, en mètres, la longueur BC dans le triangle rectangle ABC rectangle en C.

2) Démontrer que les droites (DE) et (BC) sont parallèles.

3) Calculer, en mètres, la longueur DE.

DÉMARRONS ENSEMBLE

1) Utilise le théorème de Pythagore.

2) Observe le codage de la figure.

3) Utilise le théorème de Thalès.

17 Démontrer que deux droites sont parallèles

15 min

→ FICHES 39 et 40

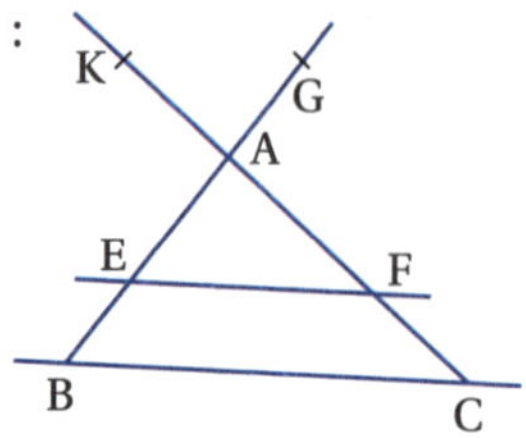

Sur la figure ci-contre (elle n'est pas en vraie grandeur) :

- les points K, A, F, C sont alignés ;
- les points G, A, E, B sont alignés ;
- (EF) et (BC) sont parallèles ;
- AB = 5 et AC = 6,5 ;
- AE = 3 et EF = 4,8 ;
- AK = 2,6 et AG = 2.

1) Démontrer que BC = 8.

2) Les droites (KG) et (BC) sont-elles parallèles ? Justifier.

3) Les droites (AC) et (AB) sont-elles perpendiculaires ? Justifier.

DÉMARRONS ENSEMBLE

1) Applique le théorème de Thalès aux droites (AB) et (AC) en considérant les droites parallèles (EF) et (BC).

2) Cette fois-ci, c'est la réciproque du théorème de Thalès qu'il faut utiliser.

3) Cherche si le triangle ABC est rectangle en A. Tu connais la longueur de ses trois côtés.

18 Théorème de Thalès et calcul d'aire

15 min

→ FICHE 40

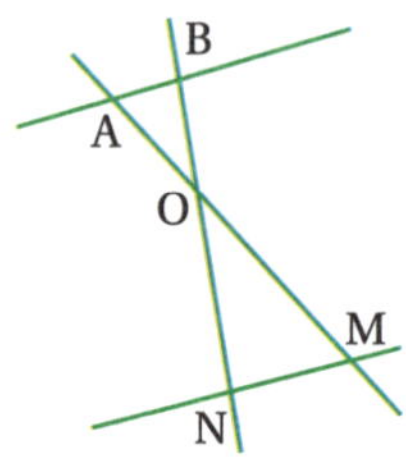

La figure ci-contre n'est pas en vraie grandeur ; on ne demande pas de la reproduire.
Les droites (AM) et (BN) sont sécantes en O. Les dimensions sont en centimètres.
On donne : OA = 3 ; OB = 2,5 ; OM = 5,4 et ON = 4,5.

1) Montrer que les droites (AB) et (MN) sont parallèles.

2) On suppose que AB = 1,2. Calculer la distance MN.

3) Choisir parmi les quatre nombres ci-après, celui qui est égal au rapport $\dfrac{\text{aire du triangle OMN}}{\text{aire du triangle OAB}}$:

a. 0,6 **b.** 1,8 **c.** 3,24 **d.** 3,6

DÉMARRONS ENSEMBLE

1) Applique la réciproque du théorème de Thalès.

2) Tu as démontré à la question précédente que les droites (AB) et (MN) sont parallèles. Trouve le troisième rapport.

3) Cherche le coefficient d'agrandissement qui permet de passer du triangle OAB au triangle OMN.

CORRIGÉS

SE TESTER QUIZ

1 Démontrer qu'un quadrilatère est particulier

1) Réponse c. On ne précise rien sur la longueur des côtés. Les propositions a et b sont fausses. Un rectangle possède 4 angles droits.

2) Réponse b. EFGH est un parallélogramme, donc ses côtés opposés sont égaux deux à deux. Ce n'est pas un carré, ni un losange. Les propositions a et c sont fausses. Il possède un angle droit, c'est un rectangle.

3) Réponse c. Tout losange n'est pas un carré, donc la proposition a est fausse. Les diagonales d'un losange n'ont pas obligatoirement la même longueur. La proposition b est fausse. Un losange est un quadrilatère qui a ses quatre côtés de la même longueur.

2 Calculer une longueur à l'aide du théorème de Thalès

1) Réponse c. Les droites (AB) et (AC) sont sécantes en C. Les droites (BC) et (DE) sont parallèles. Le théorème de Thalès permet d'écrire l'égalité suivante : $\frac{AD}{AB} = \frac{AE}{AC}$.

2) Réponse b. On a : $\frac{AD}{AB} = \frac{AE}{AC}$. On remplace par les valeurs numériques. On obtient : $\frac{6}{12} = \frac{AE}{8}$. On effectue un produit en croix : $12 \times AE = 6 \times 8$; $AE = \frac{48}{12}$; $AE = 4$.
La longueur AE vaut 4 cm.

3) Réponse a. On a : $\frac{AD}{AB} = \frac{AE}{AC} = \frac{DE}{BC}$. Or $\frac{AD}{AB} = \frac{6}{12} = \frac{1}{2}$. On a donc $\frac{1}{2} = \frac{DE}{BC}$. La longueur DE est égale à : $\frac{BC}{2}$.

3 Utiliser la réciproque du théorème de Thalès

1) Réponse a. Pour appliquer la réciproque du théorème de Thalès aux droites (MN) et (RS), on compare les rapports $\frac{ON}{OR}$ et $\frac{OM}{OS}$, les points O, N, R d'une part et les points O, M, S d'autre part étant alignés dans cet ordre.

2) Réponse b. On a : $\frac{ON}{OR} = \frac{8,4}{9,6} = 0,875$ et $\frac{OM}{OS} = \frac{7}{8} = 0,875$. Les points O, N, R d'une part et les points O, M, S d'autre part sont alignés dans cet ordre. On applique la réciproque du théorème de Thalès. Les droites (MN) et (RS) sont parallèles.

4 Utiliser la réciproque du théorème de Thalès

1) Réponse c. Les points B, C, E d'une part et les points A, C, D d'autre part étant alignés dans cet ordre, pour appliquer la réciproque du théorème de Thalès aux droites (AB) et (ED), on compare les rapports $\frac{CB}{CE}$ et $\frac{CA}{CD}$.

2 **Réponse b.** On a : $\frac{CB}{CE} = \frac{2}{5} = 0{,}4$ et $\frac{CA}{CD} = \frac{3}{7{,}5} = 0{,}4$. D'après la réciproque du théorème de Thalès, les droites (AB) et (DE) sont parallèles.

5 Identifier des droites parallèles à l'aide des angles

Réponse a. On a : $\widehat{BCE} = 180° - 150° = 30°$. Les angles $\widehat{ABC}$ et $\widehat{BCE}$ sont alternes-internes égaux, donc les droites (AB) et (CE) sont parallèles.

LES EXOS

6 Reconnaître un quadrilatère particulier

Le quadrilatère possède quatre côtés de même longueur, c'est donc un losange. Il possède un angle droit. C'est donc un carré.

7 Trouver la largeur d'une rivière

On doit comparer la largeur de la rivière, c'est-à-dire la longueur DA avec la longueur de la corde.
Pour calculer la longueur DA, on applique le théorème de Thalès. Les droites (RA) et (RD) sont sécantes en R. Les droites (AD) et (BV) sont perpendiculaires à la droite (DV), donc elles sont parallèles. B appartient à (RA) et V appartient à (RD).
On a :
$\frac{RA}{RB} = \frac{RD}{RV} = \frac{DA}{VB}$.

On remplace les longueurs connues : $\frac{RA}{RB} = \frac{20}{12} = \frac{DA}{15}$.

À l'aide du produit en croix, on a $12 \times DA = 15 \times 20$, soit $DA = 25$.
La largeur de la rivière est égale à 25 m. La corde mesure 30 m. On peut donc confirmer la décision de Joachim.

8 Prise de vue

1 Les droites (AB) et (A'B') sont toutes les deux perpendiculaires à la droite (AA') comme l'indique le codage de la figure. Ces deux droites sont parallèles.

2 Les droites (AA') et (BB') sont sécantes en O et coupées par les parallèles (AB) et (A'B'). On applique le théorème de Thalès. On a : $\frac{OA'}{OA} = \frac{OB'}{OB} = \frac{A'B'}{AB}$.

On convertit les distances données dans la même unité et on remplace par les valeurs connues.
$\frac{50}{20\,000} = \frac{OB'}{OB} = \frac{A'B'}{16\,000}$.

On effectue un produit en croix. On obtient :
$A'B' \times 20\,000 = 50 \times 16\,000$; $A'B' = \frac{50 \times 16\,000}{20\,000} = 40$.

La hauteur de l'image inversée est 40 mm ou 4 cm.

CONSEILS

2 N'oublie pas de convertir les longueurs dans une même unité avant d'effectuer des calculs.

9 Calculer une longueur à l'aide du théorème de Thalès

• Calculons la longueur du parcours ACDA.

Pour calculer la longueur AD, on applique le théorème de Pythagore au triangle ACD rectangle en C. On a :

$AD^2 = AC^2 + CD^2$

$AD^2 = 1,4^2 + 1,05^2$

$AD^2 = 3,0625$

$AD = 1,75.$

On obtient $AC + CD + AD = 1,4 + 1,05 + 1,75 = 4,2.$

La longueur du parcours ACDA est égale à 4,2 km.

• Calculons la longueur du parcours AEFA.

Pour calculer la longueur EF, on applique le théorème de Thalès. Les droites (AE) et (AF) sont sécantes en A. E′ appartient à (AE) et F′ appartient à (AF). Les droites (E′F′) et (EF) sont parallèles.

On a $\dfrac{AE'}{AE} = \dfrac{AF'}{AF} = \dfrac{E'F'}{EF}$

$\dfrac{0,5}{1,3} = \dfrac{AF'}{1,6} = \dfrac{0,4}{EF}$

$0,5 \times EF = 0,4 \times 1,3$

$EF = 1,04.$

On obtient $AE + EF + AF = 1,3 + 1,04 + 1,6 = 3,94.$

La longueur du parcours AEFA est égale à 3,94 km.

3,94 km est la longueur la plus proche de 4 km. Le conseil municipal va choisir le parcours AEFA.

10 Utiliser le théorème de Thalès

1) Pour calculer BE, on applique le théorème de Pythagore au triangle ABE rectangle en A. On a :

$BE^2 = AB^2 + AE^2$

$BE^2 = 3,5^2 + 2,625^2$

$BE^2 = 19,140625$

$BE = 4,375.$

2) Pour calculer BC, on applique le théorème de Thalès. Les droites (BE) et (BA) sont sécantes en B. Les droites (CD) et (AE) sont parallèles. Le point D appartient à (BE) et le point C appartient à (BA). On a :

$\dfrac{BD}{BE} = \dfrac{BC}{BA} = \dfrac{DC}{EA}$

$\dfrac{BD}{BE} = \dfrac{BC}{3,5} = \dfrac{1,5}{2,625}$

$2,625 \times BC = 1,5 \times 3,5$

$BC = 2.$

Il faut placer B à 2 m de C.

11 Utiliser la réciproque du théorème de Thalès

En observant le codage, on voit que OA = OC et OB = OD. On obtient $\frac{OA}{OC} = \frac{OA}{OA} = 1$ et $\frac{OB}{OD} = \frac{OB}{OB} = 1$. On en déduit que $\frac{OA}{OC} = \frac{OB}{OD}$. De plus, O, A et C sont alignés et O, B et D sont alignés. On applique la réciproque du théorème de Thalès. Les droites (AB) et (CD) sont parallèles.

OBJECTIF BREVET

12 Reconnaître un quadrilatère particulier

1 et **3** Voici la figure complète. *Elle n'est pas en vraie grandeur.*

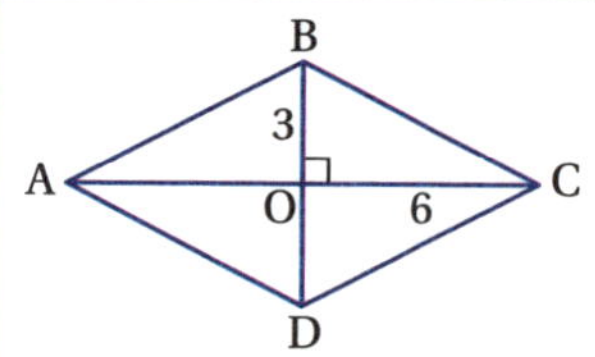

2 On applique le théorème de Pythagore au triangle OBC rectangle en O. On a :
$BC^2 = OC^2 + BO^2 = 6^2 + 3^2 = 45$.
Or $BC > 0$, donc $BC = \sqrt{45}$.

3 Voir le schéma ci-dessus.

4 Le point D est le symétrique de B par rapport à O, donc O est le milieu de [BD]. Or ABCD est un parallélogramme. Ses diagonales [BD] et [AC] ont le même milieu O. Donc O est le milieu de [AC].

5 ABCD est un parallélogramme. De plus, le triangle OBC est rectangle en O, donc les diagonales du parallélogramme ABCD sont perpendiculaires. ABCD est donc un losange.

CONSEIL

5 Tu sais que ABCD est un parallélogramme. Tu sais que ses diagonales ont le même milieu. Tu cherches une autre propriété qui en fera un losange.

13 Mesurer un arbre

1 Le triangle ABO est un agrandissement du triangle ODE. La hauteur issue de O dans le triangle ABO mesure 7,7 m et celle issue de O dans le triangle ODE mesure 35 cm ou 0,35 m. Le coefficient d'agrandissement est donné par le rapport $\frac{BC}{OF} = \frac{7{,}7}{0{,}35} = 22$. Le coefficient d'agrandissement est 22.

2 Le coefficient d'agrandissement est 22. On a donc $AB = 22 \times DE$, soit AB = 440 cm. L'arbre mesure 440 cm ou 4,4 m.

3 Certaines croix du bûcheron sont telles que DE = OF. D'après ce qui précède, on a l'égalité de rapports $\frac{BC}{OF} = \frac{AD}{DE}$. Or si DE = OF, alors AB = BC, ce qui facilite les calculs.

4 La longueur d'un cercle de diamètre d est égale à $\pi \times d$. On a donc $138 = \pi \times d$, d'où $d = 138 \div \pi$. Un arrondi au centimètre près du diamètre est 44 cm.

MOT CLÉ

La **longueur d'un cercle** s'appelle aussi la circonférence d'un cercle.

14 Éclairage arrière d'une voiture

1) Pour calculer CD, on applique le théorème de Thalès en observant que les droites (CA) et (CE) se coupent en C. Les droites (AE) et (BD) sont parallèles. Les points A et B appartiennent à (CA) et les points D et E appartiennent à (CE).
On obtient : $\frac{CB}{CA} = \frac{CD}{CE} = \frac{BD}{AE}$.

On remplace les longueurs connues : $\frac{CB}{CA} = \frac{CD}{6} = \frac{1,10}{1,50}$. À l'aide du produit en croix, on a :
$1,50 \times CD = 1,10 \times 6$
$CD = (1,10 \times 6) \div 1,5$
$CD = 4,4$ m.

À NOTER
1) La longueur du segment [CD] s'écrit CD sans crochets.

2) Le point D appartient au segment [EC], donc EC = ED + DC. On a alors :
$ED = EC - DC$
$ED = 6 - 4,4$.
D'où ED = 1,60 m.

3) Une fillette mesure 1,10 m. Sa taille représente la longueur du segment [BD]. Or D est situé à 1,60 m derrière la camionnette. La fillette passe à 1,40 m derrière la camionnette, elle est donc plus près de la camionnette que le point D. Le conducteur ne peut pas la voir.

15 Calculer l'assise d'un tabouret

On applique le théorème de Thalès en observant que les droites (AD) et (CB) se coupent en G. Les droites (CD) et (AB) sont parallèles. Les points B et C appartiennent à (BC) et les points A et D appartiennent à (AD). On obtient $\frac{AG}{DG} = \frac{BG}{CG} = \frac{AB}{CD}$.

On remplace les longueurs connues : $\frac{45}{30} = \frac{45}{30} = \frac{51}{CD}$.
À l'aide du produit en croix, on a :
$45 \times CD = 51 \times 30$, soit $CD = (51 \times 30) \div 45$ et $CD = 34$.
L'assise du tabouret mesure 34 cm.

CONSEIL
Vérifie que tu as écrit au numérateur des trois rapports les côtés d'un même triangle.

16 Énergie solaire

1) On applique le théorème de Pythagore au triangle ABC rectangle en C. On a :
$AB^2 = AC^2 + BC^2$; $1,7^2 = 1,5^2 + BC^2$; $2,89 = 2,25 + BC^2$; $2,89 - 2,25 = BC^2$; $0,64 = BC^2$.
BC est une longueur, donc $BC > 0$. On a : BC = 0,8. La longueur BC est égale à 0,8 m.

2) Les droites (DE) et (BC) sont perpendiculaires à la droite (AC), donc elles sont parallèles.

3) Les droites (AC) et (AB) sont sécantes en A et coupées par les parallèles (DE) et (BC). On applique le théorème de Thalès. On a : $\frac{AE}{AC} = \frac{AD}{AB} = \frac{DE}{BC}$.
On remplace par les valeurs connues et on écrit le produit en croix. On obtient :
$\frac{0,9}{1,5} = \frac{DE}{0,8}$; $1,5 \times DE = 0,9 \times 0,8$; $DE = \frac{0,72}{1,5}$; $DE = 0,48$.
La longueur DE mesure 0,48 m.

17 Démontrer que deux droites sont parallèles

1) On applique le théorème de Thalès en observant que les droites (AB) et (AC) se coupent en A. Les droites (EF) et (BC) sont parallèles. Les points B et E appartiennent à (AE) et les points F et C appartiennent à (AC). On obtient : $\frac{AE}{AB} = \frac{AF}{AC} = \frac{EF}{BC}$.
On remplace les longueurs connues : $\frac{3}{5} = \frac{AF}{6,5} = \frac{4,8}{BC}$. À l'aide du produit en croix, on a $BC = (4,8 \times 5) \div 3 = 8$.

2) On applique la réciproque du théorème de Thalès aux droites (BG) et (CK) sécantes en A.
On a $\frac{AG}{AB} = \frac{2}{5} = 0,4$ et $\frac{AK}{AC} = \frac{2,6}{6,5} = 0,4$. On a donc $\frac{AG}{AB} = \frac{AK}{AC}$.
En outre, les points G, A, B d'une part, et les points K, A, C d'autre part sont alignés dans cet ordre. D'après la réciproque du théorème de Thalès, les droites (KG) et (BC) sont parallèles.

3) On calcule les carrés des longueurs des trois côtés : $AB^2 = 25$, $AC^2 = 42,25$ et $BC^2 = 64$.
On observe que $BC^2 \neq AB^2 + AC^2$. D'après la réciproque du théorème de Pythagore, le triangle ABC n'est pas rectangle. Les droites (AC) et (AB) ne sont pas perpendiculaires.

> **À NOTER**
> 1) et 2) Pour calculer une longueur, on emploie le théorème de Thalès et pour montrer le parallélisme de deux droites, on emploie sa réciproque.

18 Théorème de Thalès et calcul d'aire

1) On applique la réciproque du théorème de Thalès aux droites (AM) et (BN) sécantes en O.
On a $\frac{OA}{OM} = \frac{3}{5,4} = \frac{30}{54} = \frac{5}{9}$ et $\frac{OB}{ON} = \frac{2,5}{4,5} = \frac{5}{9}$. On a donc $\frac{OA}{OM} = \frac{OB}{ON}$.
De plus, les points A, O, M d'une part, et les points B, O, N d'autre part sont alignés dans cet ordre. D'après la réciproque du théorème de Thalès, les droites (AB) et (MN) sont parallèles.

2) Les droites (AB) et (MN) sont parallèles, donc $\frac{OA}{OM} = \frac{OB}{ON} = \frac{AB}{MN}$. On en déduit que $\frac{5}{9} = \frac{1,2}{MN}$. D'où $5 \times MN = 9 \times 1,2$, soit $MN = 2,16$.

3) **Réponse c.** Le triangle OMN est un agrandissement du triangle AOB. On sait que $\frac{OM}{OA} = \frac{9}{5}$.
Le coefficient d'agrandissement est $\frac{9}{5}$, soit 1,8.
On a alors $\frac{\text{aire du triangle OMN}}{\text{aire du triangle OAB}} = 1,8^2 = 3,24$.

> **À NOTER**
> 3) Si le coefficient d'agrandissement est k, alors les aires sont multipliées par k^2.

11 Géométrie dans l'espace

Réponse : Oui, car le produit du volume d'un cône par 3 est égal au volume du cylindre de même hauteur et de même base que le cône.

41 Caractériser une sphère et s'y repérer

EN BREF ▸ *Le système des coordonnées géographiques constitué de la longitude et de la latitude est un des moyens de repérer un point sur la Terre. Cette théorie repose sur les notions de parallèles et de méridiens.*

I Caractériser une sphère

- Une **sphère** de centre O et de rayon r est l'ensemble des points M de l'espace tels que $OM = r$.
- Le cercle de centre O et de rayon OA est un **grand cercle** ($OA = r$).
- Les segments [AB] et [EF] sont des **diamètres** de la sphère.
- Le segment [AC] est une **corde** du grand cercle.

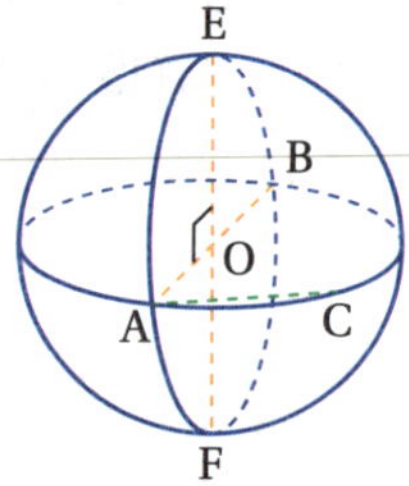

II Se repérer sur la sphère

- La **longitude** est l'angle mesuré en degrés qui sépare un méridien du méridien de Greenwich.
Cette mesure est exprimée par un nombre de 0° à 180° en allant vers l'ouest, ou par un nombre de 0° à 180° en allant vers l'est.

À NOTER
Le point O n'appartient pas à la sphère.

- La **latitude** est l'angle mesuré en degrés, de 0° à 90°, qui sépare un parallèle de l'équateur. Dans l'hémisphère nord, on parle de latitude nord et dans l'hémisphère sud, on parle de latitude sud.

Exemple : La latitude de New York est de 40° nord et sa longitude est de 74° ouest.

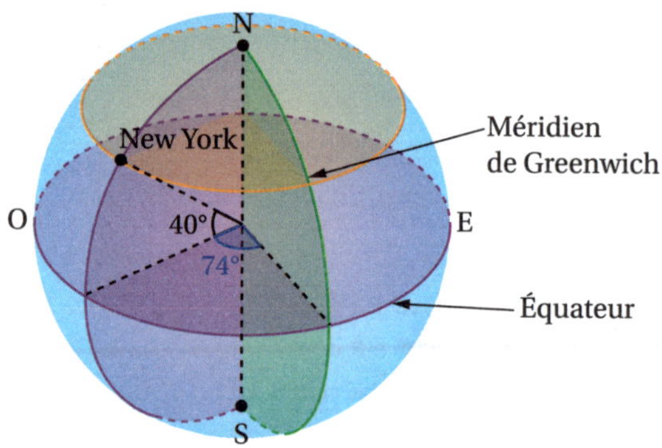

Méthodes

1 Travailler dans la sphère

En observant la figure ci-contre, trouver chacun des éléments suivants :

- deux grands cercles de la sphère ;
- un segment qui se trouve à l'intérieur de la sphère ;
- deux diamètres de la sphère ;
- un point qui appartient à un rayon de la sphère ;
- un rayon de la sphère qui n'est pas supporté par un diamètre tracé.

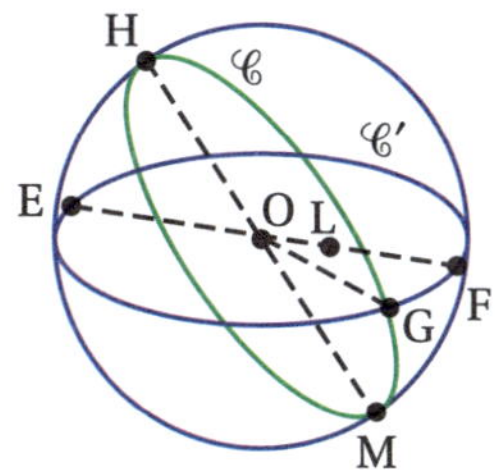

CONSEILS
Une sphère est une surface. Le centre de la sphère n'appartient pas à la sphère, mais est à l'intérieur de celle-ci. En revanche, les extrémités d'un diamètre appartiennent à la sphère.

SOLUTION

- 𝒞 et 𝒞′ sont deux grands cercles de la sphère.
- Le segment [OL] se trouve à l'intérieur de la sphère.
- Les segments [EF] et [HM] sont deux diamètres de la sphère.
- Le point L appartient au rayon [OF] de la sphère.
- [OG] est un rayon de la sphère qui n'est pas supporté par un diamètre tracé.

2 Se repérer dans la sphère

À l'aide du dessin ci-contre, déterminer la latitude et la longitude des points A, B et C.

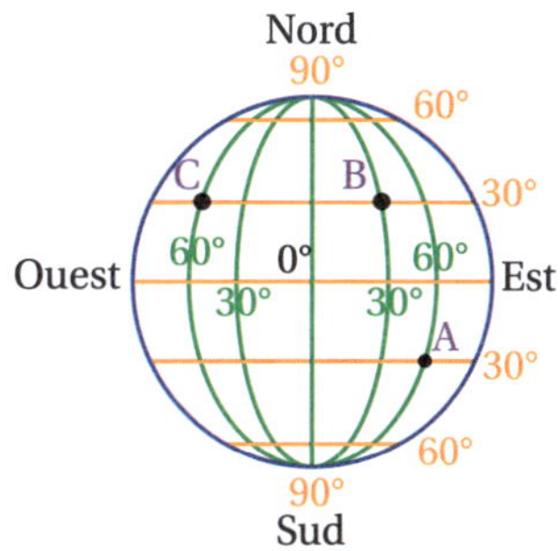

CONSEILS
Chaque point se trouve à l'intersection d'un méridien et d'un parallèle. Cherche la mesure des angles indiqués sur ces cercles. Conclus en indiquant la direction.

SOLUTION

Pour le point A : longitude 60° est, latitude 30° sud.

Pour le point B : longitude 30° est, latitude 30° nord.

Pour le point C : longitude 60° ouest, 30° nord.

42 Se repérer dans l'espace

EN BREF ▸ *Nous vivons dans un monde à trois dimensions. Pour repérer un point dans l'espace, il faut connaître trois nombres : l'abscisse, l'ordonnée et l'altitude du point.*

I Définir un repère dans un pavé droit

Pour se repérer dans le pavé droit, on choisit un point O pour origine, puis on détermine sur la figure l'axe des abscisses (Ox), l'axe des ordonnées (Oy) et l'axe des altitudes (Oz) ainsi que les unités choisies sur chacun de ces axes.

À NOTER
On choisit en général pour origine un des sommets du pavé droit.

II Se repérer dans un pavé droit

On associe à un point M un triplet (x ; y ; z) qui sont les coordonnées du point M dans l'espace :
- x est l'abscisse du point M ;
- y est l'ordonnée du point M ;
- z est l'altitude du point M.

Exemple :

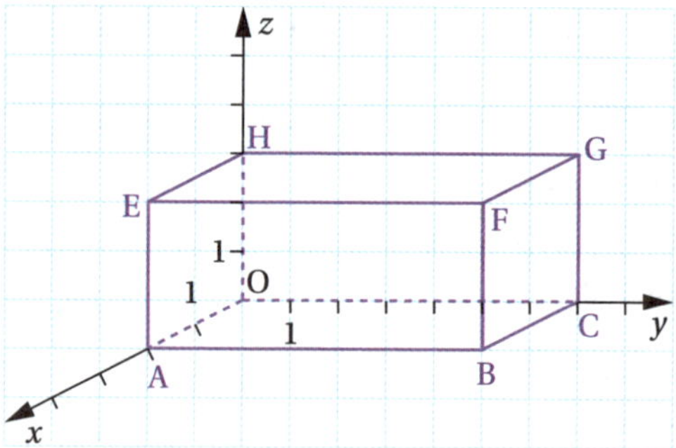

OA = 2 ; OC = 7 ; OH = 3.
Le point A se trouve sur l'axe (Ox), donc ses coordonnées sont (2 ; 0 ; 0).
Le point C se trouve sur l'axe (Oy), donc ses coordonnées sont (0 ; 7 ; 0).
Le point H se trouve sur l'axe (Oz), donc ses coordonnées sont (0 ; 0 ; 3).
Pour aller du point O au point B, on va de O à A sur (Ox), puis de A à B sur une droite parallèle à (Oy). Les coordonnées de B sont (2 ; 7 ; 0).
Pour aller du point O au point F, on va de O à A sur (Ox), puis de A à B sur une droite parallèle à (Oy) et enfin de B à F sur une droite parallèle à (Oz). Les coordonnées de F sont (2 ; 7 ; 3).
De la même manière, on obtient que le point E a pour coordonnées (2 ; 0 ; 3) et que le point G a pour coordonnées (0 ; 7 ; 3).

Méthode

Se repérer dans un pavé droit

Sur la figure ci-dessous, lire les coordonnées des points A, B, C, D, E et F.

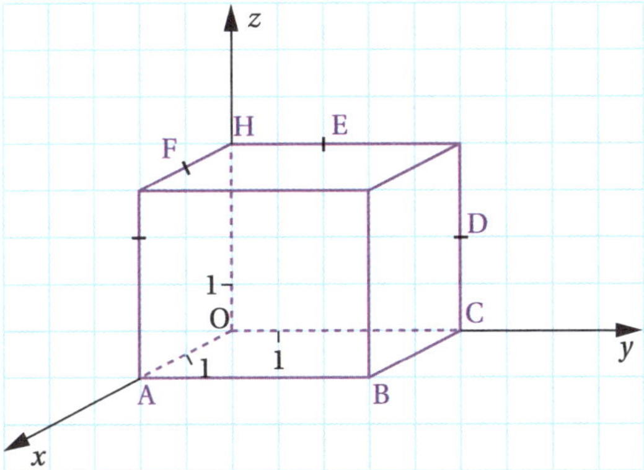

CONSEILS

Repère l'axe des abscisses (Ox) et l'unité choisie. Fais de même avec les autres axes. Lis d'abord l'abscisse, puis l'ordonnée et enfin l'altitude.

SOLUTION

Le point A se trouve sur l'axe (Ox), donc les coordonnées de A sont (2 ; 0 ; 0).

Le point C se trouve sur l'axe (Oy), donc les coordonnées de C sont (0 ; 5 ; 0).

Pour aller du point O au point B, on va de O à A sur (Ox), puis de A à B sur une droite parallèle à (Oy). Les coordonnées de B sont (2 ; 5 ; 0).

Pour aller du point O au point D, on va de O à C sur (Oy), puis de C à D sur une droite parallèle à (Oz). Les coordonnées de D sont (0 ; 5 ; 2).

Pour aller du point O au point E, on va de O à H sur (Oz), puis de H à E sur une droite parallèle à (Oy). Les coordonnées de E sont (0 ; 2 ; 4).

Pour aller du point O au point F, on va de O à H sur (Oz), puis de H à F sur une droite parallèle à (Ox). Les coordonnées de F sont (1 ; 0 ; 4).

43 Calculer le volume d'un solide

EN BREF ▸ *Pour calculer le volume d'un solide, on reconnaît d'abord le solide et on choisit ensuite la formule qui correspond. Pour le brevet, tu dois connaître ces formules et savoir les appliquer.*

I Volume d'un pavé droit ou d'un cylindre de révolution

- Le volume $\mathcal{V}$ d'un **pavé droit** de dimensions a, b et c est donné par la formule :

$$\mathcal{V} = a \times b \times c$$

- Le volume $\mathcal{V}$ d'un **cylindre de révolution** de rayon de base r et de hauteur h est donné par la formule :

$$\mathcal{V} = \pi r^2 h$$

Exemple : On veut calculer le volume $\mathcal{V}$ d'un cylindre de rayon de base 3 cm et de hauteur 5 cm. On a $\mathcal{V} = \pi \times 3^2 \times 5 = \pi \times 9 \times 5$. D'où $\mathcal{V} = 45\pi$ cm^3 (valeur exacte).

II Volume d'une pyramide ou d'un cône de révolution

- Le volume $\mathcal{V}$ d'une **pyramide** d'aire de **base** $\mathcal{A}$ et de hauteur h est donné par la formule :

$$\mathcal{V} = \frac{\mathcal{A} \times h}{3}$$

- Le volume $\mathcal{V}$ d'un **cône de révolution** de rayon de **base** r et de hauteur h est donné par la formule :

$$\mathcal{V} = \frac{\pi r^2 h}{3}$$

MOT CLÉ
La **base** d'une pyramide est un polygone. La **base** d'un cylindre ou d'un cône est un disque.

III Volume d'une sphère

Le volume $\mathcal{V}$ d'une **sphère** de rayon r est donné par la formule :

$$\mathcal{V} = \frac{4}{3}\pi r^3$$

Méthodes

1 Calculer le volume d'un cône, d'une sphère

1) Calculer le volume $\mathcal{V}$ d'un cône de révolution de rayon de base 4 cm et de hauteur 6 cm.

2) Calculer le volume $\mathcal{V}$ d'une sphère de rayon 5 cm.

CONSEILS

1) Applique la formule du volume du cône.

2) Exprime le volume en fonction de π pour obtenir la valeur exacte

SOLUTION

1) On a $\mathcal{V} = \dfrac{\pi \times 4^2 \times 6}{3} = \pi \times 16 \times 2$.

D'où $\mathcal{V} = 32\pi$ cm^3 (valeur exacte).

2) On a $\mathcal{V} = \dfrac{4}{3}\pi \times 5^3$, soit $\mathcal{V} = \dfrac{500\pi}{3}$ cm^3 (valeur exacte).

2 Calculer le volume d'une pyramide

ABCDEFGH est un cube d'arête 6 cm (*la figure n'est pas en vraie grandeur*). La pyramide ABFC a pour base ABF et pour hauteur le segment [BC]. Calculer son volume.

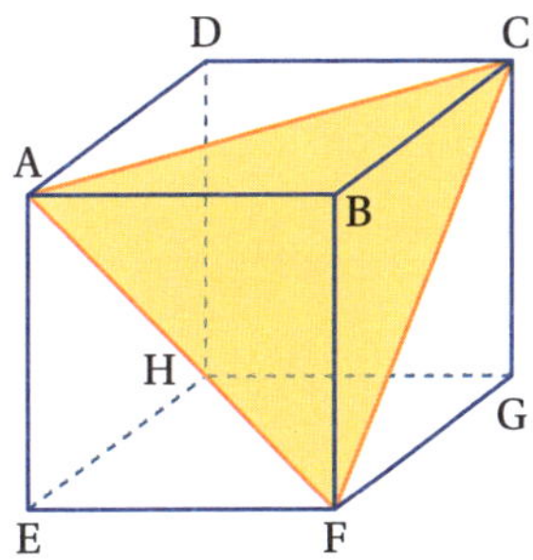

CONSEILS

Calcule d'abord l'aire de la base, c'est-à-dire l'aire du triangle rectangle ABF.
Puis applique la formule donnant le volume d'une pyramide.

SOLUTION

L'aire $\mathcal{A}$ de la base est celle du triangle rectangle ABF. On obtient :

$\mathcal{A} = \dfrac{AB \times BF}{2} = \dfrac{6 \times 6}{2} = 18$ cm^2.

Le volume $\mathcal{V}$ de la pyramide ABFC est :

$\mathcal{V} = \dfrac{18 \times BC}{3} = \dfrac{18 \times 6}{3} = 36$ cm^3.

GÉOMÉTRIE DANS L'ESPACE

Calculer le volume d'un solide

Pavé droit et cylindre

- $V_{\text{pavé droit}} = a \times b \times c$ avec a, b, c dimensions du pavé
- $V_{\text{cylindre}} = \pi \times r^2 \times h$ avec r rayon du cercle de base et h hauteur du cylindre

Exemples :

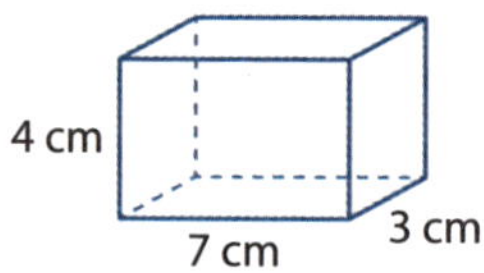

$V = a \times b \times c$
$V = 7 \times 3 \times 4$
$V = 84 \text{ cm}^3$

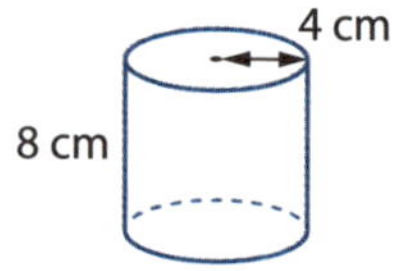

$V = \pi \times r^2 \times h$
$V = \pi \times 4^2 \times 8$
$V = 128\pi \text{ cm}^3 \approx 402 \text{ cm}^3$

Pyramide et cône de révolution

- $V_{\text{pyramide}} = \dfrac{1}{3} \times \text{aire}_{\text{base}} \times h$ avec h hauteur de la pyramide
- $V_{\text{cône}} = \dfrac{1}{3} \times \pi \times r^2 \times h$ avec r rayon du cercle de base et h hauteur du cône

Exemples :

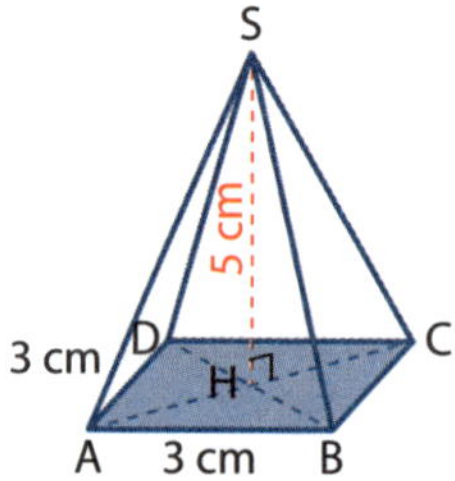

ABCD carré

$V = \dfrac{1}{3} \times \text{aire}_{\text{base}} \times h$

$V = \dfrac{1}{3} \times 3 \times 3 \times 5$

$V = 15 \text{ cm}^3$

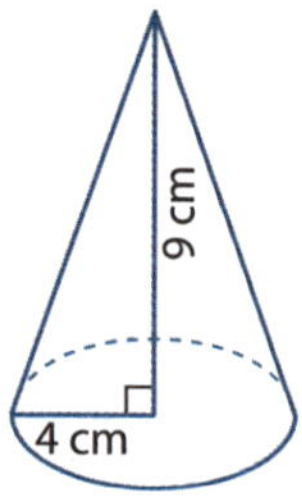

$V = \dfrac{1}{3} \times \pi \times r^2 \times h$

$V = \dfrac{1}{3} \times \pi \times 4^2 \times 9$

$V = 48\pi \text{ cm}^3$

$V \approx 151 \text{ cm}^3$

Se repérer sur la sphère terrestre

- **Longitude** : angle mesuré en degrés, de 0° à 180°, qui sépare un méridien du méridien de Greenwich.
- **Latitude** : angle mesuré en degrés, de 0° à 90°, qui sépare un parallèle de l'équateur.

Exemple :

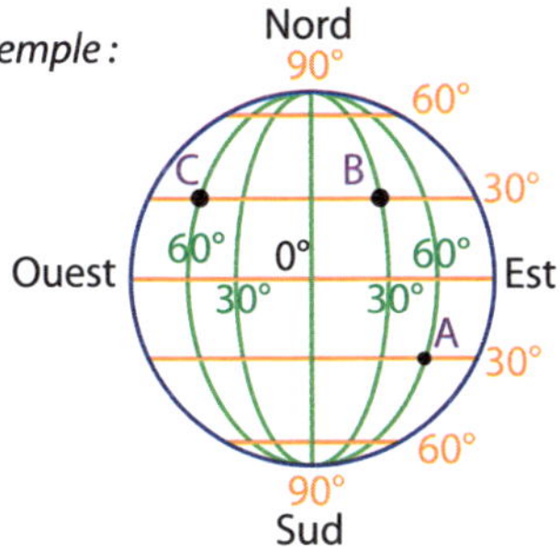

- Point A : longitude 60° est, latitude 30° sud.
- Point B : longitude 30° est, latitude 30° nord.
- Point C : longitude 60° ouest, latitude 30° nord.

Se repérer dans l'espace

Pour repérer un point dans l'espace, il faut connaître ses trois coordonnées :

- l'**abscisse** x ;
- l'**ordonnée** y ;
- l'**altitude** z.

Exemple :
B (0 ; 10 ; 0)
C (4 ; 10 ; 0)
H (4 ; 10 ; 5)
I (0 ; 10 ; 2)
J (4 ; 3 ; 0)
K (2 ; 0 ; 2)

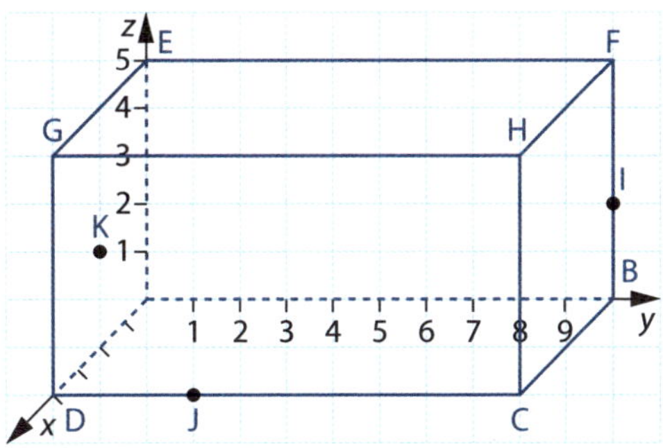

SE TESTER QUIZ

Vérifie que tu as compris les points clés

1 Connaître le vocabulaire dans la sphère

→ FICHE 41

La figure ci-dessous représente une sphère de centre O et de rayon 4 cm.

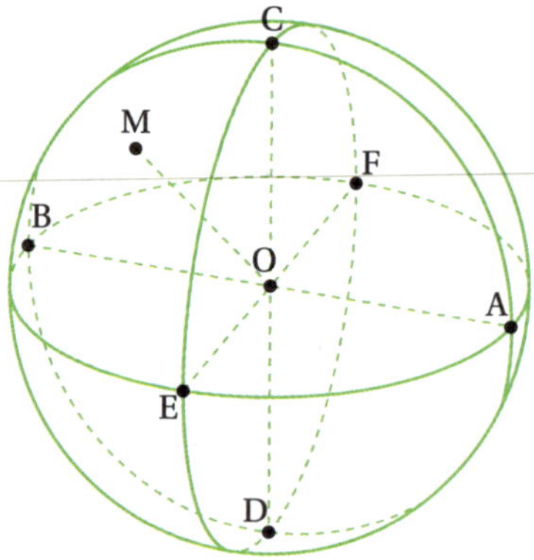

1) Le centre O de la sphère est :

☐ **a.** un point appartenant à la sphère

☐ **b.** un point n'appartenant pas à la sphère

☐ **c.** un point à l'extérieur de la sphère

2) Le segment [CD] est :

☐ **a.** un diamètre de la sphère

☐ **b.** un rayon de la sphère

☐ **c.** un segment de la sphère

3) Le cercle de diamètre [CD] est appelé :

☐ **a.** grand cercle ☐ **b.** petit cercle ☐ **c.** équateur

…/3

2 Se repérer dans une sphère

→ FICHE 41

On considère la figure ci-contre sur laquelle l'équateur est en rouge et le méridien de Greenwich en vert.

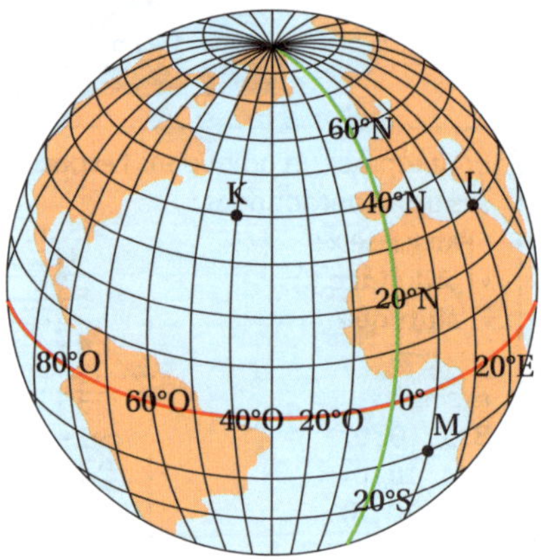

1) La longitude du point K est :

☐ **a.** 40° ouest

☐ **b.** 40° est ☐ **c.** 40° nord

2) La latitude du point L est :

☐ **a.** 30° sud

☐ **b.** 20° ouest ☐ **c.** 30° nord

3) Les coordonnées géographiques du point M sont :

☐ **a.** longitude : 10° ouest ; latitude : 10° sud

☐ **b.** Longitude : 10° est ; latitude : 10° sud

☐ **c.** Longitude : 10° est ; latitude : 10° nord

…/3

3 Se repérer dans l'espace

→ FICHE 42

On considère la figure ci-contre.

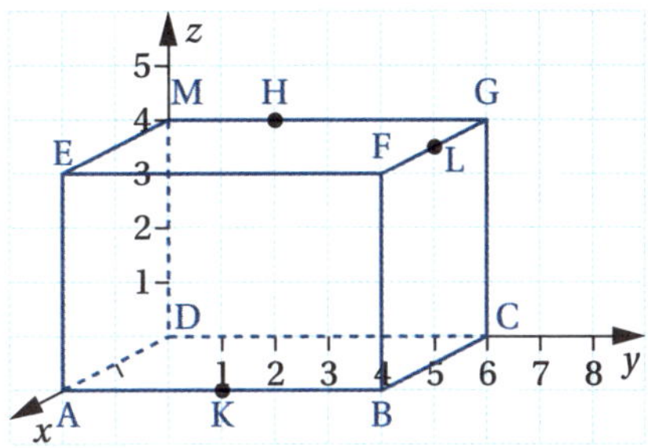

1 Les coordonnées du point H sont :

☐ **a.** (0 ; 2 ; 4)

☐ **b.** (2 ; 0 ; 4) ☐ **c.** (0 ; 4 ; 2)

2 L'abscisse du point F est :

☐ **a.** 2 ☐ **b.** 4 ☐ **c.** 6

3 L'altitude du point L est :

☐ **a.** 2 ☐ **b.** 5 ☐ **c.** 4

4 L'ordonnée du point K est :

☐ **a.** 2 ☐ **b.** 3 ☐ **c.** 0

.../3

4 Calculer le volume d'un solide

→ FICHE 43

1 Le volume d'une sphère de rayon 12 cm est égal à :

☐ **a.** 6 912π cm^3

☐ **b.** 3 456π cm^3 ☐ **c.** 2 304π cm^3

2 Une pyramide a pour base un rectangle de 3 cm sur 2 cm. Sa hauteur est 5 cm. Son volume est égal à :

☐ **a.** 10 cm^3 ☐ **b.** 30 cm^3 ☐ **c.** 25 cm^3

3 Un cône a pour volume 24π cm^3. Son disque de base à pour aire 4π cm^2. Sa hauteur est égale à :

☐ **a.** 18 cm ☐ **b.** 12 cm ☐ **c.** 6 cm

4 Un cylindre a pour diamètre de base 4 cm et pour hauteur 10 cm. Son volume est égal à :

☐ **a.** 40π cm^3 ☐ **b.** 20π cm^3 ☐ **c.** 10π cm^3

.../4

ON FAIT LE BILAN !

score total .../13

- Des erreurs ? Entraîne-toi ! → **LES EXOS** P. 272
- Zéro faute ? Bravo ! → **OBJECTIF BREVET** P. 274

LES EXOS

Entraîne-toi !

5 Se repérer dans un planisphère

→ FICHE 41

La figure ci-dessous est une représentation de la Terre appelé planisphère. On y voit tracés les parallèles et les méridiens.
Quelles sont les coordonnées géographiques des points A, B, C et D ?

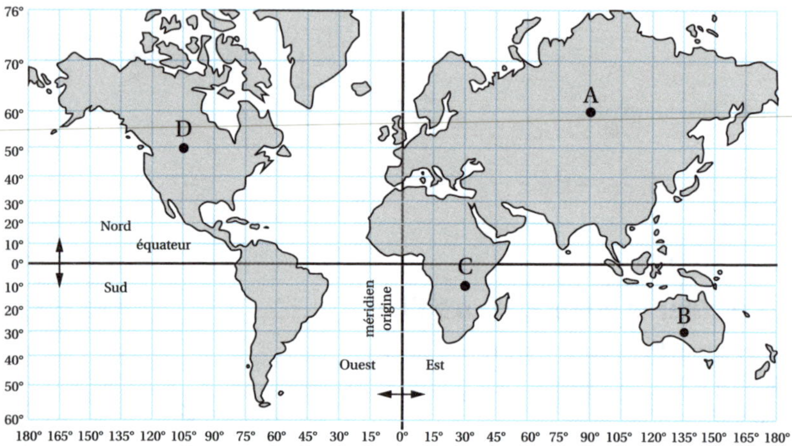

6 Se repérer dans l'espace

→ FICHE 42

Sur la figure ci-dessous, place les points suivants :
- A de coordonnées (3 ; 3 ; 0) ;
- B de coordonnées (0 ; 7 ; 2) ;
- C de coordonnées (3 ; 7 ; 5) ;
- D de coordonnées (0 ; 0 ; 4) ;
- E de coordonnées (3 ; 0 ; 5).

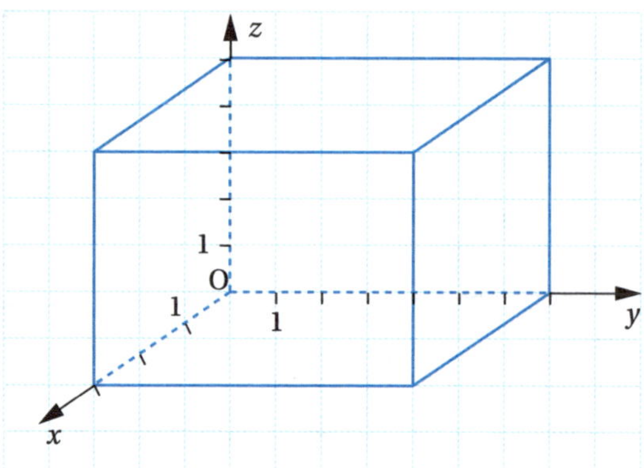

7 Calculer le volume d'un solide

→ FICHE 43

Pour amortir les chocs contre les autres embarcations ou le quai, les péniches sont équipées de « boudins » de protection.

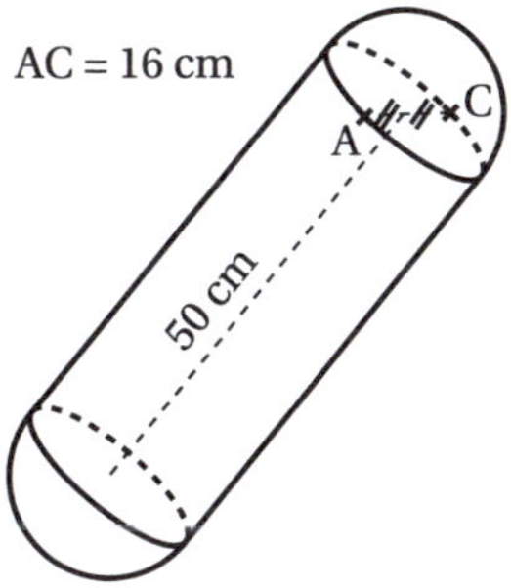

Calculer le volume exact en cm^3 du « boudin » de protection représenté ci-dessus, puis en donner une valeur arrondie au centième.

8 Calculer le volume d'une pyramide

→ FICHE 43

Paul en visite à Paris admire la pyramide, réalisée en verre feuilleté au centre de la cour intérieure du Louvre.

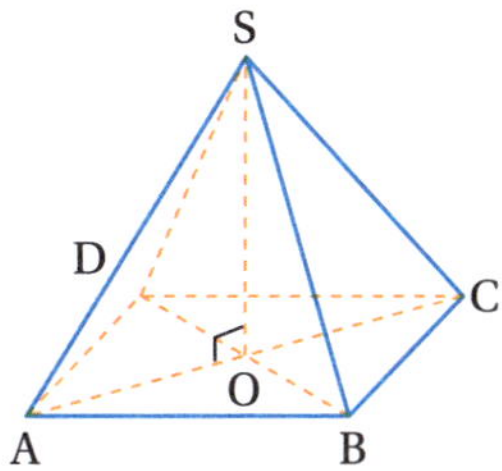

Cette pyramide régulière a :
- pour base un carré ABCD de côté 35 m ;
- pour hauteur le segment [SO] de longueur 22 m.

Paul a tellement apprécié cette pyramide qu'il achète comme souvenir de sa visite une lampe à huile dont le réservoir en verre est une réduction à l'échelle $\frac{1}{500}$ de la vraie pyramide.
Le mode d'emploi de la lampe précise que, une fois allumée, elle brûle 4 cm^3 d'huile par heure.
Au bout de combien de temps ne restera-t-il plus d'huile dans le réservoir ? Arrondir à l'heure.

OBJECTIF BREVET

Lance-toi dans des sujets !

9 Se repérer dans la sphère

5 min

→ FICHE 41

Sur chacune des figures ci-dessous, G est un point du méridien de Greenwich et A est un point de l'équateur.

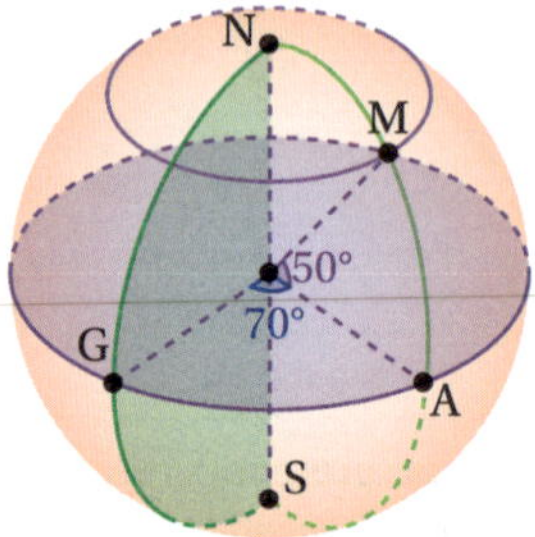

Figure 1

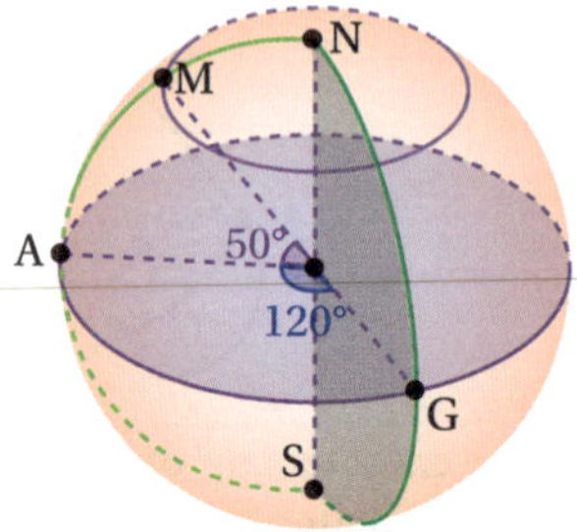

Figure 2

1) Quelles sont les coordonnées géographiques du point M sur la figure 1 ?

2) Quelles sont les coordonnées géographiques du point M sur la figure 2 ?

DÉMARRONS ENSEMBLE

1) L'angle de 70° indique la longitude. L'angle de 50° indique la latitude.

10 Se repérer dans l'espace

10 min

→ FICHE 42

Sur la figure ci-dessous, le point I a pour coordonnées (1 ; 0 ; 0), le point J a pour coordonnées (0 ; 1 ; 0) et le point K a pour coordonnées (0 ; 0 ; 1).

1) Quelles sont les coordonnées des points A, B et F ?

2) Placer le point M milieu du segment [AB]. Quelles sont les coordonnées du point M ?

3) Placer le point N milieu du segment [CG]. Quelles sont les coordonnées du point N ?

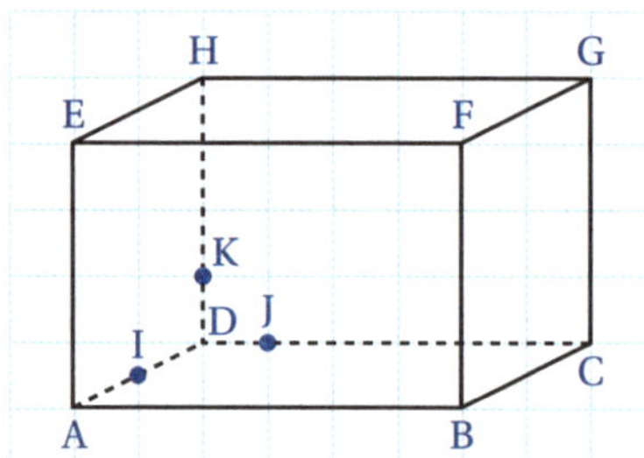

DÉMARRONS ENSEMBLE

1) Le point A a deux coordonnées nulles, le point B en a une.

2) Pour aller de D à M, on se déplace de D à A, puis de A à M.

3) Pour aller de D à N, on se déplace de D à C, puis de C à N.

11 Calculer le volume d'un solide
10 min

→ FICHE 43

ABS est un triangle rectangle en A tel que BS = 9,5 cm et AB = 7,6 cm (*la figure n'est pas en vraie grandeur*). On obtient un cône en faisant tourner le triangle ABS autour de son côté [SA].

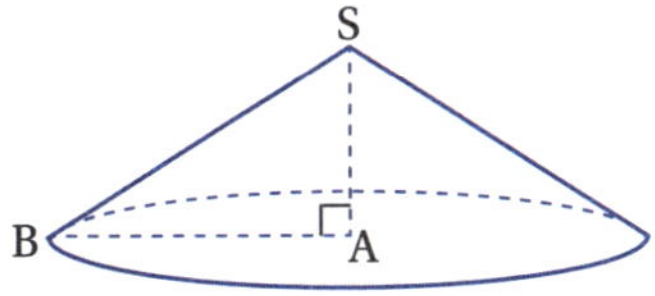

1) Calculer SA.

2) Calculer la valeur exacte du volume de ce cône, puis sa valeur arrondie au cm^3 près.

DÉMARRONS ENSEMBLE

1) Applique le théorème de Pythagore au triangle ABS.

2) Utilise la lettre π pour obtenir la valeur exacte du volume du cône.

12 Calculer le volume de deux solides
15 min

→ FICHE 43

Abel achète une glace à la pistache. Elle a la forme d'une boule posée sur un cône comme sur la figure ci-dessous. Abel, qui est gourmand, se demande s'il ne serait pas plus intéressant de remplir le cône à ras bord avec de la glace plutôt que de poser une boule sur le cône. Que peut-on en penser ?

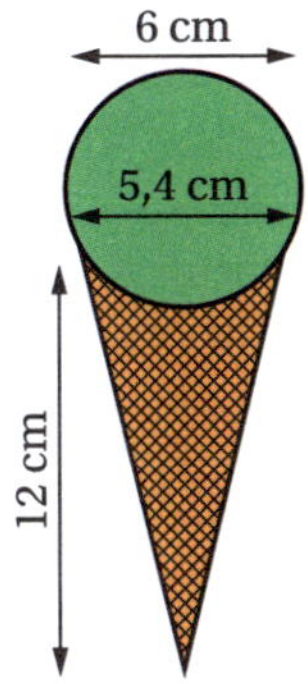

DÉMARRONS ENSEMBLE

- Calcule d'abord le volume de la boule de glace. Souviens-toi que le volume d'une boule de rayon r est égal à $\frac{4}{3}\pi r^3$.
- Puis calcule le volume du cône.
- Compare enfin les deux volumes.

13 Récupérer l'eau de pluie

60 min

→ FICHE 44

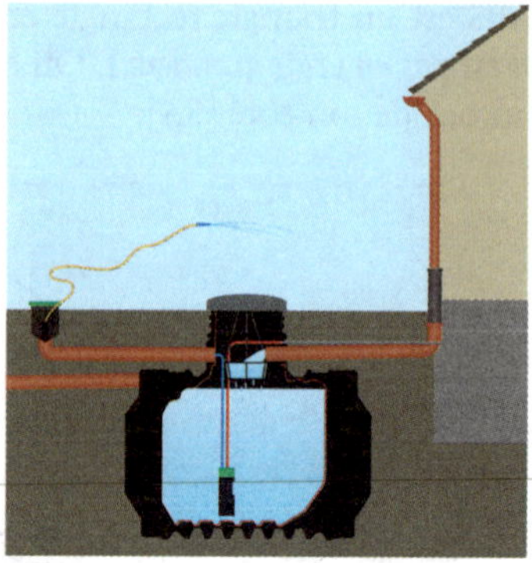

Une famille emménage dans un pavillon avec un jardin de 500 m^2 situé près de Rennes. Pour faire des économies, elle décide de récupérer les eaux de pluie sur son terrain et se demande quel récupérateur d'eau elle doit choisir. Trois paramètres sont à prendre en compte pour le calcul de la capacité de récupération en eaux de pluie de la cuve :

– les précipitations locales, notées Q égale à $Q = 788{,}5$ mm/an sur 1 m^2 à Rennes ;
– le volume d'eau de pluie récupérable en litres/an, noté V ;
– les besoins en eau de pluie en litres/an, notés B.

1) La maison possède un toit rectangulaire de dimension 5 m sur 8 m. Calculer l'aire A de ce toit.

2) Le volume V d'eau de pluie récupérable en m^3/an est donné par la formule $V = Q \times A \times C_p$ où C_p est le coefficient de perte dont les valeurs sont données dans le tableau ci-dessous.

	Coefficient de perte C_p
Toit plat	0,6
Toit ondulé	0,8
Toit en tuile	0,9

a. Convertir $Q = 788{,}5$ mm/an en m/an.

b. Le toit de la maison étant plat, calculer le volume V d'eau de pluie récupérable en m^3/an.

3) La famille consomme 60 L/m^2/an pour arroser le jardin et 25 332 L par an pour le lave-linge et les sanitaires. Calculer la quantité d'eau B, en litres, nécessaire pendant une année. La quantité d'eau de pluie récupérée sera-t-elle suffisante ?

4) La capacité C de la cuve souhaitée, en m^3, est donnée par la formule :

$C = \frac{(V + B)}{2} \times \frac{21}{365}$ où V et B sont en m^3/an. Calculer C.

5) La famille pense acheter une cuve enterrée dont la forme est un pavé droit de dimensions : hauteur 1 m, largeur 2,5 m, profondeur 1,1 m. Cette cuve conviendra-t-elle ?

DÉMARRONS ENSEMBLE

3) La famille utilise 60 L d'eau pour 1 m^2. Tu connais la superficie du jardin.

5) Calcule le volume de la cuve que la famille veut acheter et compare-la à la capacité C.

CORRIGÉS

SE TESTER QUIZ

1 Connaître le vocabulaire dans la sphère

1) Réponse b. Le centre O de la sphère est un point qui se trouve à l'intérieur de la sphère, donc il n'appartient pas à la sphère.

2) Réponse a. Les points C et D appartiennent à la sphère et le segment [CD] passe par le centre O de la sphère. Le segment [CD] est un diamètre de la sphère.

3) Réponse a. Le segment [CD] est un diamètre de la sphère. Le cercle de diamètre [CD] est appelé grand cercle.

2 Se repérer dans une sphère

1) Réponse a. Le point K est situé au-dessus de l'équateur sur le méridien et repéré par la mesure 40°. Il est placé à gauche du méridien de Greenwich, c'est-à-dire vers l'ouest. La longitude du point K est 40° ouest.

2) Réponse c. Le point L est situé au-dessus de l'équateur sur le parallèle et repéré par la mesure 30°. Il est placé au-dessus de l'équateur, c'est-à-dire vers le nord. La latitude du point L est 30° nord.

3) Réponse b. Le point M est à l'intersection du méridien repéré par la mesure 10° et du parallèle repéré par la mesure 10°. Il se trouve à droite du méridien de Greenwich, c'est-à-dire vers l'Est et en dessous de l'équateur, c'est-à-dire vers le Sud. Le point M a pour longitude 10° est et pour latitude 10° sud.

3 Se repérer dans l'espace

1) Réponse a. Pour trouver les coordonnées du point H, on va de D à M, puis de M à H. Les coordonnées du point H sont (0 ; 2 ; 4).

2) Réponse a. L'abscisse du point F se lit sur la demi-droite [DA). Pour aller du point D au point F, on va de D à A en premier. L'abscisse du point F est 2.

3) Réponse c. L'altitude se lit sur l'axe [DM). Le point L a la même altitude que le point G. L'altitude du point L est 4.

4) Réponse b. Pour aller du point D au point K, on va de D à A, puis de A à K. L'ordonnée du point K est 3.

4 Calculer le volume d'un solide

1) Réponse c. Le volume de la sphère de rayon r est égal à $\frac{4}{3}\pi r^3$.

On remplace r par 12 dans l'expression $\frac{4}{3}\pi r^3$. On obtient $\frac{4}{3}\pi \times 12^3$. Le volume est donc égal à $2\,304\pi$ cm^3.

2) Réponse a. Le volume d'une pyramide d'aire de base b et de hauteur h est égale à $\dfrac{b \times h}{3}$.

On a : $3 \times 2 = 6$. L'aire b du rectangle de base est égale à $6\ \text{cm}^2$.

On a : $\dfrac{6 \times 5}{3} = 10$. Le volume de la pyramide est donc égale à $10\ \text{cm}^3$.

3) Réponse a. Le volume d'un cône d'aire de base b et de hauteur h est égale à $\dfrac{b \times h}{3}$.

On obtient l'égalité : $24\pi = \dfrac{4\pi \times h}{3}$.

En isolant h, on obtient : $24\pi \times 3 = 4\pi \times h$, soit $h = \dfrac{72\pi}{4\pi} = 18$. La hauteur est donc égale à 18 cm.

4) Réponse a. Un cylindre a pour diamètre de base 4 cm et pour hauteur 10 cm. Le rayon de la base mesure donc 2 cm. L'aire de base est égale à :

$\pi \times r^2 = \pi \times 2^2 = \pi \times 4\ \text{cm}^2$.

Son volume est égal à $\pi \times 4 \times 10 = \pi \times 40 = 40\pi\ \text{cm}^3$.

LES EXOS

5 Se repérer dans un planisphère

Le point A a pour coordonnées géographiques : 60° de latitude nord et 90° de longitude est.

Le point B a pour coordonnées géographiques : 30° de latitude sud et 135° de longitude est.

Le point C a pour coordonnées géographiques : 10° de latitude sud et 30° de longitude est.

Le point D a pour coordonnées géographiques : 50° de latitude nord et 105° de longitude ouest.

6 Se repérer dans l'espace

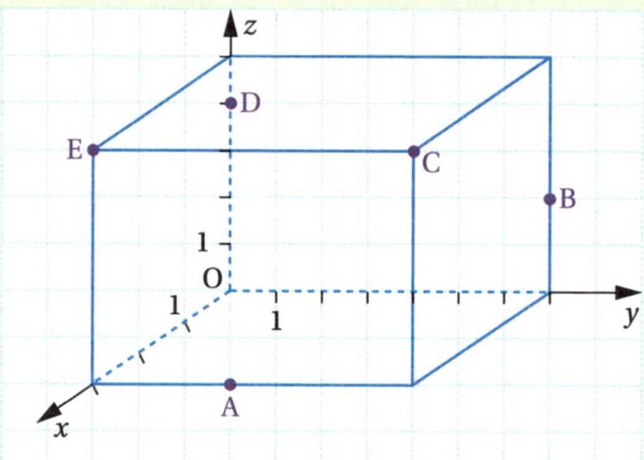

7 Calculer le volume d'un solide

Le « boudin » est composé d'un cylindre et deux demi-sphères.
Calculons le volume $\mathcal{V}$ du cylindre.
[AC] est le diamètre de la base du cylindre, le rayon de base est donc égal à $\frac{16}{2} = 8$ cm. On a $\mathcal{V} = \pi \times 8^2 \times 50 = 3\,200\pi$ cm^3.
Calculons le volume $\mathcal{V}'$ des deux demi-sphères.
La somme des volumes des deux demi-sphères de rayon 8 cm est égale au volume d'une sphère de rayon 8 cm. On a $\mathcal{V}' = \frac{4}{3}\pi \times 8^3 = \frac{2\,048}{3}\pi$ cm^3.
Le volume du boudin est donc $\mathcal{V} + \mathcal{V}' = 3\,200\pi + \frac{2\,048}{3}\pi = \frac{11\,648}{3}\pi$ cm^3.
L'arrondi au centième de ce volume est 12 197,76 cm^3.

8 Calculer le volume d'une pyramide

Calculons d'abord les dimensions de la reproduction de la pyramide du Louvre. La base est un carré ABCD de côté $35 \times \frac{1}{500} = 0{,}07$ m $= 7$ cm.
La hauteur est le segment [SO] de longueur $22 \times \frac{1}{500} = 0{,}044$ m $= 4{,}4$ cm.
Calculons le volume $\mathcal{V}$ de la lampe en forme de pyramide. On a :
$\mathcal{V} = \frac{7 \times 7 \times 4{,}4}{3} = \frac{215{,}6}{3}$ cm^3.
La lampe brûle 4 cm^3 d'huile par heure. On a $\frac{\mathcal{V}}{4} \approx 18$.
Au bout de 18 heures, il ne restera plus d'huile dans le réservoir.

OBJECTIF BREVET

9 Se repérer dans la sphère

1) Les coordonnées géographiques du point M sur la figure 1 sont :
longitude : 70° est ; latitude : 50° nord.

2) Les coordonnées géographiques du point M sur la figure 2 sont :
longitude : 120° ouest ; latitude : 50° nord.

10 Se repérer dans l'espace

1) Les coordonnées du point A sont (2 ; 0 ; 0). Les coordonnées du point B sont (2 ; 6 ; 0) et celles du point F sont (2 ; 6 ; 4).

2) Le point M milieu du segment [AB] a pour coordonnées (2 ; 3 ; 0).

3) Le point N milieu du segment [CG] a pour coordonnées (0 ; 6 ; 2).

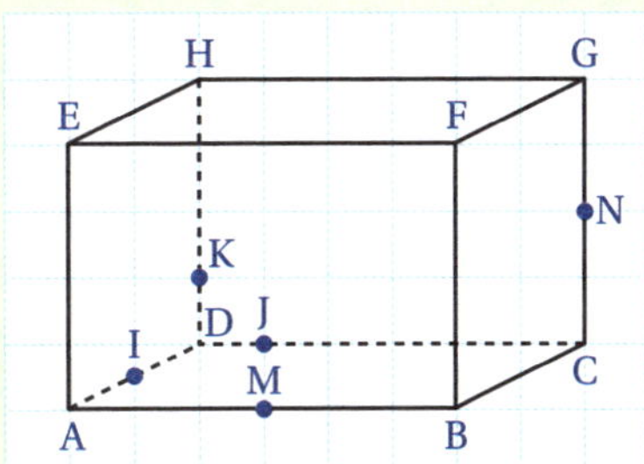

11 Calculer le volume d'un solide

1 On applique le théorème de Pythagore au triangle ABS rectangle en A :
$BS^2 = SA^2 + AB^2$. Soit $9{,}5^2 = SA^2 + 7{,}6^2$. D'où $SA^2 = 90{,}25 - 57{,}76 = 32{,}49$.
Or $SA > 0$, donc $SA = 5{,}7$ cm.

2 On applique la formule du volume du cône avec $r = AB = 7{,}6$ cm et $h = SA = 5{,}7$ cm.
On obtient : $\mathcal{V} = \dfrac{\pi \times 7{,}6^2 \times 5{,}7}{3} = \dfrac{\pi \times 329{,}232}{3} = 109{,}744\,\pi$ (valeur exacte).
Le volume de ce cône arrondi au cm³ près est 345 cm³.

12 Calculer le volume de deux solides

Le rayon de la boule de glace est 3 cm. Son volume est égal à $\dfrac{4}{3}\pi \times 3^3 = 36\pi$ cm³.
Le rayon de la base du cône est 2,7 cm. Le volume du cône est égal à $\dfrac{\pi \times 2{,}7^2 \times 12}{3} = 29{,}16\pi$ cm³.
Or $36\pi > 29{,}16\pi$, donc il est plus intéressant de prendre la glace sous forme d'une boule.

CONSEIL
Pour comparer les deux volumes, exprime-les en fonction de π.

13 Récupérer l'eau de pluie

1 Le toit est un rectangle de dimension 5 m sur 8 m. L'aire A de ce toit est :
$A = 5 \times 8 \quad A = 40$ m².

2 **a.** On a : $Q = 788{,}5$ mm/an $= 0{,}7885$ m/an.
b. Le toit de la maison est plat, donc $C_p = 0{,}6$. Le volume V d'eau de pluie récupérable en m³/an est : $V = 0{,}7885 \times 40 \times 0{,}6$; $V = 18{,}924$ m³/an.

3 La famille utilise consomme 60 L/m²/an, c'est-à-dire qu'elle consomme 60 L pour 1 m² en une année. Or le jardin mesure 500 m². La quantité d'eau en litres nécessaire pour arroser le jardin pendant une année est : $500 \times 60 = 30\,000$ L.
La quantité d'eau B en litres nécessaire pendant une année est :
$B = 25\,332 + 30\,000 = 55\,332$ L.
Convertissons B en m³. On a $B = 55\,332$ L $= 55\,332$ dm³ $= 55{,}3322$ m³.
La quantité d'eau de pluie récupérée n'est pas suffisante.

4 On a :
$C = \dfrac{(V + B)}{2} \times \dfrac{21}{365} \quad C = \dfrac{(18{,}924 + 55{,}332)}{2} \times \dfrac{21}{365} \quad C = \dfrac{74{,}256}{2} \times \dfrac{21}{365} \quad C \approx 2{,}136.$

5 Calculons le volume V_c de la cuve. On a : $V_c = 1{,}10 \times 2{,}5 \times 1 \quad V_c = 2{,}75$ m³.
Comme $V_c > C$, cette cuve conviendra.

12 Grandeurs composées, unités de mesure

Réponse : Non, car le débit d'un fleuve n'a pas de lien avec sa longueur. Le Nil mesure 6 500 km et le Yangzi Jiang 6 300 km.

44 Distinguer grandeurs quotients et grandeurs produits

EN BREF ▸ *Quand on multiplie deux quantités, on obtient une grandeur « produit » et quand on les divise, on obtient une grandeur « quotient ». En physique, tu trouveras beaucoup de ces grandeurs : la vitesse d'un véhicule, le débit d'un fleuve, le volume...*

I Grandeurs quotients

Quand on effectue le quotient de deux grandeurs, on obtient une grandeur quotient.

Exemples :

- La vitesse est le quotient de la distance parcourue par le temps écoulé. C'est donc une grandeur quotient. Si la distance est exprimée en kilomètres et le temps écoulé en heures, alors la vitesse est exprimée en kilomètres par heure (km/h ou $km \times h^{-1}$).

> **À NOTER**
> En physique, on note de préférence l'unité de vitesse : $km \cdot h^{-1}$.

- Le débit d'un fleuve est le quotient du volume de liquide qui passe à un endroit par le temps écoulé. Si le volume de liquide est exprimé en mètres cubes et le temps écoulé en heures, alors le débit est exprimé en mètres cubes par heure (m^3/h ou $m^3 \times h^{-1}$).
- La concentration d'une solution est égale au quotient de la masse de la substance dissoute par le volume de la solution. C'est donc une grandeur quotient. Si la masse de la substance dissoute est exprimée en grammes et le volume en litres, alors la concentration est exprimée en grammes par litre (g/L ou $g \times L^{-1}$).

II Grandeurs produits

Quand on effectue le produit de deux grandeurs, on obtient une grandeur produit.

Exemples :

- Un volume est égal au produit d'une aire par une longueur. C'est donc une grandeur produit. Si l'aire est exprimée en mètres carrés et la longueur en mètres, alors le volume est exprimé en mètres cubes (m^3).
- L'énergie électrique consommée est égale au produit de la puissance électrique par la durée. C'est une grandeur produit. Si la puissance est exprimée en watts (W) et la durée en heures (h), alors l'unité de l'énergie est le wattheure (Wh).

Méthode

Reconnaître une grandeur quotient ou une grandeur produit

Voici quelques situations connues. Pour chacune d'elles, dire si elle définit une grandeur produit ou une grandeur quotient.

1) On calcule l'aire d'un rectangle.

2) On calcule le nombre de tours effectués par la pale d'une éolienne en une minute.

3) On calcule la masse volumique d'un corps en calculant le rapport de la masse sur le volume du corps.

4) On calcule l'énergie électrique consommée par un appareil de puissance P pendant une durée t.

5) On calcule le débit d'une rivière en calculant le rapport du volume d'eau écoulé sur une durée t.

6) On calcule la concentration en sel dans un litre d'eau de mer prélevée à Saint-Malo.

CONSEILS

Pour chacune des situations, cherche si le problème se résout en posant une multiplication ou une division.

SOLUTION

1) Pour calculer l'aire d'un rectangle, on multiplie la longueur par la largeur. L'aire d'un rectangle est donc une grandeur produit.

2) Pour calculer le nombre de tours effectués en une minute, on divise le nombre total de tours par le nombre total de minutes. C'est donc une grandeur quotient.

3) Pour calculer la masse volumique d'un corps, on divise la masse par le volume du corps. C'est donc une grandeur quotient.

4) Pour calculer l'énergie électrique consommée par un appareil de puissance P pendant une durée t, on calcule $P \times t$. C'est donc une grandeur produit.

5) Pour calculer le débit d'une rivière, on divise le volume de l'eau écoulée par la durée t. C'est donc une grandeur quotient.

6) Pour calculer la concentration en sel de l'eau de mer, on divise la masse de sel dans l'échantillon par son volume. C'est donc une grandeur quotient.

45 Convertir des unités de mesure

EN BREF ▸ *Certaines unités sont des unités simples comme le mètre. D'autres sont composées comme le kilomètre par heure. La conversion des unités de mesure est utile quand on passe d'un pays à un autre (mesures anglo-saxonnes).*

I Changer d'unité de mesure simple

Pour convertir des unités de longueur, on utilisera le tableau suivant :

kilomètre	hectomètre	décamètre	**mètre**	décimètre	centimètre	millimètre

← × 0,1 × 10 →

On convertit de la même façon des unités de capacité en remplaçant mètre par litre, des unités de masse en remplaçant mètre par gramme.

II Changer d'unité d'aire ou de volume

On passe d'une unité d'aire à l'unité supérieure en multipliant par 0,01 et d'une unité d'aire à l'unité inférieure en multipliant par 100.

On passe d'une **unité de volume** à l'unité supérieure en multipliant par 0,001 et d'une unité de volume à l'unité inférieure en multipliant par 1 000.

MOT CLÉ
Les **unités de volume** et de capacité sont liées par l'égalité 1 L = 1 dm^3 et 1 mL = 1 cm^3.

III Convertir des unités de mesure composées

Pour convertir des unités de mesure composées, on convertit séparément chaque unité.

Exemples :

- On veut convertir 12 m/min en km/h.

On convertit d'abord 1 h en minutes : 1 h = 60 min.
On multiplie donc 12 par 60 et on obtient 720 m/h.
On convertit ensuite 720 m en km :
720 m = 0,72 km. On obtient 0,72 km/h.

- On veut convertir 0,03 kg/m^3 en g/dm^3.

On convertit d'abord 0,03 kg en g : 0,03 kg = 30 g.
On convertit 1 dm^3 en m^3 : 1 dm^3 = 0,001 m^3.
On multiplie donc 30 par 0,001 et on obtient 0,03 g/dm^3.

Méthode

Convertir des unités composées

Convertir les unités des grandeurs données.

1) 3 752 kg/m^3 en g/cm^3.

2) 3,2 dg/dm^3 en kg/m^3.

3) 45 tr/s en tr/min.

4) 9 m/s en km/h.

5) 0,4 L/s en m^3/h.

CONSEILS

1) Convertis les kg en g. Écris ensuite ce que vaut 1 cm^3 en m^3. Conclus en multipliant.

2) Convertis les dg en kg. Écris ensuite ce que vaut 1 m^3 en dm^3. Conclus en multipliant.

3) Convertis 1 min en secondes.

4) Convertis les m en km. Écris ensuite ce que vaut 1 h en secondes. Conclus en multipliant.

5) Convertis les L en m^3. Souviens-toi que 1 dm^3 = 1 L.

SOLUTION

1) On convertit d'abord 3 752 kg en g. On a 3 752 kg = 3 752 000 g.
On convertit 1 cm^3 en m^3. On a 1 cm^3 = 0,000 001 m^3.
On multiplie ces deux résultats 3 752 000 × 0,000 001 = 3,752 g/cm^3.

2) On convertit 3,2 dg en kg. On a 3,2 dg = 0,000 32 kg.
On convertit 1 m^3 en dm^3. On a 1 m^3 = 1 000 dm^3.
On multiplie ces deux résultats : 0,000 32 × 1 000 = 0,32 kg/m^3.

3) On convertit 1 min en secondes : 1 min = 60 s.
On multiplie 45 par 60 : 45 × 60 = 2 700 tr/min.

4) On convertit 9 m en km. On a 9 m = 0,009 km.
On convertit 1 h en secondes. On a 1 h = 3 600 s.
On multiplie ces deux résultats : 0,009 × 3 600 = 32,4 km/h.

5) On convertit 0,4 L en m^3. On a 0,4 L = 0,4 dm^3 = 0,0004 m^3.
Dans une heure il y a 3 600 s. On obtient 0,0004 × 3 600 = 1,44 m^3/h.

46 Résoudre un problème de vitesse

EN BREF ▸ *La vitesse moyenne d'un mobile correspond à la vitesse à laquelle il se serait déplacé s'il avait gardé une vitesse constante. La vitesse, la distance parcourue et la durée du parcours sont liées par une relation que tu dois connaître.*

I Vitesse moyenne

La **vitesse moyenne** v d'un objet mobile est le quotient de la distance d parcourue pendant la durée t du parcours :

$$v = \frac{d}{t}$$

Exemple : Un automobiliste parcourt 240 km en deux heures. Sa vitesse moyenne v est :

$v = \frac{240}{2} = 120$ km/h.

À NOTER
Une vitesse de 120 km/h signifie que l'automobiliste a parcouru 120 km en une heure.

II Unités de vitesse

L'**unité de la vitesse** dépend de l'unité de longueur et de l'unité de durée choisies.

Exemples :

- Si la distance est en kilomètres et la durée en heures, la vitesse s'exprime en km/h ou en km × h^{-1}.
- Si la distance est en mètres et la durée en secondes, la vitesse s'exprime en m/s ou m × s^{-1}.

III Résoudre un problème de vitesse

L'égalité $v = \frac{d}{t}$ est équivalente aux égalités :

$$d = v \times t \quad \text{et} \quad t = \frac{d}{v}$$

On peut donc calculer l'une des grandeurs v, d ou t quand on connaît les deux autres.

Exemple : Un escargot se déplace à la vitesse de 0,09 m/min. On cherche la distance parcourue en 1 h.
On a $d = 0{,}09 \times 60 = 5{,}4$ m.

À NOTER
Dans une heure, il y a 60 minutes.

Méthodes

1 Calculer une vitesse moyenne

Marie met 12 min pour se rendre à son collège situé à 1,08 km de chez elle. Calculer sa vitesse moyenne en km/h puis en m/s.

CONSEILS
Trouve d'abord la distance parcourue en une minute. Calcule ensuite la distance parcourue par Marie en une heure. Écris alors la vitesse en km/h. Convertis les km en m, puis 1 h en secondes. Conclus.

SOLUTION

On calcule la distance parcourue en 1 min : 1,08 ÷ 12 = 0,09 km.

Elle parcourt 0,09 km en 1 min. Or dans une heure, il y a 60 min. Donc en 1 heure, Marie parcourt : 0,09 × 60 = 5,4 km. Sa vitesse est de 5,4 km/h.

On convertit cette vitesse en m/s : 5,4 km = 5 400 m. Marie parcourt 5 400 m en 1 h et 1 h = 60 min = 3 600 s.

Donc en 1 s, elle parcourt 5 400 ÷ 3 600 = 1,5 m. Sa vitesse est donc de 1,5 m/s.

2 Calculer une distance ou une durée

1) Un bus scolaire part de la mairie à 8 h pour une sortie et roule jusqu'à 11 h. Il a roulé à la vitesse moyenne de 90 km/h. Quelle distance a-t-il parcourue ?

2) Un faucon pèlerin parcourt 25 km à la vitesse moyenne de 100 km/h. Quelle est la durée du vol en minutes ?

CONSEILS
1) Calcule d'abord la durée du trajet. Souviens-toi que $d = v \times t$.
2) Calcule la durée du vol en heures en appliquant la formule $t = \frac{d}{v}$. Convertis ensuite les heures en minutes.

SOLUTION

1) La durée du trajet est 11 – 8 = 3 h. On calcule la distance d parcourue : $d = 90 \times 3 = 270$. La distance parcourue est 270 km.

2) Le faucon parcourt 25 km à la vitesse moyenne de 100 km/h.
La durée du vol est égale à $\frac{25}{100} = 0{,}25$ h.
On convertit en minutes : 0,25 × 60 = 15 min.

GRANDEURS COMPOSÉES, UNITÉS DE MESURE

Grandeurs composées

Grandeurs quotients

Grandeur quotient : quotient de deux grandeurs.

Exemples :

- Densité de population : quotient du nombre d'habitants par l'aire.
  Densité de population de Paris = 21 067 habitants par km^2.
- Masse volumique d'un corps : quotient de sa masse par son volume.
  Masse volumique de l'or = 19 300 kg/m^3.

Grandeurs produits

Grandeur produit : produit de deux grandeurs.

Exemple :

Énergie : produit de la puissance par le temps.
Si puissance en watts (W) et durée en heures (h), alors énergie en Wh.

Énergie dépensée par un téléviseur de puissance 100 W fonctionnant pendant 3 h = $100 \times 3 = 300$ Wh.

Convertir des unités de mesure

Unités de longueur, d'aire ou de volume

- Unités de **longueur**

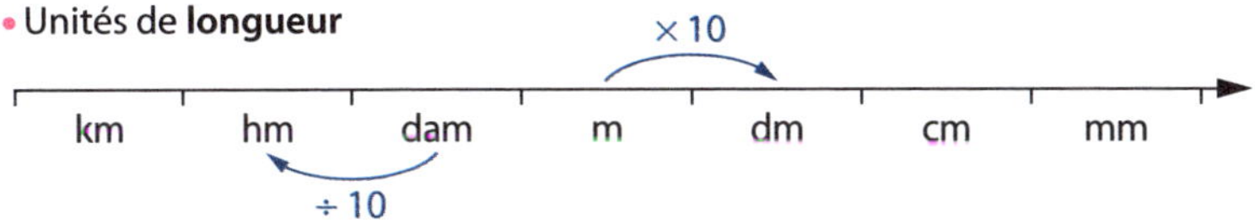

Exemple : 35,8 hm = 35,8 × 100 m = 3 580 m

- Unités d'**aire**

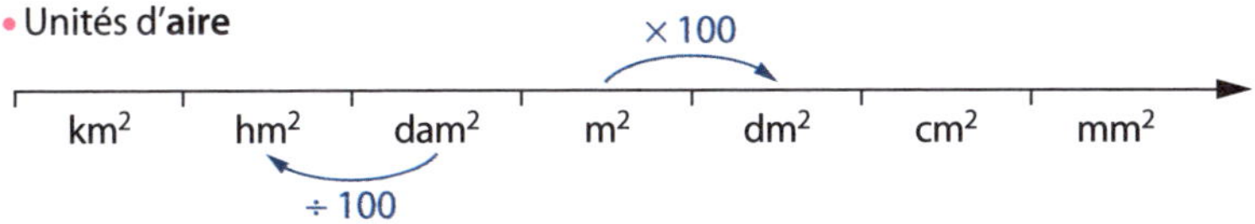

Exemple : 5 m^2 = 5 × 10 000 cm^2 = 50 000 cm^2

- Unités de **volume**

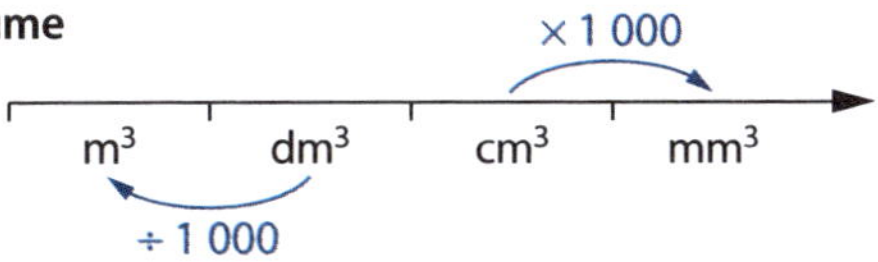

Exemple : 8,25 cm^3 = 8,25 × 1000 mm^3 = 8 250 mm^3

Cas particulier des vitesses moyennes

- **Vitesse moyenne** :

$$v = \frac{d}{t}$$

- L'**unité de vitesse** dépend de l'unité de longueur et de l'unité de durée choisies.

Exemple :
Convertir 36 m/s en km/h.
36 m → 1 s
0,036 km → 1 s
0,036 × 3 600 km → 1 h
36 m/s correspond à une vitesse de 129,6 km/h.

SE TESTER QUIZ

Vérifie que tu as compris les points clés

1 Distinguer grandeurs quotients et grandeurs produits

→ FICHE 44

1) Une aire est :

☐ **a.** une grandeur produit

☐ **b.** une grandeur quotient

☐ **c.** ni l'un ni l'autre

2) Une vitesse est :

☐ **a.** une grandeur produit

☐ **b.** une grandeur quotient

☐ **c.** ni l'un ni l'autre

3) La masse volumique s'exprime en kg/m^3. Une masse volumique est :

☐ **a.** une grandeur produit

☐ **b.** une grandeur quotient

☐ **c.** ni l'un ni l'autre

4) Une distance exprimée en km est :

☐ **a.** une grandeur produit

☐ **b.** une grandeur quotient

☐ **c.** ni l'un ni l'autre

…/4

2 Convertir des unités de mesure

→ FICHE 45

1) 125 dm est égal à :

☐ **a.** 12,5 cm ☐ **b.** 1 250 cm ☐ **c.** 12 500 cm

2) 6,874 m^2 est égal :

☐ **a.** 68,74 dm^2 ☐ **b.** 687,4 dm^2 ☐ **c.** 6 874 dm^2

3) 12 356 cm^3 est égal :

☐ **a.** 123,56 dm^3 ☐ **b.** 1235,6 dm^3 ☐ **c.** 12,356 dm^3

4) Si on convertit 2 h en secondes, on obtient :

☐ **a.** 120 s ☐ **b.** 3 600 s ☐ **c.** 7 200 s

…/4

3 Convertir des unités composées

→ FICHE 45

1) Si l'on convertit 180 km/h en kilomètres par minute, on obtient :

☐ **a.** 540 km/min

☐ **b.** 3 km/min

☐ **c.** 240 km/min

2) Si on convertit 5 kWh, en wattheures, on obtient :

☐ **a.** 50 Wh

☐ **b.** 500 Wh

☐ **c.** 5 000 Wh

.../2

4 Résoudre un problème de vitesse

→ FICHE 46

1) La vitesse moyenne v est donnée par la formule $v = \frac{d}{t}$.
La distance d est égale à :

☐ **a.** $\frac{v}{t}$ ☐ **b.** $v \times t$ ☐ **c.** $\frac{t}{v}$

2) Un automobiliste roule à une vitesse moyenne de 80 km/h.
En 2 heures, il parcourt :

☐ **a.** 40 km ☐ **b.** 80 km ☐ **c.** 160 km

3) Un cycliste roule à une vitesse de 24 km/h. En 15 min, il parcourt :

☐ **a.** 6 km ☐ **b.** 8 km ☐ **c.** 12 km

4) Un cycliste parcourt 90 km en 3 h. Sa vitesse moyenne sur ce parcours en $km \cdot h^{-1}$ est :

☐ **a.** $24\ km \cdot h^{-1}$ ☐ **b.** $28\ km \cdot h^{-1}$ ☐ **c.** $30\ km \cdot h^{-1}$

5) Un coureur a parcouru 1 000 m en courant à une vitesse de $5\ m \cdot s^{-1}$.
Il a couru pendant :

☐ **a.** 5 000 s ☐ **b.** 200 s ☐ **c.** 100 s

.../5

ON FAIT LE BILAN !

score total .../15

- Des erreurs ? Entraîne-toi ! → **LES EXOS** P. 292
- Zéro faute ? Bravo ! → **OBJECTIF BREVET** P. 293

LES EXOS

Entraîne-toi !

5 Calculer une consommation d'eau

→ FICHE 44

Un habitant utilise la toiture de sa maison pour recueillir l'eau de pluie et la stocker dans un réservoir. Vue du ciel, cette toiture a la forme d'un rectangle de 6 m par 10 m. Au mois de mars, il est tombé 120 mm d'eau par m^2.

1) Calculer l'aire de ce rectangle en mètres carrés (m^2).

2) Calculer le volume d'eau (en m^3) tombé sur cette toiture pendant le mois de mars.

3) Cette eau est stockée dans une cuve pouvant contenir toute l'eau des précipitations. La consommation de cet habitant est de 300 L d'eau par jour. Calculer sa consommation pour le mois de mars (en m^3).

4) À la fin du mois de février, il restait 6,9 m^3 d'eau dans la cuve. Quel volume d'eau reste-t-il à la fin du mois de mars ?

6 Calculer une quantité d'eau à partir d'un débit

→ FICHE 45

Le fleuve Amazone est celui qui possède le débit moyen le plus important au monde. Il est d'environ 190 000 m^3/s.

En France, un foyer de 3 personnes consomme en moyenne 10 000 L d'eau par mois. Donner un ordre de grandeur du nombre de ces foyers que pourrait alimenter ce fleuve en un mois.

7 Utiliser une énergie électrique

→ FICHE 45

Une énergie électrique de 1 MWh produit par une éolienne permet d'éviter 3 g de déchets nucléaires de classe B ou C pour lesquels aucune solution de stockage à long terme n'a été trouvée. Sachant que l'éolien a fourni $3{,}41 \times 10^7$ MWh durant l'année 2019 en France, calculer la masse (en tonnes) de déchets nucléaires de classe B ou C ainsi évités par la filière éolienne en France au cours de l'année 2019.

8 Calculer une durée

→ FICHE 46

La longueur du Canal du Midi est de 240 km de Toulouse à l'étang de Thau et la vitesse des embarcations y est limitée à 8 km/h.

Combien de temps, au moins, faut-il pour effectuer ce trajet en péniche sans faire de pause ?

OBJECTIF BREVET

Lance-toi dans des sujets !

9 Traversée d'une rivière

20 min

→ FICHE 45

Une barque traverse une rivière en partant d'un point A d'une rive pour arriver en un point B sur l'autre rive. On suppose que le triangle ABC est rectangle en C et $\widehat{BAC} = \alpha$.

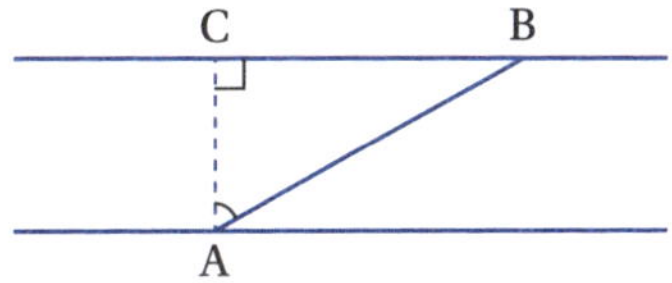

La traversée de A vers B s'effectue à la vitesse constante de 1,542 nœuds et dure 50 s. On a 1 m/s = 0,514 nœud.

1 Exprimer la vitesse de traversée de A vers B en m/s.

2 Montrer que la distance parcourue AB est de 150 m.

3 Sachant que $\alpha = 60°$, calculer la largeur AC de la rivière.

4 Les points A et B sont distants de 150 m. Au même moment :
- un nageur part de A et se dirige vers B, à vitesse constante de 1 m/s ;
- une pirogue part de B et se dirige vers A, à la vitesse constante de 1,028 nœuds.

a. À quelle distance du point A se trouve le nageur 50 s après son départ ?

b. À quelle distance du point A se trouve la pirogue 50 s après son départ ?

c. En déduire le lieu où vont se rencontrer le nageur et la pirogue.

DÉMARRONS ENSEMBLE

1 Tu sais que 1 m/s = 0,514 nœud et que la vitesse est égale à 1,542 nœuds.

2 Tu as trouvé à la question précédente le nombre de mètres parcourus en 1 s.

3 Dans le triangle ABC rectangle en C, tu connais l'angle $\widehat{BAC}$ et l'hypoténuse AB. Utilise la trigonométrie.

4 Utilise la relation $d = v \times t$.

10 Air brassé par une éolienne

20 min

→ FICHES 45 et 46

Le schéma ci-contre représente la colonne d'air brassée par une éolienne en une seconde.

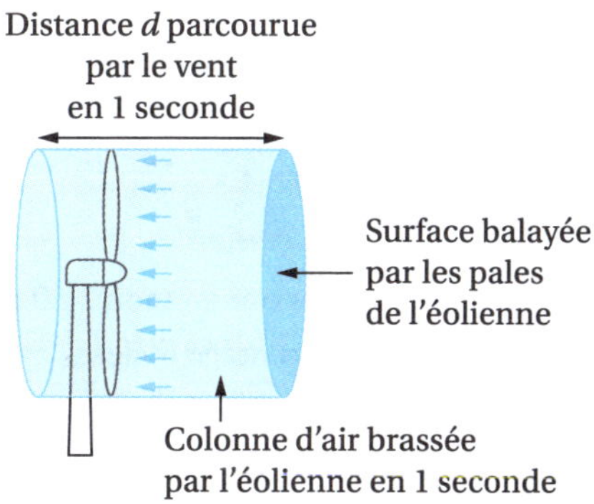

1 Calculer la distance d parcourue en une seconde par un vent dont la vitesse est de 18 km/h.

2 Calculer l'aire de la surface balayée par une éolienne dont le rotor a un diamètre de 80 m.

3) Déduire des réponses précédentes le volume d'air brassé en une seconde par une éolienne dont le rotor a un diamètre de 80 m quand le vent souffle à la vitesse de 18 km/h.

4) La masse volumique de l'air est de 1,292 kg/m^3. En déduire la masse d'air brassée en une seconde par une éolienne dont le rotor a un diamètre de 80 m quand le vent souffle à la vitesse de 18 km/h.

DÉMARRONS ENSEMBLE

1) Convertis 18 km/h en m/s, puis utilise la relation $v = \frac{d}{t}$.

2) La surface balayée est un disque de rayon 40 m.

3) Le volume d'air est celui d'un cylindre.

4) La densité de l'air est le quotient de la masse d'air par le volume d'air.

11 Vitesse et pulsations autour d'un stade

25 min → FICHE 46

Partie A. Calculer une vitesse

Un professeur d'éducation physique et sportive fait courir ses élèves autour d'un stade rectangulaire mesurant 90 m de long et 60 m de large.

1) Calculer, en mètres, la longueur d'un tour de stade.

2) Pour effectuer 15 tours en 24 min à vitesse constante, combien de temps un élève doit-il mettre pour faire un tour ? On donnera la réponse en minutes et secondes.

3) Un élève parcourt 6 tours en 9 min. Calculer sa vitesse en m/min, puis en km/h.

Partie B. Calculer un pourcentage

On a relevé le nombre de pulsations par minute de 32 élèves avant qu'ils n'effectuent leurs tours de stade. Les résultats obtenus sont les suivants :
57 ; 61 ; 55 ; 67 ; 59 ; 52 ; 59 ; 63 ; 62 ; 65 ; 59 ; 54 ; 59 ; 57 ; 62 ; 54 ; 62 ; 65 ; 63 ; 61 ; 63 ; 55 ; 66 ; 63 ; 60 ; 59 ; 62 ; 63 ; 58 ; 61 ; 59 ; 63.

1) Montrer que le nombre moyen de pulsations par minute est égal à 60,25.

2) Recopier et compléter le tableau suivant :

Nombre n de pulsations par min	$52 \leqslant n < 56$	$56 \leqslant n < 60$	$60 \leqslant n < 64$	$64 \leqslant n \leqslant 68$
Effectif				

3) Combien d'élèves ont au moins 60 pulsations par minute ?

4) Quel est le pourcentage d'élèves ayant un nombre de pulsations par minute inférieur à 60 ?

DÉMARRONS ENSEMBLE

Partie A

1) Calcule le périmètre du rectangle.

2) Tu connais le nombre de minutes pour faire 15 tours. Cherche le nombre de minutes pour un tour.

3) Calcule d'abord la distance parcourue en 6 tours. Tu sais que cette distance a été parcourue en 9 min.

Partie B

1) Revois la fiche 25 pour calculer la moyenne.

2) Compte le nombre de valeurs correspondant à chaque intervalle. Vérifie que l'effectif total est 32.

3) L'expression « au moins 60 pulsations par minute » signifie 60 ou plus.

4) Observe les deux premières cases du tableau.

CORRIGÉS

SE TESTER QUIZ

1 Distinguer grandeurs quotients et grandeurs produits

1) **Réponse a.** Pour calculer une aire, on multiplie deux longueurs. Une aire est donc une grandeur produit.

2) **Réponse b.** Pour calculer une vitesse, on divise la distance parcourue par le temps écoulé. Une vitesse est une grandeur quotient.

3) **Réponse b.** L'unité de la masse volumique indique que l'on divise une grandeur en kg par une grandeur en m^3. Une masse volumique est une grandeur quotient.

4) **Réponse c.** Le km est une unité simple. Une distance n'est ni une grandeur produit, ni une grandeur quotient.

2 Convertir des unités de mesure

1) **Réponse b.** Le dm est une unité de mesure simple. Pour passer des dm aux cm, on multiplie la quantité par 10. Donc 125 dm est égal à 1 250 cm.

2) **Réponse b.** Le m^2 est une unité d'aire. Pour passer des m^2 aux dm^2, on multiplie la quantité par 100. Donc 6,874 m^2 est égal 687,4 dm^2.

3) **Réponse c.** Le cm^3 est une unité de volume. Pour passer des cm^3 aux dm^3, on multiplie la quantité par 0,001. Donc 12 356 cm^3 est égal 12,356 dm^3.

4) **Réponse c.** Dans 1 h, il y a 3 600 s. Dans 2 h, il y aura $3\ 600 \times 2 = 7\ 200$ s.

3 Convertir des unités composées

1) Réponse b. Une vitesse de 180 km/h signifie que l'on parcourt 180 km en 1 h ou encore en 60 min. En 1 min, on parcourt donc $180 \div 60 = 3$ km. Si l'on convertit 180 km/h en kilomètres par minute, on obtient 3 km/min.

2) Réponse c. 5 kW est égale à 5 000 W. Si on convertit 5 kWh en wattheures, on obtient 5 000 Wh.

4 Résoudre un problème de vitesse

1) Réponse b. On multiplie les deux membres de l'égalité par t. L'égalité $v = \frac{d}{t}$ est donc équivalente à l'égalité $v \times t = d$.

2) Réponse c. Une vitesse moyenne de 80 km/h signifie que l'automobiliste parcourt 80 km en 1 h. En 2 heures, il parcourt $80 \times 2 = 160$ km.

3) Réponse a. Un cycliste parcourt 24 km en 1 h ou 60 min. Or $60 \div 4 = 15$. En 15 min, il parcourt $24 \div 4 = 6$ km.

4) Réponse c. Un cycliste parcourt 90 km en 3 h. En 1 h, il parcourt $90 \div 3 = 30$ km. Sa vitesse moyenne sur ce parcours, en $\text{km} \cdot \text{h}^{-1}$ est $30\ \text{km} \cdot \text{h}^{-1}$.

5) Réponse b. L'égalité $v = \frac{d}{t}$ est équivalente à l'égalité $v \times t = \frac{d}{t} \times t$ ou encore $v \times t = d$ ou encore $t = \frac{d}{v}$. On a : $t = \frac{1\,000}{5} = 200$ s. Le coureur a couru pendant 200 s.

LES EXOS

5 Calculer une consommation d'eau

1) On a $6 \times 10 = 60$. L'aire du rectangle est 60 m^2.

2) On a 120 mm = 0,12 m.
On calcule le volume $\mathcal{V}$ d'eau (en m^3) tombé sur cette toiture pendant le mois de mars : $\mathcal{V} = 60 \times 0{,}12 = 7{,}2$ m^3.

3) Il y a 31 jours au mois de mars, donc la consommation de l'habitant est : $31 \times 300 = 9\,300$ L, soit 9 300 dm^3 ou encore 9,3 m^3.

4) Dans la cuve, il y avait 6,9 m^3 d'eau fin février. La pluie récupérée au mois de mars a augmenté cette quantité de 7,2 m^3. L'habitant en a consommé 9,3 m^3. Le volume restant est donc : $6{,}9 + 7{,}2 - 9{,}3 = 4{,}8$ m^3.

6 Calculer une quantité d'eau à partir d'un débit

On convertit 10 000 L en m^3.
On a 10 000 L = 10 000 dm^3 = 10 m^3.
En France, un foyer de 3 personnes consomme en moyenne 10 m^3 d'eau par mois.

CONSEIL
Pour convertir des unités de longueur, décale la virgule d'un rang et pour convertir des unités de volume, décale la de trois rangs.

Calculons la quantité d'eau fournie par le fleuve en un mois. Le débit est de 190 000 m^3 en 1 s.
Dans 1 h, il y a 3 600 s, dans une journée il y a 24 h, dans un mois, il y a environ 30 jours, donc dans un mois il y a $3\ 600 \times 24 \times 30 = 2\ 592\ 000$ s.
Donc en un mois, la quantité d'eau est $190\ 000 \times 2\ 592\ 000 \approx 4{,}9248 \times 10^{11}$ m^3.
On a alors $4{,}9248 \times 10^{11} \div 10 = 4{,}9248 \times 10^{10}$.
Un ordre de grandeur du nombre de ces foyers que pourrait alimenter ce fleuve en un mois est de 50 milliards de foyers.

7 Utiliser une énergie électrique

1 MWh produit par une éolienne permet d'éviter 3 g de déchets nucléaires, donc $3{,}41 \times 10^7$ MWh permet d'éviter $3{,}41 \times 10^7 \times 3 = 10{,}23 \times 10^7$ g de déchets nucléaires.
On sait que : 1 tonne = 1 000 kg = 1 000 000 g.
On obtient : $10{,}23 \times 10^7 = 102{,}3 \times 10^6$. La masse de déchets nucléaires ainsi évités est 102,3 tonnes.

> **À NOTER**
> L'énergie électrique exprimée en MWh est une grandeur produit.

8 Calculer une durée

Le temps mis pour effectuer ce trajet est le quotient de la distance parcourue par la vitesse : $t = \dfrac{d}{v}$. Avec $d = 240$ km et $v = 8$ km/h, on a $t = \dfrac{240}{8} = 30$.
Il faut au moins 30 heures pour effectuer ce trajet en péniche sans faire de pause.

> **ATTENTION**
> Vérifie que le temps, la distance et la vitesse sont exprimés dans des unités compatibles.

OBJECTIF BREVET

9 Traversée d'une rivière

1) On a 1 m/s = 0,514 nœud, et $1{,}542 \div 0{,}514 = 3$. La vitesse est de 3 m/s.

2) La traversée dure 50 s, et la distance parcourue est $3 \times 50 = 150$ m.

3) Dans le triangle ABC rectangle en C, on connaît l'angle $\widehat{BAC}$ et l'hypoténuse AB.
On a donc $\cos\widehat{BAC} = \dfrac{AC}{AB}$. On en déduit que $AC = AB \times \cos 60° = 150 \times 0{,}5$. D'où AC = 75 m.

4) **a.** À la vitesse de 1 m/s, le nageur parcourt 50 m en 50 s à partir du point A.
b. On a 1 m/s = 0,514 nœud. Or $2 \times 0{,}514 = 1{,}028$. Donc la pirogue a pour vitesse constante 2 m/s.
À 2 m/s, la pirogue parcourt 100 m depuis le point B et se trouve à 50 m du point A.
c. Le nageur et la pirogue se rencontrent à 50 m du point A ou, ce qui est la même chose, à 100 m du point B.

> **CONSEIL**
> Calcule la distance parcourue par la pirogue depuis le point B.

10 Air brassé par une éolienne

1) La vitesse est exprimée en km/h. On la convertit en m/s. On a :
$18\text{ km/h} = 18\,000\text{ m/h} = \dfrac{18\,000}{3\,600}\text{ m/s} = 5\text{ m/s}$.
La distance *d* parcourue en une seconde est 5 m.

2) La surface balayée par une éolienne est un disque de diamètre de 80 m. Le rayon est égal à 40 m. L'aire est égale à : $\pi \times 40^2 = 1\,600\pi = 5\,024\text{ m}^2$.

3) Le volume d'air est celui d'un cylindre dont la base a pour aire 5 024 m^2 et pour hauteur 5 m. Le volume de ce cylindre est égal à $5\,024 \times 5 = 25\,120\text{ m}^3$.

4) La masse volumique de l'air est le quotient de la masse d'air par le volume d'air. On a : $1{,}292 = \dfrac{m}{2\,512}$ où m est la masse d'air. À l'aide d'un produit en croix, on obtient $m = 1{,}292 \times 25\,120 = 32\,455{,}04$ kg. La masse d'air brassée en 1 s par une éolienne dont le rotor a un diamètre de 80 m quand le vent souffle à la vitesse de 18 km/h est 3 245,504 kg.

11 Vitesse et pulsations autour d'un stade

Partie A

1) On calcule le périmètre du rectangle : $2 \times (90 + 60) = 300$ m.

2) On a $24 \div 15 = 1{,}6$ min.
On convertit en minutes et secondes : $0{,}6\text{ min} = 0{,}6 \times 60 = 36$ s.
Un élève doit mettre 1 min 36 s pour un tour.

3) La longueur parcourue en 6 tours est : $300 \times 6 = 1\,800$ m. La vitesse de l'élève est donc de 1 800 m pour 9 min. On a $1\,800 \div 9 = 200$. La vitesse est donc de 200 m/min. On convertit en km/h : 200 m = 0,2 km et $0{,}2 \times 60 = 12$. La vitesse est donc de 12 km/h.

Partie B

1) La somme des 32 pulsations est égale à 1 928. On divise cette somme par 32 et on obtient le nombre moyen de pulsations par minute : 60,25.

2) On obtient le tableau suivant :

Nombre *n* de pulsations par min	$52 \leqslant n < 56$	$56 \leqslant n < 60$	$60 \leqslant n < 64$	$64 \leqslant n \leqslant 68$
Effectif	5	9	14	4

3) Le nombre d'élèves ayant au moins 60 pulsations par minute est égal à : $14 + 4 = 18$.

4) On a $5 + 9 = 14$, donc il y a 14 élèves parmi 32 qui ont un nombre de pulsations par minute inférieur à 60. On a $\dfrac{14}{32} \times 100 = 43{,}75$. Le pourcentage est égal à 43,75 %.

CONSEIL
4) Pour calculer un pourcentage, divise l'effectif de l'intervalle considéré par l'effectif total et multiplie par 100.

L'épreuve du brevet

13 Préparer l'épreuve du brevet

47 Comment s'organise l'épreuve de mathématiques ?

EN BREF ▸ *Le brevet approche, c'est le moment de revoir les modalités de l'épreuve et de se confronter à quelques sujets pour se préparer en toute sérénité.*

I Les modalités de l'épreuve

1 Le déroulement de l'épreuve

■ L'épreuve de mathématiques est d'une durée totale de **2 heures**. Le sujet est constitué de six à huit exercices que tu peux traiter indépendamment les uns des autres et dans l'ordre qui te convient.

■ Certains exercices peuvent prendre la forme de questionnaires à choix multiples (QCM). Les énoncés des exercices s'appuient sur des situations de la vie courante ou sur d'autres disciplines.

> **À NOTER**
> Le sujet comprend en général au moins un exercice d'algorithmique.

2 Le barème

L'épreuve de maths est notée sur **100 points.** L'**évaluation** prend en compte la clarté et la précision des raisonnements ainsi que, plus largement, la qualité de la rédaction scientifique. Si tu ne termines pas un exercice, les **démarches engagées**, même non abouties, seront prises en compte dans la notation.

II Comment obtenir le diplôme du brevet ?

Pour obtenir le diplôme du brevet, il faut totaliser au moins **400 points sur 800**, lorsqu'on ajoute les points du contrôle continu et des épreuves finales.

1 Le décompte des points

■ À la fin de l'année, tes professeurs évaluent ton niveau de maîtrise des huit composantes du socle commun de connaissances et de compétences (insuffisante, fragile, satisfaisante, très bonne) qui correspond à un nombre de points (10, 25, 40, 50).

> **À NOTER**
> Tu peux donc obtenir au maximum 400 points au contrôle continu et 400 points aux épreuves finales.

■ À ce nombre de points du contrôle continu, s'ajoutent les notes obtenues aux cinq épreuves finales.

2 Les mentions

Les mentions sont décernées selon la règle suivante.

Mention	Notation
Assez bien	au moins 480 points sur 800
Bien	au moins 560 points sur 800
Très bien	au moins 640 points sur 800

48 Comment réussir les exercices de mathématiques ?

EN BREF ▸ *Qu'ils fassent appel à tes connaissances ou à ta capacité à résoudre des problèmes, les exercices de mathématiques doivent être abordés avec méthode et rédigés avec soin.*

I Comment aborder les exercices ?

Avant de commencer toute rédaction d'un exercice ou de démarrer tout calcul, il convient de respecter certaines règles.

- Lis correctement tout l'énoncé de l'exercice en vérifiant que tu en comprends le vocabulaire. Vérifie si l'exercice possède des questions dépendant les unes des autres. Tu trouveras parfois dans certaines questions des éléments de réponse aux questions précédentes.
- Fais immédiatement une figure dans le cas d'un exercice de géométrie ou reporte sur la figure fournie les éléments importants afin de rendre concret le texte de l'énoncé.

CONSEIL
N'hésite pas à utiliser **différentes couleurs** pour la composition des figures.

II Comment rédiger les exercices ?

1 La présentation

- Le correcteur prend en compte la clarté et la précision des raisonnements ainsi que la qualité de la rédaction scientifique. Dans chaque partie de l'épreuve, cinq points sont réservés à la présentation de la copie et à l'utilisation de la langue française. Écris lisiblement en sautant des lignes entre les exercices.
- Si tu n'as pas terminé un exercice, laisse suffisamment de place pour pouvoir continuer cet exercice plus tard. N'hésite pas à commencer l'exercice suivant sur une nouvelle page.

CONSEIL
Réserve impérativement un peu de temps, à la fin de l'épreuve, pour te relire !

2 La rédaction

- La rédaction de tes réponses doit être claire et rigoureuse. Il est indispensable de rappeler précisément les théorèmes que tu utilises et de justifier leur application. Un raisonnement en mathématiques doit comprendre des enchaînements logiques et n'est pas une suite de lignes de calculs.
- N'oublie pas de mettre en évidence tes réponses (en les encadrant par exemple) et de faire tous les schémas et graphiques sur des feuilles différentes de celles utilisées pour rédiger ton devoir.

SUJET 1

1 Le trésor

10 min

→ FICHE 6

Le capitaine d'un navire possède un trésor constitué de 69 diamants, 1 150 perles et 4 140 pièces d'or.

1) Décomposer 69 ; 1 150 et 4 140 en produits de facteurs premiers.

2) Le capitaine partage équitablement le trésor entre les marins. Combien y a-t-il de marins sachant que toutes les pièces, perles et diamants ont été distribués ?

DÉMARRONS ENSEMBLE

2) Cherche le facteur commun dans les décompositions des trois nombres de la question 1.

2 Le décor de pièce de théâtre

20 min

→ FICHES 33, 34 et 36

Dans cet exercice, on donnera, si nécessaire, une valeur approchée des résultats au centième près.

Pour construire le décor d'une pièce de théâtre (figure 1), Joanna dispose d'une plaque rectangulaire ABCD de 4 m sur 2 m dans laquelle elle doit découper les trois triangles du décor avant de les superposer. Elle propose un découpage de la plaque (figure 2).

Figure 1

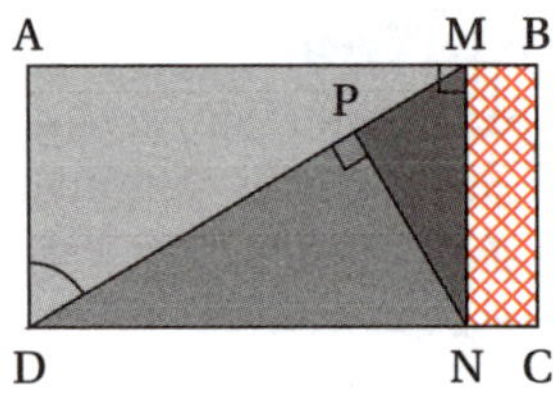

Figure 2

Le triangle ADM respecte les conditions suivantes :
- Le triangle ADM est rectangle en A.
- AD = 2 m
- $\widehat{ADM} = 60°$.

1) Montrer que [AM] mesure environ 3,46 m.

2) La partie de la plaque non utilisée est représentée en quadrillé sur la figure 2. Calculer une valeur approchée au centième de la proportion de la plaque qui n'est pas utilisée.

3 Pour que la superposition des triangles soit harmonieuse, Joanna veut que les trois triangles AMD, PNM et PDN soient semblables. Démontrer que c'est bien le cas.

4 Joanna aimerait que le coefficient d'agrandissement pour passer du triangle PDN au triangle AMD soit plus petit que 1,5. Est-ce le cas ? Justifier.

DÉMARRONS ENSEMBLE

3 Des triangles sont semblables s'ils ont leurs 3 angles égaux. → FICHE 33

3 Le sablier

20 min

→ FICHES 25, 26 et 43

Les questions 1 et 2 sont indépendantes.

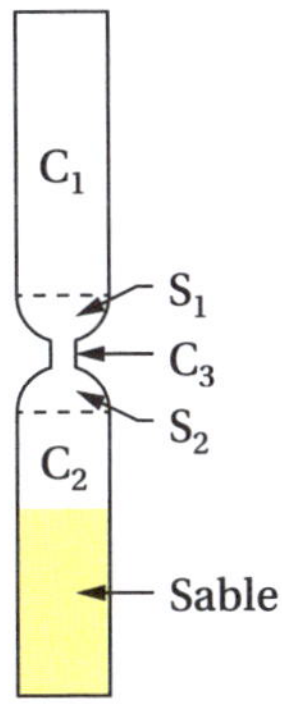

Un sablier est composé de :
- deux cylindres C_1 et C_2 de hauteur 4,2 cm et de diamètre 1,5 cm ;
- un cylindre C_3 ;
- deux demi-sphères S_1 et S_2 de diamètre 1,5 cm.

On rappelle le volume V d'un cylindre d'aire de base B et de hauteur h : $V = B \times h$.

1 **a.** Au départ, le sable remplit le cylindre C_2 aux deux tiers. Montrer que le volume du sable est environ 4,95 cm^3.

b. On retourne le sablier. En supposant que le débit d'écoulement du sable est constant et égal à 1,98 cm^3/min, calculer le temps en minutes et secondes que va mettre le sable à s'écouler dans le cylindre inférieur.

2 En réalité, le débit d'écoulement d'un même sablier n'est pas constant. Dans une usine où on fabrique des sabliers comme celui-ci, on prend un sablier au hasard et on teste plusieurs fois le temps d'écoulement dans ce sablier. Voici les différents temps récapitulés dans le tableau suivant :

Temps mesuré	2 min 22 s	2 min 24 s	2 min 26 s	2 min 27 s	2 min 28 s	2 min 29 s	2 min 30 s
Nombre de tests	1	1	2	6	3	7	6

Temps mesuré	2 min 31 s	2 min 32 s	2 min 33 s	2 min 34 s	2 min 35 s	2 min 38 s
Nombre de tests	3	1	2	3	2	3

a. Combien de tests ont été réalisés au total ?

b. Un sablier est mis en vente s'il vérifie les trois conditions ci-dessous, sinon il est éliminé.

- L'étendue des temps est inférieure à 20 s.
- La médiane des temps est comprise entre 2 min 29 s et 2 min 31 s.
- La moyenne des temps est comprise entre 2 min 28 s et 2 min 32 s.

Le sablier testé sera-t-il éliminé ?

DÉMARRONS ENSEMBLE

3 Vérifie si chacun des critères est valide pour le sablier testé.

4 Dessin sous Scratch

20 min

→ FICHES 1 à 4 et 29

On veut réaliser un dessin constitué de deux types d'éléments (tirets et carrés) mis bout à bout.

Chaque script ci-dessous trace un élément, et déplace le stylo.

On rappelle que « s'orienter à 90 » signifie qu'on oriente le stylo vers la droite.

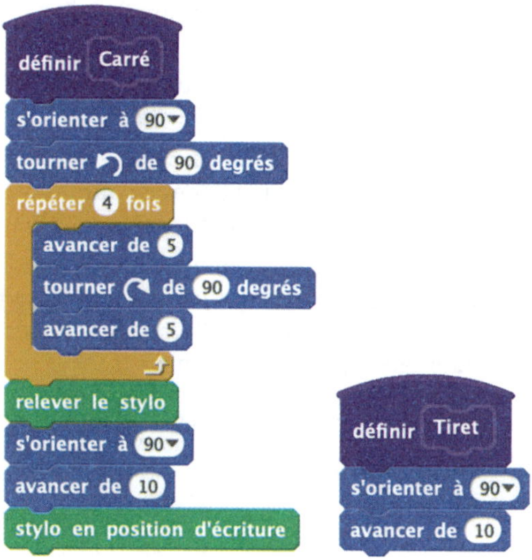

1 En prenant 1 cm pour 2 pixels, représenter la figure obtenue si on exécute le script « Carré ».

Préciser les positions de départ et d'arrivée du stylo sur votre figure.

2 Pour tracer le dessin complet, on a réalisé 2 scripts qui se servent des blocs « Carré » et « Tiret » ci-dessus :

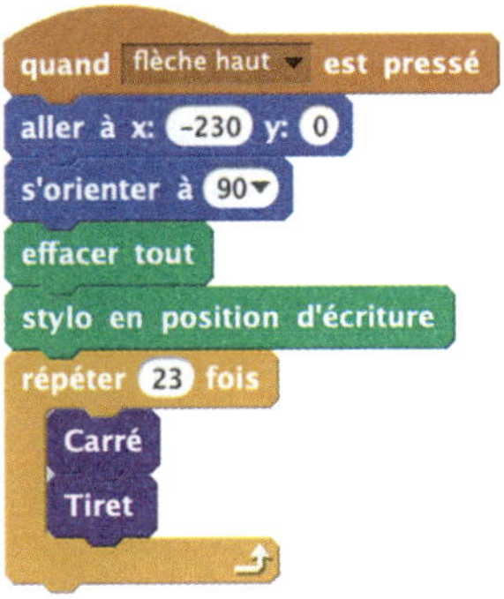

Script 1

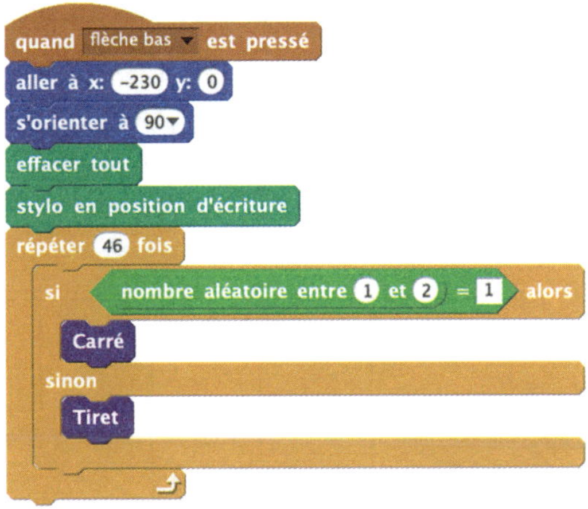

Script 2

On exécute les deux scripts et on obtient les deux dessins ci-dessous.

Dessin A

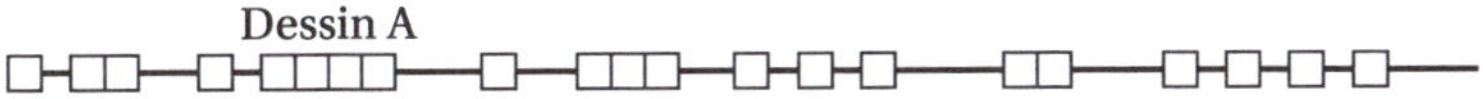

Dessin B

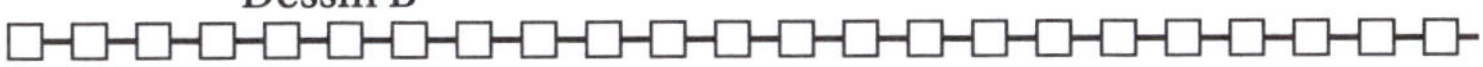

Attribuer à chaque script la figure dessinée. Justifier votre choix.

3 On exécute le script 2.

a. Quelle est la probabilité que le premier élément tracé soit un carré ?

b. Quelle est la probabilité que les deux premiers éléments soient des carrés ?

4 Dans le script 2, on aimerait que la couleur des différents éléments, tirets ou carrés, soit aléatoire, avec à chaque fois 50 % de chance d'avoir un élément noir et 50 % de chance d'avoir un élément rouge. Écrire la suite d'instructions qu'il faut alors créer et préciser où l'insérer dans le script 2.

Indication : on pourra utiliser les instructions « mettre la couleur du stylo à [rouge] » et « mettre la couleur du stylo à [noir] » pour choisir la couleur du stylo.

DÉMARRONS ENSEMBLE

3 b. Pour obtenir la probabilité que les deux premiers tracés soient des carrés, on peut :
– soit faire un arbre des possibles et compter le nombre de branches qui mènent à carré-carré ;
– soit se rendre compte que le tracé du premier carré n'influence pas le tracé du second ; ces deux événements sont donc indépendants.

5 Tableau et transformations du plan

20 min

→ FICHES 32 et 33

Olivia s'est acheté un tableau pour décorer le mur de son salon.

Ce tableau, représenté ci-dessous, est constitué de quatre rectangles identiques nommés ①, ②, ③ et ④ dessinés à l'intérieur d'un grand rectangle ABCD d'aire égale à 1,215 m². Le ratio longueur : largeur est égal à 3 : 2 pour chacun des cinq rectangles.

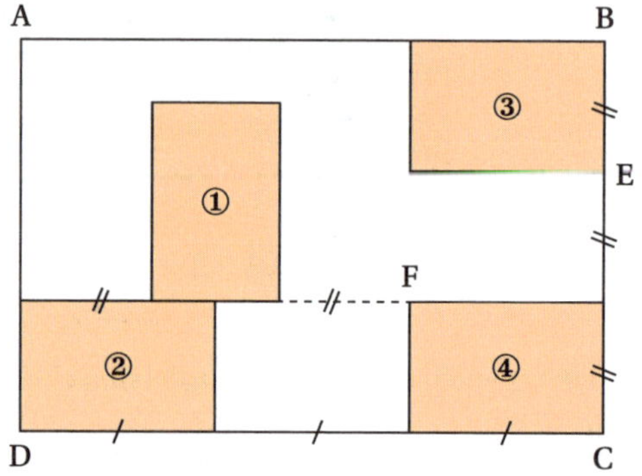

1 Recopier, en les complétant, les phrases suivantes. Aucune justification n'est demandée. (Il y a plusieurs réponses possibles, une seule est demandée.)

a. Le rectangle ③ est l'image du rectangle ... par la translation qui transforme C en E.

b. Le rectangle ③ est l'image du rectangle ... par la rotation de centre F et d'angle 90° dans le sens des aiguilles d'une montre.

c. Le rectangle ABCD est l'image du rectangle ... par l'homothétie de centre ... et de rapport 3.

2 Quelle est l'aire d'un petit rectangle ?

3 Quelles sont la longueur et la largeur du rectangle ABCD ?

DÉMARRONS ENSEMBLE

2 Dans un agrandissement de coefficient k, les aires sont multipliées par k^2. → FICHE 33

6 Programmes de calcul

20 min

→ FICHES 1, 14 à 18

Voici deux programmes de calcul.

Programme 1 **Programme 2**

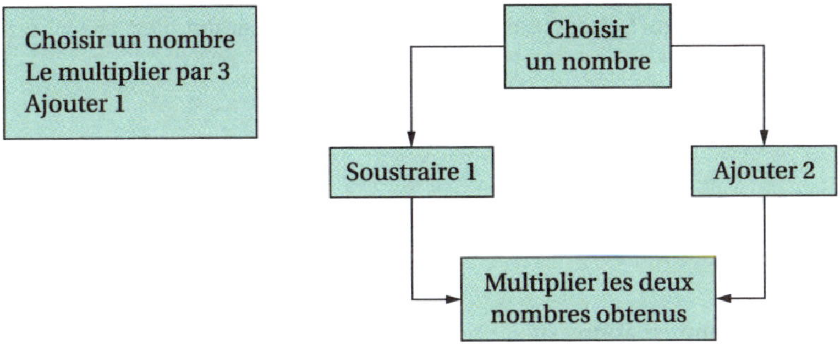

1 Vérifier que si on choisit 5 comme nombre de départ :
- le résultat du programme 1 vaut 16 ;
- le résultat du programme 2 vaut 28.

2 On appelle $A(x)$ le résultat du programme 1 en fonction du nombre x choisi au départ.
La fonction $B : x \mapsto (x-1)(x+2)$ donne le résultat du programme 2 en fonction du nombre x choisi au départ.

a. Exprimer $A(x)$ en fonction de x.

b. Déterminer le nombre que l'on doit choisir au départ pour obtenir 0 comme résultat du programme 1.

3 Développer et réduire l'expression :
$B(x) = (x-1)(x+2)$.

4 **a.** Montrer que $B(x) - A(x) = (x+1)(x-3)$.

b. Quels nombres doit-on choisir au départ pour que le programme 1 et le programme 2 donnent le même résultat ? Expliquer la démarche.

DÉMARRONS ENSEMBLE

4 **a.** Développe chaque partie et vérifie qu'elles sont égales.

b. L'égalité $B(x) = A(x)$ signifie que $B(x) - A(x) = 0$.

SUJET 2

1 Figure géométrique

15min

→ FICHES 35, 37 et 40

On considère la figure ci-dessous, réalisée à main levée et qui n'est pas à l'échelle.

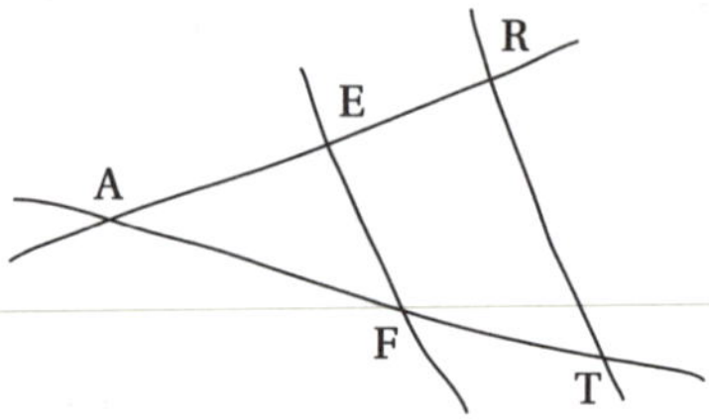

On donne les informations suivantes :

- les droites (ER) et (FT) sont sécantes en A ;
- AE = 8 cm, AF = 10 cm, EF = 6 cm ;
- AR = 12 cm, AT = 14 cm.

1) Démontrer que le triangle AEF est rectangle en E.

2) En déduire une mesure de l'angle $\widehat{EAF}$ au degré près.

3) Les droites (EF) et (RT) sont-elles parallèles ?

DÉMARRONS ENSEMBLE

2) Utilise une formule de trigonométrie adaptée.

2 Vrai ou faux ?

20 min

→ FICHES 6, 9 et 10, 14, 18 et 29

Voici quatre affirmations. **Pour chacune d'entre elles, dire si elle est vraie ou fausse en justifiant la réponse.**

1) *Affirmation 1* : $\frac{3}{5} + \frac{1}{2} = \frac{3+1}{5+2}$.

2) On considère la fonction $f : x \mapsto 5 - 3x$.
Affirmation 2 : l'image de -1 par f est 2.

3) On considère deux expériences aléatoires :

- expérience n° 1 : choisir au hasard un nombre entier compris entre 1 et 11 (1 et 11 inclus) ;
- expérience n° 2 : lancer un dé équilibré à six faces numérotées de 1 à 6 et annoncer le nombre qui apparaît sur la face du dessus.

Affirmation 3 : il est plus probable de choisir un nombre premier dans l'expérience n° 1 que d'obtenir un nombre pair dans l'expérience n° 2.

4) *Affirmation* 4 : pour tout nombre x, $(2x+1)^2 - 4 = (2x+3)(2x-1)$.

DÉMARRONS ENSEMBLE

1) Calcule $\frac{3}{5}+\frac{1}{2}$ d'une part et $\frac{3+1}{5+2}$ d'autre part, puis compare les résultats obtenus. → FICHES 9 et 10

2) Attention, à ne pas confondre image et antécédent. → FICHE 18

3) Calcule chaque probabilité, puis compare-les. Retiens qu'un nombre premier est un nombre qui n'est divisible que par 1 et lui-même. → FICHES 6 et 29

4) Pour démontrer une égalité « pour tout nombre x », il faut la vérifier quel que soit le nombre de départ choisi. Développe chacune des deux expressions, puis compare les formes développées obtenues. → FICHE 14

3 Le gaspillage alimentaire

15 min

→ FICHE 27

Le diagramme ci-dessous représente, pour six pays, la quantité de nourriture gaspillée (en kg) par habitant en 2010.

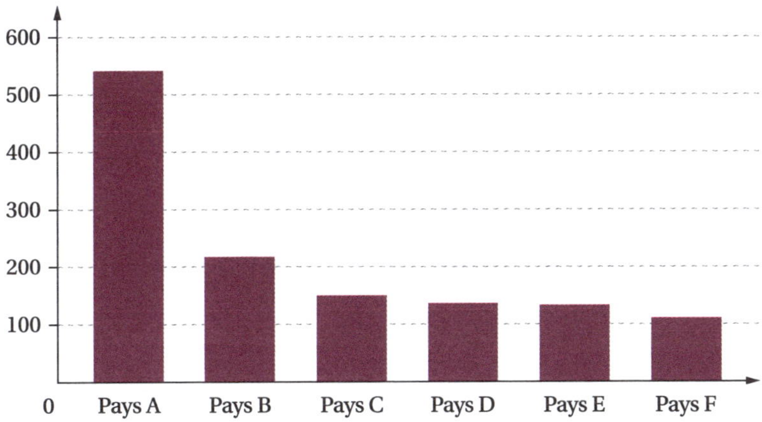

1) Donner approximativement la quantité de nourriture gaspillée par un habitant du pays D en 2010.

2) Peut-on affirmer que le gaspillage de nourriture d'un habitant du pays F représente environ un cinquième du gaspillage de nourriture d'un habitant du pays A ?

3 On veut rendre compte de la quantité de nourriture gaspillée pour d'autres pays. On réalise alors le tableau ci-dessous à l'aide d'un tableur.
On rappelle que : 1 tonne = 1 000 kg.

	A	B	C	D
1		Quantité de nourriture gaspillée par habitant en 2010 (en kg)	Nombre d'habitants en 2010 (en millions)	Quantité totale de nourriture gaspillée (en tonnes)
2	Pays X	345	10,9	3 760 500
3	Pays Y	212	9,4	
4	Pays Z	135	46,6	

a. Quelle est la quantité totale de nourriture gaspillée par les habitants du pays X en 2010 ?

b. Voici trois propositions de formule. Recopier celle que l'on a saisie dans la cellule D2 avant de l'étirer jusqu'en D4.

Proposition 1	Proposition 2	Proposition 3
=B2*C2*1 000 000	=B2*C2	=B2*C2*1 000

DÉMARRONS ENSEMBLE

3 **b.** Pense à convertir les tonnes en kilogrammes.

4 Labyrinthe sous Scratch

10 min

→ FICHES 1 à 4

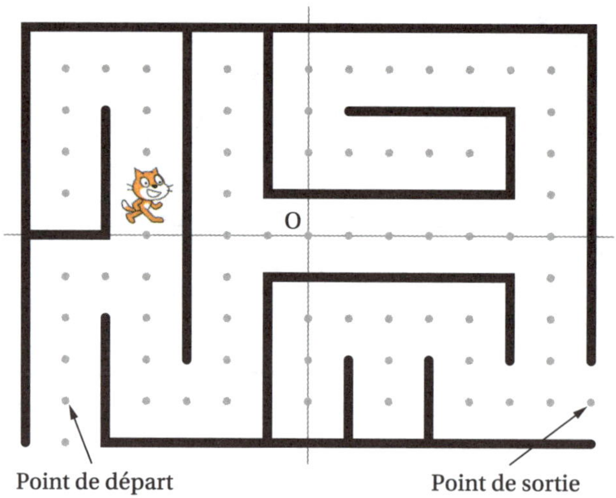

On a programmé un jeu. Le but du jeu est de sortir du labyrinthe. Au début du jeu, le lutin se place au point de départ. Lorsque le lutin touche un mur, représenté par un trait noir épais, il revient au point de départ.
L'arrière-plan est constitué d'un repère d'origine O avec des points espacés de 30 unités verticalement et horizontalement.
Dans cet exercice, on considérera que seuls les murs du labyrinthe sont noirs.
Voici le programme :

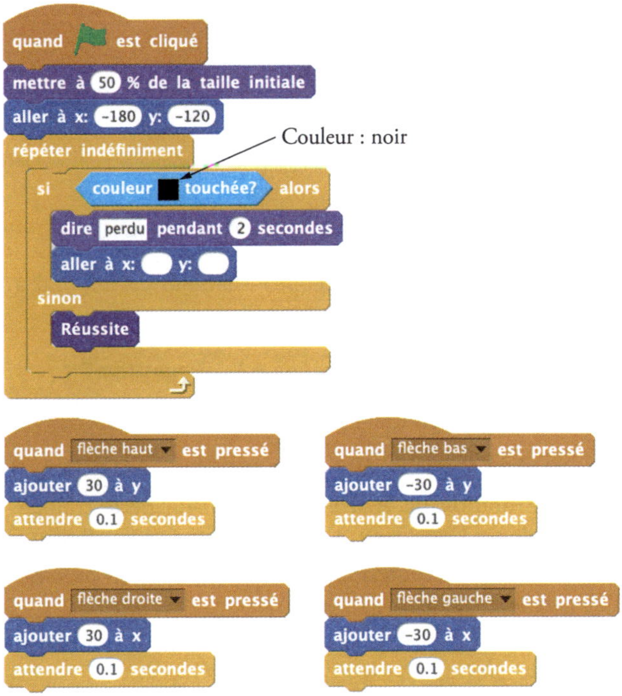

Le bloc **Réussite** correspond à un sous-programme qui fait dire « Gagné ! » au lutin lorsqu'il est situé au point de sortie ; le jeu s'arrête alors.

1 Recopier et compléter l'instruction **aller à x: ( ) y: ( )** du programme pour ramener le lutin au point de départ si la couleur noire est touchée.

2 Quelle est la distance minimale parcourue par le lutin entre le point de départ et le point de sortie ?

3 On lance le programme en cliquant sur le drapeau. Le lutin est au point de départ. On appuie brièvement sur la touche « flèche haut » puis sur la touche « flèche droite ». Quelles sont toutes les actions effectuées par le lutin ?

DÉMARRONS ENSEMBLE

2 Calcule le nombre d'espaces à parcourir du départ à l'arrivée.

5 Hexagone et transformations du plan

10 min

→ FICHE 32

Dans cet exercice, aucune justification n'est attendue.

On considère l'hexagone ABCDEF de centre O représenté ci-dessous.

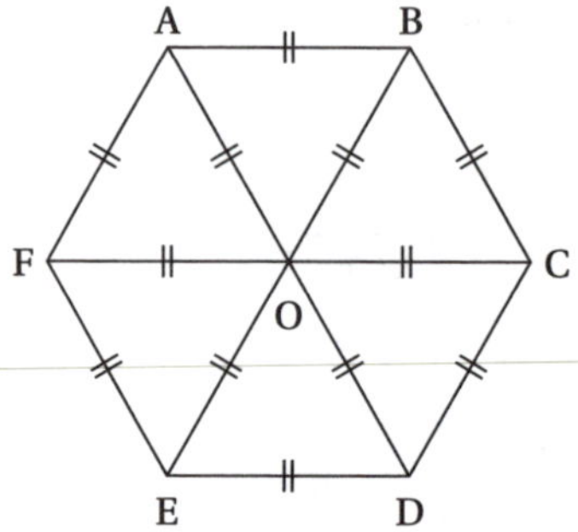

1) Parmi les propositions suivantes, recopier celle qui correspond à l'image du quadrilatère CDEO par la symétrie de centre O.

Proposition 1	Proposition 2	Proposition 3
FABO	ABCO	FODE

2) Quelle est l'image du segment [AO] par la symétrie d'axe (CF) ?

3) On considère la rotation de centre O qui transforme le triangle OAB en le triangle OCD. Quelle est l'image du triangle BOC par cette rotation ?

4) La figure ci-dessous représente un pavage dont le motif de base a la même forme que l'hexagone ci-dessus.

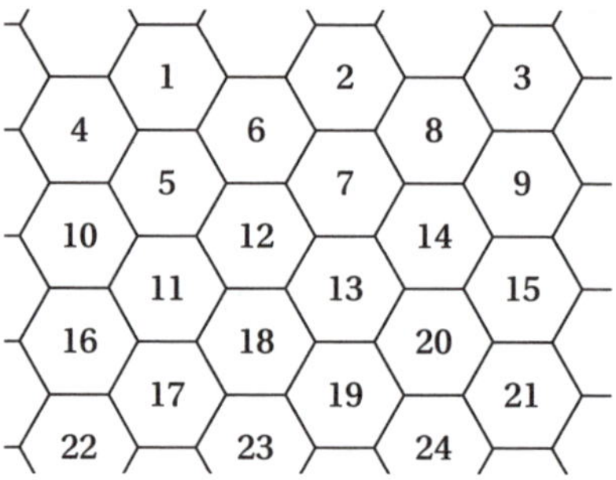

On a numéroté certains de ces hexagones.
Quelle est l'image de l'hexagone 14 par la translation qui transforme l'hexagone 2 en l'hexagone 12 ?

DÉMARRONS ENSEMBLE

1 Une symétrie centrale est un demi-tour.

6 Médicament et boissons

15 min

→ FICHE 18

Les deux parties 1 et 2 sont indépendantes.

Partie 1 Absorption du principe actif d'un médicament

Lorsqu'on absorbe un médicament, que ce soit par voie orale ou non, la quantité de principe actif de ce médicament dans le sang évolue en fonction du temps. Cette quantité se mesure en milligrammes par litre de sang.

Le graphique ci-dessous représente la quantité de principe actif d'un médicament dans le sang, en fonction du temps écoulé, depuis la prise de ce médicament.

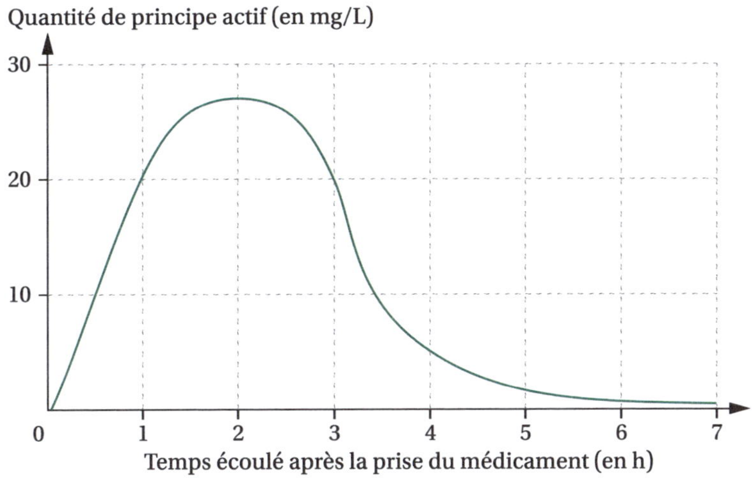

1 Quelle est la quantité de principe actif dans le sang, 30 min après la prise de ce médicament ?

2 Combien de temps après la prise de ce médicament la quantité de principe actif est-elle la plus élevée ?

Partie 2 Comparaison de masses d'alcool dans deux boissons

On fournit les données suivantes :

Formule permettant de calculer la masse d'alcool en g dans une boisson alcoolisée	Deux exemples de boissons alcoolisées
$m = V \times d \times 7{,}9$ • V : volume de la boisson alcoolisée en cL • d : degré d'alcool de la boisson (exemple, un degré d'alcool de 2 % signifie que d est égal à 0,02)	• **Boisson A** Degré d'alcool : 5 % Contenance : 33 cL • **Boisson B** Degré d'alcool : 12 % Contenance : 125 mL

3) La boisson A contient-elle une masse d'alcool supérieure à celle de la boisson B ?

DÉMARRONS ENSEMBLE

3) Pense à prendre l'écriture décimale des pourcentages et à convertir les mL en cL.

7 Les boulets de canon

15 min

→ FICHES 43 et 44

Pour ranger les boulets de canon, les soldats du XVIe siècle utilisaient souvent un type d'empilement pyramidal à base carrée, comme le montrent les dessins suivants.

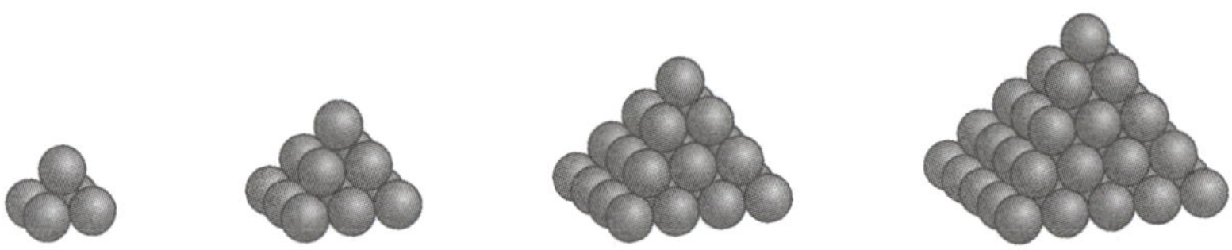

Empilement à 2 niveaux — Empilement à 3 niveaux — Empilement à 4 niveaux — Empilement à 5 niveaux

1) Combien de boulets contient l'empilement à 2 niveaux ?

2) Expliquer pourquoi l'empilement à 3 niveaux contient 14 boulets.

3) On range 55 boulets de canon selon cette méthode.
Combien de niveaux comporte alors l'empilement obtenu ?

4) Ces boulets sont en fonte ; la masse volumique de cette fonte est de 7 300 kg/m^3.
On modélise un boulet de canon par une boule de rayon 6 cm.

On rappelle que :

• volume d'une boule = $\frac{4}{3} \times \pi \times$ rayon $\times$ rayon $\times$ rayon ;

• une masse volumique de 7 300 kg/m^3 signifie que 1 m^3 pèse 7 300 kg.

Montrer que l'empilement à 3 niveaux de ces boulets pèse 92 kg, au kg près.

DÉMARRONS ENSEMBLE

4) Calcule le volume des 14 boulets puis, par proportionnalité, leur masse.

8 Le concours d'entrée

10 min

→ FICHES 25 et 26

Dans une classe de Terminale, 8 élèves passent un concours d'entrée dans une école d'enseignement supérieur.

Pour être admis, il faut obtenir une note supérieure ou égale à 10.

Une note est attribuée avec une précision d'un demi-point (par exemple : 10 ; 10,5 ; 11 ; ...).

On dispose des informations suivantes :

• **Information 1**

Notes attribuées aux 8 élèves de la classe qui ont passé le concours :
10 ; 13 ; 15 ; 14,5 ; 6 ; 7,5 ; ♦ ; ●

• **Information 2**

La série constituée des 8 notes :
- a pour étendue 9 ;
- a pour moyenne 11,5 ;
- a pour médiane 12.

75 % des élèves de la classe qui ont passé le concours ont été reçus.

1) Expliquer pourquoi il est impossible que l'une des deux notes désignées par ♦ ou ● soit 16.

2) Est-il possible que les deux notes désignées par ♦ et ● soient 12,5 et 13,5 ?

DÉMARRONS ENSEMBLE

1) et 2) Vérifie si les indicateurs de l'information 2 sont bons avec les valeurs proposées.

SUJET 3

1 Le gros globe de cristal

10 min

→ FICHES 21, 41 et 43

Le gros globe de cristal est un trophée attribué au vainqueur de la coupe du monde de ski. Ce trophée pèse 9 kg et mesure 46 cm de hauteur.

1) Le biathlète français Martin Fourcade a remporté le sixième gros globe de cristal de sa carrière en 2017 à Pyeongchang en Corée du Sud. Donner approximativement la latitude et la longitude de ce lieu repéré sur la carte ci-dessous.

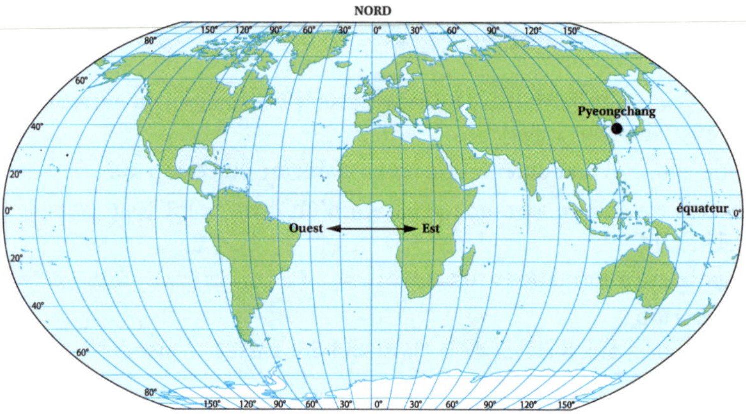

2) On considère que ce globe est composé d'un cylindre en cristal de diamètre 6 cm, surmonté d'une boule de cristal (voir schéma ci-contre). Montrer qu'une valeur approchée du volume de la boule de ce trophée est de 6 371 cm^3.

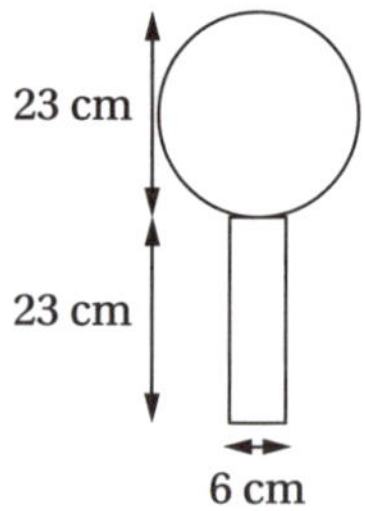

3) Marie affirme que le volume de la boule de cristal représente environ 90 % du volume total du trophée. A-t-elle raison ?

On rappelle que :

- volume d'une boule de rayon R : $V = \frac{4}{3}\pi R^3$;
- volume d'un cylindre de rayon r et de hauteur h : $V = \pi r^2 h$.

DÉMARRONS ENSEMBLE

2) et **3)** Attention, on a : rayon $= \frac{\text{diamètre}}{2}$.

2 Les particules fines

15 min

→ FICHES 25 et 26

Parmi les nombreux polluants de l'air, les particules fines sont régulièrement surveillées. Les PM10 sont des particules fines dont le diamètre est inférieur à 0,01 mm. En janvier 2017, les villes de Lyon et Grenoble ont connu un épisode de pollution aux particules fines.

Document 1 Données statistiques sur les concentrations journalières en PM10 du 16 au 25 janvier 2017 à Lyon

- Moyenne : 72,5 µg/m^3.
- Médiane : 83,5 µg/m^3.
- Concentration minimale : 22 µg/m^3.
- Concentration maximale : 107 µg/m^3.

Document 2 Relevés des concentrations journalières en PM10 du 16 au 25 janvier 2017 à Grenoble

Date	Concentration PM10 en µg/m^3
16 janvier	32
17 janvier	39
18 janvier	52
19 janvier	57
20 janvier	78
21 janvier	63
22 janvier	60
23 janvier	82
24 janvier	82
25 janvier	89

1 Laquelle de ces deux villes a eu la plus forte concentration moyenne en PM10 entre le 16 et le 25 janvier ?

2 Calculer l'étendue des séries des relevés en PM10 à Lyon et à Grenoble. Laquelle de ces deux villes a eu l'étendue la plus importante ? Interpréter ce dernier résultat.

3 L'affirmation suivante est-elle exacte ? Justifier votre réponse.
« Du 16 au 25 janvier, le seuil d'alerte de 80 µg/m^3 par jour a été dépassé au moins 5 fois à Lyon. »

DÉMARRONS ENSEMBLE

3 Pense à la définition d'une médiane.

3 Le lecteur audio

10 min

→ FICHES 9, 28 et 29

Dans son lecteur audio, Théo a téléchargé 375 morceaux de musique. Parmi eux, il y a 125 morceaux de rap. Il appuie sur la touche « lecture aléatoire » qui lui permet d'écouter un morceau choisi au hasard parmi tous les morceaux disponibles.

1) Quelle est la probabilité qu'il écoute du rap ?

2) La probabilité qu'il écoute du rock est égale à $\frac{7}{15}$.

Combien Théo a-t-il de morceaux de rock dans son lecteur audio ?

3) Alice possède 40 % de morceaux de rock dans son lecteur audio.

Si Théo et Alice appuient tous les deux sur la touche « lecture aléatoire » de leur lecteur audio, lequel a le plus de chances d'écouter un morceau de rock ?

DÉMARRONS ENSEMBLE

3) Un pourcentage est une fraction de dénominateur 100.
Pour comparer deux fractions, il faut les mettre au même dénominateur.

4 Triangles

15 min

→ FICHES 33, 35 et 37

La figure ci-dessous n'est pas représentée en vraie grandeur.
Les points C, B et E sont alignés.
Le triangle ABC est rectangle en A.
Le triangle BDC est rectangle en B.

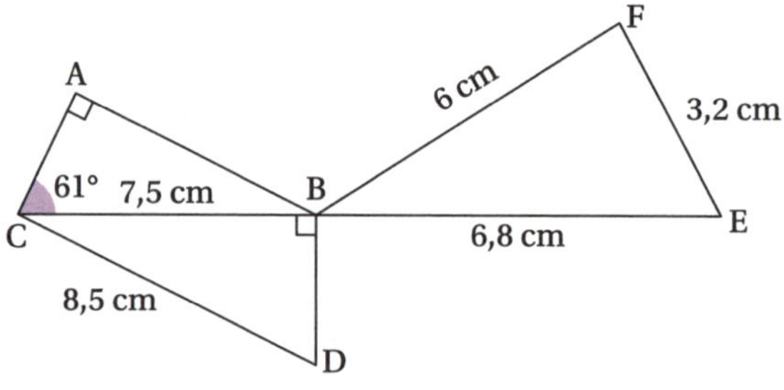

1) Montrer que la longueur BD est égale à 4 cm.

2) Montrer que les triangles CBD et BFE sont semblables.

3) Sophie affirme que l'angle $\widehat{BFE}$ est un angle droit. A-t-elle raison ?

4) Max affirme que l'angle $\widehat{ACD}$ est un angle droit. A-t-il raison ?

DÉMARRONS ENSEMBLE

4) Utilise une formule adéquate de trigonométrie pour calculer l'angle.

5 Calcul littéral

20 min

→ FICHES 1, 5 et 14

Voici un programme de calcul :
- Choisir un nombre
- Multiplier ce nombre par 4
- Ajouter 8
- Multiplier le résultat par 2

1 Vérifier que si on choisit le nombre -1, ce programme donne 8 comme résultat final.

2 Le programme donne 30 comme résultat final, quel est le nombre choisi au départ ?

3 Dans la suite de l'exercice, on nomme x le nombre choisi au départ.
L'expression $A = 2(4x + 8)$ donne le résultat du programme de calcul précédent pour un nombre x donné.
On pose $B = (4 + x)^2 - x^2$.
Prouver que les expressions A et B sont égales pour toutes les valeurs de x.

4 Pour chacune des affirmations suivantes, indiquer si elle est vraie ou fausse. Justifier les réponses.

- *Affirmation 1* : Ce programme donne un résultat positif pour les valeurs de x.
- *Affirmation 2* : Si le nombre x choisi est un nombre entier, le résultat obtenu est un multiple de 8.

DÉMARRONS ENSEMBLE

3 Développe chacune des deux expressions, puis compare les formes développées obtenues.

4 Il suffit de trouver un contre-exemple pour prouver qu'un résultat est faux.

6 Tracé sous Scratch

20 min

→ FICHES 1 à 4 et 33

Les longueurs sont en pixels.
L'expression « s'orienter à 90 » signifie que l'on s'oriente vers la droite.
On donne le programme suivant :

```
1  quand [drapeau] est cliqué
2  aller à x: (0) y: (0)
3  stylo en position d'écriture
4  s'orienter à (90▾)
5  mettre [Longueur ▾] à [300]
6  Carré
7  Triangle
8  avancer de ((Longueur) / (6))
9  mettre [Longueur ▾] à [          ]
10 Carré
11 Triangle
```

```
définir Carré
répéter (4) fois
    avancer de (Longueur)
    tourner ↺ de (90) degrés
```

```
définir Triangle
répéter (3) fois
    avancer de (Longueur)
    tourner ↺ de (120) degrés
```

1) On prend comme échelle 1 cm pour 50 pixels.

a. Représenter la figure obtenue si le programme est exécuté jusqu'à la ligne 7 comprise.

b. Quelles sont les coordonnées du stylo après l'exécution de la ligne 8 ?

2) On exécute le programme complet et on obtient la figure ci-contre qui possède un axe de symétrie vertical. Recopier et compléter la ligne 9 du programme pour obtenir cette figure.

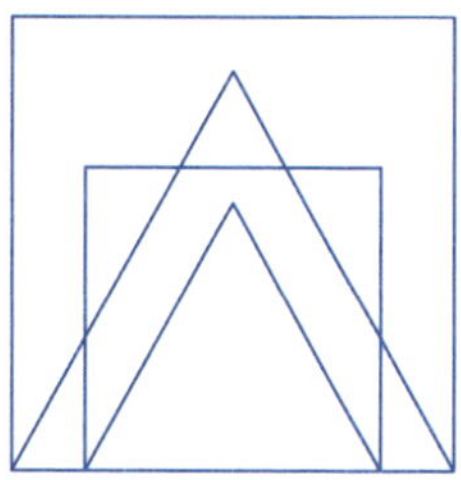

3) a. Parmi les transformations suivantes : translation ; homothétie ; rotation ; symétrie axiale ; laquelle permet d'obtenir le petit carré à partir du grand carré ? Préciser le rapport de réduction.

b. Quel est le rapport des aires entre les deux carrés dessinés ?

DÉMARRONS ENSEMBLE

3) a. Quelle transformation réduit ou agrandit une figure ?

7 Le *hand-spinner*

20 min

→ FICHES 15, 18 et 19

Le *hand-spinner* est une sorte de toupie plate qui tourne sur elle-même.

On donne au *hand-spinner* une vitesse de rotation initiale au temps $t = 0$, puis, au cours du temps, sa vitesse de rotation diminue jusqu'à l'arrêt complet du *hand-spinner*. Sa vitesse de rotation est alors égale à 0. Grâce à un appareil de mesure, on a relevé la vitesse de rotation exprimée en nombre de tours par seconde.

Sur le graphique ci-dessous, on a représenté cette vitesse en fonction du temps exprimé en secondes.

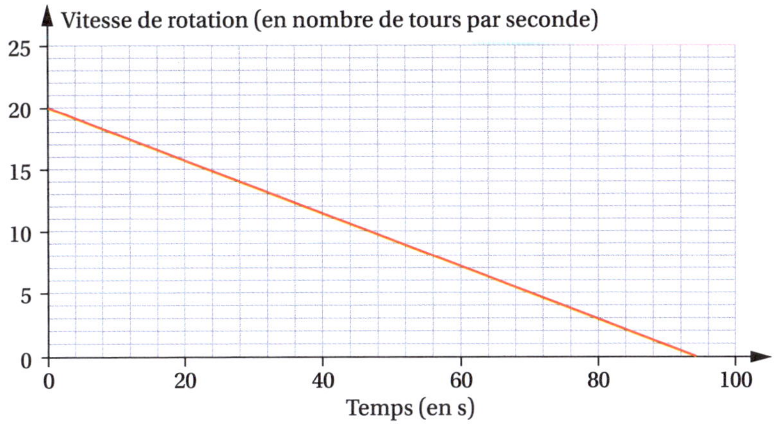

1 Le temps et la vitesse de rotation du *hand-spinner* sont-ils proportionnels ? Justifier.

2 Par lecture graphique, répondre aux questions suivantes :

a. Quelle est la vitesse de rotation initiale du *hand-spinner* (en nombre de tours par seconde) ?

b. Quelle est la vitesse de rotation du *hand-spinner* (en nombre de tours par seconde) au bout de 1 minute et 20 secondes ?

c. Au bout de combien de temps, le *hand-spinner* va-t-il s'arrêter ?

3 Pour calculer la vitesse de rotation du *hand-spinner* en fonction du temps t, notée $V(t)$, on utilise la fonction suivante :
$V(t) = -0{,}214 \times t + V_{\text{initiale}}$.
- t est le temps (exprimé en s) qui s'est écoulé depuis le début de rotation du *hand-spinner*.
- V_{initiale} est la vitesse de rotation à laquelle on a lancé le *hand-spinner* au départ.

a. On lance le *hand-spinner* à une vitesse initiale de 20 tours par seconde.
Sa vitesse de rotation est donc donnée par la formule :
$V(t) = -0,214 \times t + 20$.
Calculer sa vitesse de rotation au bout de 30 s.

b. Au bout de combien de temps le *hand-spinner* va-t-il s'arrêter ?
Justifier par un calcul.

c. Est-il vrai que, d'une manière générale, si l'on fait tourner le *hand-spinner* deux fois plus vite au départ, il tournera deux fois plus longtemps ?
Justifier.

DÉMARRONS ENSEMBLE

3 b. Tu dois résoudre une équation.

SUJET 4

1 Abonnements Internet

15 min

→ FICHE 21

Le tableau ci-dessous a été réalisé à l'aide d'un tableur.

Il indique le nombre d'abonnements Internet à haut débit et à très haut débit entre 2014 et 2016, sur réseau fixe, en France.

	A	B	C	D
1		2014	2015	2016
2	Nombre d'abonnements Internet à haut débit (en millions)	22,855	22,63	22,238
3	Nombre d'abonnements Internet à très haut débit (en millions)	3,113	4,237	5,446
4	Total (en millions)	25,968	26,867	27,684

1) Combien d'abonnements Internet à très haut débit, en millions, ont été comptabilisés pour l'année 2016 ?

2) Vérifier qu'en 2016, il y avait 817 000 abonnements Internet à haut débit et à très haut débit de plus qu'en 2015.

3) Quelle formule a-t-on pu saisir dans la cellule B4 avant de la recopier vers la droite, jusqu'à la cellule D4 ?

4) En 2015, seulement 5,6 % des abonnements Internet à très haut débit utilisaient la fibre optique. Quel nombre d'abonnements Internet à très haut débit cela représentait-il ?

DÉMARRONS ENSEMBLE

4) Prendre un pourcentage d'une quantité, c'est multiplier ce pourcentage par la quantité.

2 Figure géométrique

15 min

→ FICHES 35 et 39

La figure ci-dessous n'est pas en vraie grandeur.
On donne les informations suivantes :
- le triangle ADE a pour dimensions AD = 7 cm, AE = 4,2 cm et DE = 5,6 cm ;
- F est le point de [AD] tel que AF = 2,5 cm ;
- B est le point de [AD) et C est le point de [AE) tels que AB = AC = 9 cm ;
- la droite (FG) est parallèle à la droite (DE).

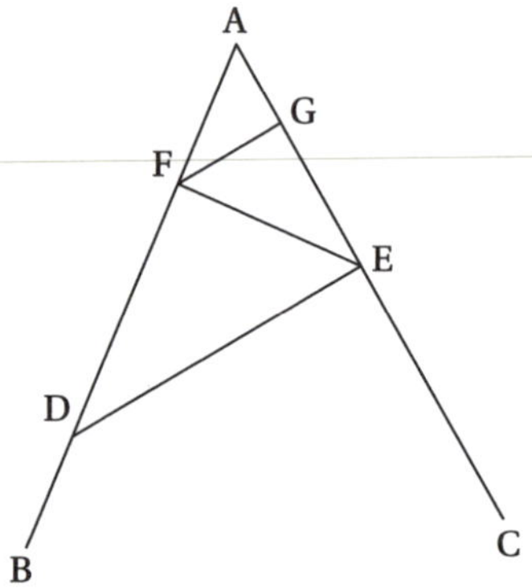

1) Réaliser une figure en vraie grandeur.

2) Prouver que ADE est un triangle rectangle en E.

3) Calculer la longueur FG.

DÉMARRONS ENSEMBLE

2) Applique la réciproque du théorème de Pythagore, en séparant bien les deux calculs de carrés de longueurs. → FICHE 35

3 Tirage dans deux urnes

15 min

→ FICHES 5, 6 et 29

Deux urnes contiennent des boules numérotées indiscernables au toucher.
Le schéma ci-dessous représente le contenu de chacune des urnes.

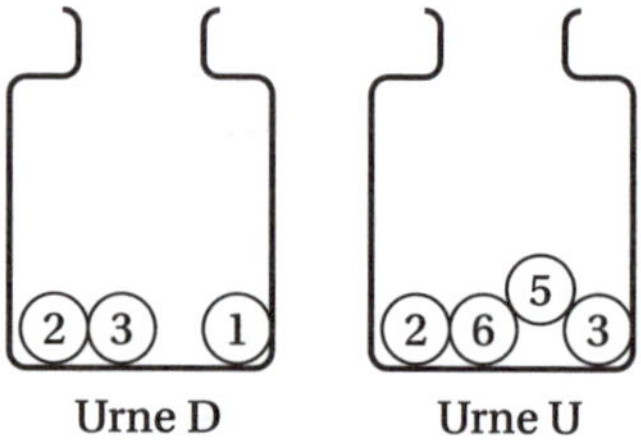

On forme un nombre entier à deux chiffres en tirant au hasard une boule dans chaque urne :
- le chiffre des dizaines est le numéro de la boule issue de l'urne D ;
- le chiffre des unités est le numéro de la boule issue de l'urne U.

Exemple : En tirant la boule 1 de l'urne D et ensuite la boule 5 de l'urne U, on forme le nombre 15.

1 A-t-on plus de chance de former un nombre pair que de former un nombre impair ?

2 **a.** Sans justifier, indiquer les nombres premiers qu'on peut former.

b. Montrer que la probabilité de former un nombre premier est égale à $\frac{1}{6}$.

3 Définir un événement dont la probabilité de réalisation est égale à $\frac{1}{3}$.

DÉMARRONS ENSEMBLE

1 Utilise le critère de divisibilité par 2. → FICHE 5

4 Dessins de carrés sous Scratch

15 min → FICHES 1 à 4

Dans cet exercice, aucune justification n'est attendue.

Simon travaille sur un programme. Voici des copies de son écran :

Script principal

Bloc carré

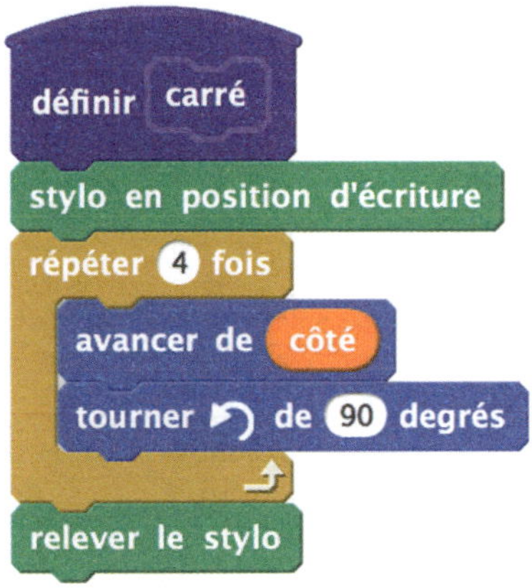

Information
L'instruction « s'orienter à 90 » signifie qu'on se dirige vers la droite.

1) Il obtient le dessin ci-dessous.

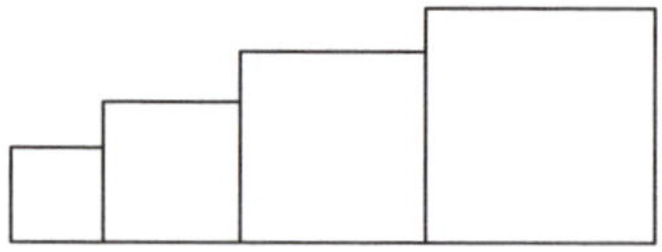

a. D'après le script principal, quelle est la longueur du côté du plus petit carré dessiné ?

b. D'après le script principal, quelle est la longueur du côté du plus grand carré dessiné ?

2) Dans le script principal, où peut-on insérer l'instruction [ajouter 2 à la taille du stylo] de façon à obtenir le dessin ci-dessous ?

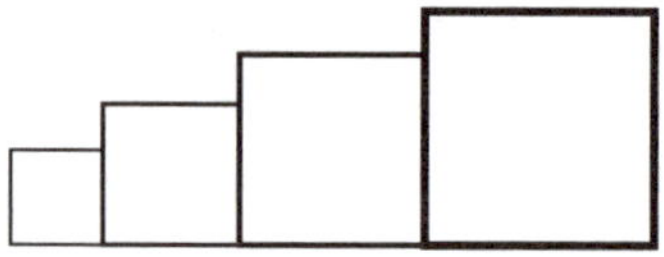

3) On modifie maintenant le script principal pour obtenir celui qui est présenté ci-dessous :

Parmi les dessins ci-dessous, lequel obtient-on ?

Dessin 1

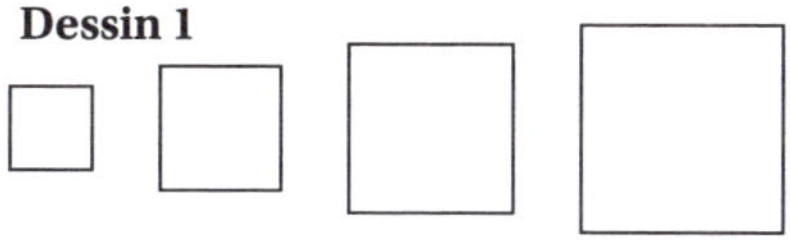

Dessin 2

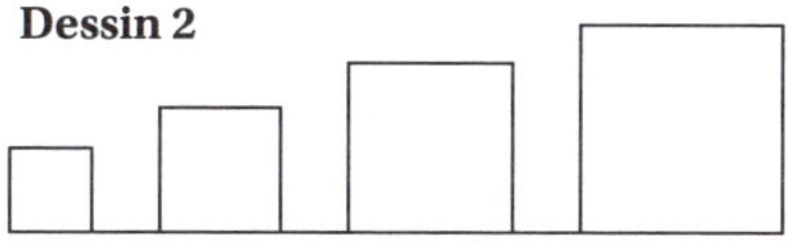

Dessin 3

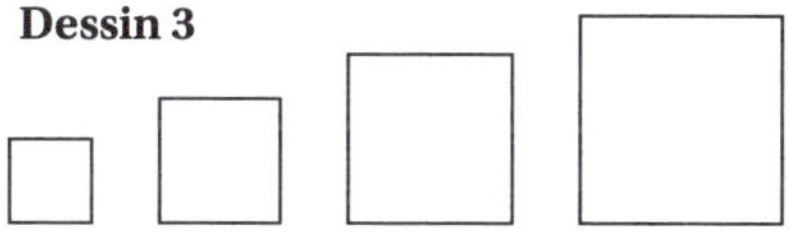

DÉMARRONS ENSEMBLE

1 b. Chaque nouveau carré a une longueur augmentée de 20 par rapport au précédent.

5 La frise

10 min

→ FICHE 32

Gaspard travaille avec un logiciel de géométrie dynamique pour construire une frise. Il a construit un triangle ABC isocèle en C (motif 1) puis il a obtenu le losange ACBD (motif 2). Voici les captures d'écran de son travail.

Motif 1	Motif 2
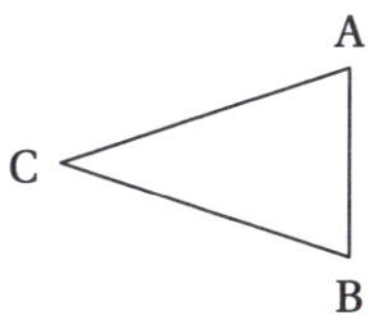	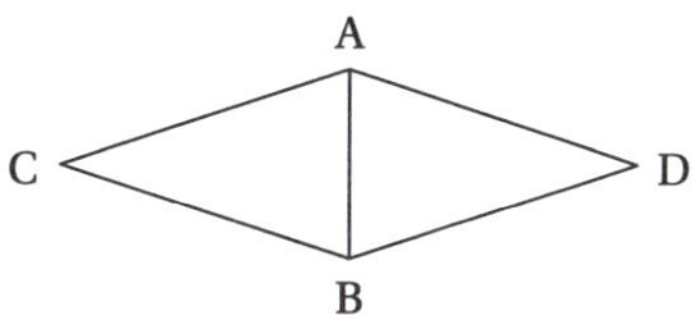

1 Préciser une transformation permettant de compléter le motif 1 pour obtenir le motif 2.

2 Une fois le motif 2 construit, Gaspard a appliqué à plusieurs reprises une translation. Il obtient ainsi la frise ci-dessous.

Préciser de quelle translation il s'agit.

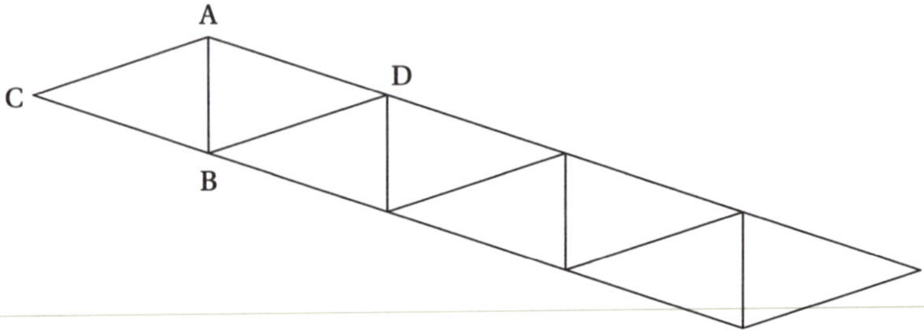

DÉMARRONS ENSEMBLE

1 Une symétrie axiale donne un effet « miroir ».

2 Une translation donne un effet « glissement ».

6 La terrasse en béton

15 min

→ FICHES **36**, **37** et **44**

Madame Martin souhaite réaliser une terrasse en béton en face de sa baie vitrée. Elle réalise le dessin ci-dessous.

Pour faciliter l'écoulement des eaux de pluie, le sol de la terrasse doit être incliné.

La terrasse a la forme d'un prisme droit dont la base est le quadrilatère ABCD et la hauteur est le segment [CG].

P est le point du segment [AD] tel que BCDP est un rectangle.

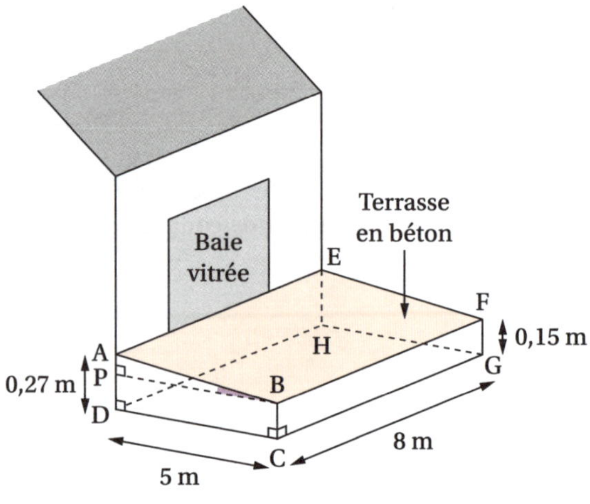

1 L'angle $\widehat{ABC}$ doit mesurer entre 1° et 1,5°.
Le projet de Madame Martin vérifie-t-il cette condition ?

2 Madame Martin souhaite se faire livrer le béton nécessaire à la réalisation de sa terrasse.
Elle fait appel à une entreprise spécialisée.
À l'aide des informations contenues dans le tableau ci-dessous, déterminer le montant de la facture établie par l'entreprise.

On rappelle que toute trace de recherche, même incomplète, pourra être prise en compte dans l'évaluation.

Information 1. Distance entre l'entreprise et la maison de Madame Martin
23 km
Information 2. Formule du volume d'un prisme droit
volume d'un prisme droit = aire de la base du prisme × hauteur du prisme
Information 3. Conditions tarifaires de l'entreprise spécialisée
• Prix du m^3 de béton : 95 €. • Capacité maximale du camion-toupie : 6 m^3. • Frais de livraison : 5 € par km parcouru par le camion-toupie. • L'entreprise facture les distances aller et retour (entreprise-lieu de livraison) parcourues par le camion-toupie.

DÉMARRONS ENSEMBLE

1 Détermine d'abord AP par soustraction de longueurs.
2 La base de la terrasse est le quadrilatère ABCD.

7 Calcul littéral et fonction affine

15 min

→ FICHES 14, 15 et 23

Les trois questions suivantes sont indépendantes.

1 $A = 2x(x - 1) - 4(x - 1)$.
Développer et réduire l'expression A.

2 Montrer que le nombre –5 est une solution de l'équation :
$(2x + 1) \times (x - 2) = 63$.

3) On considère la fonction f définie par $f(x) = -3x + 1,5$.
Parmi les deux graphiques ci-dessous, quel est celui qui représente la fonction f ? Justifier.

Graphique A

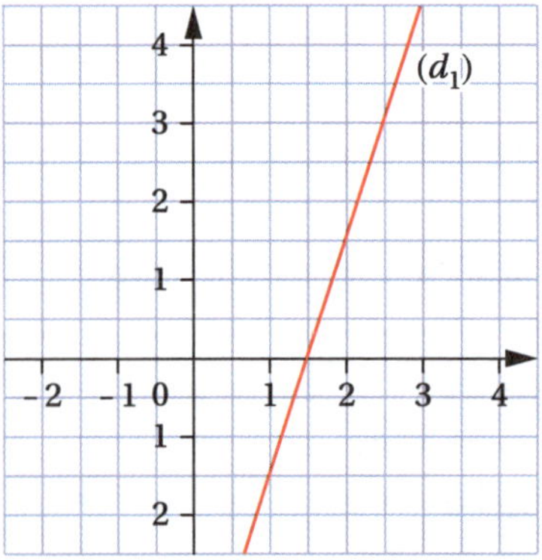

Graphique B

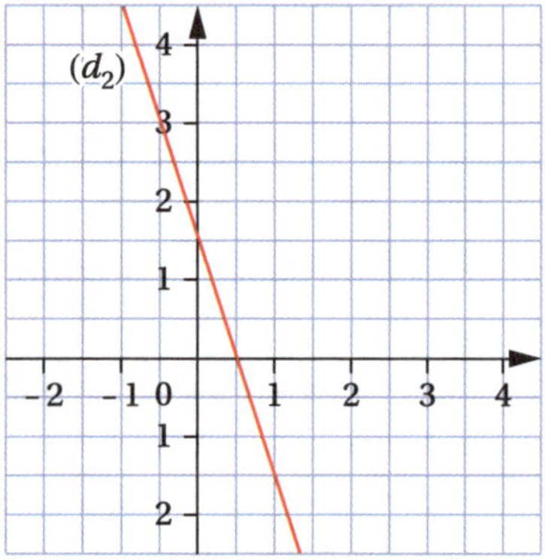

DÉMARRONS ENSEMBLE

3) La fonction f est une fonction affine. Tu dois retrouver graphiquement le coefficient directeur et l'ordonnée à l'origine de cette fonction.

8 Vitesse de téléchargement

10 min

→ FICHES **44** et **45**

On considère la fenêtre de téléchargement ci-dessous.

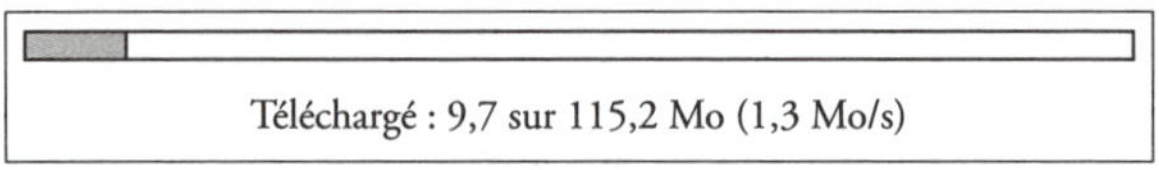

Si la vitesse de téléchargement reste constante, faudra-t-il plus d'une minute et vingt-cinq secondes pour que le téléchargement se termine ?

DÉMARRONS ENSEMBLE

Calcule d'abord le nombre de Mo restant à télécharger.

CORRIGÉS

SUJET 1

1 Le trésor

1) $69 = 3 \times 23$

$1\,150 = 2 \times 575 = 2 \times 5 \times 115 = 2 \times 5^2 \times 23$

$4\,140 = 2 \times 2\,070 = 2^2 \times 1\,035 = 2^2 \times 3 \times 345 = 2^2 \times 3^2 \times 115 = 2^2 \times 3^2 \times 5 \times 23$

2) Le facteur commun dans les décompositions des trois nombres est 23.
Il y a donc 23 marins.

2 Le décor de pièce de théâtre

1) ADM est rectangle en A.

$$\tan(\widehat{D}) = \frac{\text{côté opposé à l'angle } \widehat{D}}{\text{côté adjacent à l'angle } \widehat{D}} = \frac{AM}{AD}$$

Donc $\tan(60°) = \dfrac{AM}{2}$

et $AM = 2 \times \tan(60°) \approx 3{,}46$ m.

2) $\text{Aire}(BMNC) = BM \times BC = (4 - 3{,}46) \times 2 = 1{,}08 \text{ m}^2$

$\text{Aire}(ABCD) = AB \times BC = 4 \times 2 = 8 \text{ m}^2$

Donc la proportion de plaque non utilisée est : $\dfrac{1{,}08}{8} \approx 0{,}14$.

> **À NOTER**
> **2)** Une proportion est la division de deux grandeurs de même type, ici des aires.

3) • Dans les triangles ADM et MPN :

$\widehat{DAM} = \widehat{MPN}$ car ce sont des angles droits ;

$\widehat{ADM} = \widehat{PMN}$ car les deux angles sont alternes-internes.

Par la somme des mesures des angles d'un triangle, on a $\widehat{AMD} = \widehat{MNP}$.

Les triangles ADM et MPN ont leurs trois angles égaux, ils sont donc semblables.

• Dans les triangles ADM et PDN :

$\widehat{DAM} = \widehat{NPD}$ car ce sont des angles droits ;

$\widehat{PDN} = 90° - 60° = 30°$ et par la somme des mesures des angles d'un triangle, $\widehat{AMD} = 30°$.

Donc les deux angles $\widehat{PDN}$ et $\widehat{AMD}$ sont égaux.

Par la somme des mesures des angles d'un triangle, on a : $\widehat{ADM} = \widehat{PND}$.

Les triangles ADM et PND ont leurs trois angles égaux, ils sont donc semblables.

4) ADM est rectangle en A.

$$\cos(\widehat{D}) = \frac{\text{côté adjacent à l'angle } \widehat{D}}{\text{hypoténuse}} = \frac{AD}{DM} \text{ donc}$$

$\cos(60°) = \dfrac{2}{DM}$ et $DM = \dfrac{2}{\cos(60°)} = 4$ m.

Or $DN = 3{,}46$ m donc $\dfrac{DM}{DN} = \dfrac{4}{3{,}46} \approx 1{,}15 < 1{,}5$.

Le coefficient d'agrandissement convient.

3 Le sablier

1) a. $V_{\text{sable}} = \frac{2}{3} \times \mathcal{V}_{C_2} = \frac{2}{3} \times \text{aire(base)} \times \text{hauteur}$

$= \frac{2}{3} \times \pi \times (\text{rayon})^2 \times \text{hauteur}$

$= \frac{2}{3} \times \pi \times \left(\frac{1,5}{2}\right)^2 \times 4,2 \approx 4,95 \text{ cm}^3.$

CONSEIL

1) a. Attention, on a : rayon $= \frac{\text{diamètre}}{2}$.

b. Il y a proportionnalité entre le volume de sable écoulé et le temps :

Volume (cm³)	Temps (s)
1,98	60
4,95	x

Par le produit en croix, on a :

$x = \frac{4,95 \times 60}{1,98} = 150 \text{ s} = 2 \text{ min } 30 \text{ s}.$

2) a. Le nombre total de tests faits est :
$1 + 1 + 2 + 6 + 3 + 7 + 6 + 3 + 1 + 2 + 3 + 2 + 3 = 40.$

b. • Calcul de l'étendue : 2 min 38 s – 2 min 22 s = 16 s.
16 s < 20 s donc le premier critère est vérifié.
• Détermination de la médiane : on cherche la moyenne entre la 20ᵉ et la 21ᵉ valeur.
1ʳᵉ méthode : on liste, dans l'ordre croissant, les 40 valeurs.
2ᵉ méthode : on fait un calcul d'effectifs cumulés croissants :

Temps	Effectifs cumulés croissants
⩽ 2'22	1
⩽ 2'24	2
⩽ 2'26	4
⩽ 2'27	10
⩽ 2'28	13
⩽ 2'29	20
⩽ 2'30	26

Temps	Effectifs cumulés croissants
⩽ 2'31	29
⩽ 2'32	30
⩽ 2'33	32
⩽ 2'34	35
⩽ 2'35	37
⩽ 2'38	40

Donc la médiane est entre 2 min 29 s et 2 min 30 s et le second critère est vérifié.
• Calcul de la moyenne (le calcul est plus simple si toutes les unités de temps sont en secondes) :

$$\text{Moyenne} = \frac{142 \times 1 + 144 \times 1 + 146 \times 2 + 147 \times 6 + 148 \times 3 + 149 \times 7 + 150 \times 6 + 151 \times 3 + 152 \times 1 + 153 \times 2 + 154 \times 3 + 155 \times 2 + 158 \times 3}{40}$$

$\approx 150 \text{ s}$ soit 2 min 30 s.

Donc le dernier critère est vérifié.
Conclusion : le sablier testé ne sera pas éliminé.

4 Dessin sous Scratch

1) On obtient la figure ci-dessous.

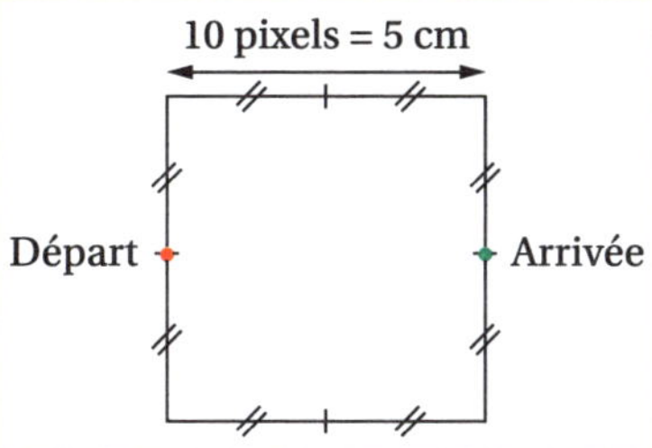

2) Le script 1 correspond au dessin B car il crée 23 fois le même motif carré-tiret. Le script 2 correspond au dessin A car il crée 46 tracés aléatoires de carrés et de tirets.

3) **a.** Si le nombre aléatoire est 1, c'est un carré qui est tracé.
Or la probabilité que le 1 sorte est de $\frac{1}{2}$.
Donc la probabilité que le premier tracé soit un carré est de $\frac{1}{2}$.
b. Le tracé du premier carré n'influence pas le tracé du second ; ces deux événements sont donc indépendants.
Donc : p (carré-carré) $= \frac{1}{2} \times \frac{1}{2} = \frac{1}{4}$.

4) Juste après le bloc « répéter 46 fois », il faut glisser les blocs suivants :

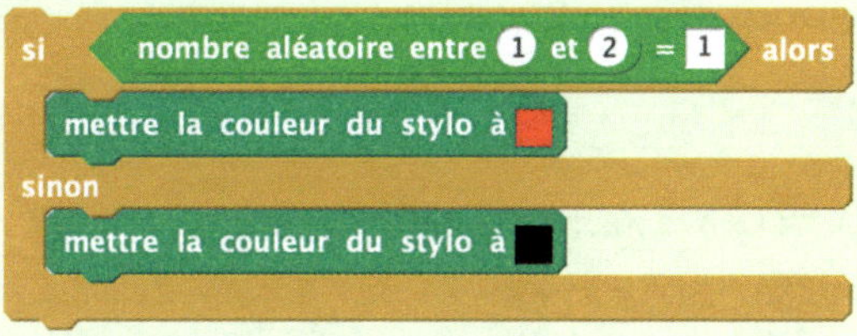

5 Tableau et transformations du plan

1) **a.** Le rectangle ③ est l'image du rectangle ④ par la translation qui transforme C en E.
b. Le rectangle ③ est l'image du rectangle ① par la rotation de centre F d'angle 90° dans le sens des aiguilles d'une montre.
c. Le rectangle ABCD est l'image du rectangle ② par l'homothétie de centre D de rapport 3.
Le rectangle ABCD est l'image du rectangle ③ par l'homothétie de centre B de rapport 3.
Le rectangle ABCD est l'image du rectangle ④ par l'homothétie de centre C de rapport 3.

2) $A_{ABCD} = 3^2 \times A_{\text{petit rectangle}}$
$1{,}215 = 9 \times A_{\text{petit rectangle}}$
Donc $A_{\text{petit rectangle}} = \dfrac{1{,}215}{9} = 0{,}135\ \text{m}^2$.

3) Calculons la longueur et la largeur du grand rectangle :
Le ratio longueur : largeur est égal à 3 : 2 signifie que la longueur est 1,5 fois plus grande que la largeur.
On a $L = 1{,}5 \times l$.
Or $A_{ABCD} = L \times l$.
Donc $1{,}5 \times l^2 = 1{,}215$
$l = \sqrt{\dfrac{1{,}215}{1{,}5}} = 0{,}9$ m.
De plus : $L = 1{,}5 \times 0{,}9 = 1{,}35$ m.

6 Programmes de calcul

1) • **Programme 1**
$5 \times 3 = 15$
$15 + 1 = 16$
• **Programme 2**

5 → $5 - 1 = 4$; 5 → $5 + 2 = 7$; $4 \times 7 = 28$

2) a. $A(x) = 3x + 1$
b. On résout l'équation $3x + 1 = 0$.
$3x = -1$
$x = -\dfrac{1}{3}$

3) $B(x) = (x - 1)(x + 2) = x^2 + 2x - x - 2 = x^2 + x - 2$

4) a. D'une part : $B(x) - A(x) = x^2 + x - 2 - 3x - 1 = x^2 - 2x - 3$.
D'autre part : $(x + 1)(x - 3) = x^2 - 3x + x - 3 = x^2 - 2x - 3$.
Donc les deux expressions sont bien égales :
$B(x) - A(x) = (x + 1)(x - 3)$.
b. On cherche x tel que $B(x) = A(x)$ donc $B(x) - A(x) = 0$, soit $(x + 1)(x - 3) = 0$.
C'est une équation produit.
Or, si un produit de facteurs est nul alors l'un au moins des facteurs est nul.
Donc $x + 1 = 0$ ou $x - 3 = 0$, soit :
$x = -1$ ou $x = 3$.
Conclusion : les deux valeurs pour lesquelles ces deux programmes sont égaux sont -1 et 3.

SUJET 2

1 Figure géométrique

1) [AF] est le plus grand côté du triangle AEF.
D'une part : $AF^2 = 10^2 = 100$.
D'autre part : $AE^2 + FE^2 = 8^2 + 6^2 = 64 + 36 = 100$.
Donc : $AF^2 = AE^2 + FE^2$.
Donc d'après la réciproque du théorème de Pythagore, on a AEF rectangle en E.

2) AEF est rectangle en E.

$$\cos(\hat{A}) = \frac{\text{côté adjacent à } \hat{A}}{\text{hypoténuse}} = \frac{AE}{AF} = \frac{8}{10} = 0{,}8$$

À l'aide de la calculatrice, on trouve : $\hat{A} \approx 37°$.

3) Les droites (ER) et (FT) sont sécantes en A.
D'une part : $\frac{AE}{AR} = \frac{8}{12}$; d'autre part : $\frac{AF}{AT} = \frac{10}{14}$.
On a $8 \times 14 \neq 12 \times 10$. Donc d'après le produit en croix, on a $\frac{AE}{AR} \neq \frac{AF}{AT}$.
Donc les droites (EF) et (RT) ne sont pas parallèles.

2 Vrai ou faux ?

1) D'une part : $\frac{3}{5} + \frac{1}{2} = \frac{6}{10} + \frac{5}{10} = \frac{11}{10} = \frac{77}{70}$.
D'autre part : $\frac{3+1}{5+2} = \frac{4}{7} = \frac{40}{70}$.
Les deux résultats ne sont pas égaux donc l'affirmation 1 est fausse.

2) $f(-1) = 5 - 3 \times (-1) = 5 + 3 = 8 \neq 2$
Donc l'affirmation 2 est fausse.

3) • Les nombres premiers compris entre 1 et 11 sont : 2 ; 3 ; 5 ; 7 et 11.
Donc la probabilité de tirer un nombre premier avec l'expérience n° 1 est de $\frac{5}{11}$.
• Les nombres pairs compris entre 1 et 6 sont : 2 ; 4 et 6.
Donc la probabilité de tirer un nombre pair avec l'expérience n° 2 est de $\frac{3}{6}$.
Or $\frac{5}{11} = \frac{30}{66}$ et $\frac{3}{6} = \frac{33}{66}$.
$\frac{30}{66} < \frac{33}{66}$ donc il est *moins* probable de choisir un nombre premier dans l'expérience n° 1 que d'obtenir un nombre pair dans l'expérience n° 2.
Donc l'affirmation 3 est fausse.

> **CONSEIL**
> **3)** Pour comparer deux fractions, il faut les mettre au même dénominateur.

4) On développe chaque membre de l'expression :
$(2x + 1)^2 - 4 = 4x^2 + 4x + 1 - 4 = 4x^2 + 4x - 3$
$(2x + 3)(2x - 1) = 4x^2 - 2x + 6x - 3 = 4x^2 + 4x - 3$
Les deux expressions sont égales donc l'affirmation 4 est vraie.

3 Le gaspillage alimentaire

1) Par lecture, on voit que la quantité de nourriture gaspillée par un habitant du pays D est d'environ 140 kg.

2) La quantité de nourriture gaspillée par un habitant du pays F est d'environ 110 kg.
La quantité de nourriture gaspillée par un habitant du pays A est d'environ 545 kg.
$545 \div 110 \approx 5$
Donc on peut affirmer que le gaspillage de nourriture d'un habitant du pays F représente environ un cinquième du gaspillage de nourriture d'un habitant du pays A.

3) **a.** La quantité totale de nourriture gaspillée par les habitants du pays X en 2010 est de 3 760 500 tonnes.
b. La formule à saisir est : =B2*C2*1 000

4 Labyrinthe sous Scratch

1) Le lutin revient au point de départ : `aller à x: -180 y: -120`

2) Il y a 27 espaces de 30 unités chacun à parcourir pour aller du départ à l'arrivée. Donc la distance minimale parcourue par le lutin entre le point de départ et le point de sortie est de $27 \times 30 = 810$ unités.

3) Le lutin monte d'un cran puis se décale vers la droite d'une unité. Il touche alors le mur et revient au point de départ.

5 Hexagone et transformations du plan

1) C'est FABO qui correspond à l'image du quadrilatère CDEO par la symétrie de centre O. On choisit donc la proposition 1.

2) L'image du segment [AO] par la symétrie d'axe (CF) est le segment [OE].

3) L'image du triangle BOC par cette rotation est le triangle ODE.

4) L'image de l'hexagone 14 par la translation qui transforme l'hexagone 2 en l'hexagone 12 est l'hexagone 19.

À NOTER
4) Une translation est un « glissement » de figure.

6 Médicament et boissons

Partie 1 Absorption du principe actif d'un médicament

1) Par lecture graphique, la quantité de principe actif dans le sang, 30 min après la prise de ce médicament, est de 10 mg/L.

> **À NOTER**
> 1) 30 min correspondent à 0,5 h.

2) La quantité de principe actif est la plus élevée au bout de 2 h.

Partie 2 Comparaison de masses d'alcool dans deux boissons

3) • La masse d'alcool présente dans la boisson A est de :
$m_1 = V_1 \times d_1 \times 7{,}9 = 33 \times 0{,}05 \times 7{,}9 = 13{,}035$ g
• La masse d'alcool présente dans la boisson B est de :
$m_2 = V_2 \times d_2 \times 7{,}9 = 12{,}5 \times 0{,}12 \times 7{,}9 = 11{,}85$ g
Donc la boisson A contient une masse d'alcool supérieure à celle de la boisson B.

7 Les boulets de canon

1) L'empilement à 2 niveaux contient 5 boulets.

2) L'empilement à 3 niveaux contient 14 boulets car on rajoute aux boulets de l'empilement à 2 niveaux une base de $3 \times 3 = 9$ boulets.

3) Si l'on range 55 boulets de canon selon cette méthode, l'empilement obtenu contiendra 5 niveaux.
En effet, on aura empilé $5 + 3^2 + 4^2 + 5^2 = 55$ boulets.

4) Dans l'empilement à 3 niveaux, il y a 14 boulets.
Le volume d'un seul boulet est : $V_{\text{boulet}} = \frac{4}{3} \times \pi \times r^3 = \frac{4}{3} \times \pi \times 6^3 \approx 904{,}8 \text{ cm}^3$.

Le volume des 14 boulets est donc d'environ :
$14 \times 904{,}8 \approx 12\,667 \text{ cm}^3$ soit $0{,}012667 \text{ m}^3$.
La masse volumique de la fonte indique que 1 m^3 pèse 7 300 kg.
Par proportionnalité les boulets pèsent donc : $0{,}012667 \times 7\,300 \approx 92$ kg.

8 Le concours d'entrée

1) Il est impossible que la valeur d'une des deux notes soit 16 car alors l'étendue de la série serait au moins de $16 - 6 = 10$. Or, elle est de 9 d'après l'information 2.

2) Si les deux notes sont 12,5 et 13,5, on a alors :
$$\underbrace{6 ; 7{,}5 ; 10 ; 12{,}5}_{\text{4 valeurs}} \quad \underbrace{13 ; 13{,}5 ; 14{,}5 ; 15}_{\text{4 valeurs}}$$

La médiane serait alors de $\frac{12{,}5 + 13}{2} = 12{,}75$. Or, elle est de 12 d'après l'information 2. Donc ces valeurs pour les deux notes sont impossibles.

SUJET 3

1 Le gros globe de cristal

1 Les coordonnées de Pyeongchang sont 127° est (longitude) et 35° nord (latitude).

2 $V_{\text{boule}} = \frac{4}{3} \times \pi \times R^3 = \frac{4}{3} \times \pi \times 11{,}5^3 \approx 6\,371 \text{ cm}^3$.

3 $V_{\text{cylindre}} = \pi \times r^2 \times h = \pi \times 3^2 \times 23 \approx 650 \text{ cm}^3$

$V_{\text{total}} = 6\,371 + 650 = 7\,021 \text{ cm}^3$.

Le rapport des volumes est : $\frac{6\,371}{7\,021} \approx 90{,}7\ \%$. Donc le volume de la boule représente environ 90 % du volume total.
Marie a raison.

2 Les particules fines

1 • À Lyon, la moyenne des concentrations est de 72,5 $\mu\text{g/m}^3$.
• À Grenoble, la moyenne des concentrations est :

$$\frac{32 + 39 + 52 + 57 + 78 + 63 + 60 + 82 + 82 + 89}{10} = 63{,}4 \ \mu\text{g/m}^3.$$

C'est Lyon qui a la plus forte concentration moyenne entre le 16 et le 25 janvier.

2 • Étendue des concentrations à Lyon :
107 – 22 = 85.
• Étendue des concentrations à Grenoble :
89 – 32 = 57.
C'est à Lyon que l'étendue des concentrations est la plus grande entre le 16 et le 25 janvier.

> **À NOTER**
> **2** L'étendue est la différence entre la concentration maximale et la concentration minimale.

3 À Lyon, la médiane des concentrations sur les 10 jours est de 83,5 $\mu\text{g/m}^3$.
Cela signifie que la concentration a été supérieure ou égale à 83,5 $\mu\text{g/m}^3$ au moins 5 jours sur les 10 jours mesurés.
Donc le seuil d'alerte de 80 $\mu\text{g/m}^3$ a bien été dépassé au moins 5 jours à Lyon.

3 Le lecteur audio

1 p (« Théo écoute du rap ») $= \frac{125}{375} = \frac{1}{3}$.

2 Si x est le nombre de morceaux de rock sur le lecteur de Théo, alors x vérifie :
$\frac{7}{15} = \frac{x}{375}$.
Avec un produit en croix, on trouve : $x = 175$.

3 p (« Théo écoute du rock ») $= \frac{7}{15} = \frac{70}{150}$.

p (« Alice écoute du rock ») $= \frac{40}{100} = \frac{60}{150}$.

Donc c'est Théo qui a le plus de chance d'écouter un morceau de rock.

4 Triangles

1 Le triangle BCD est rectangle en B donc d'après le théorème de Pythagore :

$BC^2 + BD^2 = CD^2$

$7{,}5^2 + BD^2 = 8{,}5^2$

$56{,}25 + BD^2 = 72{,}25$

$BD^2 = 72{,}25 - 56{,}25 = 16$

$BD = \sqrt{16} = 4$ cm.

2 Calculons les rapports de longueurs dans les deux triangles :

$\frac{BC}{BF} = \frac{7{,}5}{6} = 1{,}25$;

$\frac{BD}{FE} = \frac{4}{3{,}2} = 1{,}25$;

$\frac{CD}{BE} = \frac{8{,}5}{6{,}8} = 1{,}25$.

Les quotients sont égaux donc les triangles BCF et BFE sont semblables.

3 [BE] est le plus grand côté.

D'une part : $BE^2 = 6{,}8^2 = 46{,}24$

D'autre part : $BF^2 + FE^2 = 6^2 + 3{,}2^2 = 46{,}24$

Donc : $BE^2 = BF^2 + FE^2$

Donc d'après la réciproque du théorème de Pythagore, le triangle BFE est rectangle en F.

> **À NOTER**
>
> **3** Autre méthode de résolution : les triangles BCF et BFE sont semblables, leurs angles sont donc égaux deux à deux, et en particulier $\widehat{BFE} = \widehat{CBD} = 90°$.

4 BCD est rectangle en B, on a donc :

$\cos\left(\widehat{BCD}\right) = \frac{\text{côté adjacent}}{\text{hypoténuse}} = \frac{BC}{BD} = \frac{7{,}5}{8{,}5}$.

À l'aide de la calculatrice, on trouve : $\widehat{BCD} \approx 28°$.

$\widehat{ACD} = \widehat{ACB} + \widehat{BCD} \approx 61° + 28° \approx 89°$ donc l'angle $\widehat{ACD}$ n'est pas droit.

5 Calcul littéral

1) $((-1) \times 4 + 8) \times 2 = 4 \times 2 = 8$.
On obtient bien 8 en prenant comme nombre de départ –1.

2) On « remonte » le programme :
$(30 \div 2 - 8) \div 4 = (15 - 8) \div 4 = 7 \div 4 = 1{,}75$.
Il faut prendre 1,75 comme nombre de départ pour obtenir 30.

3) Développons chaque expression :
$A = 2(4x + 8) = 8x + 16$
$B = (4 + x)^2 - x^2 = 16 + 8x + x^2 - x^2 = 8x + 16$
Donc les expressions A et B sont égales.

À NOTER
3) On a : $(4 + x)^2 = (4 + x)(4 + x)$.

4) **a.** L'affirmation 1 est fausse.
Il suffit de prendre le nombre –3, on a :
$((-3) \times 4 + 8) \times 2 = (-12 + 8) \times 2 = -4 \times 2 = -8$.
Le résultat obtenu est négatif.
b. L'affirmation 2 est vraie.
Le programme s'écrit $8x + 16$ ce qui se factorise en $8(x + 2)$.
Donc les résultats obtenus sont tous multiples de 8.

6 Tracé sous Scratch

1) **a.** Les côtés du carré et du triangle mesurent 6 cm.

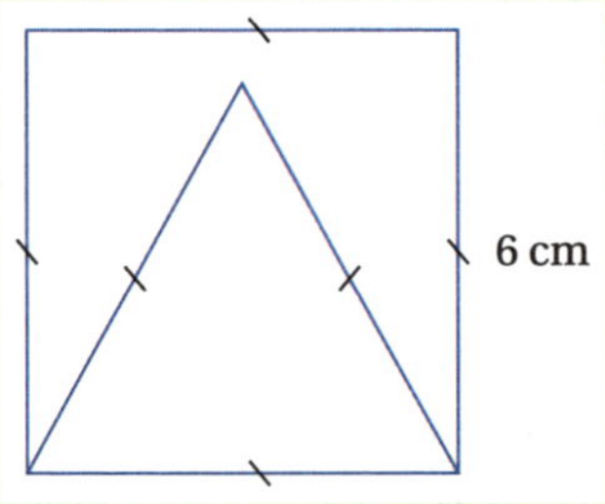

À NOTER
1) **b.** Seule l'abscisse du stylo est modifiée.

b. Les coordonnées du stylo sont ($x = 50$; $y = 0$).

2) À la ligne 9, il faut écrire « mettre longueur à 200 ».

3) **a.** C'est une homothétie qui permet de passer du premier carré au second carré.
Le rapport de l'homothétie vaut :
$$\frac{300 - 50 - 50}{300} = \frac{200}{300} = \frac{2}{3}.$$
b. Le rapport des deux aires est égal au carré du coefficient de réduction, soit :
$$\left(\frac{2}{3}\right)^2 = \frac{4}{9}.$$

7 Le *hand-spinner*

1 Le temps et la vitesse de rotation ne sont pas proportionnels car, sur le graphique, la droite ne passe pas par l'origine.

2 **a.** La vitesse initiale de rotation du *hand-spinner* est de 20 tours par seconde.
b. 1 min 20 s = 80 s.
La vitesse de rotation du *hand-spinner* est de 3 tours par seconde.
c. Le *hand-spinner* s'arrête au bout de 94 s.

> **À NOTER**
> **2** **c.** Attention ! Sur l'axe des abscisses, 1 carreau correspond à 4 s.

3 **a.** $V(30) = -0{,}214 \times 30 + 20 = 13{,}58$ tours par seconde.
La vitesse de rotation du *hand-spinner*, au bout de 30 s, est de 13,58 tours par seconde.
b. Il s'agit de résoudre l'équation :
$-0{,}214x + 20 = 0$
$-0{,}214x = -20$
$x = \dfrac{-20}{-0{,}214} \approx 93{,}5$
Le *hand-spinner* s'arrête au bout d'environ 93,5 s.
c. Si la vitesse au départ est V_{initiale}, d'après la question précédente, le *hand-spinner* s'arrête au bout de x secondes avec :
$-0{,}214x + V_{\text{initiale}} = 0$.
Soit $x = \dfrac{V_{\text{initiale}}}{0{,}214}$.
Si on double la vitesse au départ, elle vaut $2 \times V_{\text{initiale}}$, et le *hand-spinner* s'arrête au bout de :
$x_{\text{double}} = \dfrac{2 \times V_{\text{initiale}}}{0{,}214} = 2 \times x$.
Le *hand-spinner* mettra bien 2 fois plus de temps pour s'arrêter.

SUJET 4

1 Abonnements Internet

1 Il y a eu 5 446 000 abonnements Internet très haut débit en 2016.

2 En 2016, il y a eu :
27 684 000 – 26 867 000 = 817 000 abonnements haut et très haut débit de plus qu'en 2015.

3 On a tapé la formule : =B2+B3.

CONSEIL
3 Attention ! Une formule de tableur commence par un « = ».

4 Il y a eu :
$\frac{5,6}{100} \times 4\ 237\ 000 = 237\ 272$ abonnements très haut débit qui utilisaient la fibre optique en 2015.

2 Figure géométrique

1 On trace le triangle ADE. On place les points F, B et C. On trace la droite parallèle à la droite (DE) passant par F : elle coupe (AE) en G. On trace le segment [FE].
(La figure ci-dessous est à l'échelle $\frac{1}{2}$.)

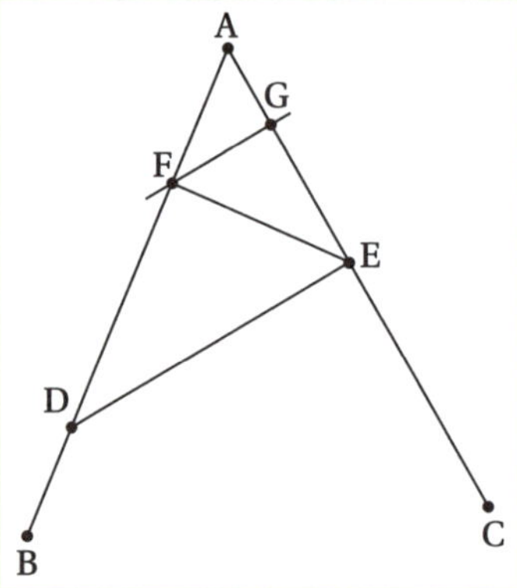

2 Dans le triangle ADE, [AD] est le plus grand côté.
D'une part : $AD^2 = 7^2 = 49$.
D'autre part : $AE^2 + ED^2 = 4,2^2 + 5,6^2 = 17,64 + 31,36 = 49$.
Donc : $AD^2 = AE^2 + ED^2$.
Donc, d'après la réciproque du théorème de Pythagore, ADE est rectangle en E.

3 Les droites (GE) et (FD) sont sécantes en A.
Les droites (FG) et (ED) sont parallèles.
Donc d'après le théorème de Thalès, on a :
$$\frac{AF}{AD} = \frac{AG}{AE} = \frac{FG}{DE}$$

Donc : $\frac{2,5}{7} = \frac{AG}{4,2} = \frac{FG}{5,6}$

Donc, avec le produit en croix, on a :

$FG = \frac{2,5 \times 5,6}{7} = 2$ cm.

3 Tirage dans deux urnes

1) Obtenir un nombre pair ou impair ne dépend que du chiffre des unités.
Dans l'urne U, il y a 2 chiffres pairs et 2 chiffres impairs.
Donc il y a autant de chance de former un nombre pair qu'un nombre impair.

2) **a.** Les nombres premiers que l'on peut former sont : 13 et 23.
b. Cette expérience possède :
$3 \times 4 = 12$ issues.
Seules les issues « 13 » et « 23 » permettent d'obtenir un nombre premier.
Donc : p (« obtenir un nombre premier ») $= \frac{2}{12} = \frac{1}{6}$.

3) On a 1 chance sur 3 de tirer le chiffre 1 dans l'urne D donc l'événement « obtenir un nombre dont le chiffre des dizaines est 1 » a une probabilité de $\frac{1}{3}$.

À NOTER

3) Il existe d'autres réponses possibles. Par exemple, l'événement « obtenir un nombre dont le chiffre des dizaines est 2 » a aussi une probabilité de $\frac{1}{3}$.

4 Dessins de carrés sous Scratch

1) **a.** Le côté du plus petit carré mesure 40 pixels.
b. Le côté du plus grand carré mesure :
$40 + 20 + 20 + 20 = 100$ pixels.

2) On peut mettre l'instruction juste après l'instruction « ajouter à côté 20 ».

À NOTER

2) On doit mettre l'instruction dans la boucle « répéter 4 fois », n'importe où après « carré ».

3) On obtient le dessin 3.

5 La frise

1) Pour obtenir le motif 2, on trace le symétrique du motif 1 par rapport à l'axe (AB).

2) Il a appliqué à plusieurs reprises la translation qui amène C sur B.

6 La terrasse en béton

1) Les points A, P et D sont alignés donc :
AP = AD − DP = 0,27 − 0,15 = 0,12 m.
Dans le triangle APB rectangle en P, on a :

$$\tan\left(\widehat{B}\right) = \frac{\text{côté opposé à l'angle } \widehat{B}}{\text{côté adjacent à l'angle } \widehat{B}} = \frac{AP}{PB} = \frac{0,12}{5}.$$

Donc $\widehat{B} = \tan^{-1}\left(\frac{0,12}{5}\right) \approx 1,4°$.

Le projet de Madame Martin vérifie bien la condition angulaire demandée.

2) Cherchons l'aire de la base ABCD :
$\text{aire(ABCD)} = \text{aire (PDCB)} + \text{aire (APB)} = 5 \times 0,15 + \frac{5 \times 0,12}{2} = 1,05 \text{ m}^2$.
Cherchons le volume de la terrasse :
$\text{volume(terrasse)} = \text{aire (ABCD)} \times \text{hauteur} = 1,05 \times 8 = 8,4 \text{ m}^3$.
Le prix payé pour le béton est :
$95 \times 8,4 = 798$ €.
Cherchons le prix payé pour les déplacements du camion-toupie.
Il va falloir 2 déplacements donc 2 allers-retours.
Puisqu'un aller-retour correspond à 46 km, il sera facturé :
$5 \times 46 \times 2 = 460$ €.
Conclusion : Madame Martin paiera 798 + 460 = 1 258 €.

CONSEIL
2) Attention ! N'oublie pas de compter les allers et retours.

7 Calcul littéral et fonction affine

1) $A = 2x(x - 1) - 4(x - 1)$
$A = 2x^2 - 2x - 4x + 4$
$A = 2x^2 - 6x + 4$

2) Remplaçons x par −5 dans le membre de gauche et montrons que l'on obtient 63 :
$(2 \times (-5) + 1) \times (-5 - 2) = (-10 + 1) \times (-7) = -9 \times (-7) = 63$.
Donc −5 est bien une solution de l'équation proposée.

3) Le graphique B représente la fonction f.
On peut justifier la réponse par l'une des propriétés suivantes :
- Le coefficient directeur de la droite représentant la fonction affine f est négatif donc la droite est décroissante.
- La fonction f a pour ordonnée à l'origine +1,5.
- L'image de 2 par f est −4,5 et non 1,5.

8 Vitesse de téléchargement

Il reste 115,2 − 9,7 = 105,5 Mo à télécharger.
À la vitesse de 1,3 Mo/s, pour que le téléchargement se termine, il faudra :
$\frac{105,5}{1,3} \approx 81$ s.
Or : 81 s = 1 min 21 s.
Donc il faudra moins de 1 min 25 s pour que le téléchargement se termine.

INDEX

CRÉDITS ICONOGRAPHIQUES

8	ph © antoniodiaz / Shutterstock
299	ph © antoniodiaz / Shutterstock
301	ph © antoniodiaz / Shutterstock

PAPIER À BASE DE FIBRES CERTIFIÉES

Hatier s'engage pour l'environnement en réduisant l'empreinte carbone de ses livres.
Celle de cet exemplaire est de :
950 g éq. CO_2
Rendez-vous sur www.hatier-durable.fr

Achevé d'imprimer en Italie par L.E.G.O. S.p.A. - Lavis (TN)
Dépôt légal n° 07829 - 1/03 - Septembre 2022